人·存在·历史·文学

王琢自选集

王琢·著

复旦大学出版社

目　　录

大江健三郎研究

人·存在·历史·文学
　　——大江健三郎小说论纲 …………………………… 3
"被监禁状态"下的苦闷与不安
　　——论大江健三郎第一阶段初期小说 ………………… 21
"反英雄"人物与"性"冒险的意义
　　——大江作品中的创新意识/探险者的误区 …………… 35
大江作品中的客观关联物/凝视自我的机遇
　　——《个人的体验》的体验及两极特色 ………………… 50
现代森林神话与救济的可能性
　　——论大江健三郎《万延元年的足球》 ………………… 66
试论大江健三郎《同时代游戏》的意义 ……………………… 81
想象力与形象的分节化
　　——大江健三郎的语言-形象观 ………………………… 91
边缘化：民众共同的想象力
　　——大江健三郎的政治想象力论 ……………………… 102
语言的文体化与活性化
　　——大江健三郎的语言-文体观 ………………………… 115

全体化：核时代的想象力
　　——论大江健三郎《核时代的想象力》 …………… 128
大江健三郎与诺贝尔文学奖
　　——兼及对中国当代文学的思考 ………………… 139
翻译者的语言禁忌
　　——关于《同时代游戏》的"不译" ……………… 153

中日比较文学研究

20世纪日中比较文学研究的回顾与展望 ……………… 169
20世纪中日比较文学研究的回顾与展望 ……………… 186
《源氏物语》与《白氏文集》 …………………………… 206

日本现当代文学研究

日本当代文学述评 ……………………………………… 227
日本当代小说述评（1980—2000） …………………… 247
日本"战后派"文学的实验性与社会性
　　——兼论"战后派"的形成及其意义 …………… 263
川端康成在日本当代文学史上的意义 ………………… 279

日本美学（感性论）研究

比较美学："本质主义"崩溃后的路向
　　——岩城见一教授访谈-对谈录 ………………… 297
从美学向感性论的转向
　　——访岩城见一教授 ……………………………… 314

从"美术"到"艺术"
　　——中日艺术概念的形成 ·················· 322
日本明治时期文艺批评与美学的关系 ·············· 335

后记 ···································· 349

附　录

论文初次发表时间与刊物一览 ················· 357

大江健三郎研究

人·存在·历史·文学

——大江健三郎小说论纲

在当今日本文坛上,大江健三郎(1935——)是一位举足轻重的"先锋派"代表作家。在近 40 年①的创作生涯里,他锐意求新,追求与世界文学同步,以包括小说、评论和随笔在内的大量文学创作,赢得了众多读者尤其是青年读者的喜爱。并且,随着部分主要作品被译介到日本以外,他的创作越来越引起世界范围内更广泛的关注。1994 年 10 月 13 日,大江健三郎获得诺贝尔文学奖。

然而,他也是我国读者不十分熟悉的作家。虽然以前我们曾经翻译过他的短篇小说《死者的奢侈》和《饲育》等,但全面系统的研究才刚刚纳入议程。造成这种局面的原因是多方面的。在此,听听我国作家对日本引介当代中国文学的牢骚或许对我们有所裨益:"真正优秀的中国当代文学作品或不被他们所选择,或他们没有翻译和理解的能力。幸运地被完整介绍和渲染鼓吹了的恰好是一些次品。这些作品本来不属于优异之作,它们的语言无底蕴无深味,甚至干瘪得删删漏漏也无妨大局,兼之肤浅的政治思想内容和呆板的形式,于是正好与那些政治兴趣甚浓而艺术素养甚少的

---

① 本文最初发表于 1988 年,1994 年大江健三郎获诺贝尔文学奖后,作者对其进行了修改和补充。——编注

外国专家相映成趣,他们共同组成了一个更可悲的、在国外的中国当代文学的形象轮廓。"(张承志《美文的沙漠》)只要把"中国"换成"日本",就不难理解我对大江健三郎在我国遭到冷遇的不平了。

在37年的创作路途上,大江健三郎已树起了三座里程碑。这就是本文接下去将要逐次切入的三个阶段:第一阶段(1957—1964),惶惑与生存危机意识;第二阶段(1965—1979),恐慌与历史文化意识;第三阶段(1980—1994),超越与文学审美意识。

一、惶惑与生存危机意识

同许多有成就的作家一样,大江健三郎创作伊始就显示出非同凡响的哲学意识:对人生的关注,对人与人、人与社会的关系的思索。"国家战败之时,一个偏僻山村的爱国少年的心里埋下了偌大的屈辱感的种子。"(《当真选择文学吗?》,1966)深埋在民族意识里的信仰的丧失,使不甘寂寞的心灵产生了惶惑。忧郁感、覆灭感和灾难感等时代的情绪在他的身上打下了深深的烙印。这就是他创作初期接受存在主义影响的思想土壤。

在闭塞的现实社会中失落了自我的人的形象,是大江健三郎主体意识的生动写照,也是他第一阶段小说创作的基本主题。以《奇妙的工作》(1957)为开端的一系列短篇小说都是在这一主题范围内的不断深入开掘。

作为打工的医学系大学生,主人公"我"是现实生活里普通知识青年中的一员。从惨遭屠戮的狗的身上,"我"发现了人的孤独、虚无的悲哀,而令人窒息的现实已剥夺了青年人多愁善感的空间:"我的疲劳是日积月累的。我已习惯于不发火了,即使对屠夫的卑劣我也无动于衷。愤怒刚刚萌芽,立即枯萎。"对自然界的生杀予夺,"我"是麻木的;而对波澜壮阔的社会革命,"我"也无动于衷:

"我没有去参加同学们的运动。其中虽然有我对政治不感兴趣的原因,但是归根结底还是因为我没有持续不断的愤怒。"然而,"我"的这种消沉还没有达到不可救药的地步,因为:"一想起这些,我就感到焦躁不安。为了恢复愤怒,我总是筋疲力尽。"(《奇妙的工作》)这"有些虚无的心情"(评论家平野谦语),后来竟变成了"慢性消化不良似的感情"(《死者的奢侈》,1957)。"我"的精神内核,就是年轻的作者对当时社会现实加以哲学观照后的形象化再现。"我"颇似弗吉尼亚·伍尔芙表现"独自一人在虚无中"的《岁月》《海浪》的主人公,他们是一群被异化了的人,没有希望,处在精神危机之中。

存在主义的影响决定了大江健三郎小说创作的宗旨是发掘现实生活中人的孤独感,寻找人在现实中失落的自我。他从虚无的一面否定人生的意义,进而强调人的自由选择:"……就连小时候我也不苟言笑。所以有时我竟觉得自己忘了该怎么去笑。但一想起火山,我就笑得流泪。"(《奇妙的工作》)促使女大学生早熟的现实生活和她所神往的火山构成了判然分明的比照。火山,当然是"我"们自由选择的归宿。它和安部公房笔下的沙滩(《砂女》,1962)有异曲同工之妙。

获第 39 届芥川文学奖的《饲育》(1958)依然是对自我的凝视。它继承了《奇妙的工作》等作品的主题,并把沉重的历史感注入其中。这是对"我"的时代综合征的家族病史和既往病史的探寻。在孩子与大人、和平与战争、生与死、善与恶、美与丑这几组互为比照的世界里,读者得到的是超出同类题材的"强刺激"。

以被俘的黑人士兵为中心的世界,经由孩子们天真无邪而又明察秋毫的眼睛构筑得剔透晶莹;少年思春期的骚动和黑人士兵作为正常人的人性渴望互为表里地显示出蓬勃生命的律动。但是,当"大人们向我们蜂拥而来"的时候,人性被桎梏了,代之而来的是"敌与我""生与死"的生命摧残。人的异化、人与人之间的关系的异化由此产生,罪恶的战争煽动起惨无人道的侵略本性。于是黑人士兵被"像野兽一样饲育"起来,又被虐杀;本该是纯洁无瑕、天真烂漫的少年也终于告别金色的年华,"已经不是孩子了"。因此,被战争《饲育》了的与其说是黑人士兵,毋宁说是"我们"这一代人。

这是对战争的人道主义的理解,是对战后日本文学所背负的文化历史的透视。它继承并扩展了野间宏、大冈升平和椎名麟三等作家所追求的主题。把《饲育》放在日本思想界片面强调"爱国主义"的文化背景下加以考察,我们更能看出它的现实主义的意义所在。

同年发表的《掐芽杀崽》又进一步深入了《饲育》的主题,完善了《饲育》的表现形式。在这部长篇处女作里,"感化院"作为一种假定形式,无疑给作品开拓了耐人寻味的空间,天真烂漫的少年"被摧残被扼杀"的惨象又给读者洞开了窥视历史的窗口。对灭绝人性的侵略战争的口诛笔伐,是战后大部分日本作家尽力最多的。无论是第一次战后派、第二次战后派,还是第三新人,都以此为中心展开了创作。相对他们以现实主义为主的创作手法,大江健三郎对诸如"感化院"等假定形式的设定,突破了他们创作手法单一的局限。

值得注意的是,即使在这种人道主义昂扬的作品里,我们依然可以读出他对存在主义的深刻理解。在人道主义外衣的包裹下,存在主义的"孤独""忧郁""危机"的哲理变得有血有肉,产生了震撼人心的力量。这是对哲学意识的弱化处理:把抽象的哲理融入具象的情节之中。

大江健三郎是个求新意识极强的作家。这主要取决于他知识型作家的资禀和对文学新的可能性的渴望。当然,求新就意味着成功和失败的两种可能。在美国当代存在主义作家诺曼·梅勒的影响下，他以年轻人特有的热情和勇气，开始了对"性＋政治"的文学实验。

众所周知，人是自然属性与社会属性的统一体，完全根绝自然属性（包括所谓动物本能）的人是不存在的，但对于社会科学研究来说，人的社会属性是占主导地位的。所以，纯而又纯的无性文学和完全彻底的性欲文学都是荒唐无稽的。面对封建主义道学家的禁欲文学，今天的文学必然要"破戒"（包括对人类文化心理积淀中的语言禁忌的冲击）。这是文明与道德的二律背反。

由此观之，我们就能够理解大江健三郎以《我们的时代》（1959）为代表的一系列小说了。荒谬世界的主人公不分时间地滥施他的"个人暴力"——没有一定目标地进行反抗和复仇，无视既成的道德规范和社会责任。对于这样一位处于青春发动期的作家来说，从生于时代的苦闷空虚中寻找出路，性的扭曲和政治的毁坏是最好不过的突破口了。但这种宣泄排遣的方式毕竟很难满足人们对再筑生活的向往。我们担忧它的美学价值的原因正在于此。大江健三郎为这一实验付出的代价太大了。

好在长篇小说《个人的体验》（1964，获同年度新潮文学奖）的面世又提高了他在读者中的文学声望。残疾儿子的出生对这位普通的父亲注定是个巨大的打击，可仅此而已，大江也就枉费了"直觉型作家"的声名。幸与不幸是结伴而生的。残疾儿子的降生使大江健三郎幸会了能够牵动他感觉系统的"客观关联物"（艾略特语）。在他那由哲学意识支配的审美经验里又融入了可以审视人类"生与死"的崭新的"个人的体验"。

作为主人公，屡遭挫折的鸟和他大学时代的同学火见子都属于典型的存在主义英雄——"反英雄"的人物形象。无论鸟的逃避乃至倒退意识，还是火见子的白日梦，都深刻地反映了西方现代文学思潮对作者的影响。正如《局外人》一样,《个人的体验》渲染的逃避意识所披露的也是社会危机的主题。

更难能可贵的是作者没有让他的主人公逃离那个严酷的现实。在人性的感召下,鸟选择了"忍耐";火见子也从她的房子里走出来,和小情人双双去鸟所憧憬的非洲旅行。这绝不是作者简单地抹去了主人公头上绝望的光环,而是对存在主义大师们的超越。尽管同一时期的梅勒也显示了这种超越的迹象,但《一个美国梦》(1965)的主人公罗杰克所相信的"美国生活仍有无可名状的可能性"透露的是玩世不恭的美式幽默,而鸟的"忍耐"却让人感受到悲怆的日本哀愁。

在前一时期"性+政治"的惯性力场内,《个人的体验》中的性似有泛滥之嫌。但是,大江健三郎的文学追求毕竟有别于那些自甘堕落的色情文学。他写性的目的不在于刺激人的感官,而在于使受压抑的人格在性爱的抚慰下得到康复。它所涵盖的是文化意识,而不是道德意识。由此看来,《个人的体验》也绝不是"洪水猛兽"。

从《奇妙的工作》到《个人的体验》,在短短的七年里,大江健三郎基本完成了第一阶段的创作。此期的小说一直以存在主义哲理匡正人生,几乎在每一篇作品里,他都在寻找哲学和文学得以统一的契机。强调这一点是为了让我们以此为基点去考察他第二阶段的小说。

二、恐慌与历史文化意识

如果没有《万延元年的足球》(1967,获同年度谷崎奖)与《个人的体验》之间的明显差异,我们或许不能果断地界定大江健三郎创作的第一阶段和第二阶段。相较于《个人的体验》以及此前的小说,《万延元年的足球》多了一些恢宏的气势。这主要来自历史文化意识的穿透力。

大江健三郎从一开始创作就备了两副笔墨：一是写"我"现在的生活及生活境遇的；一是写"我"过去的生活及生活环境的。前者(《奇妙的工作》等)凝重滞涩,后者(《饲育》等)轻快流畅。更有趣的是,这两副笔墨周期性更换,仿佛不如此交替一番就不足以发挥他精湛的笔力。但到了《万延元年的足球》,二者却趋于融合,把现代都市生活的滞重和过去乡村生活的流畅融为一体。这是他第二阶段的主要特色之一。

《万延元年的足球》仍是对"鸟"的家族病史的闻问。但是由于作者开阔的艺术视野和方法技巧上的日臻成熟,这部小说堪称大江健三郎创作的一个新的里程碑。根所蜜三郎是鸟的内在生命的延续,也是作者思考人生的代言人。这位三岁残疾儿的父亲,带着现实生活的累累伤痕,想把自己禁闭在他为自己开掘的洞穴"净化槽"里。这孤零零的狭小空间,是《个人的体验》中火见子做白日梦的那个房间的位移。在这一封闭的空间里,蜜三郎的全部思想都打上了现代人神经衰弱的印记。

而"鹰"显然与"鸟"是有极大差别的。虽然同属鸟类,但相对折断了翅膀的小鸟,它的雄健刚烈是可想而知的。这就是根所蜜三郎的弟弟鹰四。他也是个存在主义英雄：不断进行"选择",寻找"自我"——去国复归,与胞妹乱伦,组织足球队,自杀……

以当代意识观照历史,使这部长篇小说更加庄严深邃了。一百年前的曾祖和他的弟弟,作为农民起义的组织者有"背叛"同志的不光彩的历史。这是由历史向文化的楔入,虽然作者当时可能没有意识到这一点。当然,这并不是说大江健三郎搬出老古董来只是为了给小说抹上几缕"真实"的墨痕,他的意图当然不在于此,而在于或让"叛徒"到地下仓库去反省,两年后东山再起把更大规模的起义引向胜利,或让他把永久的忏悔绘成《地狱图》,挂在寺庙内昭示后人。"人们自己创造自己的历史,但是他们不是随心所欲地创造,并不是在他们自己选定的条件下创造,而是在直接碰到的、既定的、从过去承继下来的条件下创造。一切已死的先辈们的传统,像梦魇一样纠缠着活人的头脑。"(马克思《路易·波拿巴的雾月十八日》)

这也是一种寻根。"寻根",绝不是文人骚客的怀古幽思,而是现代人对自身所处的苦闷而孤独的环境的反拨。它是文明发展的必然产物,是对往昔的文化投影的丈量。《万延元年的足球》就体现了作者为同时代人寻找"根所"(根的所在之处,作根源解)的渴望。在这一强烈的文化意识的推动下,过去与现在、历史与未来融会成一个永恒的整体,澎湃着闯进现代人的心房:"赤身裸体的鹰四是曾祖父的弟弟,是我的弟弟。百年里所有的瞬间都重叠在这一瞬间了。"

作为外部世界不可或缺的成分,导致蜜三郎痛苦的残疾儿、他的二哥和那个性变态的朋友都有一定的审美认识价值。他们传播的多是当代的消息。凭借这些,当代和历史才能在同一空间里得到平衡。并且,他们宿命中生与死的主题又与1973年发表的《洪水漫上我的灵魂》(获同年度野间奖)息息相关。

死亡意识是贯穿这部作品的主题。它与作者的生活阅历有直接关系。首先是与残疾儿的朝夕相处,虽为他增添了无尽的烦恼,却也为他的审美关注提供了可靠的对象。其次是对广岛原子弹爆炸后遗症的关注,这成了他把个人的不幸遭遇放到人类生死的母题的层面上加以考察的契机。

于是,我们看到了那个背负残疾儿的父亲躲进核避难所里,与濒临绝境的鲸鱼和树木进行"交感"。这也是存在主义无可奈何的逃避,是对外在客观现实和主观自我的逃避。

对在社会现实中几经挫折的知识分子的同情,是大江健三郎主题取向中最敏感的一部分。人,都生活在错综复杂的现实社会里,而人往往因为对这本来无法信赖的生活过于认真而遭到失败,进而生出许多缠绵的懊恼。这就是鲸鱼和树木的代理人,残疾儿的父亲大木勇鱼了。面对令人生厌的现实,大木勇鱼要逃避,要联合赤军进行"枪战",但作者却有意无意地告诉我们,这些都是徒劳的,只有善解鸟语的小白痴与自然的交融才是人的最高境界。因此,我们可以说人与自然、生命与宇宙的交感,是大江健三郎努力发掘的美学境界。经由把自然和宇宙引入当代意识统领的艺术世界,人们可以窥见潜流在《洪水漫上我的灵魂》底层的文化意识。

但是,逃避并不等于解脱,憧憬也不等于实现。当本来就可怜兮兮的小白痴又在"怪"的唆使下自绝其身的时候,我们看到了唉声叹气的作者已经怒不可遏了。接着,《洪水漫上我的灵魂》中在死亡意识左右下的危机感变成了"反英雄"人物对不合理的现实的反抗。1976 年发表的《替补队员手记》流露出了作者的这一期盼。

在题材上,它依然是《个人的体验》的延续,可是从创作主体情感模式的构筑上来看,激荡在《个人的体验》和《洪水漫上我的灵魂》里的,是对无力自为的无辜残疾儿的忏悔。也就是说,作者要拯救的是鸟和大木勇鱼,残疾儿只是他们承受罪与罚的道具,但是《替补队员手记》却把这个可怜的生命由幕后推到前台。

与兽性相对立的是人性。面对自己血肉化就的残疾儿女,最可能有两种极端的感情:一是由嫌恶到抛弃,一是由怜惜到溺爱。据此,我们可以看到作者在博大的父爱的感召下,不惜"以身代残":

森父 38−20=18;森 8+20=28。这梦境很荒诞,它超出了人们正常的体验范围。可唯其如此,才更能看出大江的艺术特质所在。恰如科林伍德所说:"想象的东西,单纯地作为想象,既不是不真实,也不是真实的。"(《历史的观念》)但它必须有感人的力量——真诚。一定程度的变形,是艺术作品自身的要求。这种变形的起源可以追溯到卡夫卡,抑或日本的草子文学,乃至中国的志怪小说。但这并不重要,关键是由此而引来的主题内容的扩张。

于是,你看到年轻 20 岁的森父和业已成了 28 岁汉子的森双双结伴去参加反核试验的集会。他们不仅在生理上变得精力充沛,就是在心理上也产生了渴望革命的冲动。森袭击黑幕人物 A 氏,这无疑是一个壮举。而他的行动是执行"宇宙意志的指令",这一解释既给人幽默荒诞之感,又促使读者深思:何谓宇宙意志? 是上帝的旨意? 是天理良心? 是……? 这就够了,确切的答案在读者对社会人生的思考里。

从 1975 年起,大江健三郎开始接触结构主义,在此前后亦受到俄国形式主义的影响。他试图把语言文字所能传达的东西变成日本语言结构中的符号,以此来唤起人们在知、情、意三个分野里的人生体验。这是"奇特的想象力"(伍尔芙语)对现实的再创造。生命主题和社会主题结合到一起,其指向的是源于现代而又超越现代的未来——历史文化的明天。

用现在进行时叙述现代都市生活,所得到的是近景,仿佛某一局部的特写,这就是《洪水漫上我的灵魂》和《替补队员手记》等篇目。用过去完成时响应现在进行时,把遥远的历史"淡入"现在乃至未来,这就是《万延元年的足球》和 1979 年发表的《同时代游戏》。

人们一定还记得 20 世纪 70 年代末"纯文学危机"对日本"纯"文学作家的震摄。可是就在这样"不景气"的行情里,《同时代游戏》竟售出 10 万部! 一时间,舆论为之哗然。它仿佛给前景暗淡的日本文学投放了一线令人振奋的光明。当然,一种新事物的出现肯定要有孕育的痛苦和临盆的阵痛,所以评论界对《同时代游戏》众说纷纭、褒贬参半也并不令人吃惊。

其实,这部作品可称为主干的情节很简单:"我"旅居墨西哥,难捱乡愁,遂给妹妹写信,决心完成父亲的夙愿——写出故乡的历史和传说。

可见,在这个套匣式的结构里,历史、民俗和现实生活是互为表里的。套匣式的倒叙、插叙、书信体等,在文学史上已是汗牛充栋。令人费解的是《同时代游戏》捕捉生活的方法。我们都有这样的体验:同一个物体(譬如一幢楼),从不同的方位观察会得到完全不同的具象效果。著名评论家小田切秀雄认为它缺乏"现实穿透力",另有评论家则认为它"融历史和现代于一炉,使人产生对原初生命力的渴望"等,这些都说明了视点之于这部作品的重要性。

可以说,以"魔幻"的手法把握生活结构正是这部小说的主要特点。震撼世界文坛的拉美魔幻现实主义的影响是必然的。实际上,所谓魔幻,指的是一种看待生活、结构故事的方法:魔幻现实而不失其真。这里的"真",显然已不是传统现实主义文学所强调的"真实性"了。说到底,就是我们津津乐道的"真实性",也很难是绝对物理意义上的真实。它或许是由那种"奇特的想象力"所创造的真实。

我们可以看到,《同时代游戏》这六封信的"真实"把读者带入了可作各种解释的境地:墨西哥的"死亡之路"和故乡的"死亡之路"一样都把人类引向生与死的永恒母题。这颇似阿根廷大文豪博尔赫斯的《交叉小径的花园》——"我将我的交叉小径的花园,遗给各种不同的未来。""村庄=国家=小宇宙"的建设者和他们那几度往返于死与再生之间的领袖"破坏者",使你幡然醒悟:人们在一代代制造着"迷宫"般的生活,人类为生而建设,为再生而建设,而领导建设的恰恰是"破坏者"……这就是历史文化的辩证法。小村庄为保持半数以上人口的独立而与日本帝国进行的"武勋赫赫的五十日战争"又把读者拉回到不太久远的过去。"三岛神社""天津神"和"国津神"又让人想到大江健三郎对天皇制的态度和对三岛由纪夫剖腹自杀的非议,等等,不一而足。这就是《同时代游戏》给读者提供的包容性极大的语言空间,它仿佛是一只六面体的魔方,只要你耐住性子转动,就会得到新的发现。

我们要求它有传统现实主义的"穿透力",这显然是奢望。扑朔迷离的描写和奇特新颖的构思,异乎寻常的时空交错和象征、隐喻、夸张手法的运用,使这部小说惊世骇俗的同时产生了巨大的社会批判力量和很高的审美价值。作者试图把文化行为——庆典、仪式、血缘关系、图腾制度等看成紧密相关的实体。这是在结构主义的启发下对历史文化的张扬。

关于魔幻现实主义的产生,有的评家往往认为它没有接受存在主义的影响,而更多地受到了超现实主义的启迪。其实,存在主义和超现实主义是有不同的隶属的,前者是世界观中的认识论,后者是方法论,二者在具体作品里也分别为内容和形式提供依凭,一个作家完全可以用超现实主义的方法编织存在主义的思绪。这也许更符合拉美魔幻现实主义文学的事实。大江健三郎的《同时代游戏》就为这种可能提供了证明。

《同时代游戏》没有完全沉入《百年孤独》式的怪诞的悲剧氛围,而是把怪诞这一美学品格用调侃的饶言体稀释成滑稽。这一变异使其与日本江户时代的文学趋于吻合。从处理文学与现实的关系看来,"魔幻"和"戏作"有一个基本相似之处:从游离生活的视角把握生活,批判现实。所以,我们在承认大江接受拉美文学影响的同时,也不能忽视日本戏作文学对他潜移默化的教化。

也许正是由于魔幻与戏作的暗合,20世纪70年代末80年代初,日本魔幻戏作小说层出不穷。除大江健三郎外,中村真一郎、中上健次、后藤明生和井上厦等都很引人注目。虽然他们没有统一的文学思想、固定的表现方法,但是从蛮荒中发掘人性,从魔幻中领悟人生,从滑稽中揶揄现实的美学范式却是大抵相通的。"横光利一倡导的雅俗共赏的'纯粹小说',却很有可能是在'魔幻戏作派'的创作理念和实绩中才得以真正地实现。"(夏刚《八十年代日本纯文学小说》)

《同时代游戏》把历史、神话、传说等人类文化要素加以"魔幻""戏作"的阐释,使得大江健三郎第二阶段的历史文化意识达到了登峰造极的境地。这无疑是他树起的又一座丰碑。若是平庸的作家,只在这一高度上"批量生产"(创作平移)就可以永享天年了,可这显然不合大江的脾性。正如从《万延元年的足球》开始在他的长篇小说中逐渐增加文化的浓度一样,告别了《同时代游戏》后,他又要实现那图谋日久的新的超越。

三、超越与文学审美意识

果断地从长篇小说转入短篇小说创作,这是大江健三郎从第二阶段向第三阶段迈进的显著界标。

早在《替补队员手记》付梓后不久,大江就下了这一"转向"的决心:"过一段时间,我准备再回过头去写短篇。一个作家,无论他写出多少出色的长篇,如果没有几篇优秀的短篇,就很难称为优秀的作家。因为短篇小说能显出非他莫属的独特意象,能发展他敏锐准确的构成力……"(《现实世界的超越》,1977)

相对长篇小说而言,短篇小说以篇幅短小、情节精练、人物冲突集中见长。这种文学样式,要求作家有更强烈的内驱力。战后日本纯文学界的小说,往往以"长"为特色,洋洋数万言自不必说,单是连载数年的"大河小说"就不胜枚举地在各种杂志上泛滥。这些"巨"作大多内容空泛,给人冗繁拖沓之感,很少有"非他莫属的独特意象"。所以说,大江健三郎做出这种选择,既是客观上抵制

"大河"决口的恶风,主观上也是表达了对自己前一阶段创作的无可名状的懊悔。也许作者本人没能意识到这一点:《替补队员手记》等作品的弱点之一就在于"长",进而使读者产生厌倦。

以短小的篇幅、简单的情节、极有代表性的人物反映出当代颇具代表性的社会生活,这在大江创作初期的《奇妙的工作》《饲育》等小说中已见端倪。这些篇目貌似冷漠,潜流其中的却是作者澎湃的激情和对旺盛的生命冲动的渴望。然而它既不同于传统的浪漫主义对人生的礼赞,也不同于颓废主义对人生的绝望;它是存在主义对社会人生的凝神静思。大江健三郎第二阶段的思想基础也还是存在主义,只不过后来在创作手法上借鉴了拉美的魔幻和江户的戏作。第三阶段的大江更复杂,但在另一个层面上来说也更单纯,这是一个特殊的矛盾体。所谓复杂,指的是存在主义的人生思考与"魔幻""戏作"手法的日益"烂熟"相结合;所谓简单,指的是他把作品形式构成本身作为文学追求的终极目标,也就是"文学意识"的强化。从辩证的角度来看,大江小说日趋完善还是在于他的"哲学意识"的强化。

关于文学的内容与形式,我们往往习惯于将后者视为前者的奴仆,但是,文学史上的事实却不断提供反证:没有形式就没有内容,文学发展到一定阶段,形式的探索本身就是文学的本质。

系列短篇小说《谛听"雨树"的女人们》甫一发表,就给人耳目一新的感觉。从题材取舍的角度来说,它已消弥了"长子出生"的阴影,而把目光投向另一个人的生与死。但是,这是对宇宙、社会、人生的"倒立观察",它取决于作者新的文学审美意识。"如果在全部意识形态中人们和他们的关系就像照相机中一样是倒立着的,那么这种现象也是从人们生活的历史过程中产生的,正如物象在眼网膜上的倒影是直接从人们生活的物理过程中产生的一样。"(《马克思恩格斯全集》第1卷)

我们完全可以把高安看作这一系列作品的主人公。不过，这样我们就会误入歧途。作者给我们创造了这样一个具有象征意义的氛围：一棵"雨树"，以及在它下面避雨的人们。在此，"树"完全抛弃了它本身的特征，搅动起积淀在我们审美经验里的东西。

　　大江健三郎对"树"有着特殊的情感：大木勇鱼与之"交感"的树，《万延元年的足球》和《同时代游戏》中环抱村庄的原始森林……森林是哺育人类的第一个摇篮，它在滋养人跳到地上直立行走的"历史瞬间"是功勋卓著的。但此后，它却无数次使深入其中探宝的"孩子"迷途难返。森林是与人类共生的，是伟大的，又是神秘的、神圣的。森林在上述作品中是作为某一种原型的群体象征而存在的，但到了"雨树"，我们却看到它从众多同类中脱颖而出了。这是一棵参天巨树的具象。由"森林"到"雨树"这一变化对理解大江健三郎的作品有特殊的意义。作为群体的森林虽是能给人以神秘莫测之感的寓话意象，可与其相应的却是原初状态的浑沌、无秩序性给人们心灵带来的焦虑。作为个体的"雨树"，则是傲岸挺拔与孤独寂寥的组合意象。

　　这只是自然界的树，那么栖息在树下的人呢？作为传统现实主义文学人物，"我"、高安和佩妮都显得无足轻重。在"雨树"所笼罩的意象象征的氛围里，他们也挣脱了单纯作为文学人物本身的意义。

　　我们可以这样看待高安：他是大江第一阶段短篇小说中一再出场的"我"的后日谈。从追求存在主义意义上的"生与自由"的角度来看，他们确实有互为佐证的因果关系。但更重要的是，他以及佩妮和"我"都是"雨树"这个形而上的意念演绎出的离奇人物，他们在高层面上折射出强烈的现实之光。由此我们克服了因现实主义文学尺度的局限所带来的困惑：人物和"雨树"并没有必然的联系。通过作者"我"对小说形成过程的如实描述，高安和"雨树"、

"雨树"和"我"、"我"和高安、高安和佩妮、"我"和佩妮、佩妮和"雨树"等,都互为比照,相映成趣。"独行潭底影,数息树边身。"(贾岛诗)这是人与树之间的一种深刻的生命交流。"雨树"的象征意义就在于此。

象征性作品具有伸缩性极大的外延空间,读者可以从各自不同的角度和层次上去欣赏它,作者也可以从错综复杂的信息反馈中不断调整主体意识,形成妙趣横生的循环。以《谛听"雨树"的女人们》为开端,大江第三阶段的系列短篇小说描绘的就是人类精神发展历程中灵与肉的既和谐又对抗的轨迹,具有相当的思想性和美学价值。《醒来哟,新人!》(1983,获同年度大佛次郎奖)中的残疾儿,不外乎是对生与死麻木不仁的群体获得"再生"的祈愿;《如何杀死树》(1984)中的女人和性,也是对"生死"这一文学母题的铺陈,其中的"树"显然比"雨树"更切近现实;《被河马咬了》(1985,获同年度川端康成奖)中的河马作为恶势力的象征,体现了作者对社会革命的思索……这些都是同时包含着形象本身的自然性质和象征涵义的意象。它们与大江健三郎第一阶段的写实性、第二阶段的寓话性构成鲜明对比,为我们提供了认识当今日本社会的"辩证途径":"从生动的直观到抽象的思维,并从抽象的思维到实践……"(列宁《哲学笔记》)这标志着他艺术追求的转变。大江健三郎每走一步都努力调整自己的审美意识,从而通过吸收欧美现代文学的某些技巧来丰富自己的表现力。这表明,文学艺术发展到 21 世纪,兼收并蓄也是一种创造。

我们看到,这些意象不仅制约着他提炼素材,同时也约束着他的叙述方式:尽量避免事件过程的精雕细琢,从而使我们不至于过分纠缠于具体情节而能迅速发现意象的暗喻方向,进而感悟到形而上的象征意蕴。

这些小说叙述观念的转变,使创作主体作为一个"占据重要席位"(萨洛特《怀疑的时代》)的"我"而非全知全能的作者的地位在作品中得以确立,从而在整体叙述上产生了一个语言情绪层面。这就是《谛听"雨树"的女人们》等作品的"悲叹",它同时又使人想起日本平安朝时期的"物情"。

正是由于这种形式上的变化,才使大江健三郎有"我"的短篇小说与日本传统的"私小说"分道扬镳了。它打破了私小说对于故事结局性或目的性,即"写什么"的叙事观念,而倾向于过程性叙事观念,即对"怎么写"的执着。再现小说的创作过程,并以此来显示文学语言本身的力量——情绪、哲理、意蕴等,从而与"新小说"派的"回到文学本身"产生了共鸣。这与他们拥有的知识素养——形式主义、法国结构主义是有直接关系的。并且,更发人深省的是,这些作家的社会生活也有诸多相似之处。

《M/T与森林神奇故事》(1986)和《致令人怀念的岁月》(1987)依然是《万延元年的足球》和《同时代游戏》所描写的森林神话故事。对文学表现形式的执着追求使这两部作品不同程度上突破了第二阶段同类题材的桎梏。《人生的亲戚》(1989,获1990年第一届伊藤整文学奖)和《静谧的生活》(1990)则又把读者的视线从神话故事引向作家的身边。在这两部小说里,日本传统的私小说的外壳和文化人类学的神话理论构架是至关重要的。比如《人生亲戚》以传统文学的所谓小说体和书信体等文体,不断调动读者的参与意识,唤起主体和客体间的交融,使作品本身的意蕴得到扩张。作为大江作品中首次出场的女性主人公,惠的悲剧化的生活以及她的生活态度,不仅能使读者体味到生活的苦涩,还能感觉到作者貌似冷漠,实则温存的友爱之心。当然,这亦是有别于传统文学的道德说教。

寻求与世界文学大家的对话,是第三阶段后期大江作品的显著特色之一。正如第一阶段初期对存在主义的执着和对性的固执一样,大江健三郎时刻不忘从世界文学的宝库中汲取营养。在此时期的作品中,我们应该十分重视大江健三郎对拉伯雷、但丁和叶芝等人的引用和阐扬。由此这般,大江不仅找到了与这些文学巨匠沟通的途径,也发现了超越既成文学传统的方法。被大江健三郎称为"最后的小说"的三部曲《燃烧的绿树》就是这样的尝试。以大江文学创作的流脉视之,此三部曲还是在《万延元年的足球》至《致令人怀念的岁月》的延长线上;从大江本人的创作追求而言,则可以称之为大江作品的集大成之作。接受性转换手术的男性叙述者所讲述的故事,超越了性的障碍,从而在"无垢"的心境里,试图实现拯救个人乃至人类灵魂的理想。所以,称其为"最后的小说",显然充分体现了作者超越自己既成的文学创作的信念与决心。这三部曲是:第一部《待到"救世主"挨揍的时候》(1993)、第二部《震颤的大地》(1994)和第三部《大大的太阳》(1995)。

有趣的是,在大江健三郎反复推敲《大大的太阳》之际,传来了他获得诺贝尔文学奖的佳音。在颁奖前后的忙碌之后,大江健三郎终于在草稿的结尾处写下了"完成于60岁生日前"的字样。他出生于1935年1月31日。至此,大江健三郎已走过37年的文学创作生涯,其中的三个阶段如前所述。

全面系统地翻译研究大江健江郎的作品,从中发现中国当代文学走向世界的捷径,这是我们中国的文学工作者义不容辞的责任。并且,大江健三郎在30多年的创作实践中,时刻不忘从外国文学的作品、思潮中吸收营养,使之变成自己独特的文体,这一成功的经验当然应该引起我们的注意。在大江文学创作的理论与实践中,会发现很多对我们有所启发的东西,更激发我们不懈地努力。

"被监禁状态"下的苦闷与不安
——论大江健三郎第一阶段初期小说

大江的文学创作的第一阶段初期是指1957至1958年的创作。自从发表处女作短篇小说《奇妙的工作》起,在大约一年多的时间里,年仅22岁的东京大学法国文学系学生大江健三郎备受读者大众的追捧,被誉为"川端康成第二",并获得了1958年度第39届芥川文学奖,从而坚定了其大学毕业后从事专业创作的决心。

他在此期间发表的作品主要有短篇小说《奇妙的工作》《死者的奢侈》《伪证》《饲育》《鸽子》《人羊》《别人的脚》和中篇小说《掐芽杀崽》等。其中《奇妙的工作》获东京大学五月祭奖,《死者的奢侈》为第38届芥川奖候补,《饲育》获第39届芥川奖。作为一个文学青年,他已不是一般意义上的崭露头角了。把下面的一组信息结合起来看——1957年,大江健三郎被誉为"川端康成第二";1968年,川端康成获诺贝尔文学奖;1994年,大江健三郎获诺贝尔文学奖——他获得世界文学"冠军"的偶然[①]中似乎早就藏着这种必然,而对这种必然性的认识则是我国日本文学研究界今后长期的

---

① 叶渭渠.编前的话[M]//大江健三郎.性的人.郑民钦,译.北京:光明日报出版社,1995.

课题。本文即对大江的文学创作第一阶段初期①的探讨。

大江健三郎第一阶段初期的文学创作的特色主要体现在以下几个方面：

一、清新的感受/"奇妙"的题材的发现

处女作《奇妙的工作》是东京大学五月祭奖的获奖作品，首先得到了日本战后著名民主主义评论家荒正人的举荐，接着又得到了与荒齐名的评论家平野谦在《每日新闻》文艺时评上的充分肯定，称之为"既具有当代的现实意义，又具有艺术价值的作品"②。大江健三郎幸运地在两位大伯乐的扶持下成为"大学生作家"。

《奇妙的工作》篇幅短小，情节简单：国立大学学生"我"和女大学生、私立大学学生三人应聘帮助屠夫在三天内宰掉150只狗。当宰到第70只时，"我"的腿被红毛狗咬了一口，据说还必须注射一支防狂犬病针剂。这时警察来阻止"我"们的工作，因为屠夫把狗肉非法卖给肉店，让店主给告发了。屠夫一走了之，"我"们不知道到哪里去领工钱，也不知道被狗咬伤的处置费由谁来负担。

"狗挨一刀倒地毙命，给人剥了皮完事儿。而我们挨了宰却还要继续徘徊。"

---

① 『大江健三郎全作品集Ⅰ』『奇妙な仕事』(1957)—『個人的な体験』(1964)、『大江健三郎全作品集Ⅱ』『万延元年のフットボール』(1967)—『ピンチランナー調書』(1976)，皆有编者的明确意图。还可参照：一条孝夫.大江健三郎の世界[M].東京：和泉書院，1985；黒井千次、川西政明.対談　大江健三郎―ノーベル賞―悩みから救済への文学[J].東京：東京新聞，1994-10-14.

② 文芸時評[N].東京：毎日新聞，1957-6-19.
平野謙.平野謙全集10[M].東京：新潮社，1975.

"但是,可以说我们的皮也被别人剥了一层呀。"①

在这个短篇里,狗和"我"们作为客观存在的主客体互相映衬,使整个故事在荒诞的氛围中表现出"当代最年轻一代人有些虚无的心情"(荒正人语)。作为客体的狗"也许是因为在这里被饲养了一年,个个都很老实,丧失了见人就咬的习性。我走进去,它们连叫都不叫一声"。作为主体的我也对现实社会无所适从,总是感到疲惫不堪。

我的疲劳是日积月累的。我已习惯于不发火了,即使对屠夫的卑劣我也无动于衷。愤怒刚刚萌芽,立即枯萎。我没有去参加同学们的运动。其中虽然有我对政治不感兴趣的原因,但是归根结底还是因为我没有持续不断的愤怒。一想起这些,我就感到焦躁不安。为了恢复愤怒,我总是筋疲力尽。

这种客体和主体的对比虽然略显生硬,却以敏锐而清新的感受,勾勒出"我"们当代青年的形象轮廓,宣泄了他们虚脱症状的徒劳感和挫折感。因此,我们可以说,"杀狗"这一"奇妙"的工作触发了大江健三郎清新的感受。

三个月后发表的《死者的奢侈》仍然是和《奇妙的工作》同类的"奇妙"的题材:法国文学系的学生"我"与英国文学系的女学生看到大学附属医院的招工广告,便去应聘,去帮忙把教学实验用的尸体从旧水槽搬到新水槽等工作做完了,"我"们被告知医院的一个部门搞错了,旧的尸体要送到火葬场火化。刚刚搬完的尸体还要重新装车,到第二天文部省来检查之前能否装完不得而知,"我"们的工钱亦没有着落。

---

① 本文中的引用皆为笔者译自原文文本,以下不一一注明。——作者注

其实，无论是人物情节的安排，还是主题意识的把握，《死者的奢侈》跟《奇妙的工作》相比都有明显的进层关系。尤其是"水槽"这一怪诞空间的设定，比《奇妙的工作》成熟得多。

> 死者们浸在深褐色的液体里，臂缠着臂头挤着头，一半浮出液面，一半沉进其中。他们被淡褐色的皮肤包裹着，具有不亢不卑的独立感，分别向各自的内部凝缩，同时又执拗地互相摩擦着。他们的身体都有些浮肿，几乎无法辨认，这使得他们紧闭着眼帘的脸儿更加丰富。极易挥发的臭气冲天而起，使紧闭的房间里的空气更加浓密。所有的音响都缠满黏糊糊的空气，听起来十分凝重，充满量感。

开宗明义，作者把"死者"这个客体和"液体""紧闭的房间"以及"空气""音响"的综合意象加以浓缩，充分调动起读者视觉、嗅觉、听觉的紧张，得到一种阅读的愉悦。《奇妙的工作》只要"再向前迈出一小步，就能超越世风，接近象征"（平野谦语）。更重要的是，大江健三郎的这种凝缩到"死者"尸骨中的怪诞的文体，在当时沉寂的日本文坛上独树一帜，引起文坛的普遍关注。当时的芥川奖评选委员川端康成和舟桥圣一交口称赞这篇小说"题材独特"，具有"积极意义的颓废倾向"和"病态的能量"。①

所谓题材的独特性，当然是指"运尸"这个故事本身所具有的特殊指向性，即故事的主体"人＝我"和客体"物＝死者"之间相互作用的可能。一般的想象力可以到达主体向客体渗透的境地，却往往难以实现客体向主体反作用的转化。

> 士兵在我的把握之下，直挺挺的。
> 你想要逃跑吗？现在可是真正的监禁状态呀。

---

① 文艺研究フロジェ.よくわかる大江健三郎[M]. JapanMix, 1994.

没有你说得那么严重。不时也有人来这么摆布一下我们。

你们都讨厌政治吧？我们只能说说政治了。

政治？

下一次发动战争的是你们。我们只有评价和判断的资格。

不加任何引号的对话，把读者的思考从"紧闭的房间"引向现实和历史的政治分野，从而使读者的阅读空间得到扩展。这就是客体反作用于主体时产生的强大的牵引力。如果说，作为客体的"物＝士兵"因为临阵逃跑而毙命，他们想逃避的是战争的恐怖，那么作为客体的"人＝我"——当代最年轻的一代人——想逃避的监禁状态并不亚于摧残人性的战争。这也就是大江健三郎在《奇妙的工作》中就应该进一步加以强化的暗喻。再加上对徒劳感和挫折感的把握，"积极意义的颓废"才得到实现，"病态的能量"才得到宣泄。因此，我认为《死者的奢侈》最大的成功之一就在于创造了这种使现实与历史互相渗透的重影空间，这对大江的文学创作具有不可替代的提示性：

你在战争的时候，还是个孩子吧？

我想，我也是不断长大的，在长期的战争中。战争早日结束是不幸的生活里唯一的希望。在这种渴望中，我长大成人。并且，在希望的征兆泛滥之中，我几乎窒息，几乎死去。战争结束了，牺牲者的尸体在大人胃一样的心里被消化，或变成不能消化的固体和黏液被排泄掉。我没有参加这项工作。并且，对我们来说，希望早就稀里糊涂地融化了。

对战争和战争健忘症的批判，已到了无以复加的程度。对"消化"和"排泄"之物的偏爱，则表现了大江健三郎在营造意象的过程中具有的未泯"童趣"的一面。这种"清新的感受"的素质,也是其后的《饲育》取得成功的关键之一。获第 39 届芥川文学奖的《饲育》依然是对自我的凝视。它继承了《奇妙的工作》等作品的主题,把沉重的历史感注入其中。把小说中的黑人飞行员和"狗""死者"放在同一个层次上看,同样不外乎是主体意识对象化的客体。这也是对"我"的时代综合征的家族病史和既往病史的探寻。在孩子与大人、和平与战争、生与死、善与恶、美与丑这几组互为比照的世界里,读者得到了超出同类题材的"强刺激"。

二、"墙壁意识"/占领文学的可能性

在单行本《死者的奢侈》的后记里,大江健三郎本人自称这篇短篇小说是他对"生存在被监禁、被封闭的墙壁里的状态的思考"。这种"墙壁意识"也是大江的文学创作第一阶段初期作品的基本主题取向。

在《奇妙的工作》等篇目里,首先是客体处在被监禁、被封闭的状态里,让主体去感受、去联想。作为客体的"狗""也许是因为在这里被饲养了一年,个个都很老实,丧失了见人就咬的习性"。与此相对应,"我"们这些当代的日本青年也同样苦恼于个性的失落——"我们这些丧失了个性,彼此相似,软弱无力地联系着的日本青年!……我今年 20 岁。在这奇妙的年龄里,我已是精疲力竭。"可见在客体和主体的互相比附下,特定环境里造就的主体性的丧失,是大江健三郎不懈探究的社会症结所在。而对《死者的奢侈》里的"死者",叙事者"我"更是直抒胸臆:"现在可是真正的监禁状态呀!"本来已经不开心的"我"们,最终得到的报酬却只是不知道去哪里要工钱,这被平野谦命名为"徒劳的抒情",也不无调侃地表达了对无可名状的"墙壁"的无奈。

最直截了当地表达"墙壁意识"的是《别人的脚》：

> 我们在黏液质的厚厚的墙壁中生活着。我们的生活与外部完全隔绝，处在不可思议的监禁状态，但是我们却绝不企图逃跑，也不热衷于打听外面的信息。可以说我们没有外面的世界。我们在墙壁里过着充实、愉快的生活。

对被监禁状态的自觉与无奈，已到了无以复加的程度。以患骨癌的少年为主人公的这篇短篇小说，从很大程度上表现了作者对社会现状和当代青年的理性思考。可以说，把时代的绝望对象化，并升华到"墙壁意识"这一思想理念的高度，是大江的文学创作初期的主要特征之一。

从日本战后政治思想史上来说，酿就大江健三郎"墙壁意识"的主要因素有：自由民主党（保守）与日本社会党（革新）的"55年体制"确立后，反对扩张砂川基地运动（1955—1956）；反对勤劳评定斗争（1957）；反对日美安全保护条约的斗争（1958）等。但是对大江健三郎这一代青年来说，最不能忘怀的莫过于沦为美国附属国的忧虑。第二次世界大战日本战败后，以美军为首的军事占领持续了七年，所以，大江健三郎绝不是杞人忧天。

出生于1935年的大江健三郎，1945年日本无条件投降前的小学时代所受的是国粹主义教育，紧接着又接受了战后民主主义教育。他幼小心灵中产生的混乱是可想而知的。直到成年后，这种混乱还不时困扰着他。"败战"这一铁的事实，不容置疑地摆在所有日本人的面前，使人们不断思考：

> "败战"这个词在我这个小学生的心里，唤起了毁灭与屈辱的意象、一败涂地、无比绝望的状态下的意象。

因为"败战"不仅埋葬了日本军国主义，同时也使日本不得不接受美国的军事管制,所以"毁灭与屈辱"的二重感觉刻骨铭心。如果说"毁灭"是咎由自取的话,那么"屈辱"是什么?这当然就是大江健三郎的"墙壁意识"所折射出的象征。

> 我学到的第一句外国话,就是那句耳熟的打招呼的话。Halloo!这是跟谁打招呼的吧。是的,这是跟占领日本、进驻日本的外国人打的招呼。外国兵扔给我们点心、香烟。孩子们争着抢着捡。我自己手里也紧握着一把扔过来的巧克力。这事儿我不想隐瞒。这是可耻的记忆,但也是确实发生过的事实。①

"嗟来之食"——战后日美关系史上这幅小小的风景画,很能说明当时不得不接受的被占领的现实,对民族意识极强的日本国民来说是多么严酷。高大的美国兵和小小的日本孩子,胜利方和战败方……不要说有些神经质的大学生作家大江健三郎,就是一般的日本国民也当然会有屈辱感和自卑感所带来的苦闷与不安。大江健三郎对《奇妙的工作》等一系列作品所处的大背景的认识也皆出于此。

从日本战后文学史上看,大江健三郎这样处理现实题材的作品颇具特色。对于战败这一事实,战后派文学首先要从战败的阴暗情绪里再筑民族的进取心,所以对罪恶战争的责任的追究,在"反思"与"伤痕"的文学主题上不断被作家们繁衍出以悲怆和哀惋为主要美学特征的作品,比如野间宏的《阴暗的图画》、梅崎春生的《樱岛》、椎名麟三的《深夜的酒宴》、大冈升平的《俘房记》、三岛由纪夫的《假面的告白》、安部公房的《墙——S·卡尔玛先生的罪行》和堀田善卫的《广场上的孤独》等,都基本表现了"复兴期的精神"

---

① 大江健三郎.厳粛なる綱渡り[M].東京:文芸春秋新社,1965.

(评论家花田清辉语)或在此延长线上的思考。大江健三郎的《饲育》和《掐芽杀崽》因为和这种"复兴期的精神"有密切的血缘关系,所以得到了评论界的一致好评,而《奇妙的工作》等作品则以唤起人们的新奇感出奇制胜。这里的新奇就是对"被占领时代"的或隐或现的艺术再现。其实,从某种意义上而言,这些以"墙壁意识"思想为主要依附的"被占领时代"的文学,恰恰是对"复兴期的精神"内涵的扩展。

直接把"被占领"这堵"墙壁"推到幕前的是短篇小说《人羊》:

> 在新人的作品里,大江健三郎的《人羊》出类拔萃。在美军基地附近的公共汽车上,被醉醺醺的外国兵扒下裤子,猫着腰叫人拍打光溜溜的屁股取乐的学生感到无比屈辱;眼睁睁地看着外国兵的肆虐无动于衷,等他们一下车却鼓动学生去起诉的教员与之形成强烈对比。坚决主张团结战斗的教员难以进入学生内火攻心的屈辱感的深处,最终变成了让受害者再做出牺牲的利己主义者。可以说这象征着今天的进步主义所容易陷入的无视人性的主题。①

正如著名评论家山本健吉所说,《人羊》确实是反映"被占领时代"的文学中的精品。在短短的篇幅里,我们既可以看到作为胜利者的占领军不可一世的淫威,又可以看到作为战败方的日本国民无故受辱的鄙微。处于中间状态的"教员",代表了一批所谓"进步主义者"——在社会上有一定的地位,但是在占领军和普通的日本人面前却扮演着不光彩的角色。这仿佛是当年青年鲁迅亲眼看到了中国人惨遭屠戮而同胞却麻木地围观后愤然弃医从文的那种情景。

---

① 大江健三郎.文芸時評[N].東京:読売新聞,1958-01-23.
文芸時評[M].東京:河出書房新社,1969.

属于此类"被占领时代"文学的还有《哑口无言》《战斗的今天》《看之前就跳》,以及第一阶段中期的《我们的时代》等。

三、萨特的影响/文体意识的自觉

大江健三郎对"墙壁意识"即"被监禁状态"的执着,深受以萨特为代表的法国存在主义者的影响。这是所有评论家都同意的判断。20世纪50年代,法国存在主义对日本思想界、文化界的影响方兴未艾。对时代精神相当敏感的青年,或是信仰马克思主义,加入全学联等组织,参加政治运动;或是受存在主义的影响,在萨特、加缪、卡夫卡的作品中寻找精神安慰,在"虚无"的氛围中消沉下去。大江健三郎1954至1959年就读于东京大学法国文学系,入学后曾经一度靠近学生政治组织,继而倾向存在主义。他白天师从人道主义倡导者渡边一夫教授,攻读法国中世纪文学,晚上大量阅读萨特、加缪等人的法语作品,其间即开始了小说创作。1959年,经一年留级后,提交了毕业论文《论萨特小说中的形象》。他接受存在主义文学影响的基础是很坚实的。

应该指出,日本战后的文学界相当活跃,对外国文学的接受达到了前所未有的高度。许多有成就的作家都师出西方,新声浩荡,使被近代自然主义文学扭曲了的传统受到了前所未有的颠覆。战后文学中大师级的作家几乎都呈此态势。所谓不破不立,他们破了"传统"文学中桎梏文学健康发展的私小说的狭隘性、朴素的写实性、平板性,立了新文学的社会性、心理性、批判性。大江健三郎创作伊始即宣称自己是埴谷雄高、武田泰淳、野间宏、椎名麟三的继承人。这不仅表明了他继往开来的决心,同时也标志着他已树立了向存在主义靠拢的自觉。

首先,我们可以从认识论的角度来把握大江健三郎所受的存在主义影响。

存在主义作为一种哲学，首先要在认识论上对其信徒做出规定，这就是"存在＝虚无"。通过萨特的文学来接触存在主义的大江健三郎，对人生的理解也是"存在就是受难"。他所描写的"我"在现实生活中的挫折感、徒劳感都根源于此。

众所周知，以佛教看人生得因果，以基督看人生取原罪……人生观、价值观对芸芸众生就是这般重要，对描写这些芸芸众生的文学作品也自不待言。说创作伊始即以"清新的感受"而走红的大江健三郎是在存在主义文学的影响下创作小说的，道理就在于此。因为，只要具有小说家的资质，无论何时何地以何种哲学意识创作出何种小说，他都可以从事小说家的职业，但是他有没有"清新的感受"？或者他有因果的原罪的感受，但能不能让文坛内外认可？所以存在主义文学对大江健三郎是至关重要的。

那么，什么是大江健三郎的"被监禁、被封闭的墙壁意识"？换言之，应该怎样来理解他这种与萨特《苍蝇》《密室》等剧本和《呕吐》（中译本又名《厌恶》）、《墙壁》《自由之路》里探讨的"在闭塞状况下自由的可能性和不可能性"相通的思想感情？萨特在《何谓文学》中，对此作了通俗的描述：

> （现在，）很多作家正转向剧本。主人公已没有性格可言，他们和我们大家都一样，有圈套里的自由。有什么出口吗？每个人物都只有一个出口，此外别无选择。而被选择的出口，也只不过是出口罢了。在某种意义上，每个人所处的状况都是捕鼠器，只能到处碰壁。不，我的表现很拙笨。是没有可以选择的出口。出口是被发明的。并且我们每个人都要发明自己固有的出口，自己发明自己。所谓人，就应该每天有所发明。

这就是大江健三郎"墙壁意识"的理论根据。他对他和同时代青年的基本认识是：失去了作为"皇国少年"为国战死的机会，被无可奈何地固定在战后社会里的"迟到的青年"。在仿佛"捕鼠器"般的社会状况里，他们只能"到处碰壁"。《奇妙的工作》《死者的奢侈》等小说中所反映的挫折感、徒劳感，正是这种"墙壁意识"思想的形象化表现——"徒劳的抒情"。

其次，在方法论上，大江健三郎从存在主义文学中学到了很多使传统文学感到震惊的表现技巧。在迄今对大江文学的评论中，往往有侧重认识论角度而忽视方法论角度的倾向。对此，大江本人从一开始就有所抵触，因为他更执着于日语的文体：

> 我绞尽脑汁的是日语的文体这个问题。这在最开始写狗的故事时就有所萌芽，既而像大树一样枝繁叶茂。
>
> 简单说来，比如直喻，在法语文章和日语文章中所占的比重是完全不同的。我说的文体就是此类极技术性的问题。并且，日本人以由日语的文体形成的精神构造，接受法国作家的影响，这几乎是难以想象的。①

毋庸讳言，今天读这种文字，我们可以说 23 岁的大江健三郎确实太稚嫩了。因为当一个作家想要对一种旧的文体进行改造时，他必定要有某种既成"新文体"的参照。文化与文化接触的过程中，这种载体间的影响来得最直接、最快捷。所以，正是在他当时"难以想象"的方向上，存在主义文学对他产生了"极技术性"的影响。这种影响不是简单的模仿，而是在心领神会的基础上创造出属于自己的文体。在《奇妙的工作》里"就有所萌芽"的文体意识的自觉，主要体现在以下几个方面。

---

① 大江健三郎.厳粛なる綱渡り[M].東京：文芸春秋新社，1965.

第一，寓意与隐喻的大量使用，使作品在题目、题材、人物形象、描写的客体上都带有这种色彩。这在他的小说题名上就可见一斑：

《奇妙的工作》——"杀狗"？　《死者的奢侈》——"运尸"？
《人羊》——"我"？　　　《饲育》——美国兵？……

这样一一对应似乎有些机械，但是对我们理解大江的文学创作会有所启示。这种命名本身对故事有极强的规定性和指向性，按传统文体的标准看，"有些过于文学了"（平野谦评《奇妙的工作》）。可是不这么命名，规定性、指向性的"比重"势必减弱。正如夏目金之助改名漱石①一样，非如此，其"漱石枕流"、不与时流合污的高风亮节就没有明确的规定性、指向性。这比重的配平体现在中译题名上，更显出不可替代性。我们可以把《掘芽杀崽》译作现实主义味道浓一点的《感化院的少年》，那么，"听明白了吗？像你这样儿的，小的时候就应该掐死。长得不好就要在小的时候捻碎。我们是平民百姓，坏苗儿在发芽的时候就要拔光"，其所表达的意旨与题名的关联被冲淡了多少？大江健三郎在文章中的寓意和隐喻可谓比比皆是，信手拈来。

第二，使用客观、冷淡的叙述语调，恰当地表达了作品中冷漠、荒谬的世界本质。

> 沿着附属医院前宽阔的路向钟楼走去，十字路口就在眼前。从青翠的林荫树梢的缝隙向上望去，正在施工的楼房的钢筋铁骨直指蓝天。从那个方向传来无数只狗的叫声。随着风向的转变，狗的叫声一阵高似一阵，一声响似一声，朝着天空扶摇直上，在远方回荡。

---

① 夏目漱石(1867—1916)，日本近代文学史上影响最大的作家之一，代表作有《我是猫》等。"漱石"取自《晋书·孙楚传》"漱石枕流"。

所有的狗都叫起来。叫声扑向黄昏的天空,从现在起没杀死的狗要不住声儿地狂叫两个小时。

　　这是《奇妙的工作》的开头和结尾。客观、冷淡地描写狗的叫声,使这个"奇妙的"故事在仿佛荒诞派诗歌的氛围中"切入"和"淡出",从而与整个作品的隐喻互为表里。参照前面引用的《死者的奢侈》等小说,我们也不难发现其中的客观与冷漠。

　　此外,大江健三郎也经常使用萨特等存在主义文学大师惯用的诸如口语文体、简单句式、警句等笔法,从而使作品给人以"清新的感受"。

　　总之,大江健三郎在萨特存在主义文学的影响下,开始了小说创作。在短短的一年时间里,即以"清新的感受"、独特的文体,描写了日本当代青年在"被监禁、被封闭的墙壁里的状态"下的苦闷与不安,使他第一阶段初期的小说世界构成"奇妙"的和弦。从《奇妙的工作》到《掐芽杀崽》,还有很多问题留待我们研究。这也充分显示了大江健三郎这位非凡作家的罕见资质。[①]

[①] 黑古一夫.大江健三郎論[M].東京:彩流社,1994.

"反英雄"人物与"性"冒险的意义
——大江作品中的创新意识/探险者的误区

大江健三郎在萨特存在主义文学的影响下，开始了小说创作。在短短的一年时间里，即以"清新的感受"，描写当代青年在"被监禁、被封闭的墙壁里的状态"下的苦闷与不安，在以《死者的奢侈》和《饲育》为代表的小说世界里，充分显示了自己的创作特色。在文坛内外的一致叫好声中，他只要沿着这条不算太窄的路继续走下去，肯定会有不小的收获。但是，从《看之前就跳》(1958)起，大江健三郎却一点点地偏离了这条路。在《我们的时代》(1959)中，这种偏离已判然分明。这就是对文学作品中"性"的关注。到1963年《性的人》为止，以性为主题的一系列小说构成了大江的文学创作第一阶段中期的主要特色。

众所周知，人是自然属性与社会属性的统一体，完全根绝自然属性（包括所谓动物本能）的人是不存在的。作为"人"学的文学，当然是对这个统一体的艺术再现。所以，从亚当、夏娃偷吃禁果或女娲做出那闷极思乐的举动之后，"人类灵魂的工程师"文学家们就不断地在这块禁区内外进行各种尝试。不要说那些不朽的国内外名著，就是那些专事性的渲染的作品，比如《肉蒲团》等，也都是这一尝试的结果。但对于社会科学研究来说，人的社会属性是占主导地位的，所以纯而又纯的无性文学和完全彻底的性欲文学都是荒唐无稽的,古今中外的大量文学事实都无可争辩地说明了这一点。面对封建主义道学家的禁欲文学,今天的文学必然要"破戒"(包括对人类文化心理积淀中的语言禁忌的冲击)。这是文明与道德的二律背反。

当然,对于"性"的描写有严肃与媚俗之分。严肃文学从社会与人生的角度把握"性",所以对人类文化、社会、心理层面的发掘是至关重要的;通俗文学则往往从应和读者低级趣味的媚俗心理出发,对"性技巧"等煽情效果的追求必然导致走向自甘堕落的性文学。大江健三郎的"性"与后者是无缘的。

基于这个起码的认识,我们可以看出大江健三郎此期的创作有如下几个特色:

一、被占领的现实/"性的人"的发现

出生于1935年的大江健三郎,1945年日本无条件投降前所受的是国粹主义教育,之后又受到了战后民主主义冲击。他幼小心灵中产生的混乱,直到成年后还不时困扰着他。大江健三郎的"墙壁意识",就是他对自己和同时代青年的认识:他们失去了作为"皇国少年"为国战死的机会,是被无可奈何地固定在战后社会里的"迟到的青年"(1960年同名作品)。他们在眼前的"被占领"中思考着"败战","毁灭与屈辱"的二重感觉刻骨铭心。这就是大江健三郎的"墙壁意识"所折射出的象征。高大的美国兵和小小的日本孩子、胜利方和战败方成了《人羊》等"被占领文学"的基本构图,而从《看之前就跳》起,这一基本构图中又多出了一笔——娼妓、向外国兵卖身的女性。

以这种女性为情妇的大学生"我",依然和初期小说中的主人公一样,在"被监禁、被封闭的墙壁里的状态"下,受着挫折感和徒

劳感、屈辱感的煎熬。

"总之,我认为,自从战争以来,日本人确实变得既老实又稳重了。他们绝对不发火。就是让他们在杜部河里淹死也只是默不作声地看着。无论多么下流的动作都随客人的便。她那平平展展的乳房,一天到晚都在公开着。多么老实的国民呀。就是你也没什么了不起的。给你去越南杀法国人的机会,你却连个回话都没有。你只是看着。不发火,就连跳跳脚的勇气也没有……"

不难看出,嫖客格普利埃尔的话里,对日本人、日本民族极尽蔑视。因为这之中有"你"和"她"作实证,所以,你只能有两种选择:或是默默地听着,再受一次侮辱;或是奋起反抗,为自己和自己的民族挣回面子。可见,在"被占领"这面"墙壁"里,他们受到的屈辱是在精神和肉体两个层面上的。何况又加上人类意识中最隐蔽、最敏感的"性",这种屈辱感的质量就显得更加发人深省。也就是说,恐怕在所有人类种族的集体意识中,"性"是最脆弱的一部分。如果对这一部分施加暴力或其他形式的攻击,就会令人猝不及防。其间的屈辱感也自然不比寻常,它让人难以启齿、无地自容。正是在这个意义上,大江健三郎表现"屈辱感"的"性"和"被占领"的现实紧密相关,产生了不同凡响的意义。遗憾的是,日本文学评论界一直没能从这个角度接受大江健三郎的这一发现。

《我们的时代》的主人公南靖男正是在这种屈辱中饱受挫折和徒劳的折磨。对于自己的情人所从事的职业,他无可怨恨,因为这是他们赖以生存的一个必然手段。但屈辱还是屈辱,这也是客观存在的。

"噢,您来啦。"靖男不情愿地握住伸过来的手。

"你这是要出门? 还是去散步?"

这句外国话不无滑稽地刺进靖男的耳朵里。散步,我把自己的情人让给你这个浑身长满金黄色硬毛的白种人,自己去黑夜里散步。在你得到快乐的时候,我要在街上像条狗似的到处乱窜,或者在小茶馆的角落里看书。……"

"赖子她在屋里吗?要是你愿意的话,我们三个人一块儿喝点儿威士忌吧。怎么样?"

"谢谢。可是我已经系好了鞋带儿。"

"你的论文写得怎么样了?"

"论文?"

"就是那篇题为法国文化和日本文化的关系的论文呀。"

"啊,是那篇有奖征文呀。"靖男感到脸上一阵发烧,满心不快地说。

"发表了吗?"

"还没有。"

"祝你能入选。"

"谢谢。"

他觉得,在宽敞洋房院心的黑暗里和来会情人的外国嫖客悄悄说话,这让人看着很滑稽,也有点儿凄惨。

过长的引用已经可以说明被赖子称为"我的天使"的主人公南靖男的屈辱了。那篇"有奖征文",是他和赖子同居几年来积极主动争取的唯一的事。因为如果能够获得第一名,就可以得到去法国留学三年的奖学金。"逃离日本的希望,逃离这混合着快乐与屈辱、让人讨厌的生活的希望,逃离番红花味儿的洗涤液、五升精液、7305次向污水里的射精、微笑着老死、这所有的一切、反行动的、反英雄的生活的希望,靖男把这些都赌在这篇论文上了。"当这逃避现实的希望破灭的时候,还有唯一的希望——"我可以自杀",

"我唯一的'行动'就是自杀"！然而,自杀就是那么容易付诸行动的吗？

> "我们知道自杀是唯一的行为,而且没有任何东西能够阻止我们。但是我们没有为了自杀而纵身一跳的勇气。于是我们只好活着,去爱去恨去性交去搞政治运动,去搞同性恋去杀人,去得到名誉。然而一旦突然觉醒,就会发现自杀的机会就在眼前,只要我们做出决断。可是我们都没有这种自杀的勇气,我们只能眼睁睁地看着遍地都是的自杀机会活下去,这就是我们的时代。"

这已经不是第一阶段初期所表现的苦闷与不安了,而是对绝望的无可奈何。所以我们有理由认为,此期的大江发展和完善了初期的主题。依然是对存在的关注,依然是日本当代青年的思考,依然是"我"这个主人公……但是,对人生、对社会、对爱情等的认识,却深刻了许多。平野谦说初期是"徒劳的抒情"[①],那么中期则应该称之为"绝望的抒情"。挫折与徒劳、挫折与绝望,其中的变化,无疑是大江健三郎作为作家不断成熟的标志。

到了《性的人》(1963),在主题上也还是对同时代青年问题的思考。主人公J身上比较真实地反映了1960年"安保"斗争前后日本青年的心态。

> ……两千多年来,人类把整个世界改造成橡皮圈围起的育婴室,把所有的危险都消除在萌芽状态！但要流氓的可以把这个安全的育婴室变成猛兽出没的丛林。就像做祈祷的仪式一样,比如说手指触摸小女孩的腿,这动作哪怕只有一秒钟,他也要把自己迄今为止所建起的全部人生置于险境。

---

① 平野謙.大江健三郎全作品Ⅰ 解説[M].東京：筑摩書房,1965.

在现实生活中,他们无力左右社会政治,无力改变自己所处的现实。他们的虚无与颓废的根源就在于此。相对《我们的时代》中南靖男的向国外逃避,J却向更小的圈子——"以自己为中心的性的小宇宙"——里逃避。J等小说人物的一切行动:乱交、同性恋、在地铁上耍流氓等,都是存在主义英雄"反英雄人物"对现实的一种反抗。这种反抗,由于目标的模糊性而显得那么盲目,那么无力。仿佛无头苍蝇在密闭的玻璃器皿内不停地向外撞,不知何时会头破血流。

二、"性"与"政治"的对立／观念的更新与羁绊

其实,在大江健三郎这些以"性"为主题的作品里,逐渐形成了对当代日本社会现状和当代日本青年的基本设定:"性的人"和"政治的人"。这一组对应的概念带有很大的象征意义,也就是说,大江健三郎试图使他的观念具有更深广的社会意义。无论"我的天使"南靖男,还是J等,这些主人公都统统被规定为"性的人"。大江本人在《我们的性的世界》里对此作了明确的说明:

> 政治的人以他人为对立面,才得以开始成立。其终极目的在于或把他人作为对立面,或让对立面灭亡。围绕着政治的人的这个宇宙,充满他人,只有异己。与其相反,对性的人而言,这个宇宙没有异己,没有他人。性的人不相互对立,只是同化。①

大江所说的"只有异己"的"政治的人"和"只是同化"的"性的

---

① 大江健三郎.我らの性の世界[M]//厳粛なる綱渡り.東京:文芸春秋新社,1965.

人",作为一组对应的概念,仿佛劳伦斯笔下的"白天的孤独,夜晚的同一"。可见,大江健三郎的基本构思是要把"性的人"和"政治的人"相对化,从而把价值观的标准简化到两个层面上。当存在"绝对者"的时候,政治的人就不能不"窒息",性的人则"像牝性从属于强壮的牡性一样"接受它。现代人的精神和肉体的宇宙就是由这二者构成。把这种"牝"与"牡"的比喻放在国家的层面上,就可以替换成"日本"和"美国":

> 国际上的势力关系,也可以把一个强大的国家看作政治的人的国家,把一个弱小的国家看作性的人的国家。
> 我认为,现代日本这样东洋的一个国家,简单说来在安全保障条约体制的基础上,正在逐渐变成性的人的国家。我觉得现代日本人有政治的人的志向是极无意义的。

美国是强大的政治的人的国家,相反,日本是弱小的性的人的国家。由此自然引出了"现代日本的青年是性的人"的定义。在"安全保障条约体制的基础上",即在"被监禁、被封闭的墙壁里的状态"下,无论你有多么坚定的"政治的人"的志向,由于没有付诸行动的可能,所以最终只能起到"性的"作用。在日美安全保障条约的政治格局中,日本的青年绝对没有成为"政治的人"的可能。这是大江健三郎对日本社会现实的基本认识。因此,他为自己确立的创作目标是:

> 我要描写日本的青年普遍存在的停滞(现象),坚持以性的意象创造出客观现实的日本青年形象。
> 我要描写的是停滞者的不幸,尤其是停滞的青年的不幸。自不待言当然要写作为现代日本性的人的青年的不幸。

这些当代日本青年的形象,就是《我们的时代》中的南靖男、南滋等"不幸的青年",《性的人》中的J,以及其他人物。所谓"停滞",是指被扼制了的积极进取的意念或自由发展自己的可能性。在这种不无强硬的规定下,大江的文学创作第一阶段中期的人物,无疑都要带有时代综合忧郁症的痕迹。

《看之前就跳》中,只是看着却不能跳的"我"的悲哀是与受屈辱的性的意象联系在一起的。唯其如此,才更能显出这悲哀的社会认识的价值。然而,主人公却能有忍无可忍的反抗:

> 我从背后靠近他,用变得沉重的大拳头向他的头部狠狠一击。他慢慢地前倾,静静地向两米开外的沼泽地栽去。

这有力的一击,在大江的文学创作中确实是难能可贵的一笔。如果继续发掘这种感觉,也许会有另一番气象。可是,也正是在此前后,大江健三郎注意到了从屈辱中找到"性的人"的可能。在《我们的时代》中,唯一的希望破灭后,"我的天使"南靖男的绝望也是与屈辱的性的意象紧密相关的。唯其如此,才更能表现出作者对绝望的无可奈何。

> "我的天使,我的天使,请你回来吧。阳痿也有办法治好。你不和我一起睡也没关系。好啦,可别抛弃我呀。"
>
> "别碰我!碰我就杀了你。"靖男愤怒地说,"你这个臭不要脸的婊子,不许叫我天使!"
>
> 一瞬间,巨大的黑影笼罩住他们。接着一声不响、毅然决然地转过身向对面的楼梯处走去。靖男就像性交后一样在浑身极不自在的虚脱中疲惫不堪、大口大口喘着粗气。

就连我们的上帝耶稣在受到屈辱时也发出过"noli me tangere!/别碰我!"的吼声,"我的天使"的愤怒也在情理之中。

而在《性的人》中,J为了从性的立场上脱身而出去行动。《性的人》前半部描写了主人公 J 要在现存的社会秩序中建立"性的小宇宙"的尝试和失败,后半部把个人自身作为反社会的存在向现存社会秩序的壁垒挑战。前半部是通过村子里的孩子的眼睛,后半部则以城市居民的视线为视点,使这种性倒错的行为更具有反英雄的存在主义的特色。

……少年像小野兽似的连滚带爬地躲避着,猛地站起来边跑边愤怒地喊:"我都看见了!我都看见了!"

让愚钝的少年的眼睛看见 J 等人的乱交、同性恋等反正常的性行为,更突出了反社会、反道德的意味。当然,"少年的眼睛"又不同于一般现代小说的视点,它只起到把本来应该很隐秘的 J 的"性的小宇宙"撕开一角的作用。

要流氓的人虽然对被发现、被惩罚怕得要命,但是如果没有那伴之而生的危险的感觉,他们的快乐也就变得寡淡无味,含糊不清,最终落得一无所获。禁忌保障走钢丝的得到冒险的快乐。一旦要流氓的平平安安地如愿以偿,那么在那一刹那安全的结果就会把这一整个紧张过程的革命性意义一笔勾销。最后他们就会发现,因为没有任何危险,所以至今自己的快乐所隐藏的作为动机的危险的感觉不过是虚假的。也就是说,刚刚尝到的快乐本身就是虚假的。接着他们不得不再次开始那颗粒无收的走钢丝,直到不久他们被当场捉获,人生陷入危机,迄今为止的虚假的尝试全都结出了真正的快乐的果实……

这是后半部里对在公共场所"要流氓的人"内心世界的描写。受虐狂般的性欲望是主人公在封闭的内心世界里"虚无"与"孤独"地寻求出路的唯一通道。宣称"这个宇宙没有异己,没有他人"的

"性的人",在对"他人"的性骚扰中寻求"冒险的快乐",其中理论与实际的矛盾相向是显而易见的。这且不说,就是所谓"革命性意义"的行动也只能以反社会、反道德的性的方式来实现,最终无法完成向"政治的人"的转换,只能得到"受虐狂"受虐后的"快乐"。这是小说主人公的悲哀,还是小说作者的悲哀?对此,大江健三郎本人在《所谓困难的感觉》中有深刻的反省:

> 我要从性的侧面把握人物形象,我选择了最适于这一攻击方法的一群人,并称之为"性的人"。这当然绝不是错觉。错就错在我要综合地把握"性的人"。这是一个很大的野心,是否应该称之为想当哲学家的野心呢?一个小说家,综合处理一种类型的人,或一种观察人的方法类型,并就此写出所谓概论,就我而言是写出"性的人"概论,这是不可能的。我顽固坚持综合小说这一错觉,挖空心思地想把所有"性的人"都引到小说世界里。这给了我几个月苦涩的努力,最后无功而返。我决心转换方向。①

在现实生活中发现一类人物,并把这种类型的人物变成文学形象,这是古今中外各种流派的小说家都为之尽力的。按照现实主义文学理念来说,就是发现或再现典型环境中的典型人物。大江健三郎的文学追求当然不是纯粹的现实主义,但在这一点上却与现实主义有相通之处。而把这种文学追求绝对化,即"综合地"或"概论式地"把握社会现实人生,则有以观念性冲淡抒情性的可能。②这也就是观念化、概念化或主题先行的致命伤。你可以苦心

---

① 大江健三郎.厳粛なる綱渡り[M].東京:文芸春秋新社,1965.
② 江藤淳.大江健三郎の問題[M]//大江健三郎集 解説.東京:筑摩書房,1960. 江藤淳认为,大江健三郎此期的创作"观念与抒情完全离婚,正开始一点一点地褪色"。

孤诣地去典型环境中营造典型人物,但是你"苦心孤诣"中的公式化、概念化、主题先行的陷阱正等待着你自投罗网。大江健三郎苦恼的根源正在于此。其实他的苦恼已不是"几个月",而是几年。因此,我们可以说,大约从《我们的时代》到《性的人》,大江健三郎走了一大段弯路,他当真尝到了一个"走钢丝的得到的快乐"。

三、梅勒的影响/"走钢丝"的冒险

　　大江健三郎是个求新意识极强的作家。正像第一阶段初期受萨特存在主义的影响开始文学创作一样,他第一阶段中期的"性的冒险"也受到了世界当代文学的直接影响。梅勒的"20世纪后期的小说主题只有性"使大江健三郎为之所动,并身体力行地开始了一系列文学实验。这就是从《我们的时代》到《性的人》的长篇、中篇、短篇小说。

　　文学作品以什么为主题,这是历代文学家所苦苦探求的。文学发展到20世纪,可以说已经有了相当的积累。换言之,能够写的几乎都被写过了。所以美国当代的一些年轻作家在刻意求新的文学追求中产生危机意识是可以理解的,年轻的大江健三郎从中找到了共鸣也不是偶然的。但是,不管哪国哪朝哪代的作家,都只能是在某个题材或主题范围内有所突破,以至达到或接近登峰造极,然而这也只能是"写过了",而不可能是"写完了"。只不过对今天的文学家来说,要想在本来就不很宽阔的文学园地里耕耘并留下一粒可以传世的"种子"已非易事。由是观之,梅勒等人的"宣言",虽然似乎有标新立异、哗众取宠之嫌,但对新文学的渴望以及由此而生的危机感却是呼之欲出的。这是理解大江健三郎受其影响的关键所在。

　　文学作品与人类的性有着不解之缘。因为文学是"人"学,而人与性在无论个体还是社会的层面上都有着密切的关系,所以封建道学家的"无性"文学恰恰是对真正的文学的反动。但是,正如俗语所谓,人有七情六欲,"性"只能是人的所有属性中的一种,以一"性"之偏而盖其他情感欲望之全显然无异于作茧自缚。

其实,大江健三郎在创作伊始,就显现出对"性"的一种近乎于童稚般的好奇心。在《死者的奢侈》里,"我"即有了少年(不是青年)对异性的视觉体验:

> 俯着身子的学生直起腰,我看到了刚才被他的白衣挡住了的少女敞开的性器就在眼前。它紧绷着,洋溢着水灵灵的生命力。它坚韧充实,也不失健康。我被吸引着,以近似于爱的情感看住它。
> 你已经勃起了吧。
> 我害羞地从那儿移开视线,回头看水槽里的尸体……

《饲育》中被俘的黑人兵和少年们"古朴的戏水",使这个发生在偏远山村的少年的故事增加了几分雄浑悲壮:

> 忽然,我们发现了黑人兵那英雄般威风凛凛、粗大茁壮得令人难以置信的美妙无比的性器。我们在黑人兵的周围互相碰撞着身子闹哄起来。黑人兵握紧他的性器就摆出公山羊发情时的剽悍姿势嚎叫起来。我们笑得流出泪水,把泉水泼向黑人兵的性器。这时兔唇儿光着身子跑开,从杂货铺的院子里牵来一头高大的牝山羊。我们大伙儿都为兔唇儿的机灵拍手喝彩。黑人兵张开桃红色的口腔呼啸着,从泉水里一跃而起向山羊冲去。兔唇儿拼命摁住山羊的头,黑人兵那黑淋淋、八面威风的性器在阳光的照耀下闪闪发光、殊死搏斗,却没能像公山羊那样得心应手。

被俘的黑人兵巨大的性器具有象征着人类原初生命力的意味,这里的性与正常生活中的男欢女爱无涉。通过少年的眼睛"看到的"黑人兵在洗浴时模拟人兽交合的场面,充分显示了大江健三郎对性的描述绝不限于一般的意义层面,而是以这种典型的形式把神话的情感注入《饲育》之中的艺术追求。

《人羊》中使"我"们受辱的导火索——妓女,以及《别人的脚》里护士为患者搞"清洁"——手淫等,都有相当明确的性的指向,并为作品大主题的完成提供隐喻的意味。可见,大江的文学创作第一阶段初期作品中这些适度的性描写,不仅不会使某一部出色的作品褪色,还能使其内涵外延得到一定的扩展,从而增强艺术感染力。

但是,当大江健三郎有意识地把"性"作为小说的重要主题来把握的时候,我们却看到了另一番景象。首先是性方面的词汇泛滥:

> 火车像嚎叫的强奸犯,钻进沉默的东京这个生殖器官里,依然嚎叫着。镶着猥亵的蔷薇色花边儿的云,从东京清晨的伤口向外扩展开来,仿佛溶入精液里的一滴血。

从四国乡下来东京的"迟到的青年"把东京比作女性的性器官,其用词之大胆、比喻之狂放,确实令读者咋舌。因为这近似"裸露癖"的描述与主流文化的价值取向背道而驰,所以受到文坛内外的一致抨击也是理所当然的了。可是,当时大江健三郎本人却以"走钢丝"的勇气坚持自己的实验。他在随笔《〈我们的时代〉和我自己》中把自己文学中的"性"与既成文学——被他称为"老人的文学"——中的"性"加以对比:

　　A　老人们表现性的时候,避免直接的、具体的性词汇,用所谓美的词汇暗示性,从而唤起读者性的印象。

　　B　对老人们来说,性是闭锁的,是一个自我完结的行为,性本身是具有美的价值的一个存在。他们创造这种存在就达到了目的。

　　A　我自己表现性的时候,频频使用直接的、具体的性词汇,几至滥用。我不是暗示性,而是暴露性,唤起读者的逆反心理。

　　B　对我自己来说,性是向外敞开、向外发展的一个突破口。性本身不是具有美的价值的"存在",它是作为通往另一个"存在"的管道,作为"反存在"而成为小说的要素。我为了达到我自己的目的而以此为出发点。

写这篇随笔是在1963年,大江的第一阶段中期已近尾声。所以,我们可以说这是大江健三郎对自己此期创作里涉"性"部分的总结。大江健三郎作品中频频出现的性用语,是作者表现主观意识的符号,它象征着一个处于青春发动期的作家封闭的内心世界。这既是对主观自我的确认,又是唤起屈辱、挫折、徒劳等感觉的本能冲动。结合他的创作实践,有以下几点值得我们思考:

首先,不管大江健三郎本人对自己的创作提出多么高的要求,做出多么严格的规定,处理文学中的"性"或把"性"作为文学的主题都不是易事。这无异于走"钢丝"里最细的那一根,所以看客在赞叹"杂技演员"的冒险精神的同时,发出几声惊呼也在情理之中。这样我们就可以从正面接受当时那些来自方方面面的对大江健三郎的警告了。

其次,文学中的性或人类生活中的禁忌不是一天形成的,更不是由哪个人规定的,所以不可能由某一个人在某一天里把性和文学完全摆平或把禁忌一下子打破。文学自有文学的"禁忌",也就是文学自身的规律。因为它是文学园地里的自然法则,所以你若完全无视它的存在,必然要受到它的惩罚。比如说,在本文的第一部分，笔者强调了大江的第一阶段中期发展和完善了初期的主题，平野谦说初期是"徒劳的抒情"，中期则应该被称为"绝望的抒情"，其中的变化，无疑是大江健三郎作为作家不断成熟的标志。从文学作品主题取舍的角度来看，这是不容否认的事实。但是，在人类的所有文体中，主题性最明确、最深刻的莫过于"口号"，但这种"明确"与"深刻"恰恰是真正的文学所难以容忍的。当一部小说作品的主题观念性淹没了叙事抒情性的时候，这部小说的生命力也就完结了。说大江健三郎此期创作又一次为我们提供了这方面的教训的根本原因就在这里。

再次，向外国文学学什么？从大江的第一阶段初期创作来看，他对萨特存在主义的接受是比较成功的，其关键在于不局限于思想理念的亲近，更侧重于叙事文体转换的探求。可是在第一阶段中期，大江健三郎轻松地抛弃了初期的成功经验，经过几年"苦涩的努力，最后无功而返"。应该强调的是，这一教训是沉痛的。

30多年后，大江本人对第一阶段初、中期的反省更加深刻：

> 因为我从年轻的时候就开始写小说，那是脱离现实仅靠才能的创作。所谓才能，说起来很可笑，就是只看看书，然后把从中学到的东西用于自己的创作，即从书本中来到书本中去。所以，我想若按这种方式写下去，肯定会走进死胡同，这是毫无疑问的，那样也许20多岁我就辍笔了吧。①

可见，"脱离现实""从书本中来到书本中去"，这是文学创作的大忌，是导致文学走向公式化、概念化、主题先行的"死胡同"的根本原因。大江的第一阶段后期的创作同样也为我们提供了很好的负面参照。

---

① 大江健三郎.魂と表現—38年間の文学生活[J].東京：読売新聞，1994-10-14.

大江作品中的客观关联物/
凝视自我的机遇

——《个人的体验》的体验及两极特色

《个人的体验》是大江健三郎的重要代表作,也是他获得诺贝尔文学奖时高悬榜首的作品之一。瑞典文学院在评价他的创作时认为,大江健三郎"本人觉得自己是'通过写作来驱逐恶魔',在他自己创造的想象世界里发掘个人的体验,由此成功地描绘出人类共通的东西。可以说,这是在成为残疾儿的父亲后才得以写出的作品"①。此处指的就是长篇小说《个人的体验》(获1964年度第11届新潮文学奖)。

一、新的体验/小说家的新生

1994年10月14日,也就是世界新闻媒体传出大江健三郎获得诺贝尔文学奖消息的第二天,大江健三郎本人在回答《读卖新闻》记者采访时的一段话很能说明他在第一阶段中期和后期过渡期的心态:

---

① 大江健三郎.魂と表現—38年間の文学生活[J].東京:読売新聞,1994-10-14.

记者：但是，自《个人的体验》起，大江的文学创作发生了巨大的变化吧？

大江：的确是一个根本的转变。坦率地说，患有残疾的长子光的诞生，以及自己成为残疾儿的父亲，确实使我茫然失措，陷入痛苦思索之中，我还能继续写小说吗？最终，我发现我自己非常希望得到激励。然而我发现在我过去五年里所写的小说中，恰恰没有能够鞭策自己的作品，对将来毫无益处。于是我认识到：小说必须给人以勇气，必须鼓舞人向上进取。我决心把和残疾儿子光的共生作为创作主题，鼓励他勇敢地与命运抗争，成为一个自强自立的人。①

1963年6月，大江健三郎的长子大江光出生，因脑盖骨异常第一次接受手术治疗。对于一位普通的父亲来说，这无疑是个灾难，用大江健三郎自己的话说就是"危机"——危险＋机会。如何超越这个危险，如何不错失这个机会，对于这位年轻的作家和父亲而言，都是必须严肃思考、认真回答的问题。回顾自己几年来的创作实践，大江健三郎想要从中找到一些答案。但是，以《我们的时代》和《性的人》为代表的一系列小说里所表现的都是荒谬世界的主人公不分时间地滥施他的"个人暴力"——没有一定目标地进行反抗和复仇，无视既成的道德规范和社会责任。而这种对现实社会不满的宣泄排遣毕竟很难满足人们再筑生活的向往——不能"给人以勇气"，"鼓舞人向上进取"。于是，在《所谓困难的感觉》中，大江健三郎毅然宣布："我决心转换方向。"

因为我从年轻的时候就开始写小说，那是脱离现实仅靠才能的创作。所谓才能，说起来很可笑，就是只看看书，然后

---

① 大江健三郎.魂と表現—38年間の文学生活[J].東京：読売新聞，1994-10-14.

把从中学到的东西用于自己的创作,即从书本中来到书本中去。所以,我想若按这种方式写下去,肯定会走进死胡同,这是毫无疑问的,那样也许20多岁我就缀笔了吧。①

在38年后获得世界文学的最高荣誉诺贝尔文学奖时再说这番话,大江健三郎是什么心境呢?他是否应该庆幸残疾儿子大江光的出生?抚今追昔,感慨万千。"脱离现实仅靠才能的创作",可以在一个阶段内以爆发力获胜,但文学创作是体育运动中的马拉松,若没有非比寻常的耐久力,其结果是不言自明的。因此,说没有大江光就没有大江的文学创作,这似乎有些不尽人情,但也是不争的事实。

我们在考察一位作家的生活和创作活动时,经常会发现有些让人感到为作家带来显著变化的契机。它们有时是因为方法意识的变化,有时则是个人生活上的变故所带来的转换。鲁迅、郭沫若和郁达夫等人的日本留学经历,陀斯妥耶夫斯基的西伯利亚流放之事都属于后者。对于现实社会的普通人,这种个人生活境遇的变故可以说是"炼狱"般的人生磨难;可是对于强调感受性、以文学为职业的作家来说,这种个人生活境遇的改变,往往会使作家本人不得不在相当长的一段时期内对个人、社会等价值取向进行严肃认真的思考——凝神静思,在此基础上调整认识论,改变方法论。这也就是艾略特所说的对于杰出作家必不可少的文学审美的"客观关联物"。不断加深对残疾儿这个"客观关联物"的认识,使大江健三郎走出了文学冒险者的误区,获得了取之不尽的创作源泉。

此外,广岛采访的经验也是给大江健三郎的创作带来根本转变的契机之一。

---

① 大江健三郎.魂と表現—38年間の文学生活[J].東京:読売新聞,1994-10-14.

像这样一本书,从个人的事儿写起,似乎有些不妥。可是这里所收集的关于广岛的所有随笔,无论对我个人,还是对始终与我一起从事这项工作的编辑安江良介君,都是跟我们各自极个人的内心深处息息相关的。因此我想先把1963年夏天我们两人初次一起赴广岛旅行的个人经历写下来。就我而言,我的第一个儿子处于濒死状态,躺在玻璃箱里,毫无康复的希望;而安江君,他也刚刚失去第一个女儿。并且,我们两人共同的朋友因整天潜心研究他的"依靠核武器的世界最后的战争"的课题,被那恐怖的意象搞得精神崩溃,竟在巴黎自缢身亡。我们都已是焦头烂额。但是,无论如何,我们还是向着盛夏的广岛出发了。像那样疲劳困惫、沉闷忧郁的旅行,我还从未体验过。[1]

长篇随笔集《广岛札记》(1964)的开头处,真实地记录了作者当时的感受。长子大江光出生一个月后仍然"处于濒死状态,只是躺在保育箱里,毫无康复的希望",但是他却不得不应《世界》杂志社之约赴广岛采访;同行的安江良介(时任《世界》杂志编辑,后任岩波书店社长)也"刚刚失去第一个女儿";在这种阴暗的心境里,又传来了远方朋友的噩耗。朋友死亡的直接原因是核战争恐惧症,而他们此行的目的又是"核"——实地采访调查广岛原子弹爆炸后的社会现状。对于感觉敏锐的大江健三郎来说,家事、国事、天下事,哪一件都让人难以摆脱"大难临头"的危机感。

在广岛,大江健三郎接触了形形色色原子弹爆炸的受害者,发现了"人类威严"这一"最本质的思想",从而也找到了"用来支撑自己的唯一信念"。在《广岛札记》里,大江健三郎在谴责美国于第二

---

[1] 大江健三郎.ヒロシマ・ノート[M].東京:岩波書店,1995.

次世界大战结束前夕投掷原子弹的同时,还讴歌了那些本身是受难者却奋不顾身地抢救伤员的广岛医生,还有在原子弹爆炸后的废墟上不屈不挠重建家园的广岛市民。

  那些广岛人,真正的广岛人的生活方式和思想给我留下了深刻的印象。他们不仅使我获得了勇气,也使我品尝到了自己因儿子躺在玻璃箱里而产生于内心深处的神经症的种子和绝望的根子正被剜出来的那种疼痛。于是我开始希望以广岛和那些真正的广岛人为锉刀,来检验一下我内心的硬度。①

  在广岛,把长子出生的个人灾难和广岛人的社会灾难加以结合,使大江健三郎找到了从个人(私)向社会(公)转变或个人与社会相融合的感觉。这两个新的体验,使年轻的小说家大江健三郎走出第一阶段中期的"死胡同",获得了新生。这"的确是一个根本的转变"。成了残疾儿的父亲,使他"茫然失措,陷入痛苦思索之中";在他"自己非常希望得到激励"的时候,他幸会了广岛和那些"真正的广岛人"。

  在广岛,大江健三郎集中思考了与弱者共生的问题,他把写有自己和大江光名字的小纸船放入核放射物污染过的河里,表明了与残疾儿同舟共济的决心。这就使得第一阶段中期的"宏大的共生感"(《我们的时代》)从虚无缥缈的空中楼阁走到现实生活的地上。

  所谓"宏大的共生感",在中期由于缺少现实生活的依托,给人以无病呻吟的造作之感;到了后期,如《个人的体验》和《广岛札记》中所表现的那样,与弱者的共生变得实实在在,感人肺腑。在和平年代没有硝烟的战场上,我们也可以发现生死与共或同生死共患

---

  ① 大江健三郎.ヒロシマ・ノート[M].東京:岩波書店,1995.

难的悲壮情感。

这种悲壮的美学品格,构成了大江的第一阶段后期以《个人的体验》和《广岛札记》为代表的作品的主旋律。

二、"反英雄"人物的谱系/《个人的体验》的意义

作为主人公,屡遭挫折的鸟和他大学时代的同学火见子都属于典型的存在主义英雄——"反英雄"的人物形象。无论鸟的逃避乃至倒退意识,还是火见子的白日梦,都深刻地反映了以萨特的存在主义为代表的西方现代文学思潮对作者的影响。正如《局外人》一样,《个人的体验》所渲染的逃避意识所披露的也是社会危机的主题。

大江的第一阶段初期、中期的作品,几乎都以无力自为的日本当代青年为主人公。在对自身所处的时代失去信心的焦躁不安的创作心态左右下,初期小说的主人公表现了"在被监禁、被封闭的墙壁里的状态"中的挫折感和徒劳感;中期小说的主人公则进而体现了在被占领的日本现实社会里的挫折感、徒劳感和绝望感。从初期的"徒劳的抒情"到中期的"绝望的抒情",我们清楚地看到了大江在主题取向上的变化。后期《个人的体验》的主人公依然在这条延长线上继续着"挫折"和"徒劳",为无力自为而"绝望"。

主人公"鸟"的经历充分表现出前期、中期"我"的挫折感和徒劳感。"鸟,今年27岁零4个月。""他从15岁那年起就被人叫作鸟。从那时起他的诨名一直叫鸟。他现在像鸟,一只僵硬地浮在装饰窗玻璃黑色的湖面上的已经淹死的鸟。"鸟25岁那年的5月结婚,两个月后突然开始整天沉溺于威士忌之中,他"放弃了作为一个研究生的全部义务,无论打工还是学习,他都不屑一顾"。"四

个星期后,他从七百多个小时的沉醉中醒来,发现自己荒废得如同遭受了一场战火的都市。"这种行为"也说明还有最起码的不满在把人们赶入绝望的自暴自弃之中"。于是,"鸟向研究生院提交了退学申请,请老丈人在预备校找了个职位。到了两年后的现在,他的妻子要生产了",这使鸟不得不放弃"青春时代唯一一次朝思暮想充满刺激的机会"——非洲探险。作为文学作品中的符号,这里的非洲探险和《奇妙的工作》中女大学生"一想起就笑"的"火山"以及《我们的时代》中南靖男所憧憬的法国留学一样,都是在社会现实生活里无力自为的时代青年希望得到"自由发展"的又一个天地。当这一希望破灭后,他们的失望乃至绝望深刻至极。

作为存在主义的"反英雄"人物,鸟渴望自由发展,渴望确认自我存在的价值。在电子游艺室与在医院护理妻子的岳母通过电话后,鸟要把自己的渴望付诸行动。可是在试体力的"铁处女20世纪型"的游戏装置前,"鸟的握力是70,拉力是75。表上27岁的握力是110,拉力是110。他难以置信地看遍了整个表格,马上发现自己的数字是40岁的平均值。40岁!"大江健三郎用严密的数字,把鸟的体力衰退——"无力"——呈现在读者面前。在生龙活虎、一拳就可以让"装置失灵"的年轻的高中生面前,鸟的"无力"显得那么无可置疑、无可奈何:

> ……鸟无限信赖自己拳头的威力。他不像那个小家伙那样跳跃着,而是用正统的姿势站稳。鸟轻轻踏步,用右钩拳向沙袋一击。他的拳头突破计算器的最大限度2 500,使其半身不遂了吗?出乎意外,才300。鸟把击沙袋的拳头收到胸部,前倾着身子,好一会茫然若失地盯着计算盘。

在2 500和300这一组数字所指示的严酷现实和那些"小家伙"面前,鸟和读者都很难接受"无力"的挫折感和失败感。既然是

数字游戏,鸟还要继续下去:

> ……鸟又一次走近装着沙袋的铁盔前,投入一枚硬币,扯下沙袋。然后,也不管什么正统还是左道邪门,把全身的力量都聚到拳头上向沙袋狠狠一击。鸟的右臂从手腕一直麻到臂肘,而计算盘只显示出 500。

2 500 和 300,无情地暴露了鸟在数字上的劣势。500 和 300 似乎减弱了原来的劣势,但在 2 500 的阴影下,更显出成整倍数的残酷——今年 27 岁零 4 个月的鸟,只有年轻人五分之一的力量。再加上雨中的"乱斗",经过这一连串数字游戏的迂回,《个人的体验》的故事正式开始。①

"……婴儿异常,有事相商"的电话,无异于晴天霹雳。人,在遇到危险时,最本能的防御手段莫过于后退、逃避。岳父送给他的那瓶威士忌是最方便的,因为对酒精的麻醉作用他已是轻车熟路。为了躲避周围人好奇的询问,他要到大学时代的同学火见子那里去喝酒。因此,说《个人的体验》的故事是"躲"出来的也未尝不可。这当然是存在主义"反英雄"人物的逃避意识。

火见子也是个"逃避意识"极强的"反英雄"人物。结婚一年后丈夫就自杀了,所以"她无论冬夏,白天都躺在昏暗的卧室里思考什么极神秘的事。不停地吸涅贝卡特烟,屋子里灌满了人造雾。她只有在黄昏后才出门"。

> ……她虽不希望再婚了,却大白日里冥思苦想,一到晚上就开起赛车到街上彷徨。鸟曾听到过关于她的风言风语,说她属于那种越轨的性冒险家型,有的竟把这和她丈夫的自杀扯在一起。鸟曾和火见子睡过一次,但当时他们二人都醉得

---

① 蓮実重彦.大江健三郎論[M].東京:青土社,1994.

稀里糊涂,就连到底干没干那事儿都弄不明白了……

由于他们有这一段共同的过去,由于他们有相通的逃避意识,所以可谓旧好重续,老话重提。这种简洁的前后照应,使得《个人的体验》直接进入逃避与否的主题。鸟为了逃避屡受挫折的现实,梦想去非洲探险,妻子的生产打破了他的希望,同时又把他推到新的绝望之中。这就是残疾儿的"炼狱"。由于鸟的逃避,火见子也被拖进了这个"炼狱"里。

在《个人的体验》里,火见子的房间具有重要的意义。它的"被监禁、被封闭",与此前"墙壁意识"左右下的叙事空间有相同的功能。在这里,鸟重温泥醉后的噩梦;鸟得到了女主人性的抚慰;鸟焦躁不安地等待婴儿死亡的通知;而女主人火见子不仅在此思考多层次的宇宙,与各种情人进行"性的冒险",也幸会了鸟朝思暮想的非洲……

"我对你的非洲地图着迷了,鸟。我想用那张地图导游,和离婚成了自由人的鸟游遍非洲。……"

在"游遍非洲"的愿望上,他们似乎找到了共同逃避现实的可能性:

"我与你的关系,一开始只不过是单纯的性的结合,我只不过是你感到不安和羞辱时的性的救急场。可是,昨夜我也攒起了去非洲旅行的热情。现在我们重新以非洲地图为媒结合了,鸟。我们已从单纯的性的地方跳上了更新的高度。我一直盼望着这一天,现在真的感到了自己的热情,鸟。我把当医生的朋友引见给你就弄脏了自己的手。就是这么回事呵,鸟。"

而在如何处理残疾婴儿的问题上,她希望与鸟成为同一个阴谋的"同谋者":把婴儿丢给堕胎医生去"处理",鸟和妻子离婚,然后双双去非洲……至此,火见子的"反英雄"的性格,具有比鸟还像鸟的特征。作为一面镜子,这使鸟能够站在比较客观的角度审视自己的行为。通过火见子,鸟发现了自己身上依然存在的"退行现象"。他是想要逃避,"可我到底要保住什么呢?到底要怎样才能保住我自己呢?答案是零。他突然感到愕然"。故事的"紧张",恰恰在此产生:

> "就是做手术救了孩子,那又怎么样?鸟。不是说他只能是个植物性的存在吗?你不光使自己不幸,对这个世界来说也是又使一个毫无意义的生命延续下来啊。你认为这是为孩子好吗?鸟。"
>
> "那是为了我自己。是为了使我自己不再是个逃避现实的人。"鸟说。
>
> 但是火见子还是不想理解他。她不顾盈眶欲滴的泪水,努力露出微笑,嘲弄鸟。
>
> "硬让只有植物似的机能的孩子生存下来,这是你重新获得的人道主义吗?"
>
> "我是想不做回避责任、逃避现实的男人。"鸟不屈不挠地说。
>
> "呵,我们去非洲旅行的诺言怎么办?"火见子激烈地啜泣着。

当鸟的态度发生根本变化时,火见子的"啜泣"无疑是对自己破灭的新希望的哀悼。从"更新的高度"跌下来后的感觉,如果还有感觉的话,那肯定不是用一般的疼痛所能描述的了。

三、"光明"的结局/艰难的人生

难能可贵,大江健三郎没有让《个人的体验》的主人公鸟逃离那个严酷的现实。在人性的感召下,鸟选择了"忍耐";火见子也从她的房子里走出来,和小情人双双去鸟所憧憬的非洲旅行。

"你把这次不幸从正面接受下来,胜利了。"
……
"你变了。"教授以几多爱怜、温暖人心的至亲骨肉的声调说,"鸟这个孩子气十足的诨名与你不相配了。"

是的,鸟已经不是逃避现实责任的存在主义"反英雄",而变成了一个对现实有清醒认识的称职的父亲:

"孩子虽有正常发育的可能性,但同样也可能是个智商极低的孩子。为了孩子将来的生活,我必须努力工作。……"

在经过尝试逃避的心灵"炼狱"之后,鸟选择了"忍耐":

……接着,鸟还打算翻开已被送回本国的蒂尔切夫赠给他的扉页上写着"希望"一词的巴尔干半岛的那个小国的辞典,首先查一下"忍耐"这个单词。

"希望"与"忍耐",这绝不是作者简单抹去主人公头上绝望的光环,而是对存在主义大师们的超越。在《局外人》里,主人公默尔索只是在临刑的前夜方才觉醒,消除了对死亡的恐惧,意识到生活和世界的无意义,最终把世界的"温情脉脉的冷漠"当作他与世界的联系,从而生出某种依恋之情。比起《个人的体验》的最后结局,《局外人》的客观与冷漠是令人发指的。也就是说,鸟的身上最终现出了一些"人性"的温情。这当然是大江健三郎把存在主义哲学理念与现实生活相结合后所产生的新的认识。所以说,和第一阶段初期、中期相比,大江的文学创作第一阶段后期的进步是十分明显的。

然而,这一光明的结局,一经发表即受到了十分严厉的批评。

比如,《个人的体验》参评新潮文学奖时,评选委员对其结局基本持否定意见。其中龟井胜一郎的言论最为激烈:结局处鸟的转变实在是太容易了;对平安接回孩子,脸上露出晴朗表情的鸟的描写,暴露了作者宗教的或道德的怠慢;著名作家三岛由纪夫在充分肯定《个人的体验》所具有的内驱力和新鲜感的同时,也认为这种安排似乎说明作者在对作品横加干涉,像变魔术一样突然消解了作品的紧张关系。20多年后,小说家、评论家笠井洁分析认为,这种认识与行为上的二律背反的命题应该如何解决,恰恰是当时三岛本人百思不得其解的20世纪的问题。①

如果真是这样,三岛等人的批评可谓一语中的。然而,无论是在人类的现实生活中,还是在文学作品的世界里,当把某种认识束之高阁,不加以行为上的尝试时,这种认识正确与否便得不到检验,就更谈不上对行为的指导了。当认识只停留在认识的形而上之中,拒绝行为的印证时,二者间紧张的矛盾对立也就最终无法找到化解的办法。与三岛等人不同的是,在《个人的体验》的创作过程中,大江始终是个行动者,或者说,首先是个行动者。他要以现在的行动验证过去的认识,或者在现在的行动中不断修正自己的认识:"小说必须给人以勇气,必须鼓舞人向上进取。"得到长子出生和广岛经验这一对"客观关联物"后的大江健三郎,他的行动和认识已非往日可比。他思考人生、文学以及二者能够结合的可能性:

就人生而言,人,不是为了人类的幸福或不幸写小说。

---

① 笠井潔,柄谷行人,対談.大江健三郎について 終わりの想像力[J].国文学—解釈と教材の研究,1990,7. 大江健三郎在新潮文库版《个人的体验》后记中,回顾了自己17年前的创作,认为《个人的体验》是一部青春小说,它给作者带来的是根本的净化作用;对小说结局的处理体现了作者最初的构思,亦有对自己儿子命运好转的祈祷。

不是的,正因为死使人类不幸,所以人才写小说。因为作家知道自己难免一死所以才写小说。这不单是作家的问题,而是与整个人类相关的问题。人类的行动都是为了时光的流逝,即为了掩盖死之将至的事实。喝酒吸烟只是为了忘却,写作亦然。作家之所以把写作看得比烟酒重,是因为写作行为能比烟酒给他以更大更确实的幻影。自己一边写着,一边忘记自己的不幸,忘记自己失去的爱。然后,再忘记挨饿的孩子们。存在于文学和书籍里的永远的不死就是这般残酷。

……所谓文学,依然是个人救济的尝试。(强调处为引用者所加)

这篇题为《在饥饿的孩子面前文学有用吗?》的随笔发表于1964年8月,同月,新潮社出版了《个人的体验》。在"处于濒死状态只是躺在玻璃箱里毫无康复的希望"的儿子面前,或者在广岛无数受害者面前,文学有什么作用呢?虽然各种文学理论的著作对此有诸多表述,譬如说"唤起作用",但是,挨饿的孩子只需要面包!生活的现实和文学的现实之间就存在着这样不可调和的矛盾。文学可以在更高的层面上观照生活,却无力直接救助社会。所以,即使有唤起作用,也只能是唤起作家的"个人的救济的尝试",进而达到唤起读者大众的"人类的救济"的目的。这既是大江健三郎对文学的职能和作用等基本命题的认识,也是对《个人的体验》创作心态的披露。

被作者自称为"青春小说"的《个人的体验》,由于其中"也许有祈祷自己的孩子命运好转的想法",所以才始终坚持"表现鸟的变化、成长这一最初的构思"的结局。不管三岛和龟井等人的批评多么严厉,可对大江健三郎本人来说,"写这部青春小说,给我带来了根本的净化作用"①。可以说,没有鸟的变化与成长的结局,"个人的救济的尝试"就很难收到预期的效果。

显然,三岛和龟井是希望有这样的结局:鸟和妻子离婚,和火见子一起杀死残疾儿后去非洲……这样的结局似乎符合作品的内在逻辑,但对大江健三郎自身而言,这样无法尝试"个人的救济",也就无法得到"根本的净化"。

其实,在《个人的体验》之前发表的短篇小说《天降怪物呵咕——》(1964年1月)里,大江健三郎已经探索了他们希望的那种结局。我们可以从人物设置、故事展开、故事结局等构成小说的要素上看出两部作品的对立:

	《个人的体验》	《天降怪物呵咕——》
主人公	预备校英语教师	腰缠万贯的音乐家
性　格	内向,言行正常	内向,精神失常
环境1	妻子正在住院	与妻子离婚
环境2	有女朋友火见子	没有一个朋友
结局1	让孩子活下去	杀死孩子
结局2	继续活下去	自杀

上面一组对应,可以进一步归纳为生与死、明与暗、向前看与向后退等截然相反的叙述模式。为什么大江健三郎同时写出题材相同但取向相对的作品呢?这两个取向相反的同一个故事,让我们想起加缪论述《正义者》时的一段话:"加利亚耶夫式的恐怖主义的伟大纯洁性在于,对他来说,谋杀和自杀是同时的……一命抵一命。这种道德是错误的,然而是可敬的。(一条被夺走的生命抵不上一条主动献出的生命)。"(加缪《时文集》Ⅱ)在《天降

---

① 中国社会科学院外国文学研究所外国文学研究资料丛刊编辑委员会.外国理论家作家论形象思维[M].北京:中国社会科学出版社,1979.

怪物呵咕——》里,先天性残疾的婴儿是现实世界的恐怖。为了彻底逃避它,音乐家首先要杀死婴儿。但他却无法摆脱这一恐怖的巨大阴影,所以又反过来向这阴影里逃避,只求一死了之。鸟则面对这一恐怖,承担起自己的责任。被一命抵一命地夺去了生命的音乐家,当然抵不上主动献出生命的鸟。可见,被残疾儿折磨得"焦头烂额"的年轻小说家,为了克服主体的分裂,把相对化的两极变成作品的主题,从而表现了作者意识深层明与暗的两个侧面。也就是说,用一部长篇小说《个人的体验》未能尽述作者的苦恼,必须再以一个短篇小说《天降怪物呵咕——》与其呼应,充分表现出这一事件的二者择一的严酷性,从而使创作主体完成"个人的救济的尝试",使自己的心灵得到"根本的净化"。

《个人的体验》的故事以"光明"的结局落下了帷幕,但关于残疾儿的故事才刚刚开始。在此后的创作里,这个十分可靠的"客观关联物"不断为大江健三郎提供创作素材。与此有关的作品还有:《万延元年的足球》(1967)、《洪水漫上我的灵魂》(1973)、《替补队员手记》(1976)、《醒来哟,新人!》(1983)和《静谧的生活》(1990)等。并且,以"个人的救济的尝试"为起点,大江健三郎渐渐找到了"灵魂的救济"的归宿,"在他自己创造的想象世界里发掘个人的体验,由此成功地描绘出人类共通的东西"。也就是说,从个人的特殊性中找到人类的普遍性,这是大江健三郎文学创作取得成功的一个基本要素。这使我想起布罗夫关于艺术的思维在于体验的观点:"在有充分价值的艺术作品中,感情以及形象的表象,之所以是有板有眼、有条不紊和井然有序的,正因为它受逻辑的指引,为意识之光所穿透,被思想所充满。这是'聪明的'感情,这是感情—思想。我们认为,把它叫作体验最为妥当,因为所谓体验,正是指的思想和感情的统一。"

在第一阶段中期"性的人"与"政治的人"的惯性力场内，《个人的体验》中的"性"似有泛滥之嫌。但是，大江健三郎的文学追求毕竟有别于那些自甘堕落的色情文学。他写性的目的不在于刺激人的感官，而在于使受压抑的人格在性爱的抚慰下得到康复。鸟虽然未能在与火见子的性爱中得到救济，却因此坚定了承担责任的决心，把自己从"鸟"这个让人联想到"性的人"的意象中解放出来。这是为"性的人"不依赖"政治的"行动找到的一条出路。因此，它所涵盖的是文化意识，而不是道德意识。由此看来，《个人的体验》也不是"洪水猛兽"。

　　总之，从《我们的时代》到《性的人》，大江健三郎以当代青年的"性"为主题，描写了一系列"反英雄"人物的形象。在"性的人"和"政治的人"的观念的规定下，大江健三郎的"性"冒险既反映了他非同凡响的创新意识，也暴露了概念化、公式化和主题先行的弱点。与第一阶段初期的一致叫好声相对，第一阶段中期这些作品受到评论界的严厉批判。如果没有《个人的体验》及时改弦易辙，他的创作或许要陷入窘境。经过第一阶段初期的风光和中期的挫折，大江健三郎的文学创作终于在第一阶段后期走向成熟。其标志就是《个人的体验》的问世。把长子出生的烦恼和广岛原子弹爆炸后遗症等社会乃至人类的灾难有机结合起来，以独特的文体从特殊的个人的体验中寻求拯救人类的普遍意义，这是大江的文学创作第一阶段后期的主要特色。《个人的体验》所揭示的主题，不仅使第一阶段的大江文学有了一个比较完满的结局，也为第二阶段、第三阶段的文学创作留下了充分的想象空间。

现代森林神话与救济的可能性
——论大江健三郎《万延元年的足球》

大江健三郎的文学创作第二阶段初期代表作《万延元年的足球》,创作于 1966 年,1967 年 1 至 7 月在《群像》连载,9 月由讲谈社出版。这部长篇小说一发表就引起了社会的广泛关注,同年获第三届谷崎奖。不久,即被公认为当代世界文学中不可多得的精品。大江健三郎 1994 年获诺贝尔文学奖时,这部作品是高悬榜首的重要代表作。瑞典文学院认为,大江健三郎"凭着诗的想象力,创造了使现实与神话紧密地凝缩在一起的想象的世界,夸张地描写了现代人的形象"。"他本人觉得自己是'通过写作来驱逐恶魔'。在他自己创造的想象的世界里,他努力发掘个人的体验,成功地描绘出人类共同的追求。这在他成了残疾儿的父亲之后的作品里有更充分的体现。他的代表作《万延元年的足球》(英译名 The Silent Cry,即"沉默的呐喊")融知识、热情、梦想和野心等各种人生态度于一炉,描绘了混乱世界里人与人之间的关系。"①

对这个宏伟的文学世界,我们可以从以下几个角度去加以考察:

---

① 大江健三郎.魂と表現—38 年間の文学生活[J].東京:読売新聞,1994-10-14.

一、现实与历史/重层时空的构造

第一阶段的集大成之作《个人的体验》于 1964 年 8 月出版。接着,大江健三郎着手下一部长篇小说《万延元年的足球》的构思,直到 1967 年发表,几乎用了四年。以长子的出生为题材的《个人的体验》用了不到一年的时间,《万延元年的足球》却要用四年,可见在创作素材的选取、主题的提炼、人物的塑造等方面,作者确实下了很大功夫。

> 就我的体验来说,《万延元年的足球》最初的构思是所谓历史小说。以万延元年为起点,直到现代,尤其是一百年后的安保斗争。我本来想要写成追踪这历史时间的小说。①

回顾几年前的创作,大江健三郎说了这番话。而在随笔《在现代,文学的可能性》(1964)中,大江健三郎也有过类似的表述:最初,"作为主题我是想要描写我的曾祖父的时代、他那个大家族生存的时代,即明治维新前二十年,距今一百二三十年前后的时代","我要描写他们的命运,直到明治时代,直到现代。这是最初我全体小说的蓝图。但是我马上放弃了,这与我的方法不协调"。所谓全体小说,就是传统的现实主义或者批判现实主义小说。大江健三郎自觉放弃这种方法,是因为他在第一阶段的创作中已经找到了"凝视自我""清新感受"或深入挖掘个人体验的方法。所以,相对鸿篇巨制的全体小说(大河小说),他称自己的小说是非常特殊的"部分小说"。就是这种极"小"的小说,却要处理"把 1860 年代的故事集中到一百年后的 1960 年代的某

---

① 大江健三郎.核时代の想像力[M].東京:講談社,1970.

一天"的奇妙主题。架构这种现实与历史互相重叠的时空构造，以传统文学的编年体等顺时间的时序是无能为力或要多费些篇章的。

小说的故事情节如下：辞去大学讲师职位、和朋友共同翻译生物学资料维持生计的根所蜜三郎，因朋友突然自杀而重新发现了自我。他和妻子生下的孩子因脑外科手术成了白痴，现寄养在东京的福利机构里，妻子因此每天沉醉在威士忌中。应1960年安保斗争时的斗士弟弟鹰四之邀，蜜三郎携妻子回到久别的故乡，处理祖辈留在"森林峡谷的山村"里的遗产——仓房宅基地。本是山村望族的根所家族已走向没落，房屋由得了肥胖症的女佣人一家住守着。整个山村都由于超级商场的建立而荒废。他们和鹰四的两个追随者一起回到山谷里的村庄，认识了想要收购仓房宅基地的被称为"天皇"的朝鲜归化人，即超级商场的经营者，并与他进行了一系列的斗争。他们曾祖父的弟弟在万延元年曾领导村里人暴动，鹰四把自己当作他的化身。他招集村里的青年组成足球队，要把他们训练成振兴山村的骨干核心。鹰四的刚毅性格和果敢行动使嫂子倾慕不已，在袭击和掠夺超级商场的过程中，他们发生了肉体关系。当暴动趋于平静时，鹰四自杀。他一直为自己曾经强奸妹妹并使她自杀而愧疚。蜜三郎从鹰四的死亡中重新审视自己虚无的人生，希望和决心生下鹰四的孩子的妻子共同"开始新的生活"。

从故事梗概里我们可以看出，在这个山谷村庄的故事里，大江健三郎为我们巧妙地安排了三场互为表里的"武斗剧"：一是鹰四领导的与"天皇"的斗争；二是他们的"S兄"在第二次世界大战后与朝鲜人部落的械斗；三是曾祖父的弟弟在万延元年领导附近农民的暴动。也就是说，在《万延元年的足球》中，有三个交错的时空在小说结构上起着互动的作用：首先是蜜三郎等主人公所赖以生存的"当代日本",其次是曾祖父和他的弟弟所生活过的"万延元年的日本",再次就是蜜三郎和妻子所要"开始新的生活"的"未来的日本"。正是这三个联动时空的巧妙重叠,才使《万延元年的足球》一直踢到当代人的意识中。

无论是过去、现在还是未来,这三个构成小说经纬的时空都在主人公的内外两个层面上制约着故事的发展。

对于根所蜜三郎和他的妻子来说,"白痴的儿子"是引起他们走向全面精神崩溃的严酷现实:

> 婴儿依然睁大眼睛向上看我,而我却不知道他是渴还是饿,或者是感到有什么别的不痛快。就仿佛灰暗水里的植物,他睁着毫无表情的眼睛,躺在那里,只是静静地存在着。他一无所求,绝对不表现感情,甚至从来不哭。有时,我竟怀疑他是否还活着。

在这"只是静静地存在着"的孩子面前,恐怕无论多么意志坚强的父母都会因不堪重负而陷入那种可以称之为绝望的情境里无力自拔。于是蜜三郎在"净化槽"里度过了难忘的黎明一百分钟;他的妻子菜采子也因此得了性交恐惧症,并每天沉浸在威士忌的麻醉之中。从这个意义上来说,《万延元年的足球》的深层,依然是作者"个人的体验"。

鹰四所面对的现实也同样让人无所适从。就外部而言,安保斗争的挫折使他对日本无比绝望,而在他的内心世界里,他一直都在为自己曾经强奸妹妹并使她自杀而愧疚。"说出真相吧"就仿佛是原始巫术的咒语一样,使他惶惶不可终日:

> "说出真相吧。"他说,"这是一位年轻的诗人写的一句诗呀。那时候我把它当作口头禅。我所考虑的绝对的真相,要是谁把它说出去,就将被人杀死,或自杀,或变成不堪入目、反

> 人类的怪物,你只能任选其一。那个真相一旦说出口,就等于怀里抱上一个点了火的炸弹呀。阿蜜,你想一个活得好好的人能有勇气把那真相说给别人听吗?"

在这个"真相"的折磨下,鹰四必然要忍受无边的心灵炼狱。这样,"真相"发生的时间与"说出真相"的时间,不仅缠绕着主人公,也时时牵动着读者的好奇心。

在《万延元年的足球》里,历史时间首先以回想的方式出现在主人公的言谈中,应该说这与传统表现技巧的叙述基本是吻合的。但是,让主人公以自己的现实行动去"重复"历史,这对作品内驱力的要求更高,因为一百年的历史毕竟是一条淌过去的河流:

> "但是,现在万延元年那样的暴动是不可能发生了,像战争刚结束那会儿,朝鲜部落和山沟里的人大打出手,连警察也无法介入的时代已一去不复返了。现在这个充满和平气氛的时代,不管你阿鹰有多大能耐也做不了暴动的领袖,所以还是平安无事哩!"住持又恢复了往日的微笑。

历史不能重演,但是对企图重演历史的过程却可以加以艺术的再现。注定失败的悲剧历来是艺术家所青睐的,因为在紧张的悲剧氛围中,作者和读者一起走进人生"炼狱"的可能才会实现。

以当代意识观照历史,使这部长篇小说更加庄严深邃。一百年前的曾祖和他的弟弟,作为农民起义的组织者有"背叛"同志的不光彩的历史。这是由历史向文化的楔入,虽然作者当时可能没有意识到这一点。当然,这并不是说大江健三郎搬出老古董来只是为了给小说抹上几缕"真实"的墨痕,他的意图当然不在于此,而在于或让"叛徒"到地下仓库去反省,两年后东山再起把更大规模的起义引向胜利,或让他把永久的忏悔绘成《地狱图》,挂在寺庙内昭示后人。

当代作家处理"历史"的题材,方法各异。不用说以传统写作技巧构筑的纯粹历史小说,就连极现代的作家也是一样。比如,比《万延元年的足球》早一年出版的《百年孤独》,在处理"历史"时空上显然也有其独特的方法,这就是让梅尔加德斯的预言得到实现:"家族中的第一个人将被绑在树上,家族中的最后一个人将被蚂蚁吃掉。"或者让历史时空在读者可以接受的程度上穿梭往复:"多年以后,奥雷里亚诺上校站在行刑队面前,准会想起父亲带他去参观冰块的那个遥远的下午。"这也是时间的重叠。也就是说,在这个不很复杂的句子里,"时间",在过去、现在和未来的三维空间里牵引着读者走进故事的核心。在《百年孤独》里,历史时间的秩序性基本是顺时的,除了那些有意为之的"牵引",与传统的历史小说几乎没有原则上的差别。相对而言,大江健三郎处理的历史时间,比马尔克斯写马孔多的几代人的历史要精练得多。"把1860年代的故事集中到一百年后的1960年代的某一天",这一独特的重叠时空——百年后的孤独,充分展示了大江健三郎非同凡响的文学追求。

二、"蜜"与"鹰"/人物的对比构造

这部长篇小说不仅仅是对历史时间的重筑,它还将"我"的自闭性、鹰四的暴力人格、残疾婴儿等分别需要由不同的作品来完成的主题合成一股粗绳。所以在以往的解读中,经常出现一些歧义。比如,野口武彦认为鹰四的暴力指向具有对战后民主主义提出反问的意义。野口重视小说后半部鹰四用猎枪自杀的结果,认为这一把自己钉上十字架的行为,寄托了作者"暴力的彼岸性,或者至少是根源性",所以在人物的比重上蜜三郎就不得不轻些,他作为故事的叙述者直接连接着有异于日常生活的空间——"深深的竖

穴"的意象,由此与鹰四的彼岸性相关连。① 而片冈启治则认为,这部小说的主题是对与所谓"现代的自我"不尽相同的"日本人独特的固有的自我"的可能性的追求。作者描写了中心人物由于以天皇制为背景的"秩序感"的崩溃而不得不在"虚伪的生"里寻求同一性的行动。鹰四是追求"虚伪的生"的行动者,蜜三郎是一个冷眼旁观的批判者。②

可见,前者指出了作品中超越日常生活的彼岸性的暗示,后者提出了在现实生活中寻求同一性的主题,而这也充分说明这部小说主题取向的多义性。不过,彼岸性也好,同一性也好,从作品中重要人物的"成长"来看,我们不难发现作者以对比的手法构筑小说世界,使彼岸性与同一性达到了统一。

这部长篇小说在主题取向上依然有第一阶段存在主义文学影响的痕迹。也就是说,《万延元年的足球》仍是对"我"和"鸟"的家族病史的闻问:

> 在黎明前的黑暗里睁开眼,寻找着热辣辣的"期待"的感觉,摸索着噩梦残留的意识。内脏火烧火燎得仿佛咽下一口威士忌一样,心里七上八下地渴望热辣辣的"期待"能确实回到身上。可是这种摸索总是一无所获。合上没了力气的五指。只觉得全身的每个地方,骨肉各自的重量都已分离。并且,迎着光明踟蹰不前的意识明确了这种感觉正在转变为迟钝的痛觉。对于这个各处只有迟钝的痛觉而感觉不到有丝毫联系的沉重肉体,我自知其不可救药却也是万般无奈。我干脆不去想这是什么东西在什么时候采取的姿势,我只是以这

---

① 野口武彦.吠え声・叫び声・沈黙[M]//大江健三郎の世界.東京:新潮社,1971.
② 片岡啓治.大江健三郎論—精神地獄の遍歷[M].東京:新潮社,1971.

种自己也不情愿的姿势蜷曲着四肢睡去了。

蜜三郎在这里所寻求的"期待"的感觉是对失落感的咀嚼,它不用说还与大江的文学创作第一阶段对存在主义文学的理解有关。根所蜜三郎是《个人的体验》主人公鸟的内在生命的延续,也是作者思考人生的代言人。他这个三岁残疾儿的父亲,带着现实生活的累累伤痕,把自己禁闭在他为自己开掘的洞穴"净化槽"里,过了"黎明一百分钟的穴居生活"。这孤零零的狭小空间,是《个人的体验》中火见子做白日梦的那个房间的位移。在这一封闭的空间里,蜜三郎的全部思想都打上了现代人神经衰弱的印记。他辞掉大学讲师的工作,靠做翻译打发日子,维持生活。在虚无与徒劳的"感觉"上,他和他的朋友产生了共鸣:

> 要是把涂红了脑袋、赤身裸体、肛门里插上黄瓜自缢身死的这种行为当作沉默中的呐喊的一种形式,那么对于活着的人来说,这已不仅仅是叫喊声。我无法将这过于漠然的线索发展下去。然而,在现在活着的人里,恐怕只有我才能理解死去的朋友。我和他从大学一年级起,无论做什么都是形影不离。同学们都说我们简直像一对双胞胎。就容貌而言,现在和鹰四比,朋友更像我。弟弟没有一处像我。我甚至感到我无法理解流浪在美国的弟弟的脑袋里在想些什么,而死去的朋友头脑中存在过的想法却似乎有唾手可得的感觉。

这种外在与内在的"相像",主要在于对存在主义哲理的亲近。所谓"死者引路",正是把蜜三郎这个人物放在死的阴影下,让读者去体验一个生与死的形而上。当然,如果作者让蜜三郎这个人物简单地重蹈朋友的"死路"的话,那么这个故事势必流于平庸。在现实生活中"和老鼠一模一样"的"我",处处暴露出当代知识分子的软弱和颓废。在残疾儿子面前,他要向他的"根所"逃避;面对鹰四组织的足球队,以及他们的暴动,他要躲到仓房里去冷眼旁观。对弟弟与妻子的反人伦的肉体关系,他也是无动于衷。"'阿蜜,你真的不生气?'星男反问道。看来,他的道德情感根本无法容忍我这样的态度。"这种冷漠,当然无意于对一般意义上的道德情感的追求,而在于对人物的"存在"的确认。并且,他又作为故事的叙述者,在故事结构的层面上与鹰四呼应。

"没有一处像我"的弟弟鹰四和"我"蜜三郎的性格适成对照。由于在鹰四的内心里深埋着与胞妹乱伦并使其自杀的"真相",所以他的人格受到了严重的扭曲:

>   "是的,反正我的生命已被撕裂了,这是毫无疑问的呀。只要过上一段安稳日子,我就要撼动自己,确认一下让我自己撕裂的事实。这和吸毒成瘾的人一样,刺激必须越来越强。能够撼动我的刺激也要一年比一年猛烈。"

正是对这种强"刺激"的需求,才形成了鹰四的暴力人格。在声势浩大的安保学运中,他冲锋陷阵。学运失败后,他又参加了"转向剧团",赴美演出话剧《我们自身的耻辱》;然后,为参加学运妨碍美国总统访问日本一事公开向美国人道歉。鹰四自有打算:他要一到美国就脱离剧团,一个人去自由旅行。在美国,他第一天就寻求到了强"刺激":与一个黑人老娼妓发生关系,并染上了淋病。这时他不仅只为性病担忧,更不能忘记埋在他心里的"真相"。他结束了在美国的流浪生活,回到日本"开始崭新的生活"。他劝哥哥和他一起回老家处理老院子,并且还"想听听曾祖父和他的弟弟那件事"。正是在这个问题上,他和哥哥发生了严重的分歧,"他总想给曾祖父的弟弟罩上坚持正义、英勇无畏的英雄的光环"。他要行动,他组织足球队和抢掠超级商场的"暴动";他蔑视、憎恨蜜三郎这个"居高临下的厌世者";和嫂子发生肉体关系后,他竟然对哥哥宣布:"阿蜜,我要跟菜采嫂结婚。不许你干涉我们的事!"最后,他以自己"强刺激"的行动把自己逼上了绝路。

他十分清楚自己的罪行无法逃脱惩罚,这是他为自己"反英雄"的行动所付出的代价,所以向蜜三郎坦白了那件不可告人的事情的"真相"后,他开枪自杀了。他不无悲壮地宣布:"我说出了真相!"这对他就意味着死。

他可以苟且偷生地把人生延续下去,然而,"变成不堪入目、反人类的怪物"这一结局,与他追求生活中的"绝对"的性格南辕北辙。所以,他"只能任选其一"地自杀。

从鹰四追求"绝对"的暴力人格和蜜三郎冷眼旁观的对比中,我们也可以看出大江的文学创作第一阶段中期对"政治的人"和"性的人"的基本认识。也就是说,他们的关系,与"政治的人"和"性的人"的对照几乎相同。鹰四和胞妹、嫂子间发生的不正常的关系,只有相对蜜三郎的虚无与软弱才显示出"绝对者"的优势,而他的最终结果也恰恰体现了在"当今日本社会"里,日本青年不可能变成"政治的人"的时代命运。鹰四的故事是一个虚构的时代悲剧。与此相反,具有现实意义的蜜三郎从鹰四的死中重新审视自己虚无的人生,希望和妻子共同"开始新的生活"。他与《个人的体验》中的"鸟"一样,作为不依赖"政治"的"性的人",在现实生活中找到了自己的出路。①

三、森林里的"根"/现代森林神话

作为外部世界不可或缺的成分,导致蜜三郎痛苦的残疾儿、他

---

① 柘植光彦编.大江健三郎のキーワード[J].国文学-解釈と教材の研究,1990,7.

的二哥和那个性变态的朋友都有一定的审美认识价值。他们传播的多是当代的消息。凭借这些,当代和历史才能在同一空间里得到平衡。作为来自山村的城市生活者,蜜三郎对以往生活的依恋是具有普遍性意义的。因为人们在冲破前进路上的障碍时,或多或少会有肉体乃至精神上的损伤。于是,我们会不约而同地到一个最可依赖的地方去寻求保护。这就是大江健三郎设定的医治现代人心灵创伤的"故乡=山谷村庄"的根据所在。

这也是一种寻根。"寻根",绝不是文人骚客的怀古幽思,而是现代人对自身所处的苦闷孤独环境的反拨。它是文明发展的必然产物,是对往昔的文化投影的丈量。《万延元年的足球》就体现了作者为同时代人寻找"根所"的渴望。

"诵经的队伍在我家院子里跳舞,这有什么老规矩吗?按理说应该选在村长家或山林地主家的院子里嘛。是因为我家位于森林和山谷中间吗?"

"大概是因为你们家姓'根所',是山谷里人们灵魂扎根的地方吧!"助理说,"你父亲在去中国东北之前曾在冲绳工作过,他在小学演讲,说琉球语里有和'根所'意思相同的词,叫作 Nendokoro。他还捐出了 20 个装满红糖的圆木桶呢。"

因为蜜三郎家姓"根所","是山谷里人们灵魂扎根的地方",所以诵经要在这里举行,山村的"亡灵"要在这里出场。这很重要。大江健三郎在这里所要传达的已不是一个家族的,而是一个森林部落的历史传说。一百年前的曾祖父和他的弟弟无愧于"根所"的姓氏,而到了"父亲"的年代和我们这一代,想要重振家族的雄风,抖擞往日的光荣,已是缘木求鱼。

……根所→Nendokoro 传说,曾作为孕育出阴湿毒素的笑话,在山沟里广为流传。当村子里的大人们把我那生性轻率的爸爸一生中的几次失败当作闲聊的话题时,这段插话总是位于顶点。我父亲企图用 20 桶红糖来垄断山谷所有灵魂的根,受到了永久的嘲笑。如果我再走进助理那根所→Nendokoro 传说的诱惑里,他就会和他的朋友们制造出一个新的笑话,说根所家的儿子和他的父亲一脉相承。

父亲为了收买山谷里活着的人们的灵魂,主动捐出了 20 桶红糖。这种被夸大了的"妄想",成了人们的笑柄。因为到了距万延元年几十年后的 20 世纪 30 年代,人们已不再像当初那么盲从迷信"权威"了。其后 S 兄所做出的牺牲的选择,也不外乎是对一个已经逝去的时代的最后致意。作为清醒的旁观者,蜜三郎已确认了"我们没有根"这一无可奈何的事实,所以他不会给人们留下"新的笑话"。对弟弟鹰四组织的"暴动",他也只是默默地把自己关在仓房里冷眼旁观。

"阿鹰他们热火朝天大干事业的时候,你这个在社会上吃得开的人居然像只老猫一样,稳稳当当、暖暖和和地睡大觉!"

小说中人物对蜜三郎的批评可谓一针见血。唯其如此,才更能显出鹰四所组织的暴动的对比意义。他"想听听曾祖父和他的弟弟那件事",因为这祖先的故事里有他的根,有他对"绝对"的向往。我们可以说,寻根是文化意识对人类历史的照射。在这一强烈的文化意识的推动下,过去与现在、历史与未来融会成一个永恒的整体,澎湃着闯进现代人的心房:

赤身裸体的鹰四是曾祖父的弟弟,是我的弟弟。百年里所有的瞬间都重叠在这一瞬间了。

鹰四自杀了,山谷村庄里又多了一个实实在在的"亡灵"。一个新的权威崩溃了,在人们的现实生活里,只多了一个苦涩的笑话。从鹰四领导的暴动里,我们现代人或许能够体会出现代人革命的无奈。我们的"根"正在脱离我们的躯干;我们没有根。正因为如此,我们只能在现代社会这部大机器中默默无闻地充当一个无足轻重的零件。"存在＝虚无"这一存在主义文学的母题在此得到了淋漓尽致的发挥。说鹰四是追求"绝对"的"政治的人"的道理也就在这里:

> 在绝望中死去。诸位你们现在能够理解这句话的意思吗?它绝不仅意味着死亡。难道这不可以称为是对生存在这世上的后悔,并在耻辱、憎恶与恐惧中死去的吗?

大江健三郎引用萨特这句话的目的,就是要重申自己对日本社会现实的基本认识:在日美安全保障条约的政治格局中,日本的青年绝对没有成为"政治的人"的可能:

> 国际上的势力关系,也可以把一个强大的国家看作政治的人的国家,把一个弱小的国家看作性的人的国家。
> 我认为,现代日本这样东洋的一个国家,简单说来在安全保障条约体制的基础上,正在逐渐变成性的人的国家。我觉得现代日本人有政治的人的志向是极无意义的。

美国是强大的"政治的人"的国家,日本是弱小的"性的人"的国家,由此自然引出了"现代日本的青年是'性的人'"的定义。在"安全保障条约体制的基础上",在"被监禁、被封闭的墙壁里的状态"下,无论你有多么坚定的"政治的人"的志向,由于没有付诸行动的可能,所以最终只能起到"性的"作用。可见,《万延元年的足球》依然与第一阶段的创作有着一些必然的联系。我们的根不是扎在真空,而是扎在土壤里的。所以,在声称自己"没有根"时,人们思考的显然是我们所身处的这个现实世界。

总之,无论是从作品的内容还是形式的层面上来说,《万延元年的足球》都是不可多得的。这还表现在它是一个可以自给自足的小世界——相对独立的艺术世界,也就是大江健三郎本人所说的小宇宙:

> 接着,日本社会进入了经济高速增长期。从此,生活在东京的我开始体验到了另一种紧张关系。东京的日常生活对我来说是完全陌生的,自己感到不能很好地适应。于是,产生于四国森林小山村口传故事的神话般的小宇宙就显示出重要的意义。我发现自己在东京的现实生活和森林小山沟的神话之间正在被撕裂。然而,如果当真再回到森林中,就会知道那里的神话共同体已经完全被破坏了。在如此强烈的紧张关系中,用语言重建自己生机勃勃的小宇宙,这就是我的文学事业。一方面根植于森林中的神话世界,另一方面又不脱离东京的现实生活,在这两者间紧张关系的磁场上建立的小宇宙,就是(我的)文学。它始终朝着"短小精悍"的方向——即使把它写成长篇小说,在构成其核心的若干部分,这一点也是明确无疑的。[①]

这是过了很多年后,大江健三郎在法国蓬皮杜文化中心所作的演讲中的一段话。他在谈到日本的小说和文学为何具有"短小精悍"的特质时,首先强调日本文学与日本诗歌的关系,其次又充分肯定了二叶亭四迷、夏目漱石等作家对西欧小说的借鉴。接着,他又特别强调,战后日本社会激烈的变革以及与作家的紧张关系,都要求作家心中有个小宇宙。也就是说,如果把社会当作大宇宙的话,那么作家的作品就是小宇宙;作家在具体的创作过程中,要

---

① 周长才.大江西去——写在大江健三郎获诺贝尔奖之后[J].外国文学,1995(01).

在自己作品的文学世界里处理好社会与自身的矛盾。大江作品的小宇宙,"一方面扎根于森林中的神话世界,另一方面又不脱离东京的现实生活"。这就是作为大江文学创作第二阶段最大特点的现代森林神话,《万延元年的足球》无疑是开山之作。

在这一自足的、完整的艺术世界"小宇宙"里,我们或许还会发现很多,比如现代的与土著的,真实的与想象的,暴力的与和平的……但是最终我们会把问题归结到一点:文学能够救济人类吗?被称为"幻想的哲学思想小说"的《万延元年的足球》[①]就是这样一个丰富多彩的世界,任何解释与评论的尝试都难免有力不从心的感觉。是的,这时我们会想到诺贝尔文学奖的评选标准:能够创造出具有理想主义倾向的优秀作品的作家。应该指出,大江健三郎是无愧于这一标准的。

---

① 大岡信.肉眼の思想[M].東京:中央公論社,1969.
    呉井茂一.叙事詩構想の人物構造[J].芸術季刊,1967,10.

试论大江健三郎《同时代游戏》的意义

　　文化人类学是研究整个人类文化的起源、发展、变迁和进化的学科;它通过对各国家、各地区、各民族、各部落和各社区的文化的比较研究,发现具有同一性和特殊性的文化模式。这样一门视野开阔的学科,对于文学理论建构和文学创作批评的理论指导意义也是巨大的。简而言之,对文化人类学理论的认同是文学真正走向"人学"的开始,也是文学人类学得以成立的基础。在文化人类学理论对文学理论和批评产生空前影响的同时,作为其理论载体或研究对象的文学创作也会潜移默化地受到某种主体行动意志上的暗示,或者引起创作主体的有意关注——一种寻求真正意义上的创作的深切期待。也就是说,当我们用文化人类学的理论去重新阐释既成文学时,首先是在认识论方面对既成的文学经验造成冲击,其次是在方法论方面对既成的话语体系进行颠覆,而这些也恰好是真正的创作家所梦寐以求的。1994年诺贝尔文学奖获得者大江健三郎的小说《同时代游戏》创作前后的经验,或许是我们以上论点得以成立的典型案例。

一、邂逅山口昌男/文化人类学的洗礼

　　日本当代著名作家大江健三郎是位学习型的作家,用他自己

的话说,他成功的三要素之一就是"源于读书的经验"。从学生时代开始创作起对萨特存在主义的亲近,到20世纪90年代对叶芝等世界著名作家的精读,大江健三郎的文学创作始终是在不断吸收人类文化传统精华的过程中提高自身。尤其是对结构主义、形式主义和文化人类学等理论的学习与应用,使大江健三郎的小说在创作方法上异彩纷呈。

大江从1975年起接受文化人类学的影响。在大江创作年谱中,有一点受到了读书界极大的关注:昭和五十年(1975年)12月发表《为何人类创造文学》。当年,山口昌男(文化人类学家)所著《文化与两义性》由岩波书店出版,大江自此开始接受文化人类学的影响。大江健三郎也认为,1975年是他文学生活的转折点。首先因为在5月,他从大学时代起就一直崇拜的恩师著名法国文学学者渡边一夫先生去逝,这使大江"感到很茫然"。也就在此时,

> ……山口昌男的视野广阔、论理深邃的著作吸引了我,并且我还能有幸聆听教诲。我接受俄国形式主义的影响,可以说是在受了山口氏的影响之后。并且,更让我想不到的是,从此之后每当我在创作上需要进行各种尝试的时候,山口氏便成为我难得的精神支柱,他是我终生的师长。①

这里所说的山口著作就是《文化与两义性》。1975年,大江接触《文化与两义性》,并结识山口昌男;1976年,大江受聘墨西哥列西奥国立大学,任客座教授半年,用英语讲授日本战后思想史;1977年,与山口昌男等文化名人组成研究会;1978年,担任《朝日新闻·文艺时评》主笔(任期两年),在岩波书店出版《小说的方

---

① 大江健三郎.小説の方法[M].東京:岩波書店,1994.

法》；1979年，在新潮社出版《同时代游戏》；同年，与研究会同仁和著名作家井上等人赴印度尼西亚巴厘岛旅游……

可以说，以山口昌男的《文化与两义性》为契机，大江健三郎用了近四年的时间系统研读文化人类学理论，并在此基础上创作了《小说的方法》和《同时代游戏》，对当代文坛的创作进行了系统的评论。

> 基于迄今为止作为作家的经验，我是有意识地要对由此得到的东西加以清理，于是就首先写了《小说的方法》（"岩波现代丛书"）。其中虽然有自身的内在动机，但激励我从事这一工作的则是外在的、70年代后期成为我国"智慧"性课题的文化人类学理论——它使从神话到文学的两义性构造得到了明确——以及作为文化人类学的语言和创作方法理论的俄国形式主义。
>
> 进而，我又运用这本书中自己归纳的方法论对当今我国的文学进行了具体的评论。这就是我的文艺时评（1978—1979）。我还把自己的方法在小说中加以实践，写出了《同时代游戏》（新潮社）。
>
> 今天再回顾自己两年来的文艺时评，我明确认识到，在《小说的方法》里探讨过的方法论中，魔幻现实主义的形象体系理论和"异化"的创作方法论，作为文学批评的方法更为有效。这些也构成了我新创作的长篇小说的特色。
>
> 由是观之，以《小说的方法》为发端，我做了两方面的工作。它们互相补充，又从不同的侧面折射出《小说的方法》之光。[1]

---

[1] 大江健三郎.方法を読む—大江健三郎文芸時評[M].東京：講談社，1980.

也就是说，如果把《小说的方法》看作"小说的文化人类学理论化"的话，那么《朝日新闻·文艺时评》则是"评论的文化人类学理论化"，而《同时代游戏》也可以称为"文化人类学理论的小说化"。这是三个趣向一致而层次各异的艺术尝试：其一是对文学理论的建构，其二是对文学批评的渗透，其三是对文学创作的牵引。这三者以文化人类学理论为核心，互为表里，互为印证，真正做到了从实践到理论，再从理论到实践的辩证循环，是真正意义上的文化人类学理论的实践检验。

二、大江健三郎的田野作业／ 文化人类学批评的尝试

大江健三郎1975至1979年的四年文学生活，很容易让我们想起博克（P. K. Bock）所说的"田野作业"：

> 既然文化震撼总是让人感到不适应和不愉快，那么为什么世界上的人还应当去寻找此种体验呢？对这一问题的答案已如前述：直接面对一个陌生的社会是学习相异的生活方式和反观自己文化的最佳途径。这正是为什么对每一个文化人类学家的训练都少不了至少一年的"田野作业"的缘故。①

对大江健三郎而言，山口昌男的《文化与两义性》虽然引起了不小的"文化震撼"，却不可能是"不适应或不愉快"的。面对外来文化的冲击，大江健三郎是不会手足无措的，因为他是在外国文化的熏陶下成长起来的作家。然而，此前对外国文化的接触都是从书本到书本的，所以很难产生真正意义上的文化震撼。基于这一

---

① 博克.文化震撼[M]//陈惇,孙景尧,谢天振.比较文学.北京：高等教育出版社,1997.

认识,我们特别重视大江健三郎 1976 年为期半年的墨西哥体验,因为"直接面对一个陌生的社会是学习相异的生活方式和反观自己文化的最佳途径"。

妹妹,现在我终于重新认识了写我们那地方的神话和历史的使命,并决心立即动手。这是因为我在一个叫玛里纳尔克的小镇上发现了从心灵深处呼唤作为我分身的你的我自己。……让我突发此想的这个玛里纳尔克小镇,是在面向荒野的小山的山脚下开垦出的一道斜坡上建起的村落。同墨西哥的许多古老村镇一样,这里历史悠久,村民性格古怪。在那里一天的体验,使我决定提前写出我早就要写的东西;在那里,我找到了把我们那个地方的神话和历史立即动手以信的形式写给你的我自己。当然,我也不是因为自己是写我们那个地方的神话和历史的人,才应邀从墨西哥城驱车四个小时赶到那个小镇的。让我重新认识到自己的使命并接受下来的契机纯粹是偶然的。(《同时代游戏》"第一封信:寄自墨西哥,追溯时间的开始")

我们似乎可以说没有墨西哥体验就没有《同时代游戏》了。因为没有这个陌生社会——墨西哥一个名叫玛里纳尔克的小村镇——的体验,大江健三郎反观自己的文化——四国山谷村庄——这个大江自称为成功三要素之一的森林历史神话传说的深度和广度都会打些折扣。当然,这也许并不关键,关键的是"纯粹偶然"的逗留墨西哥半年的机会,使大江健三郎补上了一半的"田野作业"。应该说,为了完成这半年的"田野作业",大江确实付出了很多——仅只离开朝夕相处、他自称与之共生的残疾儿子半年,就足以让我等平庸之辈钦佩不已。因为他还不至于为了最低意义上的生存而漂洋过海,背井离乡。显然有更使他欲罢不能的吸引力,这就是美洲大陆的神秘和墨西哥这个独特国家的魅力——"历史悠久、性格古怪"的文化。

并且,《小说的方法》和《读方法——大江健三郎文艺时评》也应该是"田野作业"的一个组成部分。虽然这一部分"作业"没有墨西哥体验那么切肤难忘,但对于一位以写作为生的出色作家而言,阅读这种体验也是必不可少的,有时或许比亲身体验更确切。在《小说的方法》里,大江系统地论述了文学语言的异化、作家的文体、读者与形象的再创造和魔幻现实主义的形象结构等理论。最难得的是,这些理论的阐述都是以大量的作品分析为基础的。例如:

"但是,在部队依然在浓雾中行进了一个多小时后,大部分人却不得不停下来。是不是出现了混乱和不守纪律的事?这一不安的意识传遍了整个队列。这种意识到底是怎么传达的?要说个明明白白确实很困难。但是这不安的意识真的以异乎寻常的准确性流传开来,仿佛流淌在洼地里的水,势不可挡,铺天盖地,这是毫无疑问的。"在此,连接整体与个体内部的是不安的意识这一情感。最终归结为个体经验的人的感情变成了整个集体的感情。于是一旦被结构起来,个人=集体的情感将会永远存在下去,此情此景,即使你不情愿也会随时被唤起。我们读小说的人,和托尔斯泰一起观看战争全局的眼睛的结构内部,就这样被扩展开来。战争就是这样被"异化"的。

当《战争与和平》将要写到1812年的第二次战争的时候,托尔斯泰为此后作品中经常出现的他自己独特的战争论做了很多铺垫。他此时考察的课题就是个体与整体直接的关联。"所有的人都为自己而活着,为了达到各自的目的而享受着一定的自由。人们既可以干自己的事,也可以不干,全凭自己生活中的直觉。但是他无论是干完了还是没干完,时间上的某一瞬间所进行的这一行为也早已为不可挽回的历史所拥有。在历史的长河里,所有的行为都没有自由,具有先天性的意义……人在意识上是为自己而生活,然而为了达到历史性的、全人类的目的,人却成了无意识的劳动的工具。①

对《战争与和平》等优秀作品的透彻分析,是大江健三郎"田野作业"的优异成果。应该强调的是,像这样细致入微的"作业",是每个希望有所成就的作家都必须下些功夫的。

三、《同时代游戏》的实验／两义性的话语体系

作为文化人类学理论的实验性作品,《同时代游戏》一面世就引起了日本文坛的极大震动。直到今天,对这部以实验性和先锋性为特色的长篇小说也还是众说纷纭,褒贬不一。大江健三郎本人则认为这是他迄今为止最重要的作品。这部以六封书信构成的长篇小说,在内容和形式上都对既成的传统文学造成了极大的冲击。

首先,《同时代游戏》运用山口昌男的诈骗师理论,创造了领导创建者们建设村庄＝国家＝小宇宙的破坏者的形象。

    妹妹,天放晴的那天早晨,**破坏者**和创建者们就像头一次步入他们创造的新天地里似的,走进了将要建成村庄＝国家＝小宇宙的那片土地。实际上这儿也似乎是与创造新天地

---

① 大江健三郎.小説の方法[M].東京:岩波書店,1994:129-130.

的暗喻相同的地方……

破坏者率领的创建者们,在人们可以重新安居下来的盆地上大兴土木。妹妹,那热火朝天的情景直到今天还是历历在目、记忆犹新……

下一个与**破坏者**的死有关的传说是在创建者们开辟了我们这块土地,历时百年干完了许许多多工作后所发生的事。妹妹,对这个传说最重要的是村庄=国家=小宇宙创建后已经过去了一百年。这传说说的是,经过一场革命创立一种政治体制,过了一段时期出现了漏洞,路线走偏了,于是就发生了悔不当初的复古运动。(《同时代游戏》"第二封信:像狗那么大的东西")

用黑体字特殊标明的破坏者就是诈骗师理论小说化的人物形象。所谓诈骗师(trickster)是美国印第安神话中的人物,他既是创造者又是破坏者,以推翻既成价值为己任;他有时又是个愚者,近似于滑稽剧中的小丑。

山口昌男对诈骗师的文化意义归纳如下:"道化=诈骗师的智慧当然是让我们知道只执着于一种现实将会颗粒无收。如果说硬是要拘泥于一种现实会有'有头有尾'的结局的话,那么拒绝它就会同时产生出许许多多的'现实',在这些现实中自由穿梭,使世界不断显露出隐蔽的真相,从而开发出更强有力的宇宙论意义上的多层次空间。可以说,这是一种精神技术。"(《诈骗师·解说》)山口还给诈骗师下了个简明的定义:"两义性的人格化。"①

其实,在文化人类学的其他研究报告中,我们也不难发现类似

---

① 大江健三郎.小説の方法[M].東京:岩波書店,1994:139.

的人物。古代阿尔卡狄亚的赫尔墨斯既是畜牧之神、牧人的保护者,又机灵地偷走了阿波罗的牛群,最后把诈骗术传给儿子奥托吕克斯。墨西哥阿兹特克人的四大神祇之一特斯卡特利波卡也是一位集大慈大悲和十恶不赦于一身的两义性人格化的人物。他大智大勇,所向无敌,且又青春永驻。在善的一面,他是生命智慧和力量源泉的象征,惩治社会邪恶,裁处人间不平,主持祭祀庆典,监管军事训练;在恶的一面,他黑面狰狞,长背生翼,怂恿邪门歪道,保护崇法妖术……

可见,对人类文化生活中的这种"两义性的人格化"的认识由来已久。大江健三郎在现代小说中有意识地再现这种类型的人物形象,是难能可贵的尝试。这也是《同时代游戏》两义性的话语体系的基础。

在《同时代游戏》中,大江健三郎还具体运用了文化人类学的边缘文化理论。村庄=国家=小宇宙、双重户籍和五十日战争等,都是异质的边缘文化对传统的中心文化的抵抗。在出版于1976年的长篇小说《替补队员手记》中,也不乏边缘文化理论的渗透。大江健三郎认为:

> 具体从写小说的立场来看,创造位于边缘的日本人的形象,这是扩大我们小说世界的一个手段。引进真正具有异文化特质的形象,这在为了唤起想象力的层次,或与之相应文体的层次上,都是扩大小说世界的方法。在小说整体层次上引进位于边缘的人的形象,这是使作者进行自我批评进而走向全体化的重大契机。
>
> 我国近现代文学,被作为日本文化一般倾向的中心指向性和单一化的势力所围困,没有突围的力量。站在这一历史的高度上,我们再进行以下的思考也不是毫无意义的:把站

在边缘一方的人,在附加了边缘性这一条件来说是被"异化"了的人,积极主动地创造成具有文学意义的形象,这是为了在批评的基础上超越我们文化的中心指向和单一化的势力所必须进行的想象力的训练。①

因为边缘本身是对中心的一种逆反,所以必然对传统的话语体系产生冲击,从而形成新的两义性的话语体系。这就是文学语言的"陌生化",也恰恰是两义性的话语体系的魅力之所在:唤醒人类历史文化积淀中的某种经验,进而使之与现代及未来的现实生活互为比照。

大江健三郎《同时代游戏》创作前后的经验,未必是完全成功的,但是对文化人类学理论的应用以及文学人类学理论的建构却是十分宝贵的。对"文化-文学"的倾心关注,应该是有志于超越传统文学的文学创作者的必然选择。而在此基础上产生的有别于传统文学的作品,才是文学人类学兴旺发达的必不可少的条件。

---

① 大江健三郎.小説の方法[M].東京:岩波書店,1994.

想象力与形象的分节化

——大江健三郎的语言-形象观

当代日本小说家大江健三郎不仅在小说创作方面取得了举世瞩目的成就,对创作理论也进行了不懈的追求,这集中体现在他对想象理论的不断探索上。大江健三郎对想象力问题的关注,首先是萨特的"存在-虚无-自由""形象-想象-自由",其次是巴什拉的"想象力就是改变形象的能力",最后是布莱克的"想象力就是人的生存本身"。也就是说,大江健三郎经过对法国存在主义大师萨特和认识论大师巴什拉的想象理论的反复确认,最后在英国浪漫主义先驱布莱克的想象理论中找到了自己的答案——"想象力就是改变形象的能力"(大江健三郎《小说的方法》),并进而在此基础上提出"形象的分节化"的课题,从而为想象理论的进一步发展做出了积极的尝试。这无论对大江健三郎本人的创作,还是对普遍性的文学创作都有极大的启发意义:主动自觉地追随一种理论的指导,并在文学创作的实践中加以发挥,应该是今天乃至今后文学发展的必由之路。

一、语言结构与形象

关于形象,大江健三郎定义如下:

在小说中唤起读者想象力（imaginaire）的语言结构，在此我们称之为小说语言层面的形象。就像我们对想象力进行探讨时所明确的那样，如果将把一个形象再创造成一个新的形象的根本能力称为想象力的话，那么这样被使用着的语言的形象，也就存在于我们的意识和无意识的活动中。为了便于在书写语言的层面上进行研究，我们把小说中唤起读者想象力的语言结构称为形象。（大江健三郎《小说的方法》）

形象，是小说中唤起读者想象力的语言结构，它存在于人的意识和无意识的活动之中。这是大江健三郎对于"文学的形象——语言层面的形象——语言的形象"的基本认识，是为了便于对文学文本中的形象在"书写语言的层面"上进行研究所创造的一个有实践性意义的命题。语言结构，其关键在于与限定词"唤起读者想象力"相搭配。在这一方面，日本的传统文学观令大江健三郎极其愤慨："国际上虽对日语文学有形象丰富的定评，将其誉为多姿多彩的美的世界，但那更多的是指那些只能写出平静的、死去的形象的作者的作品。"（大江健三郎《小说的方法》）并不是说所有的"语言结构"都是形象（imager），只有那些能够唤起读者想象力的语言结构才是。对于大江健三郎的"形象论"，我们可以作这样的解释："形"是"主体理性与情感的复合体"，是"唤起读者的想象力"；"象"是"外在的呈现"，是语言结构。可见大江健三郎从小说叙事的角度对形象理论进行了可操作性的理论阐释，使传统形象—想象理论得到了进一步发展。

大江健三郎从果戈理的《死魂灵》中找到了"形象＝语言结构"的例证，并在此基础上提出了形象分节化的问题。《死魂灵》作为果戈理的名作，可以阐释的空间比较大。作为一个固有名词，在俄语中 Души 以及它的单数形式"Душа"与"灵魂"是相通的，而把这一个词与另一个固有名词"农奴"联系起来,则给它增加了新的意义。当乞乞科夫打着收购死去农奴名单的旗号在小镇上大受欢迎时,读者所看到的只是一个笑话,无法被唤起更为深刻的想象力。但是,当他与女地主的交易公开化了之后,小镇上的所有人都开始呼应"死去了的农奴-死魂灵"这一结构本身怪诞的唤起作用,从而发挥了自己的想象力。因此,乞乞科夫转瞬之间就变成了十恶不赦的坏蛋。所以,"死魂灵"这一语言结构不只可以代表单纯的谐音,也可以在更为深层的意义上唤起读者的想象力。因此我们可以说,这种语言结构为想象力的活性化创造了契机。大江健三郎认为,《死魂灵》用了长达几页纸的篇幅,为的就是表达这样一个形象:死去的农奴＝魂灵。这种能够唤起读者想象力的语言结构,在小说的作者看来,就是小说的方法。当然,在这种方法里,语言-形象是经过读者的分节化处理的。也就是说,对读者而言,这种对形象分节化的处理方式就是小说的方法。对于解读某一部小说而言,这种分节化也是与作者相互理解的一个有效的途径。

从大江健三郎自己的创作来看,把形象分节化也不失为一个很好的阅读方法。比如,《死者的奢侈》中的"死者"首先是现实世界中用于解剖的尸体,但是在"我"所面对的现实中,尸体只是相对于我们的另一种"物"。相对于"我们"在现实中所遭遇的挫折,死者≠尸体的待遇,确实可以被称为作为物的"奢侈"。在日语中,"奢侈(奢り)"还可以有"款待"的词义。似此,则"死者的奢侈"＝"死者的款待"＝我们的"现实挫折"。在这一不太复杂的过程中,形象已经有了三次分节化的尝试,读者的想象力当然也要在这一方向上不断被唤起。《饲育》所要"饲育"的对象,当然是被俘虏的美国黑人飞行员,但是当"我"理想中的乌托邦幻灭之后,残酷的战争所"饲育"的是黑人兵还是"我"?《万延元年的足球》中的"万延元年"作为一个固有的历史名词,当然直接意指"1860年——万延元年",但是时至"今日"的 1960 年,一百年前的"足球"的意义何在?一百年前的"足球"如何踢到当代人的心窝?《同时代游戏》所要限定的"同时代",可以唤起多少日本国内外的形象?你和我(我们)都生活在这个无可奈何的世界——同时代,我们也就无可奈何地玩着这个游戏——规则无所谓,关键在于"玩"这一过程……

其实,在文学研究上,形象是通过语言-音声构图的能力。语言结构中的关键词汇,就是"玩"的标志,它可以指示出一个条件、一个不完全推理、一个不完全序列。"通过"标志的一个关键词,在读者想象力的作用下,产生词语联想,进而直指这一词语所指事物的本身,以及与这一事物产生联系的生活和它对于生活的特殊意义。也就是说,凭借这一关键词所引发的想象,即读者对过去的所知——关于过去的感觉、记忆和经验,读者继续完成不完全推理,把不完全序列还原或进行新的排列组合,并由这一关键词给定的方位勾勒出一幅想象中的画面——如果读者有绘画的技巧,还可以把它描绘出来,这就是形象。在现代叙事文学中,对形象的认识越来越深刻。小说家们越来越注意到形象作为唤起读者想象力的语言结构的作用。在现代叙事文学文本中,为描写景致而描写景致的大段大段的段落不见了,取而代之的是对形象以及形象体系的经营。陀思妥耶夫斯基被称为"破碎的景致"的描写打破了传统景致描写的壁垒,使景致走向形象;普鲁斯特也曾经细致地描写感觉在个体身上所唤起的形象,等等。

二、作为阅读方法的形象分节化

大江健三郎认为,托马斯·曼的中篇小说《死于威尼斯》就具有能够唤起读者想象力的精彩的语言结构,最适合作形象分节化的研究。他在《读者与形象分节化》一文中,用了很长的篇幅分析了这部小说的形象,并讨论了形象分节化问题。他把作为欧洲典型的主人公阿申巴赫称为形象 a——是作者创作意识全部投入欧洲全体性的形象;把具有多重含义的假青年＝老头儿称为形象 b,使其与形象 a 对峙;伪装成青年的阿申巴赫是形象 c,是托马斯·曼有意识地创作出的与形象 a 和形象 b 相互对比、带有固定价值的形象。他进一步明确指出:

> ……即使像托马斯·曼这样真正的作家,也需要首先把形象 a 和形象 b 分节化,使各个形象形成激烈的对抗关系,发挥互相作用的功能。如果没有这种互动的场合,形象 c 也就不可能实现,也就是说,没法实现小说叙事核心的被分节化的形象。只有通过各种被分节化的形象的构成,只有依靠这些有意识的操作,小说才能成为超越作者意识的浑然一体的结构体。(大江健三郎《小说的方法》)

分节化,是以结构主义和符号学理论为根据的功能语言学理论的一种分析方法。叙事文学的语言结构往往可以看作一个以唤起读者想象力为目的的大的形象群,这一形象群有一个以上的形象体系,形象体系再由一个个形象构成。这就仿佛某一语式为我们提供的意义树一样,由一个个意义肢构成意义肢体系,进而构成意义群。对于形象作这样分节化的处理,是读者自觉进入文学文本世界的一个重要途径。形象分节化,使原来处于混沌状态的全部形象清晰起来,使原来在叙事之流中缓缓流动的形象重新排队,把形象与形象间的关系凸显出来。

形象分节化,是读者接受理论的一个实践性较强的研究课题。形象是能够唤起读者想象力的语言结构。对这一结构的分节化处理,一可以理清各个形象间的关系,二可以在分节点上进行超越原作者的尝试。对于唤起读者想象力的语言结构来说，显然存在于分节点上的可转换时空是至关重要的。所以大江健三郎一直强调读者对文学文本的接受是一种能动的阅读活动，读者一定要意识到自己对文本中文学形象的具体感受就是自己对文学创作的主动参与，而在参与过程中的形象分节化是一种行之有效的方法。

具体来说，《死于威尼斯》的开头部分就蕴涵了深刻的形象："古斯塔夫·阿申巴赫或者称冯·阿申巴赫——50岁生日时被授予贵族称号——在20世纪某年春天的一个下午，从位于慕尼黑摄政王大街的宅邸里独自一个人出来散步。当时，欧洲大陆形势险恶，好几个月来阴云密布。"从形象分节化的理论来看，这个句子使读者产生了消极的期待和不安的情绪。正是这种形象上的准备，才为读者接踵而来的被唤起的想象力创造了契机。在覆盖这部中篇小说整体的形象-语言结构中，作者所要关注的是借此而被发动了的读者的想象力。

同样，在大江健三郎自己的文本里，也有很多这种可以被分节化的形象。比如，《万延元年的足球》的开头部分——"在黎明的黑暗中醒来，寻求着热切'期待'的感觉，摸索着噩梦残留的意识。仿佛咽下的威士忌使内脏燃烧起来的存在感……摸索着，自己心里盼望着这热切'期待'的感觉确实在体内恢复过来，但这永远只是枉然"，就是能够唤起读者想象力的一组形象。对这些形象的分节化，可以以几个动词为关键词来进行："醒来—期待—摸索—枉然"。这就是覆盖着这部长篇小说的全体性的形象。这两个句子给读者带来的是焦虑和不安的情绪，接下来，作者的经营就在于对这种情绪张弛有致的调动，对形象——唤起读者想象力的语言结构的技术性调度。

对《万延元年的足球》的主人公根所鹰四，我们也可以将其作为一个形象来进行分节化的操作。作为这一形象的分节点，形象

a——去国复归,经过"安保运动"挫折后的时代青年,重新选择自己的人生;形象 b——组织足球队并定名为"万延元年",把今天面临的现实与一百年前的农民暴动结合起来;形象 c——抢劫超市的暴动与失败的必然结局;形象 d——说出真相后的自杀行为。经过这样的分节化处理,一个清晰的"鹰四"呈现在读者面前。作为一个形象体系,形象 a、b、c、d 以链条运转的方式,向这一形象的核心走近——"说出真相"。鹰四所要说出的"真相"——与自己的同胞傻妹妹通奸,使其怀孕,最终导致其自杀,在表层结构上是他个人精神史上的巨大阴影,但在文本的深层结构上,则对日本民族的精神史有巨大的暗喻作用。也就是说,作为一个跨度在一百年间的独特文本,"万延元年"这一固有的历史名词和一百年后的"安保运动",在批判日本明治维新后的现代性上找到了契合的焦点。日本明治维新以后一百年的历史"真相",正如大江健三郎在其他时事评论中所说过的一样:明治维新的直接后果,一是形成一个隶属不明的天皇制,二是发动了一场对亚洲周边国家的侵略战争,三是承受了人类文明史上第一次共计两颗原子弹的轰炸……而把这一日本文化史上的"事件",演绎成叙事文学的可以唤起读者想象力的语言结构-形象:"傻妹妹"的不正常"受孕"和"自杀"以及"鹰四"的"疯狂-自杀",都更能增加小说的可读性空间。

《同时代游戏》中的"妹妹"的形象,也具有这种文化史上的意义。形象 a——兄妹何时产生近亲相奸的关系?形象 b——父亲和妹妹在哪里发生的性关系?形象 c——妹妹所怀的孩子的父亲是哥哥还是父亲?或者另有人在?形象 d——妹妹为何要做"破坏者"的女巫?形象 e——妹妹和美国总统的性关系意义何在?从这些分节点来看,在《同时代游戏》里,"妹妹"是本真日本的一个隐喻。表面上看来,围绕着"妹妹"的所有关系都是有悖常理的,这种表面化的"有悖常理"也就是日本文化的根本病灶。由表及里的"有悖常理",是日本的父兄家长制—天皇制的必然结果。依然是不正常的"受孕",这次"妹妹"生下了"像狗那么大的一个东西"。作为"破坏者"的女巫,其关键在于谁是"破坏者"?在历史上,"破坏者"是领导人们创建山村的领袖,延伸到了今天,"破坏者"的使命是否有所改变?改变了历史使命的"破坏者"也需要有同样追求的"女巫",这是人类历史的必然。妹妹与美国总统的性关系,则近乎"明喻"地喻指当代国际政治格局中的美日关系——当美国需要你的时候,你就是他的女王;当你妨碍了他的时候,你就要想办法"失踪"。可见,仅仅围绕这一形象,就有这么大的能够唤起读者想象力的阐释空间,《同时代游戏》被认为是"最难懂"的小说,也在情理之中。也可以说,在这样的文学文本中,寻找可以与现实世界完全对应的"真实"是徒劳的,因为真实的世界只是这一被想象物的倒影。

三、唤起读者想象力的意义

从心理语言学的角度来看,言语理解的最初阶段是知觉分析,即将一些听觉或视觉的语言结构加以识别,其实质也就是结构分析。言语理解以正确的言语知觉为基础,再进行更高层次的句法和意义的加工。这是一个自觉主动地建构意义的过程,包括形成期望和假设,进行推理,利用上下文等。这一切都依赖于人已有的知识和经验,包括语法和语义的知识。相对而言,语言结构-形象的分节化,就是在这种言语理解的过程中寻找文学命题。言语理解(读者的接受)是从句子的表层结构到深层结构的过程;言语产出(作者的创作)则是从深层结构到表层结构的过程。言语产出作为一个复杂的构成,大致包括决定要表达的思想、确定句法结构、选择相应的词汇、实际说出话来等几个阶段。相对而言,言语理解则是逆流而上,到源头去寻找命题,经过语音知觉、单词识别、句法分析和语义表征的判断等几种水平上的操作,才能从言语形式所传达的信息中发现思想是如何转换成言语形式的,从而确定文学文本所要表达的思想。由是观之,对有意义的——能够唤起读者想象力的语言结构的分析,就是形象的分节化。

大江健三郎"形象分节化"的理论依据是结构主义、符号学等西方文论,提出这个问题的初衷是把想象理论与读者阅读和作者创作直接结合起来。对读者接受理论和小说创作论而言,大江健三郎的理论尝试是有益的。如果把文学创作作为一种技术来理解的话,把能够唤起想象力的语言结构即形象分节化,无疑是使读者更加透彻地理解文学,走进艺术殿堂,进而更加热爱生活的一条捷径。正如萨特所说,在写作行动里包含着阅读行动,后者与前者辩证地相互依存,这两个相关联的行为需要两个不同的施动者。精神产品这个既是具体的又是想象出来的对象,只有在作者和读者的联合努力之下才能出现。只有为了别人,才有艺术;只有通过别人,才有艺术。从这个意义上来看,大江健三郎的形象分节化理论,是对萨特的理论——作者与读者以及文学文本之间的相互关系的理论——的自觉实践。

正确处理想象力和语言、形象的关系,并在此基础上提出更加具有实践意义的课题,是大江健三郎对日本文学理论的一种突破。在日本,"想象=虚构=不真实=谎言",是带有普遍性的推理逻辑。比如,日本另一位诺贝尔文学奖获奖作家川端康成认为,如果仅描写男性,则势必要写他的工作、政治、经济以及意识形态之类的主题,其生命保持不了三五十年,这类主题几乎无法保留下来。我们可以把这一认识看成是川端康成追求"脱政治"的最好理由。这仿佛《源氏物语》的作者紫式部借以"脱政治"的遁词:"作者乃一介女流，不宜奢谈国事。"在"虚言（そらごと／谎言）"以及"真（真のこと）"和"伪（偽り馴れたること）"的二元决定论的束缚下，日本文艺学丧失了想象理论发育壮大的土壤。在这种理论的怪圈里，"想象＝虚构＝不真实＝谎言"。就连文学生涯持续了几乎整个20世纪的著名诗人、文学评论家寺田透，在这一问题上也未能免俗。他认为："在小说创作上，由于某个作家的工作，使得他以前的某些作品变得没有读的必要，也没有读的趣味了，可是诗却没有这种厄运，因为比起（容易）接受时代倾向和特性的影响、多有夸张和歪曲的（叙事文学的）想象力，'言志之诗'首先是语言问题。"寺田透"重诗轻文"的倾向性是十分明显的，而更大的混乱则在于"想象力"上——诗言志，述说的是诗人内心的真实，而（小说等叙事文学的）"想象力"，由于容易受到此时此地时代倾向和时代特性的影响，对这种"言志之诗"的"真实"多有夸张和歪曲……诗"首先是语言问题"，那么，小说等首先就不是语言问题吗？诗就不需要"夸张"甚至是"歪曲"的想象力吗？关于这样的设问，我们已经没有延伸下去的必要。到了1998年，大江健三郎还要引述威尔士诗人托马斯的关于想象力与语言关系的论述来表明他的担忧："语言学领域有一种新的理论，即只有通过语言，事实本身才会有秩序地发生变化。决定人生旅途的不一定是事实，也有可能是语言。语言的一个不可思议的力量——神话——比世上所有毫无特色可言的事实更能直接给人传播真实；语言具有创造人类的形象和象征的力量。这种能力如何命名呢？对很多人而言，这就是想象力。但是，最危险的是，对于大多数人来说，想象力并非真实的同义词。"

其实，至关重要的是，寺田所代表的是日本文坛根深蒂固的需要"活性化"的关于文学虚构的本质主义观念，在这种观念的束缚下，想象力，在更多情况下，是在承受作为"负数"的失衡状态中的重压。由是观之，大江健三郎从语言、形象进入想象力理论的重大意义,首先在于对这种"想象=虚构=不真实=谎言"的先入观点的拨乱反正。

语言,是作者和读者进入以文字为载体的文学文本、进入这一艺术世界的唯一方式;形象,能够唤起读者的想象力,是联结作者和读者的唯一纽带。只有在这一意义上,我们才能正确地理解大江健三郎所提出的语言、形象的分节化——想象力的活性化;也只有在这一理解的基础上,我们才能更好地体会大江所说的:"语言把我从现实中抛出去,放逐到想象的世界中……"

边缘化：民众共同的想象力
——大江健三郎的政治想象力论

　　大江健三郎从开始文学创作的 20 世纪 50 年代末就显示出极强的文学参与意识。经过二十几年的创作实践，他进一步把这种文学参与归纳为"政治的想象力"，并对这一理论的实践操作的可能性进行了探讨。1979 年，大江健三郎在提出应该借鉴诺曼·梅勒的"政治的想象力"的同时，还明确指出，与之相对应的是日本民俗学创始人柳田国男的"民众共同的想象力"。大江健三郎把政治的想象力和民众的想象力联系起来，为他日后的"中心-边缘"理论找到了坚固的基石。

　　柳田国男认为，以民间祭祀为主干的日本民间传说，凝聚着日本"民众共同的想象力"，所以，不能将全国的神社纳入官方的管理体制之中。柳田国男从人类学的观点出发，试图建立日本的民俗人类学，其目的在于解决"西化-现代化"的科学技术所带来的农村的贫困——物质和精神上的极大反差。他认为，民众通过民间传说等的传播，能够更加了解自己，从而有助于调动起自觉以及自我人格的重建，这样才能使一个以本土文化为主干的新社会建立起来，而在这种新社会、新文化的建设过程中，中央政府在技术上的控制会禁锢民众共同的想象力，不利于新文化的多样性的发展。① 显然，在"中心-边

---

　　① 岛城浩之.民俗学を学ぶ人のために[M].京都：世界思想社，1994.

缘"的思考上,柳田国男为大江健三郎提供了深入思考"同时代"日本的有效途径。

一、现代化与天皇制/日本的危机

大江健三郎认为,日本的现行政治是"片面力量的抑制",所以一定要"抵抗这种'邪恶的力量'"。他把批判的矛头直接指向以天皇制为核心的日本政治体制:

> 在日本表现的历史上,意欲表现全体的根本志向的禁忌就是天皇制,这是一个不容回避的课题。我们对天皇制的批判,必须深入到想象力的功能里,使其达到表现的根本问题的高度。①

对天皇制的批判,是大江健三郎"矢志不渝"的精神意志。这种批判的直接理论根据,就是对日本明治维新以来所谓"现代化-西化"的质疑。表面看来,日本起始于明治维新的现代化建设确实取得了不小的成就,改变了这个远东岛国的经济状况,使其在短时期内接近甚至超过了西方列强,但是实际上,这种生产方式上的改变,其直接结果或后果,按照大江健三郎在很多公开场合的一贯结论就是:治维新后的现代化-西化,不外乎(a)确立了以天皇制为中心的政治、文化构想,(b)实行了侵略亚洲,(c)终于到达以长崎、广岛遭受原子弹袭击为顶点的败北。所以,"战败之后的再出发,我认为把这(a)(b)(c)等条件全都颠倒过来才是基本态度"。②"颠倒过来"的基本态度,实际上就是从最终结果去反省历史,从而唤起主体人格的自觉。为什么有(c)?是因为有(b);为什

---

① 岩波講座・文学,12.東京:岩波書店,1976.
② 大江健三郎.行き方の定義—再び状況へ[M].東京:岩波書店,1985.

么有(b)？是因为有(a)。可见,"邪恶的力量"的根源,正是"天皇制"。

大江健三郎的这种认识与日本战后追究"天皇的战争责任"以及反思"日本的现代性"思潮是紧密联系在一起的。当代思想家柄谷行人援引日本著名政治思想史学家丸山真男的著名论文《超国家主义的逻辑和心理》,批判了"天皇制""不负责任"的根本弊端："按照丸山真男的观点,日本'自然'的特征,一言以蔽之,就是不负责任的体系,即没有责任的主体。德国纳粹分子被当作战犯起诉的时候,还要坚持说,我们是正确的,我们虽然败了,却是正确的。可是,日本的战争责任者只是强调,那不是凭自己的意志行事,是命令。作为命令的最后主体的天皇则说,天皇只是被利用了。哪儿都没有主体,没有责任主体,没有哪个人是靠自己意志行事的。"①所以,知识界追究"天皇的战争责任"虽然旷日持久,却只能不了了之,因为没有主体,没有能够负责任的主体。这是日本主流意识形态的基本表现。时至今日,日本政治体制内依然流行这种"不负责任"的"自然观"。比如,一到中日关系有些微妙之时,总会有某某大臣跳出来大放一通"南京大屠杀是谎言""日本的大东亚共荣圈是解放亚洲"等陈词滥调,然后不无"志得意满"地"由于有伤周边国家的感情"而辞职……

大江健三郎几十年来持续不断地与这种"不负责任"的"天皇制"抗争。从《政治少年之死》(1961)到《换孩子》(2000),"天皇制"作为他小说的批判对象经过了几次变化,但其根本目的还是要打破这个已经"死"了的形象作为日本文化中"具有象征意义"的绝对主义对于新的形象的阻碍,对于人们想象力的抑制。

我们应该特别注意《十七岁》(1961)和《政治少年之死》这两

---

① 柄谷行人.言葉と悲劇[M].東京:第三文明社,1989.

部取材于日本社会党委员长浅沼稻次郎暗杀事件(1960)的小说。大江健三郎不是站在拥护民主主义的正面立场去表现这一事件的,而是站在杀人犯——17岁的右翼少年山口二矢的精神成长史的侧面塑造了一个右翼少年的形象。内向、孤僻的少年山口经常沉溺于黑暗中的自慰,并在黑暗中幻想着杀死"敌人";而在现实中,自卑感极强的少年"我"因一次偶然的机会与右翼团体"皇道派"结缘,接受"皇道派"的超国家主义训练,全部身心都感觉到自己"已经成了天皇这棵永远的大树上的一片嫩叶"。"我"确信自己是天皇之子,"我"克服了对于死亡的恐惧,"我"成为党内唯一一名年仅17岁的党员,"我"是勇猛果敢、无所畏惧的勇士,"我"突然向正在讲演的浅沼委员长扑过去,一刀!再一刀……

"作为一个被挑选出来的真正具有右翼之魂的少年,我是完美的,我的右翼城堡!我的右翼神社!啊、啊、哦、哦、天皇陛下!啊、啊、啊、啊、天皇啊!天皇啊!哦、哦、哦、啊——"这17岁的"天皇之子"自慰达到快感时的号叫,集中显现出"反讽"和"戏仿"作为方法对想象力方向的规定性,使作品的批判力达到了最上限——有谁不感到"恶心"或马上"呕吐"!这就是"反讽"与"戏仿"的艺术魅力之所在。正是由于这种非比寻常的"反讽"与"戏仿"的艺术表现形式,《十七岁》和《政治少年之死》才被称为"天皇小说",从而拉开了大江健三郎把存在主义和日本战后民主主义相结合的帷幕。也正是由于小说旗帜鲜明的现实政治批判力超出了"右翼"所能接受的极限,这两部小说的发表不仅使大江健三郎遭到了日本右翼势力的恐吓,杂志社也在右翼的威胁下写出了"公开道歉信"。甚至时至今日,这两部小说还不能正式收入到任何一部小说集中。

用"反讽"来观察"状况",其目标是对位于日本文化核心的"天皇制"进行批判,对日本民主主义进行捍卫;用"戏仿"来解构"事件",其方向是在达到讽刺、滑稽和调侃等美学目标的同时,进一步解放想象力。具有"反讽"与"戏仿"倾向的小说,还有《万延元年的足球》《洪水漫上我的灵魂》《同时代游戏》《空翻》《换孩子》等。其中,《同时代游戏》中的"五十日战争"和"三岛神社"等都在这一层面上为想象力的进一步解放提供了某种可能。

在长篇小说《换孩子》中,大江健三郎把这种"不负责任"的"天皇制"与日本超国家主义—法西斯主义的形成过程,放在民族精神史的高度,加以形象化地批判。日本超国家主义甚嚣尘上之时,人们的身体已经变成了"社会的身体"(三木清语),军国主义这架庞大的国家机器,以社会构成主义的功能把它的毒素渗透到了每个"社会的身体"的情感层面。所谓"和魂洋才",就是要把"东洋"的"精神文明"与"西洋"的"技术物质文明"结合起来,再加上"尚武"文化。"成功"的日本现代化,使绝大多数日本人欢欣鼓舞,在被扭曲了的强大的"民族自豪感"的推动下,军队在亚洲殖民地横行霸道,杀戮无辜……所以,在这种强大的"惯性运动"中,突然——1945年8月15日,作为"国家神"的"天皇",以普通人的声音宣读了"无条件投降"的诏书! 这种"崩溃所带来的精神真空是巨大的"。带着这么巨大的价值失落,日本人开始了漫长的"精神复兴期"(花田清辉语)。

1963年5月14日,举行全日本战死者追悼仪式的决议案被通过。同年8月15日,池田勇人致追悼词:"战后,我国以和平为基础,文化、经济取得了显著的发展。但不可忘记,这曾经是那些坚信祖国的光荣而死的人们的愿望。"这种话语样式,为后来历届首相的致词塑造了表述的原型,即把侵略战争与保家卫国等战争观念相混淆,作暧昧化处理,宣称战死者是今日繁荣的基础。这种言论一直引起中国、韩国等国家的强烈愤慨。

林房雄的《大东亚战争肯定论》,从1963年9月至1965年6月,分16次在《中央公论》连载。他认为,日本现代化的过程本身就是"反击西方对亚洲的侵略"的历史,"大东亚战争形式上看起来好像是侵略战争,但本质上是解放战争"。林房雄立论的基础是"日本-西方"的对立,而完全"省略"了"脱亚入欧"的日本作为与欧美列强同样的殖民主义国家侵略亚洲其他国家的历史。

历史教科书问题的国际化始于1982年。但是,著名的家永教科书审定诉讼案——日本文部省(今为文部科学省)审定东京教育大学(今为东京学艺大学)教授家永三郎所编写的历史教科书时,要求修改有关"侵略"的用语和"南京大屠杀""731部队"等记述,家永三郎状告文部省,认为文部省的审定违反了宪法保障的学术自由——从1965年就已经立案,直到1997年结案,历时32年。

二、边缘化/想象力的训练

在这里,我们仅仅举了几个与中日交流史有关的事件,就不难看出大江健三郎所竭力倡导的"政治的想象力"是针对性极强的。也正是在这样错综复杂的政治思想史的背景下,大江健三郎在提出"政治的想象力"的同时,也重申了柳田国男的"民众共同的想象力"。

大江健三郎对柳田国男的民俗学理论研究有素。在《万延元年的足球》中,柳田的民间传说研究就一再被引用,作为故事展开场所的"森林峡谷的山村"所代表的一百年(1860年至1960年)的"土著性",就充分体现了柳田所谓"民众共同的想象力",从而与1960年的"现代性"相抗衡。这种独特的民众共同的想象力,也是几年后大江接受山口昌男的"中心-边缘"理论的重要思想基础。在《小说的方法》中,大江健三郎站在"政治的想象力"的高度,思考边缘对中心的抵抗,思考在这一抵抗过程中的"想象力的训练":

具体从写小说的立场来看,创造位于边缘的日本人的模式,这是扩大我们小说世界的一个手段。引进真正具有异文化特质的模式,这在为了唤起想象力的层面,或与之相应文体的层面上,都是扩大小说世界的方法。在小说全体层面上引进位于边缘的人的模式,这是使作者进行自我批评进而走向全体化的重大契机。

我国近现代文学,被作为日本文化一般倾向的中心指向性和单一化的势力所围困,没有突围的力量。站在这一历史的高度上,我们再作以下的思考也不是毫无意义的:站在边缘一方的人,在附加了边缘性这一条件来说是被"陌生化"了的人;积极主动地创造出具有文学意义的模式,就是为了在批评的基础上超越我们文化的中心指向和单一化的大势所必须进行的想象力的训练。①

相对于中心而言,边缘也是一种存在,边缘也有边缘的语言-文体,也有边缘的形象和能够唤起想象力的语言结构,所以这种不同于中心主流话语的边缘模式,是扩大小说表现世界的方法,也是作者走向全体化的一个关键的契机。以"私小说"为代表的日本近现代文学,在"天皇制"的禁锢下,无力突破自身被社会构成主义所构成的"社会的身体=个人的表现"的束缚,也无法形成突破自身"中心指向性"和表现"单一性"的自动化表现模式。从这一意义上来看,引进曾经被"陌生化"了的边缘模式,正"是为了在批评的基础上超越我们文化的中心指向和单一化的大势所必须进行的想象力的训练"。

想象力的训练,期待的是"被活性化的想象力",是"语言的文体化"和"形象的分节化"。引进边缘模式的想象力,所建构的是反

---

① 大江健三郎.小説の方法[M].東京:岩波書店,1994.

结构-反中心的语言结构-形象体系。边缘,本来就是全体的一部分,它不是现实世界的全体,却是这个全体不可或缺的一部分。只有唤起"民众共同的想象力",才能为抵抗具有"邪恶力量"的"政治的想象力"找到出路,进而使语言恢复其生产自身的能力,使形象朝着无限可能的多样性开放自己。只有到了这一步,被反结构的政治的想象力所支撑的文学文本才能成为开放的体系。在这一不断开放的运动过程中捕捉世界全体,最终使其成为应该或可能的全体。这样,作为叙事文学的小说,才会使读者以及边写边读的作者本人朝着这一"应该或可能"更加解放自己,最终获得自由。在这一自由的精神领地,读者和作者都会追问与全体相关的,包括边缘在内的各种内在的、外在的、必然的、偶然的联系……于是,他(们)的语言和形象、想象力面向着自由得到了解放,或者他(们)被放逐到了自由中。这就是本来意义上的艺术。

追求真正的变革是一个漫长的过程。尤其在以"万世一系""神圣不可侵犯"的"天皇制"为中心的日本,大江健三郎几十年的努力显然还是难免有形单影只的孤独。作为民族经验的传统文化一旦形成,就有一种保持长期不变的稳定性,或者至少有一些最基本与最核心的部分保持稳定。在日本传统文化中,从明治维新以来的天皇制到日本战败后的象征天皇制,都起到了这种超稳定核心的作用。象征天皇制的稳定性对建构战败后的日本社会和民族文化当然是必要的前提条件:没有一定时期的稳定,就无法建构可以正常运转的社会组织结构,也无法建构日本的民族文化。但是,以天皇制为核心的日本传统文化的稳定性和以变化、更新为根本特征的社会发展产生抵牾,因为社会的发展虽然要求相对稳定的社会文化环境,但是其本质上是不断变化和更新的,对文化的发展也不断提出新的要求。传统文化是一个稳定的构架,虽然具有一定的适应性和包容性,但是对新兴文化和外来文化的接受都被限制在十分有限的范围之内。因此,大江健三郎的政治的想象力采取从外部迂回的策略,借鉴西方文学理论与实践的全体性概念,在不言自明的"比较"中揭露出日本文学的单一性和中心指向性的弊端。

把"政治的想象力"或"民众共同的想象力"所代表的"边缘性",具体演化成文学文本,从而在完全"陌生化"的语境中,使读者的想象力得到活性化的锻炼,这无疑是实验文学的一大冒险。这就是大江健三郎发表于1979年的《同时代游戏》。在这个由六封书信组成的"游戏"里,"第四封信——赫赫武功的五十天战争",就为我们展现了以"不顺国神,不逞日人"为口号的"村庄=国家=小宇宙"的山民与"大日本帝国"的军队进行的"五十日战争"。作为边缘的"村庄=国家=小宇宙",以"双重户籍"对抗来自"大日本帝国"的行政管理;他们提高峡谷河流的水位,使帝国的第一批"合成第一中队"在汹涌而下的河水里全军覆灭;接下来,他们又和"无名大尉"率领的后续部队展开了游击战……最后,"村庄=国家=小宇宙"的所有人——"双重户籍"的一半,将要被处死:

> "无名大尉"最后合上了户籍簿,此刻太阳西沉,天色渐暗,他对站在原生林洼地里的黑压压的人群大声宣告:"你们真正是反叛大日本帝国、掀起内战的人。你们叛逆国家的罪行必须受到应得的处罚!我以军事法庭的名义宣布,全部死刑!"话音刚落,人群里就有人大喊:"既然你们大日本帝国的户籍簿上没有我们的名字,对你们来说我们就是没有出生的。对没有出生的能判死刑吗?!从你们杀害我们的那一瞬间开始,对于大日本帝国来说,我们的存在就成为历史!"

接下来，就把洼地上的男女老少一个一个挂在原生林大树的树枝上吊死。借慢慢升起的月亮之光查明确实把所有的人全都吊死的时候，有人报告说那位"无名大尉"下落不明。官兵们四处寻找。人们在巨树群里吊着我们那些被吊死的人里，发现了脱掉军装的"无名大尉"。是吊死我们当地人的时候出了差错，或者装作事故自缢而死，不得而知。所以也有人传说，村庄＝国家＝小宇宙无条件投降后，破坏峡谷瓶颈的土木工程，是"无名大尉"的部下们想找个表现他遗志的手段而进行的一个尝试，并不是出于他本人的心愿。①

"破坏者"率领创建者们创造的"村庄＝国家＝小宇宙"，就是与现代科学技术支撑着的中心"大日本帝国"相对应的边缘。在这里，"常民"（柳田国男语）度过了漫长的"自由时代"，这个自立自足的新世界一天比一天繁荣，经过划入藩镇，以及随后明治国家的改正地税，以弄虚作假的双重制户籍登记，"常民"被分成两部分，现在这二分之一独立的"村庄＝国家＝小宇宙"灭亡了，这灭亡了的一半才是真正具有"村庄＝国家＝小宇宙"灵魂的人们……

我们看到，虽然在日本，言论自由受到宪法的保护，但是，直接把"大日本帝国"与"村庄＝国家＝小宇宙"对立起来，以及让"无名大尉"和被缢死的一半"常民"一起"自缢"，这也需要作家有相当的勇气。"自缢"的形象是个隐喻。五十日战争是以"村庄＝国家＝小宇宙"的无条件投降而告终的，"大日本帝国"和作为它的"代表者"的"无名大尉"当然是胜利者。那么，胜利者的"自缢"又意味着什么？

---

① 大江健三郎.同時代ゲーム[M].東京：新潮社，1994.

三、全体化/非中心化的"民众共同的想象力"

民众共同的想象力,所创造的是来自于边缘的语言结构-形象。作为一种反结构,它是对"中心"的一种修正或者颠覆——当然,是在这二者激烈冲突的情况下。更多的时候,作为一种新经验的反结构是以对主流结构的检验的形式出现,起到补充和完善的作用。大江健三郎把政治的想象力等同于民众的想象力,明显倾向于上述两种作用的前者。

政治的想象力,或者文学的揭露与批判,其目的就是改变当前社会政治中限制人的自由的现实-形象;文学的介入就是要创造出超越现实的形象。但是,在日本传统文学的理论框架中,被选择的记忆以及被选择的记忆的再生,堵塞了想象力到达全体的通道,所以提倡政治的想象力、民众共同的想象力,最终的目的还是打破作为文学表现的根本禁忌的"不负责任"的"天皇制"。也就是说,为了根治这一民族群体无意识层面上的痼疾,大江开出了政治的想象力的药方:民众共同的想象力——从中心指向性、单一化,走向边缘化。

政治的想象力是政治文化的一种认知形式。它通过语言—形象来揭示由不同的人组成的社会群体在政治生活中的作用,并以"集体无意识"等方式显示出民族群体的政治心态。这种心理结构特征,是埋藏在民族记忆深处的情感,它不是也不可能是自然生成的,而是通过社会构成主义不断的宣谕、教化等意识形态的强制方式形成的。大江健三郎在诺贝尔文学奖授奖仪式上的讲演《我在暧昧的日本》中,直言不讳地提出了"暧昧",将其作为日本民族的"集体无意识"的一个"负"的表征:

把国家和国人撕裂开来的这种强大而又锐利的暧昧,正在日本和日本人之间以多种形式表面化。日本的现代化被定性为一味地向西欧模仿。然而,日本却位于亚洲,日本人也在坚定、持续地守护着传统文化。暧昧的进程,使得日本在亚洲扮演了侵略者的角色。而面向西欧全方位开放的现代日本文化,却并没有因此而得到西欧的理解,或者至少可以说,理解被滞后了,遗留下了阴暗的一面。在亚洲,不仅在政治方面,就是在社会和文化方面,日本也越发处于孤立的境地。①

这种"暧昧性"产生的根源,就在于"不负责任"的"天皇制",这在大江健三郎的整体话语体系中是无须求证的。那么,"暧昧"作为"集体无意识",它已然形成,就势必成为传统——一个惰性的保守的领地。对这一领地的任何僭越之举,都当然会遭到"卫道士"的阻拦,至少是盘问。所以,大江健三郎提倡想象力,提倡政治的想象力的"介入-参与",命定了他自己作为"僭越者"的一些情感上的"寂寞"。这个"寂寞",集中体现在大江健三郎在其演讲《记忆与想象力》的开头处对鲁迅《呐喊·自序》的引用:

我当初是不知其所以然的;后来想,凡有一人的主张,得了赞和,是促其前进,得了反对,是促其奋斗的,独有叫喊于生人中,而生人并无反应,既非赞同,也无反对,如置身于毫无边际的荒原,无可措手了,这是怎样的悲哀呵,我于是以我所感到者为寂寞。

---

① 大江健三郎.曖昧の日本の私[M].東京:岩波書店,1985:97.

> 这寂寞又一天一天地长大起来,如大毒蛇,缠住了我的灵魂了。①

这个讲演,是在 1966 年 8 月 15 日的"八·一五"集会上发表的;同年 3 月,他还在《群像》上发表了随笔《疯狂与自我救济》;1968 年 1 月发表在《文学界》上的短篇小说《有必要牺牲吗?》,也应该是此前此后写成的。但更重要的是他在 31 岁的时候,就要以鲁迅那样的气魄"呐喊"。在《有必要牺牲吗?》中,他通过主人公的口,盛赞鲁迅的《狂人日记》:

> ……那是世界上小说中的第一流作品。你还记得结尾那一段吗?就是那"没有吃过人的孩子,或者还有?救救孩子……"的口号。救救孩子……②

即使从 1968 年算起,到今天,也过去了几十个年头,大江健三郎还在为"政治的想象力"而呐喊着。

---

① 大江健三郎.大江健三郎同時代論集 3[M].東京:岩波書店,1981:8.
鲁迅.呐喊[M].北京:人民文学出版社,1973.
② 大江健三郎.我らの狂気を生き延びる道を教えよ[M].東京:新潮社,1994:157.

语言的文体化与活性化

——大江健三郎的语言-文体观

想象力,无论是在个人层面还是在集体层面上,最终都要落实到形象所赖以显现的载体语言上。大江健三郎对语言、形象和想象力的关注,基本是沿着语言与文体、形象与意义、想象力的功能等三个阶段的路向不断深入的。尤其是20世纪60年代末70年代初接触俄罗斯形式主义、结构主义和文化人类学理论的影响之后,大江对以语言、形象为核心的想象力问题的认识日益深刻,进而把萨特和巴什拉的语言-形象论落实到语言文体论和形象分节化上来,为理论和实践之间架起了沟通的桥梁。这不仅使萨特、巴什拉和布莱克的想象力理论得到了发展,也对日本传统的语言-文体观起到了拨乱反正的作用;并且,运用这些实践性的理论对世界级著名文学作品进行解读,也为读者接受理论的实践化做出了有益的尝试。

一、"私"与"私小说"的语言-文体

在小说方法论上,大江健三郎从存在主义文学中学到了很多使传统文学感到震惊的表现技巧。在迄今对大江文学创作的评论中,往往有侧重认识论角度而忽视方法论角度的倾向。对此,大江

健三郎本人从一开始(20世纪50年代末)就有所抵触,因为他更执着于日语的文体:

> 我最绞尽脑汁的是日语的文体这个问题。这在最开始写狗的故事时就有所萌芽,继而像大树一样枝繁叶茂。
>
> 简单说来,比如直喻,在法语文章和日语文章中所占的比重是完全不同的。我说的文体就是此类极技术性的问题。并且,日本人以由日语的文体形成的精神构造,接受法国作家的影响,这几乎是难以想象的。①

大江健三郎既反对循规蹈矩的传统的"私小说"文体,也反对极端个性化的文体,他把自己的文体称为"存在论"的文体,即感性与知性相结合的"比喻-引用文体"。比喻-感性,要求在语言-主体的层面上对知觉形象进行超越;引用-知性,则要求对在语言-客体的层面上彼时彼地的经验加以整合,进而超越此时此地的客体的知觉形象。因此,当一位作家想要对一种旧的文体进行改造的时候,他必定要有某种既成的"新文体"的参照。文化与文化接触的过程中,这种载体间的影响来得最直接、最快捷。所以,正是在他当时"难以想象"的方向上,萨特的存在主义文学对他产生了"极技术性"的影响。这种影响不是简单的模仿,而是在心领神会的基础上创造出属于自己的文体的语言实践。

日本私小说的特征,就是拘泥于作家的日常性和个人性,不构成全体世界。日本私小说的作家,往往以文体的触觉捕捉日常生活,这被视为日本小说这一叙事文学的正统。私小说作家以过剩的文体意识把自己的感性-感受力打上个人-个性化的标签,以一己的特殊性遮蔽了现实生活的普遍性。这对文学产生的不良影响

---

① 大江健三郎. 厳粛なる綱渡り[M]. 東京:文芸春秋新社,1965:61.

有二：一是对作者而言，一旦文体形成，作家就被自己的文体所禁锢，所谓画地为牢，从而失去了创作的更大自由；二是对读者而言，不断强化的生存方式决定文体的观念，使私小说被当作纯粹个体的审美倾向，从而拒绝读者想象力的参与。也就是说，作为诗性存在的小说，即使是私小说，其所表现的也不应该是作为私小说作家的一己之"私"，而是要创造出具有普遍意义的任何一个作为"社会内存在"的个体都可能面对的"自我"。在大江健三郎看来，解决问题的关键还是要发挥主体的想象力，只有在想象力的世界里发现潜藏在"我"内心世界的"私"，并把它转化成具体的形象，才能克服并超越私小说的狭隘性。这也就是大江健三郎所要超越"私小说"之"私"的根据之所在。所以，人们在评论私小说的文体时，往往认为日本有文体而没有文体论，因为对某一个文体的研究，最终由于其极端的个性化倾向而无法上升到具有普遍意义的文体论的高度。但是，私小说的文体说到底是文体的问题，是如何打破私小说作家为了创作私小说而进行自我救济和自我实现的"苦行"的私小说作家的形象的问题，这当然也是私小说作家走出自己设定的巨大迷宫的必然途径。

批判私小说的语言-文体观，使大江健三郎的想象力理论逐步向日本人的精神史的纵深发展。语言是一个时代最基本的结构。由于日本处在一个暧昧的时代，所以作为时代结构的日语本身也无法为人们提供具有世界意识的统一形象，人们的意识只能停留在表现日常层面的形象上。有些激进者试图复活古代日语语法，进而使现代日语由具有"汉文脉""和文脉"以及"和汉混淆文脉"等样式的日语改造成更加人工化的样式。在战后否定一切价值的倾向下，一部分主张变革现代日本社会的人积极响应这一主张。但是在以古代语法为核心的旧的体制下，战后社会变革中的这一激进派主张只能是昙花一现。当代日语依然没有应有的样式，这是当代日本在无意识结构支配下的必然结果。如果把志贺直哉所创造的文体看作一种"体制","日本语"和"日本"对外进行帝国主义侵略,对内宣扬全民平等,那么,我们就可以看出,这种文体是现代天皇制的言说体系,它促成了貌似接受西欧现代化,实际上却委身于不仅仅支配它自己的更大的主体。

为了与这种语言的"样式-文体"相抗衡,大江健三郎提出了文学表现语言文体化的战略构想。他认为,文学表现的语言,无论是依据人使用这一语言的历史,还是依据现在使用这一语言时在意义上的扩展,都是被历史性、共时性地赋予结构。一个词、一个句子、一篇文章,都与积累为其背景历史的表现产生共鸣,或者发出和围绕着它的同时代表现不谐的和音,因此,这种文学表现的语言才产生了绝不再单纯的深意。① 只有这种语言才具备结构。"不协和音"与"绝不再单纯的深意",实际意图是对趋于僵化的语言表现-文体的超越,即对某一词、句子和文章的作为结构的"历史性、共时性"的超越。在这里,大江所要强调的还是语言的陌生化-活性化问题:

> 我国的战后文学者在文体上进行的革新就是活性化问题的具体例证。战后文学者的问题(当然,这一说法必须限制在托多罗夫文体观的范围内)是通过学习包括陀思妥耶夫斯基的翻译作品等外国文学而获得的问题的基础。但是,我们必须明确指出,一方面是他们学习外国文学作品的问题,另一方面是他们批判战前、战争期间支配日语的文体的问题,这二者的有机结合带来了日语文体的新的活性化。他们活跃文坛的时期迄今已有四分之一个世纪,很难说我们已经通过戏仿而

---

① 大江健三郎.全体とはなにか? 全体を観察するのにどんな目が必要か[M]//岩波講座 文学第 12 巻 現代世界の文学 2[C].東京:岩波書店,1976.

完全超越了战后文学者所开拓的文体。①

战后文学者,是指一批被称为"第一次战后派"的作家。作为他们文学主要特色的实验性——当然也包括在语言-文体上的实验性,直接来自于外国文学的影响。战后文学者绝大多数都有很深的外国文学功底。比如,野间宏中学时代就对波德莱尔的《恶之花》产生兴趣,被法国的象征诗吸引到文学门内;埴谷雄高战前参加共产党,后被捕入狱,在狱中接受康德思想,出狱后受陀斯妥耶夫斯基影响开始创作;椎名麟三也是战前加入共产党,因此入狱,缓刑期间研读尼采等人的"生命哲学"和《圣经》,受陀斯妥耶夫斯基的影响开始创作;武田泰淳从小受中国文学的熏陶,对《红楼梦》以及鲁迅和胡适等人的作品尤其精通,战前和竹内好等人创立"中国文学研究会";中村真一郎毕业于东京大学法文系,战后曾任该系讲师,对法国文学,尤其是19世纪诗歌有很深的造诣,提出了"与世界文学同步"的口号;大冈升平师从小林秀雄学习法语,结识中原中也等法国象征主义诗歌的崇拜者,与小林秀雄共同编辑七卷本《司汤达选集》,翻译出版《司汤达传》等译著,是日本首屈一指的司汤达研究专家……战后文学者学习外国文学的文体的目的,是对日本"战前、战中"期间文体的批判,是对这种已经"死了"的文体的超越。战后文学者为日语的文体带来了新的活性化的契机。但是,战后派文学的积极努力,马上被继之而起的"第三新人"的"日常性"所遮蔽。20世纪50年代末60年代初,正是以恢复传统私小说"日常性"为旗帜的"第三新人"走红文坛之时。大江健三郎登上了文坛,以"新时代旗手"的姿态对"第三新人"的"日常性"文体进行了坚定的批判。但是,对于"日常性"的执拗,绝不是作为一

---

① 大江健三郎.小説の方法[M].東京:岩波書店,1994:72.

个文学流派的"第三新人"的个体行动,而是根源于已经"自动化"了的日本文学传统的私小说的"日常性"。自动化,在某种意义上说来就是"僵化",是面对新的语言-文体、新的形象时,主体不做出任何反应,即麻痹的身体表现。因此,还是要对"自动化—僵化—麻痹"了的想象力进行活性化的锻炼。

小森阳一对大江健三郎关于文体问题的见解作了高度评价:"大江和(杂志《文体》,1970年创刊)编辑同仁站在共同的立场上,他将要'把怎样表现这一问题,以文体为中心加以探讨','比起研究表现什么的问题,更应该以文学的形式,或者以方法论的研究为中心'。并且,大江对盛赞志贺直哉文体的大正、昭和时期的文学者提出了非难:'他们都想从志贺直哉那里继承与人格一体化的文体。'把作家的人格和文体等同视之这一立场本身,就阐明了在所谓某一特定的历史、社会、文化的条件中,文体作为一种人为制造物的特征。这种观点得益于大江对文体的一个根本认识:'作为一个结构,在一个人的内部,他的文学形成的过程和某一国家文学的历史是重合在一起的。'大江的认识十分巧妙,一语中的地指明了《文体》这本杂志与日本这个国家的文学的历史相互重合的意义。"①也就是说,正是在对日本私小说传统文体的这种清醒认识的基础上,大江健三郎把俄罗斯形式主义的语言陌生化理论和日语文学的文体问题结合起来,提出了语言文体化、战略化的构想。

二、文体化与活性化

陌生化-活性化,提出这一概念的理论依据有俄罗斯形式主义、结构主义和文化人类学。这些理论在文学实践中的运用,可以

---

① 小森陽一.小説と批評[M].東京:世織書房,1999:47-48.

分为内容和形式两个范畴内的诸多方面，但是，能够使其直接述诸文学批评和创作实践的最快捷的方式，莫过于想象力。因为，想象力是从一个形象创造出另一个新的形象时，通过"活性化"的精神与情感的作用表现出来的"语言-文体"。从一种固定的文体向新的文体展开时，无论对作者还是读者，其形式在想象力上会更加深刻地显现出来。也就是说，"被活性化的读者"的"被活性化的想象力"，在想象力的层面上与作者共同感受这个现实世界——"同时代"，把握作者的某一个单词、某一个句式、某一个形象是如何与同时代的人的思想、情感联系起来，并把它作为一种经验，进一步验证自己实际感受到的这个现实世界——"同时代"。①

语言-文体是思想的外壳；一个民族的语言-文体，往往可以表现一个民族的思维方式；一位作家的语言-文体，也大抵可以反映这位作家的创作倾向。古代中国的"文如其人"道出了语言-文体的真理。日本接受中国这种"文如其人"的文体观由来已久，并在长期的语言实践中形成了自己独特的以文论人的文艺批评模式。我们可以把这种模式简单地概括为直观感悟型，并指出其作为一种批评模式对思维方式产生影响的是非，但是这距离解决问题不止一步之遥。对于"直观"和"感悟"的主客体的判断才是我们最终的标准。直观=感性-感受力，是人类作为主体认识客体-自然的基本能力。而作为"语言内存在"的人在试图用语言艺术地表现自己的情感-感觉-感性时，经常会感到力不从心，所以必须借助比喻等文体表现手段。作为语言艺术的文体源于日常语言，但又明显不同于日常语言，这就是对日常描述式语言的怀疑和否定。

大江健三郎的语言-文体观的核心问题，就是如何保持文学想

---

① 大江健三郎.小説の方法[M].東京：岩波書店，1994：48.

象力的生命。在《状况与文学的想象力》一文中,大江论述了文学的想象力和语言的关系。他认为,文学的想象力,就是使我们把语言从概念中解放出来,把语言从意义的装饰中解放出来,从而达到一般意义上的语言所无法到达的层面:更加贴近物本身,同时超越对世界的仅止于语言概念性的理解。文学的想象力,就是引导我们进入语言复杂、深奥、多样性之中的力量。他进一步指出:

  其一,正如我从一开始就将其作为问题点一样,不把语言仅仅当作概念,而是始终把它当作现实事物,即表现现实事物本身的语言。必须使语言根源化、物质化。

  其二,作家自己拥有的语言世界与他的意识世界一样,具有片面性。对此,作家必须自觉,并予以克服。因此,要始终把自己的语言和现实的状况结合起来,最终才能够获得与现实状况的复杂性相对应的多样性的语言。即必须使语言多样化。我们希望,最终一个作家被全体化的语言可以全面覆盖一个时代的状况。①

大江健三郎把想象力放在总括全体的首要位置,并以此作为想象理论的特殊性以及位相性的发现,从而突出了语言物质化、根源化作用与语言状况相对应的多样化作用。"这些元素性的作用被放射出来,正是大江健三郎文学论的特征。这两个作用作为现实中最直接、最具体的东西被大江发现了。换言之,前者不把语言当作日常生活的道具和符号,仿佛萨特《呕吐》中的洛根丁一样,强调的是使语言变成具有物本身重量的东西;后者则是希望语言能够把握直面现实状况时所见到的启示录式的、终末观式的状况。在这一意义上,语言的作用是大江健三郎的认识论所发现的,它表

---

① 大江健三郎.鯨の死滅する日[M].東京:岩波書店,1972:642.

现在这个作家伦理意识的最尖端,同时也是他发挥了判断力的结果。这位作家使想象力的元素粒子永不停息地闯进认识论、伦理和美学的内部。把大多数文学理论作为总括性概念的想象力深入到文学最细微之处的人为数尚少,所以可以说,这更能体现出大江健三郎有始有终的一贯性原则。"①

三、语言的文体化与形象的分节化

大江健三郎从语言与文体的角度切入想象力问题,对阻塞想象力通道的私小说文体进行了深刻的批判。这种自觉的批判行为,几乎贯穿大江健三郎五十几年创作生涯的始终。尽管如此,日本评论界时至今日还要把大江健三郎的最新作品《换孩子》(2000)定义为"私小说",以至成为小森阳一对大江健三郎进行再评价的话题:面对大江健三郎以反讽叙事为主的现代神话结构,众多评论家不仅没有感到应有的茫然,而是轻车熟路地把作品中的主人公与现实生活中的作者以及他周围的人物简单对应起来,其结果就是把《换孩子》拉回到了私小说的陷阱里。②

大江健三郎本人在总结创作上的经验时,也明确指出自己的创作与私小说的区别:

> 我创作的作品,尤其是以和长子共生为主线的作品,被人认为受到了私小说的影响,这也是理所当然的。但是,那种理应被私小说作家作为"谎言"所排斥的理论意义上的虚构,却被我充分自由地运用到了作品中。也就是说,作品中本来(私

---

① 高橋英夫.小說理論家としての大江[J].国文学—解釈と教材の研究,1979,2.
② 小森陽一.歷史意識と小說—大江健三郎論[J].群像,2001(05).

小说)意义上的"我(僕、ぼく)"并不是与现实生活中的我互相重叠的再现。①

具体说来,大江健三郎的大部分作品,尤其是与他自己的残疾儿子大江光有关联的作品,往往容易被人当作"私小说"来读。这样的作品,包括《洪水漫上我的灵魂》《替补队员手记》《醒来哟,新人!》《静谧的生活》等。但是,在这些作品中,大江尝试着把"那种理应被私小说作家作为'谎言'所排斥的理论意义上的虚构""充分自由地运用到了作品中"。比如,在《替补队员手记》中,焦急寻找走失了的残疾儿的一幕,就充分体现了大江"虚实"兼顾的文体:

我这样心神不定地在大厅里转来转去,那位四国来的反对核发电的领袖,一看见孤零零的孩子就喊"森,森!"。他一边喊一边向我靠拢,用他那痛苦不堪和在年逾不惑之年的人们当中罕见的纯真眼神望着我。每当我被他用那种目光凝视时,我就感到在东京车站庞大的人群里又被抛弃了两回或者三回了。于是,我低吟着布莱克的诗句,那是我在你的小说中看到的引用啊。"爸爸啊,你抛弃了我,你要去哪里?"可是,这样一来,我就再也忍不住像求助于一个陌生人(哈哈,向爸爸么?)——没有信仰的人——那样,当场大声祈祷起来:

Father! father! Where are you going?
Or do not walk so fast.
Speak, father, speak to your little boy.
Or else I shall be lost.②

---

① 大江健三郎.私という小説家の作り方[M].東京:新潮社,1998:50-51.
② 大江健三郎.ピンチランナー調書[M].東京:新潮社,1994:9.

残疾儿子走失,这是大江现实生活中的一次经验,但是大江并没有原封不动地把这一纯粹个人的经验用在自己的作品中。他有意识地把这一来源于现实生活的"实"与来自布莱克的"虚"结合起来,进而把作品的主体指向"爸爸不在"的主题——"爸爸!爸爸!你要去哪里?/你不要走得这么急/你说啊,爸爸,你对你的小儿子说/不然,我就会走失……"这里的"虚"借助于布莱克的预言诗,不仅使作品的主题得以深入,同时也为读者已经自动化的阅读造成了"障碍",因为"我"是不是在这个时候想起了布莱克的诗——"虚",是我们以历来通用的"实"的概念所无法定义的。从这个意义上来看,大江否定传统文学的"客观性"也存在着其学理上的必然性。

在"虚构"这一根本点上,大江健三郎与传统的私小说分道扬镳了。超越日常性,即日常生活/语言,这首先是哲学和宗教的使命。宗教,作为对日常绝望后的超脱,是追求本来真理的修行,虽然时有放弃逻辑性的胆大妄为之举,但也有精神的超越之追求。文学表现的追求文体行为,与宗教修行道理相像,都是主体追求自我超越的意识过程。在意识层面上,这种追求亦与哲学相通。哲学所探讨的是人类认识发展的规律,所以对于人的认识以及人对时代的认识是其研究的主题,其目的当然在于对人-自然以及人-时代的超越。正是在这一"超越"的志向性上,文学与宗教、哲学才有了可以由想象力加以疏通的管道。在此意义上看,超越直观式日常语言就是想象力;或者可以说,想象力就是宗教与意识形态。①

直观与感悟,使二者相连的就是想象力。从直观到感悟是一个意识的跨越过程,是主体对日常语言-文体的一次超越,是一次活性化的尝试。感悟=感性+识别(悟性)/理解力,在这一知觉的

---

① 柄谷行人.言葉と悲劇[M].東京:第三文明社,1989:203.

分节化过程中,感性又一次对直观进行验证,进而上升到知性的高度。文学者的想象力,就是他的日常思想。这种思想,促使他行动;这种行动,促使他创造出作品;这种作品,为读者提供想象性的形象。

总之,大江健三郎努力倡导并身体力行的语言-文体化,所期待的是被"自动化—僵化—麻痹"的想象力的活性化。这与巴什拉对文学语言的期待是基本相同的:"当充满想象力的意识创造并体验诗的形象时,我们在诗的语言中研究这一活动。扩展语言,创新语言,使语言增值,热爱语言,这些都是言语意识自我扩展的活动。"①相对于巴什拉近乎箴言的表述,大江健三郎在接受结构主义等现代西方文论影响后提出的"语言-文体化-活性化",使文学想象力理论与读者的阅读和作者的创作直接结合起来,进而对日本传统"语言-文体观"的"日常性"和"狭隘性"进行了尖锐的批判。著名评论家佐佐木基一和奥野健男在这个问题上看法大致相同:对于读者和作者而言,假设语言不能是纯粹的符号,那么任何文体都绝不是感性所刻印的仅为印象的集合。文体是选择,是以想象力作用的形式所进行的选择。②

换言之,语言的文体化与活性化,是大江健三郎的语言-文体观在创作实践中的文学策略。其根本目的就是冲出"私小说"的重围,重新开放人们的形象经验,从而避免我们在日常生活中的"经验之死"。这是因为,"导致'经验之死'的,是形象认识使语言符号的差异自动反复,麻痹了那种从概念的网眼中逃脱出来的被当作'谜'的感受性——这些才是'经验之死'的真正元凶。'经验之死'

---

① 巴什拉.梦想的诗学[M].北京:三联书店,1996:7.
② 川村湊.戦後批評論[M].東京:講談社,1998:91.

指的是,形象认识和语言思考相互作用的停止,前者变成了后者的条件反射,这时,语言丧失了它的生动性,降格为'工具',形象认识也就成了'固定的模子'。也就是说,本来应该是根据此时此地的经验而发生变化的形象本身,变成了一个得心应手的静止的符号"①。

---

① 岩城见一.感性论——为了被开放的经验的理论[M].北京:商务印书馆,2008:93.

全体化:核时代的想象力
——论大江健三郎《核时代的想象力》

　　1994年诺贝尔文学奖得主大江健三郎忧患意识极强。在世界范围内,他也是屈指可数的反"核"运动的宣传家。在系列讲演《核时代的想象力》(1968)中,他以"核时代的想象力"问题为核心,探讨了在"核状况"下,文学所面临的课题——"我在核时代,要靠想象力来生存。"①这是大江健三郎自1963年以来逐步形成的世界观,也是他此后身体力行并"广而告之"的人生信条;是构成他政治想象力理论的一个重要支柱,更是他的小说具有全体化的"普遍性"并获得诺贝尔文学奖的奠基石。

一、核时代,我们需要想象力

　　在连续12次讲演《核时代的想象力》时,大江健三郎充分回答了如何进入"核时代的想象力"的问题。
　　(一)观察与想象力:我们只要思考现在自己的意识中究竟有什么。这就涉及了想象力,所以准确的观察力是想象力的支柱。在"明治百年"的今天(1968),把日本战后以及明治维新以来的现

---

① 大江健三郎.核時代の想像力[M].東京:新潮社,1970:20.

代化结合在一起加以观察，是我们今天的起点。(第二次,《在战后被确认的明治》)

（二）**共时性的想象力**：世界上已经有了陀思妥耶夫斯基那样伟大的作家了，人们为什么还要创作文学？因为陀思妥耶夫斯基再伟大，也不可能在很多年前解决多少年后今天的问题，所以文学要为同时代的人发送同时代的信息，从我们的"共时性"中发现意义。(第三次,《什么是文学？(一)——关于同时代性问题》)

（三）**开放性的想象力**：如果文学是面向未来的想象力所指示的方向，那么文学就不仅仅是"画饼充饥"。也就是说，我们进行发挥对未来核战争的想象力的训练，就是抵抗核战争的力量。在这种状况下，文学的任务已经超越了自己画地为牢的封闭性。(第四次,《美国论》;第五次,《核时代的想象力》;第六次,《与文学的外部交流》;第七次,《广岛、美国、欧洲》)

（四）**非"真实性"的想象力**：在面对未来核战争的当下，传统文学原理的"客观性"理论受到根本怀疑，这就意味着相信小说具有"真实性"的时代已经结束。20世纪的作家，要依靠自己独特的语言结构，把光明投向自己的内心世界，从而与读者共同拥有这个想象力的世界。(第八次,《什么是文学？(二)——关于客观性问题》)

（五）**公共性的想象力**：如果不对准文明内所包含的最野蛮的那部分，发挥我们的想象力功能，那么现代就会孕育出使全人类走向灭亡的危险性。我们之所以对犯罪感兴趣，是因为其中有相当大的与人类存在的本质纠缠不清的关联。这种关联，在社会本身的体制、社会与个人的关系上能够唤起我们的想象力。我们或许生活在性、暴力、死亡这个三角形的三个顶点上。在日本人对"节日祭祀"的兴奋以及相伴而生的想象力都已经丧失殆尽的现在，我们所宣扬的性解放、对死亡的想象力早已走向了衰竭。语言是支撑想象力的实质,当语言不具备实质意义的时候,想象力就已死去。(第九次,《犯罪者的想象力》;第十次,《行动者的想象力》;第十一次,《想象力的死亡与再生》)

(六)主体性的想象力:在核时代的今天,作家把难以把握的现实表现在自己的作品世界里,这就促进了小说这一散文样式的发达,这难以把握之处就存在着与想象力的功能在根本上相通的管道。在体制内,个人所拥有的主体性的最大武器就是想象力;在核时代认识现实,只有想象力才能成为现实主义的主干。(第十二次,《什么是想象力的世界》)

可见,大江健三郎这次系列讲演的宗旨,依然是文学与政治的关系问题。关于文学与政治的关系问题,一直是文艺理论界争论不休、没有结论的焦点。大江健三郎没有从传统的自律性和他律性的二元决定论进入问题,而是试图从想象力问题入手,或者以想象力为屏障,避开自律性和他律性问题,直接进入文学所应该面对的现实状况,直接处理"核时代的想象力"的可能性问题。这无疑是大江健三郎的一个策略。

文艺学范畴内的每一次争论和批判,背后都隐藏着明晰可辨的意识形态话语。在福柯看来,"一个语词只有进入特定话语的范畴才能获得意义,也才有被人说出的权力。否则,便要被贬入沉寂。特定的话语背后,总体现着某一时期的群体共识,一定的认知意愿"[①]。福柯在这里揭示的是,一个人的认识是否被接受,是否被视为"真理",有赖于他的认识是否符合群体的共识。大江健三郎有意识避开正统—主流的文艺批评这一"特定的话语范畴",直接在基本读者层面上传播自己的想象力理论,希望"政治的想象

---

① 福柯.性史[M].上海:上海科学技术文献出版社,1989:4-5.

力"可以成为这一"群体共识"的一部分。

二、记忆的选择与否定人格

在日本，提倡"核时代的想象力"和"政治的想象力"有一定的群众基础，因为人们都无法否认世界上第一颗原子弹在日本爆炸，这两颗原子弹在广岛和长崎造成了巨大的伤亡并留下了无穷的遗患这一事实。而在发表《核时代的想象力》这一系列演讲的时候，美军在冲绳设置核基地，直接针对中国，未来核战争的巨大阴影也笼罩着日本。在《战败经验与状况七一》(1971)中，大江健三郎表达了自己的愤慨："我国非但没有对作为向亚洲开放之窗口的冲绳发挥政治的想象力，反而为了保护重新在天皇制幻影下开始恢复日本现代化色彩的'新国体'，排斥中国，签订日美安全保护条约，把冲绳和生活在那里的人们割让给美国，建起了针对中国的包括核武器在内的巨大的军事基地。我站在这里，手里握着的是让现实中的冲绳做出这种选择的国家的护照和美元。"所谓"前事不忘，后事之师"，大江健三郎批判日本政治的立脚点是站在"弱者"一边的：

> 面向原爆那一天的全体——总是自觉地让自己跨越、超越的受害者，站在这些受害者一边的不属于天皇制中心的文化圈。这一认识是再明白不过的。天皇的话是与其相呼应的。现在我们要站在哪一边？这一周而复始的选择，决定了我们自己的全体是什么，也决定了我们观察全体的眼睛是什么样的眼睛。对这一问题的不同回答也能清楚地分别出你是站在真正的受害者一边，还是站在本源的自欺的立场上。当然，对这些问题得出自己的答案不是一件容易的事情，但唯其

如此,才需要我们创造文学。不管怎样,确定真正的出发点,这总算是对自己的激励。①

站在"弱者"的立场上思考未来,日本的战败"经验"——当下冲绳和广岛的现实,这些深深融入民族记忆中的"经验",是人们面向未来的真正的出发点。经验变成习惯则转入记忆形式,记忆属于想象力;经验成为习惯,并以记忆的形式,使过去作用于现在,过去的记忆在现在的知觉中重现。感觉与记忆相结合,换言之,想象力作用于知觉之中,给予其形状。可以说,循环反应就是记忆性的,所以要区别有机适应和真正的习惯。有机适应是物直接对应于生物学价值的反应,相反,真正的习惯是对来自于物的关系、以个人的知觉作为秩序的一种意义价值的反应。经验不是单纯与过去的结合,也是与未来的结合。经验是行为性的,所有的行为都朝向未来。

问题的关键是记忆,因为它是我们验证新经验的基础。关于记忆,大江健三郎领悟到了"记忆有选择"的真谛:

> 人要再生记忆当然要发挥意识作用。再生什么样的记忆,要有选择的意志,要有人的意识发挥作用。比如,只记忆那些黑暗面、不喜欢的事、悲惨的事的人就只能去发疯,所以我们就要预防这种事情发生。我们按照自己的意志,把再生的记忆控制在既不使我们发疯,又不使我们因为过于羞耻而痛不欲生的程度。而且,个人的记忆一旦被这个人写成文章记录下来,就可以让我们清楚地了解到,他是在怎样的意识支配下,选择了什么样的记忆,选择了什么来再生。②

---

① 大江健三郎.鯨の死滅する日[M].東京:新潮社,1992:97,101.
② 大江健三郎.全体とはなにか? 全体を観察するのにどんな目が必要か[M]//岩波講座 文学第12巻 現代世界の文学 2[C].東京:岩波書店,1976:117-118.

记忆是有选择的,这符合认知心理学的一般原理。在被形象所包围着的人的现实生活中,有意注意的形象容易变成长时记忆,无意注意的形象可能变成短时记忆或不被记忆所接受;还有更多的形象则由于根本没有引起注意,在记忆中没有留下任何痕迹。实际在认知心理实验中显现出的数据更为复杂。大江健三郎的问题的焦点,显然在于"是在怎样的意识支配下,选择了什么样的记忆,选择了什么来再生"。他认为,怎样记忆过去,怎样再生和保持过去的记忆,这是由记忆主体今天的现实状况所决定的。或者可以说,记忆主体今天的生存方式决定了他选择过去记忆的方法。然而同时,把视点投向未来的话,在面向未来的想象力中,也有决定想象主体生存方式的力量;反之,想象主体今天的现实处境也决定了对未来的想象力。在这里,尤其需要我们警惕的是,那些歪曲过去记忆、从自己片面的记忆出发拥护自己现在处境的人,他们希望得到的未来,也只能是被选择的、强迫压抑的、片面的未来。这种片面选择具有从过去到未来的一贯性的连续。"这种一贯性的连续,就成为人的否定人格。"[①]

  人格,作为一个道德哲学上的概念,可以参考日本著名哲学家西田几多郎的《善的研究》。他认为:"如果我们认为意识现象是唯一的实在,那么我们的人格就是宇宙统一力的发动。也就是物与心的区别被打破的唯一实在,根据情况或者以特殊的形式所表现出的物。""所谓人格,就是在这种场合发自心底、慢慢包容全部身心的一种内部要求的声音。以人格本身为目的的善行,是服从这种要求的行为。如果违背这一要求,就是否定自己的人格。所谓至诚,就是善行不可缺少的要件。"[②]

---

  ① 大江健三郎.記憶と想像力[M]//大江健三郎同時代論集 3.東京:岩波書店,1981:16-17.
  ② 西田幾多郎.善の研究[M].東京:岩波書店,1923:239.

人格,是把"物与心""主体与客体"统一起来的一种力量的发动。在不同的时空里,这种力量被发动,变成主体对自己的一种内在要求的声音表现出来。善行,就是以人格本身为目的,实现主体的内在要求的具体行动。违背了"物我"统一力的内在要求,就是对自己人格的否定。至诚,作为善行的根本条件,就在于不违背主体的这种内在要求。

西田几多郎还进一步提出了人格的三要素:自觉、意志的自由、爱。自觉是部分意识体系在全部意识之中被统一时所伴随的现象。自觉是由反省引起的。真正的自觉发生在意志活动上,而不是发生在知性的反省上。意志"真正的自由",是发自自我内在性质的所谓必然的自由。完全不明原因的意志不只是不合理的,而且对自我来说也是纯粹偶然事件,不能认为那就是行为的自由。

"否定人格"的形成,主要是因为日本的政治家没有自觉——缺乏基于反省的自觉,也就没有意志上的真正自由;"爱",当然也就无从谈起。当作为"社会内存在"的主体,无视现实经验并有意识"歪曲过去记忆","从自己片面的记忆出发"维护"自己(本国)现在的处境"的时候,人格的实现就只能是一种伦理道德上的口号,是对客观现实的最大歪曲。所以,大江健三郎始终对1945年之后所进行的"无条件投降"论争持否定态度。他认为,尤其是对于那场战争到底是"败战"还是"终战",争论下去只能是混淆视听。

日本当代哲学家今道有信对此也有明确的认识:"我不使用'终战'一词,而一直使用'败战'一词。那场战争不是我们作为主体而结束的,而是失败的战争。政府和日本人都在玩语言游戏,这是亡国之兆。"①在"败战"这一不争的事实面前,"终战"论者,所要

---

① 今道友信.ある哲学者の步んだ道[J].中央公論,1998,11:228-250.

达到的真正目的,依然是阴魂不散的超国家主义——日本军国主义。"志愿做'不知道战争的成年人'的为数不少,因为大多数日本人还是要面对现实中的战败经验。把战败经验加以内化,更能切身感觉到自己的努力要与现在国家的欺骗性的实质相协调的艰难。"①在这种社会状况内,个人人格的实现显然受到了社会的束缚。主体与客体处于无法和解的矛盾冲突之中,则主体的自觉、意志的自由、爱,都无法彻底实现;至诚,也只能是道德自我完善的一座空中楼阁。

"否定人格"与萨特的"自欺"比较接近。人这一主体在"自欺"的状态中是不选择的,人在这种状态中逃避了自己的事实性。从异化的层面来看,人的这种"自欺"是为了逃避存在中的根本异化而导致的另一种异化。也就是说,为了逃避"败战"对日本超国家主义"圣战"的异化,而导致了"欺骗性的国家实质"。以欺骗性为特征的"国家实质"是在一种"病"的状态下,强迫实行社会构成主义的功能。歪曲记忆、歪曲事实经验的真正目的,是要在逃避"败战"的根本异化的同时进入另一种异化。如是观之,大江健三郎对这种"否定人格"的批判是发人深省的。

三、全体记忆与想象力

政治的想象力,就是要站在历史经验与未来经验的结合处,唤起人们"另一种陌生化"的形象。有一种人片面性地选择记忆,选择记忆的再生;另一种人则要把记忆——与自己有关的事——全部记忆下来,全体性地记忆一个事件、一个时代,并以全体性地再生这种记忆为目标。具体说来,关于1945年结束的战争与战败,

---

① 大江健三郎.鯨の死滅する日[M].東京:岩波書店,1972:101.

极其片面地记忆着某一方面的是一些什么人？关于战争和战败，只选择对今天的自己有利的来记忆、再生记忆的，又是一些什么样的人？核时代的战争，作为人类根本上的"另一种异化"，当然离不开"核时代的想象力"的唤起功能。

未来的核战争并不是完全陌生的，广岛的医生们就以自己的全部身心感受到了这个人类的恶魔的淫威："医生们在接触现实的原子弹受害者的过程中，通过摸索一一证实，从而揭示怪物的真相。然而另一方面，这一尝试也并非同自由的想象力毫无关联。勿宁说，他们只有在这一想象力的支撑下，才得以在具体患者的病痛后面，看清那巨大怪物的可憎魔影。"① 战胜这一异乎寻常的恶魔的超人的力量，只有我们人类所特有的自由的想象力。

《洪水漫上我的灵魂》把"核时代"比作"洪水"，试图为人类在灭亡之前找到"诺亚方舟"，这就是"核时代的想象力"。那个背负残疾儿的父亲大木勇鱼，躲进核避弹所里，与濒临绝境的鲸鱼和树木进行"交感"。人，都生活在错综复杂的现实社会里，而人往往因为对这本来无法信赖的生活过于认真而遭到失败，进而生出许多缠绵的懊恼。面对令人生厌的现实，大木勇鱼要逃避，作者却有意无意地告诉我们，这些都是徒劳的。

在1984年5月第47届国际笔会东京大会上，大江健三郎发表了题为《核状况下的文学——我们为什么写作》的主题演讲，把他一直不懈探究的"核"的主题推向了新的高度，也为他走向世界奠定了基础。在这些作品中，大江健三郎反复向人们提出这样一个问题：在核武器威胁着世界的今天，人、人类应该如何超越彼此的文化界限共同生存下去？② 应该指出的是，大江健三郎所处理

---

① 大江健三郎.ヒロシマ・ノート[M].東京：岩波書店,1995：140-141.
② 大江健三郎.核時代の想像力[M].東京：新潮社,1970：20.

的这个主题,无论对他本人,还是对世界文学都是相当重要的。当今世界,威胁人类的最大敌人莫过于不知何日何时降到人类头上的核战争。所以,有预见地把这个灾难述诸笔端,寻找能够摆脱苦难的出路,当然是世界文学所面临的一个重要课题。在现行体制内能够不丧失主体性的唯一武器是主体的想象力,在核时代认识现实的唯一方法也是想象力:

> ……当我们思考过去与未来的战争的时候,必须具有全体的记忆和想象力。为了得到这种记忆和想象力,我们不能受到来自于所有片面的力量的抑制。我们必须敞开受抑制的心灵,以一种自由解放的精神,记忆过去的战争,想象未来的战争。正如诺曼·梅勒所说,当一种抑制的力量被运用到一个国家的时候,艺术家的工作受到限制,一般民众的心灵也就被封闭起来。我们所强调的抵抗这种抑制,以自由解放的精神想象未来战争,记忆过去战争,正是包括小说家在内的所有艺术家的义务,对一般市民来说也是必须履行的义务。抵抗这种"邪恶的力量",是一般市民和艺术家的、也许是最底线的共同义务。①

"全体的"与"个体的""特殊的""片面的"等相对应,指的是具有普遍意义的人类经验和体验——"记忆"和"想象力"。当这种把"全体的""普遍的"经验和"个体的""特殊的"体验结合起来的"记忆"和"想象力","变成主体对自己的一种内在要求的声音"时,作为主体人格要素的"自觉、意志的自由、爱"才能实现。反之,当这种"主体对自己的一种内在要求的声音"受到"片面的力量的抑制"时,作为主体也就只能变成否定人格。所以,"以自由解放的精神""抵抗

---

① 大江健三郎.記憶と想像力[M]//大江健三郎同時代論集 3.東京:岩波書店,1981:23.

这种抑制",就要求"所有艺术家"有"义务""抵抗这种'邪恶的力量'",这也正是市民和艺术家的"最底线的共同义务"。如若不然,"艺术家的工作受到限制,一般民众的心灵也就被封闭起来"。其后果,是文明(语言)之死。语言是支撑想象力的实质,当语言不具备实质意义的时候,想象力就会死去。归根结底,还是"经验之死"。

大江健三郎所主张的"核时代的想象力"是他小说创作的奠基石。这种想象力在诺贝尔颁奖词中被称为"诗的想象力"——"大江凭着诗的想象力,创造了使现实与神话紧密地凝缩在一起的想象的世界,夸张地描写了现代人的形象。"可以说,正是这种"凝缩"与"夸张",才充分展现了大江独树一帜的全体化的想象力。

大江健三郎与诺贝尔文学奖
——兼及对中国当代文学的思考

1994年10月13日,大江健三郎荣获诺贝尔文学奖的消息传遍了世界。1994年12月10日,他携妻儿赴斯德哥尔摩,从瑞典国王手中接受了这项世人瞩目的巨奖,并发表了题为《我在暧昧的日本》的演讲。他是继1913年印度的泰戈尔(1861—1941)、1968年日本的川端康成(1899—1972)之后获此殊荣的第三位亚洲作家。

一、获奖的偶然与必然/诺贝尔文学奖的现状分析

听到获奖的消息,大江健三郎本人表示"大吃一惊",日本舆论界也感到很突然。这并不是说已几次被提名的大江健三郎在日本是无名作家,而是因为他已久负盛名,所以在西边日头东边雨的日本文坛上,读者大众记忆犹新的恐怕还是他20世纪50年代"学生作家"的风姿,或者是由先天脑部疾患的儿子所引发的部分独特的作品……

我国的读者以及新闻媒体所关心的更直截了当:日本作家为什么能两次获此殊荣?大江获奖是偶然还是必然?其中的潜台词:偶然,太偶然了!他们能够获奖主要是日本经济的高速发展

等客观因素所决定的,也说不定是瑞典文学院对非西方的东方文学的恩赐……

说是偶然,这不为过。因为每年在世界范围内无以计数的作家中选出数名"能创作出具有理想主义倾向的最出色作品的"作家作为候选,这本身就有极大的偶然性。更何况评选委员会是由瑞典文学院的院士——部分专家学者组成,所以不能不受到当时历史的、意识形态的以及评选者学识修养等因素的影响。但是,强调偶然性的存在,并不是怀疑这项巨奖的权威性,而是从其反面更可以表明评选工作的艰巨与困难。

然而,就获奖作家而言,偶然之中却大多存在着必然。比如1957 年存在主义大师加缪(1913—1960)获奖——提起他是因为大江健三郎初期创作受他的影响比较大。当年参加竞选的作家大约有 50 人,仅法国就有 9 人。其中有连续 9 次被推荐的老作家马洛、存在主义大师萨特、1960 年获奖的圣-琼·佩斯,以及 1962 年获奖的苏联作家帕斯捷尔纳克、1969 年获奖的爱尔兰作家贝克特等人。加缪自 1947 年出版《鼠疫》后就被瑞典文学院提名,1949年、1954 年以及此后的几年又多次被提名,直到 1957 年以《局外人》《鼠疫》《堕落》获奖。虽然他时值壮年——这有违此奖大多颁给功成名就且已日暮西山的老作家的常规,并且没有很多的推荐者,但直到 30 多年后的今天,他的作品依然使我们受益匪浅。"他在他的重要文学作品中,以明晰的观察和无比的热情阐明了当代人的良心所面临的各种问题"(获奖评语),我们又应该如何判定加缪获奖的偶然性与必然性孰大孰小?

再比如对大江健三郎后期创作影响很大的爱尔兰诗人叶芝(1865—1939),他的获奖也同样让人在偶然与必然上费心思。1923 年,英国方面一再推荐的哈代似乎稳操胜券,他们又新举荐了一位强有力的竞争者——成就不凡的小说家、戏剧家高尔斯华绥,表明了势在必得的决心。虽然当年参加竞选的还有德国作家托马斯·曼和挪威作家温塞特,但20年来文学大国中德国有四人、法国有三人获奖,英国只有吉卜林一人于1907年获奖,在数量上还抵不过西班牙……文学生涯横跨两个世纪的哈代当时任英国文学协会主席,虽年逾80,仍不断有大作问世,堪称英国文学的一代宗师。众望所归,诺贝尔文学奖确实有非他莫属之势。然而让全世界震惊的是,爱尔兰诗人叶芝获得了该年度的巨奖。瑞典新闻界认为,叶芝的获奖隐藏着某种政治因素。当时爱尔兰人民要求独立的呼声日益高涨,瑞典文学院把诺贝尔奖授予要摆脱英国统治的爱尔兰作家,表明了对爱尔兰民族独立运动的支持,这更符合诺贝尔设立各种奖金的初衷。比起哈代,叶芝的名声确实小得多,但他也不是等闲之辈。作为后期象征主义代表诗人,叶芝的个人档案早已于1902年建立起来。他的推荐者,《18世纪英国史》的作者列基极公正地评价说,叶芝"确实是年轻的、具有神秘倾向的诗人,可是他才华横溢。我不敢妄称他是我们现有诗人中最伟大的一位,也不敢妄称他是我们的诗人中最受欢迎的一位,可是我从未见过任何诗人像他那样,能把真正的诗人禀赋和理想主义倾向融为一体,或者能对当代英国文学中的这种倾向给予巨大的推动"。这一公平的见解为叶芝成为瑞典文学院的属意人打下了比较稳固的基础。在此后的几年里,叶芝的声望越来越高,1914年再度被提名。第一次世界大战后,十分赏识叶芝的理想主义的诺贝尔委员会会长霍尔斯陶穆亲自提名叶芝,得到学院院士的理解,于是叶芝的获奖就是自然而然的了。并且如果从叶芝始终以创作支持自己的民族摆脱英国统治、争取自由独立这一点来说,显然比哈代把希望寄托于命运要积极得多。这之中,偶然和必然又孰大孰小?虽然他的诗作里有消极的神秘论的成分,虽然他的诗作晦涩难懂……但几十年后的今天,在大洋彼岸的日本,大江健三郎依然能从叶芝的作品中得到启示。可见,他那"始终充满着灵感的诗歌——通过精美的艺术形式表现了整个民族的精神"(获奖评语)的诗歌,不仅在当时无愧于后象征主义和诺贝尔文学奖,直到今天也不失生命力。在这一点上,哈代的文学无论如何都是力不从心,因为他以及他的创作毕竟大部分属于上一个世纪。如此再来看偶然和必然,我们会有更多的感慨。

1994年的评选也不外乎类似的必然与偶然。由于此前三个年度的诺贝尔文学奖分别授给了用英语写作的戈迪默、沃尔科特和莫里森,所以人们普遍认为本年度应该由一位欧洲或亚洲的作家获奖了。

在欧洲,法国的超现实主义第二浪潮的代表作家朱利安·格拉克素以"文笔洗练,技巧高超"而闻名,但是他除了《沙岸风云》(1951)和其续篇《林中阳台》(1958)之外就再也没有别的作品了,又加上他曾经拒绝过龚古尔文学奖,这两点对他相当不利。法国的新小说派的主将萨洛特也是强有力的竞选者,她的小说《马尔特罗》和《天象仪》被译成多种文字;由于她和格里耶的不懈努力,法国新小说的影响几乎遍及世界各地。然而这些再加上她92岁的高龄都没有成为关键时刻的重要筹码。该年度比较受人瞩目的还有葡萄牙的萨尔马拉、比利时的克劳斯和爱尔兰的海纳等著名作家。他们最终未能获奖的原因,可能是出于评选委员会的"公平"原则:自从1901年颁奖以来,获奖最多的是欧洲和北美,它们是诺贝尔文学奖的第一世界,拉美属于第二世界,亚洲、非洲、澳大利亚是第三世界。虽然拉美文学的蓬勃发展基本打破了欧洲中心主义,但是相比之下,亚洲90多年来获奖的作家真是太少了。

在亚洲,印度的泰戈尔是1913年获奖,距1994年已有81年;日本的川端康成是1968年获奖,也已过了26个春秋。这么简单的数字加减,评选委员中肯定有人意识到。因为诺贝尔文学奖面向的是全世界的作家,当然也不希望整个亚洲的作家处于与其"绝缘"的状态。

事实上,亚洲作家的创作正走出低谷,创作实绩不断提高。其中,被统称为"战后文学"的日本当代文学尤其令世人瞩目。若三岛由纪夫晚自杀(1970)几年,说不定继川端之后不久就能获奖。前几年,我国读者熟悉的井上靖获奖呼声较高,但他介于纯文学和通俗文学之间——大众文学的弱点让评选委员很伤脑筋,直到他1991年谢世。同样属于大众文学的作家司马辽太郎也是著述等身,却几乎与诺贝尔文学奖无缘。在纯文学的作家里,近年来远藤周作也多次被提名。在他与大江健三郎之间,我们很难做出高下的判断,因为当代日本文学的总体水平确实比较高。已经数次被提名的大江健三郎听到获奖的消息后说:"我之所以获奖是因为日本现代文学的完美。与安部公房等人相比,我之所以能够获奖是因为我是这些现代作家中活着的也是最年轻的作家。"他同时提及的还有大冈升平、井伏鳟二等日本战后著名作家。就远藤和大江各自的特色而言,大江的创作更严肃、更西化,处理的题材更集中,更具有当代性和普遍性。概而言之,大江获奖是有其必然性的。

二、大江健三郎与大江光/父子共获诺贝尔文学奖

当然,由于以前我国对日本文学的翻译和研究不够,所以一般读者存在这样那样的疑问也在情理之中。不过,至少我们可以说,大江健三郎不是因为获得诺贝尔文学奖才值得阅读。

大江健三郎获奖的理由是:

> 大江自己强调是为了日本的读者而写作;他接受了西方文化的很大影响。1945年原子弹爆炸后日本投降,天皇以普

通人的声音讲了话。这给年轻的大江以极大的冲击,在他的很多作品里都投下了影子。大江凭着诗的想象力,创造了使现实与神话紧密地凝缩在一起的想象的世界,夸张地描写了现代人的形象。

他认为"写东西是驱逐恶魔"。在他创造的想象的世界里,他努力发掘个人的体验,成功地描绘出人类共同的追求。这在他成为残疾儿的父亲之后的作品里有更充分的体现。①

大江健三郎的长子大江光,1963年6月生于东京,因头盖骨异常而接受外科手术。以脑部异常的长子出生为素材,大江健三郎发表了长篇小说《个人的体验》(1964),在日本文坛引起了强烈的反响和争鸣。主人公鸟在是逃避残疾儿出生所带来的苦难,还是勇敢地承担起抚育残疾儿的责任的两难选择上,最终选择了后者。这不仅使作家本人的心灵得到了净化,也为他构筑自己的作品世界找到了一条新路。

与长子有关的重要作品还有:长篇小说《万延元年的足球》(1967)、《洪水漫上我的灵魂》(1973)、《替补队员手记》(1976),短篇小说集《醒来哟,新人!》(1983)和《静谧的生活》(1990)等。也就是说,"在他创造的想象的世界里,他努力发掘个人的体验",终于使自己登上了世界文学的顶峰——诺贝尔文学奖领奖台。正如大江健三郎所说:"从某种角度上看,我的儿子也获得了诺贝尔奖,他和我同获这个奖。若不是我通过他获得了某种人生体验,我就不能写出某些东西。"

对于一位普通的父亲来说,大江光的诞生无疑是个灾难,用大江健三郎自己的话说是"危机"——危险+机会。所谓机会,是指

---

① 大江健三郎.魂と表現—38年間の文学生活[J].東京:読売新聞,1994-10-14.

对现实生活中行为动作的主体而言,任何一次变故都能够改变既往的生活;对直觉型的作家大江健三郎而言,他从这次变故中找到了构筑自己文学世界的审美注意点——出色的文学所不可或缺的"客观关联物"(艾略特语)。大江健三郎说:"通过他,我发现了人类的友爱,一种新创的友爱。我也理解了弱者怎样看这个世界。"如果当初真像《个人的体验》里所描写的那样,给婴儿断掉奶粉,只喂些稀释的白糖水,让他慢慢地衰竭死去,或者不给他做外科手术……那样虽然可以看似摆脱"负担",却会留下终生的悔恨。作为一位文学家,大江健三郎从个人的苦难中逐渐摸索出与拯救人、人类相通的文学母题——"共生"。

所谓共生,就是相互依偎着生存下去。如今大江光已是而立之年,在一家福利工厂工作。在家庭的培养下,他走上了作曲家的道路——这对正常人也是高不可攀的圣殿。迄今为止,大江光的曲子已灌制了两盘 CD,在听众中反应强烈,尤其受到青年听众的欢迎。听众在给大江光的信上说:"听了你的音乐我夜不能寐……"对此,大江健三郎风趣地回应说:"如果听光的音乐睡不着觉的话,最好再读一读他父亲的小说……"这位慈祥的父亲,为了自己的儿子已做好了最后一搏的准备:"在光有希望自立之时,我将结束自己作为小说家的生活。"这就是前几年在日本文坛引起不小震动的"最后的小说"的断笔宣言。1994 年,大江健三郎三喜临门:"最后的小说"《燃烧的绿树》第三部《大大的太阳》杀青在即;大江光的第二盘 CD 与听众见面;这时又传来了获得诺贝尔文学奖的消息。

其实,在 20 世纪 80 年代,大江健三郎就具备了获得诺贝尔文学奖的资格。我们看一下评选委员会主席歇尔·耶思普玛基在颁奖词中提到的几部作品:《个人的体验》《万延元年的足球》《M/T 与森林神奇故事》《致令人怀念的岁月》等,这些早已发表的作品充分说明了这一点。自从《个人的体验》于 1968 年被译成英文以来,他的重要长篇小说已被陆续译介到十多个国家。当瑞典文译本《个人的体验》和《万延元年的足球》在瑞典出版发行时,这个热爱和平、热衷福利事业的北欧国家的读书界和新闻界一片沸腾,各主要报纸不惜以整版篇幅介绍这位日本作家和他的作品。30多年来,他几乎得遍了日本各项重要的纯文学奖,近几年又接连获得意大利蒙德罗国际文学奖和其他欧洲文学奖。

在1984年5月第47届国际笔会东京大会上,大江健三郎发表了题为《核状况下的文学——我们为什么写作》的主题演讲,从而把他一直不懈探究的"核"的主题推向了新的高度,也为他走向世界奠定了基础。获得诺贝尔文学奖后,他依然认为"广岛和长崎的核问题是我的最大的主题"。在以《广岛札记》《核时代森林的隐遁者》《洪水漫上我的灵魂》等一系列作品为代表的世界里,作者反复向人们提出了这样一个问题:在核武器威胁着世界的今天,人、人类应该如何超越文化的界限共同生存下去? 应该指出的是,大江健三郎所处理的这个主题,无论对他本人,还是对世界文学都是相当重要的。通过广岛的原子弹爆炸——核,大江找到了把自己个人的苦难和人类的苦难统一到一起的契机,使长子出生的个人的体验,在"核"的大背景下,与世界-人类的普遍性联系在一起。而在当今世界上,威胁人类的最大敌人莫过于不知何日何时降到人类头上的核战争。所以,有预见地把这个灾难述诸笔端,寻找能够摆脱苦难的出路,当然是世界文学所面临的一个重要课题。由此看来,在这个崭新的园地里笔耕了近30年,取得了突出成绩的大江健三郎,他的获奖到底是必然还是偶然?

三、学习与"西化"/大江文学创作的方法

大江健三郎是一位方法意识极强的作家。他从创作伊始就显

示出非同凡响的哲学意识——对文学创作方法的执着。在迄今为止的三个阶段的创作中,我们可以看出他作为知识型作家,通过对现代西方文学的不断学习和研究,创立了自己独特的文体和文学世界,取得了很大的成就。①

　　他在东京大学读书时,开始大量阅读世界当代文学名著,尤其在萨特和加缪的存在主义文学中找到了共鸣。从他创作初期的作品中,我们不难读出存在主义的影响。20 世纪 50 年代,法国存在主义对日本思想界、文化界的影响方兴未艾。对时代精神相当敏感的青年,或是信仰马克思主义,加入全学联等组织,参加政治运动;或是受存在主义影响,在萨特、加缪、卡夫卡的作品中寻找精神安慰,在"虚无"的氛围中消沉下去。大江健三郎 1954 至 1959 年就读于东京大学法国文学系,入学后曾经一度靠近学生政治组织,继而倾向存在主义。他白天师从人道主义倡导者渡边一夫教授,攻读法国中世纪文学,晚上以法语原文大量阅读了萨特、加缪等人的作品,其间即开始了小说创作。1959 年,经一年留级后,他提交了毕业论文《论萨特小说中的形象》。大江健三郎本人说:"在萨特存在主义文学的影响下开始了文学创作。"处女作《奇妙的工作》(1957)和《死者的奢侈》(1958)等对"被监禁状态""墙壁意识"的执着,深受以萨特为代表的法国存在主义文学的影响。

　　日本战后的文学界相当活跃,对外国文学的接受出现了一个又一个前所未有的高潮。许多有成就的作家都师出西方,新声浩荡,使被近代自然主义文学扭曲了的传统受到了前所未有的颠覆。战后文学中大师级的作家几乎都呈此态势。所谓不破不立,他们

---

　　① 王琢.人・存在・历史・文学——大江健三郎小说论纲[J].社会科学战线,1988,2.
　　　王琢.导读・大江健三郎小说论纲[M]//大江健三郎.个人的体验.王琢,译.北京:中国文联出版公司,1995.

破了"传统"文学中桎梏文学健康发展的私小说的狭隘性、朴素的写实性、平板性,立了新文学的社会性、心理性、批判性。大江健三郎创作伊始即宣称自己是埴谷雄高、武田泰淳、野间宏、椎名麟三的继承人。这不仅表明了他继往开来的决心,同时也标志着他已树立了向存在主义靠拢的自觉。

在方法论上,大江健三郎从存在主义文学中学到了很多使传统文学界感到震惊的表现技巧。大江本人从一开始创作就有明确的文体意识:"我绞尽脑汁的是日语的文体这个问题。这在最开始写狗的故事时就有所萌芽,既而像大树一样枝繁叶茂。"比如,大量使用寓意和隐喻,使作品在题名和人物形象上都有这种色彩;使用客观冷漠的叙述语调,恰当地表达了作品揭露的冷漠、荒谬的世界本质;使用萨特等存在主义文学大师惯用的诸如口语文体、简单句式、警句等笔法,从而使作品给人以"清新的感受"。

继存在主义之后,大江健三郎又系统学习了俄国的形式主义、结构主义、文化人类学等西方现代文学理论,并把它们应用于自己的创作实践。对这些理论的探索与实践构成了大江文学创作第二阶段和第三阶段的主要特色。在《同时代游戏》里,我们可以清楚地看到这些理论的投影。与这部小说几乎同时执笔的文学评论《小说的方法》充分反映了大江对文学的思考。他此时集中探讨的就是"怎么写,写什么"。从他所论述的"语言与异化""作者与文体""想象力与形象""边缘文化"等问题里,我们不难理解他对自己文学创作的苛求。

第二阶段,大江健三郎的思想基础还是存在主义,只不过后来在创作手法上借鉴了拉美的魔幻和江户的戏作。第三阶段的大江更复杂,也更单纯。所谓复杂,指的是存在主义的人生思考与"魔幻""戏作"手法的日益娴熟相结合;所谓简单,指的是他把追求作品形式构成本身作为文学追求的终极目标,也就是"文学意识"的强化。从辩证的角度来看,大江小说日趋完善还是在于他的"哲学意识"的强化。

关于文学的内容与形式,我们往往习惯于将后者作为前者的奴仆,但是,文学史上的事实却不断提供反证:没有形式就没有内容;文学发展到一定阶段,形式的探索本身就是文学的本质问题。

从1975年起,大江健三郎开始接触结构主义,在此前后亦受到了俄国形式主义的影响。他试图把语言文字所能传达的东西变成日本语言结构中的符号,以此来唤起人们在知、情、意三个分野里的人生体验。这是"奇特的想象力"(伍尔芙语)对现实的再创造。生命主题和社会主题结合到一起,其指归是源于现代而又超越现代的未来——历史文化的明天。

用现在进行时叙述现代都市生活,所得到的是近景:仿佛某一局部的特写,这就是《洪水漫上我的灵魂》和《替补队员手记》等作品。用过去完成时响应现在进行时,把遥远的历史"淡入"现在乃至未来,这就是《万延元年的足球》和《同时代游戏》。

我们看到,这些意象的象征不仅制约着他的素材提炼,同时也约束着他的叙述方式:尽量避免事件过程的精雕细琢,从而使我们不至于过分缠绵于具体情节而能迅速发现意象的暗喻方向,进而感悟到形而上的象征意蕴。

这些小说叙述观念的转变,使创作主体作为一个"占据重要席位"的"我"(萨洛特《怀疑的时代》)而非全知全能的作者的地位在作品中得以确立,从而在整体叙述上产生了一个语言情绪层面。这就是《谛听"雨树"的女人们》等的"悲叹",它同时又使人想起日本平安朝时期的"物情"。

正是由于这种形式上的变化,才使大江健三郎有"我"的短篇小说与日本传统的"私小说"分道扬镳了。它打破了私小说对故事结局性或目的性的,即"写什么"的叙事观念,转而倾向于过程性叙事观念,即对"怎么写"的执着。再现小说的创作过程,并以此来显示文学语言本身的力量——情绪、哲理、意蕴等,从而与"新小说"派的"回到文学本身"产生了共鸣。这与他们拥有的知识素养——俄国形式主义、法国结构主义是有直接关系的。并且,更发人深省的是,他们所赖以生存的社会生活也有诸多相似之处。

寻求与世界大文学家的对话,是贯穿大江文学创作始终的显著特色之一。正如第一阶段对存在主义的执着一样,大江健三郎时刻不忘从世界文学的宝库中汲取营养。在20世纪60年代初期,大江健三郎还重点阅读了陀思妥耶夫斯基的作品。在创作《万延元年的足球》之前,他有意识地系统阅读了福克纳的作品。可以说,这是构成这部作品与马尔克斯《百年孤独》相通的"寻根"意识的基础。在20世纪80年代的作品中,我们应该十分重视大江健三郎对拉伯雷、但丁和叶芝等人的引用和阐扬。由此这般,大江不仅找到了与这些文学巨匠沟通的途径,同时也发现了超越既成文学传统的方法。被大江健三郎称为"最后的小说"的三部曲《燃烧的绿树》就是这样的尝试。从大江文学创作的流脉视之,此三部曲还是在《万延元年的足球》至《致令人怀念的岁月》的延长线上,而从大江本人的创作追求而言,则可以称之为大江作品的集大成之作。接受性转换手术的男性叙事者所讲述的故事,超越了性的障碍,从而在"无垢"的心境里,试图实现拯救人—人类—人类的灵魂之理想。所以,称之为"最后的小说",显然充分体现了作者超越既成文学乃至自己的文学创作的信念与决心。

对于大江健三郎的西化,日本的评论界很少说东道西。因为在世界日益变小的今天,过分强调这一点,无异于"画地为牢"。日本当代著名大众文学作家司马辽太郎在大江健三郎获奖的第二天说:"太好啦。要说文学就是文体的话,大江是个典型。大江的主题,用客机来说,是国际航线,不是在哪儿发生了什么事,而是处理对人类具有普遍性的主题。……我有时也想,他只是用日语在写作,其实到底是什么语都无所谓,能到达这一高度是最出色的。"由于主题具有普遍性,所以就为纯个体经营的一己文学超越国界、走向世界文学带来了可能。这应该是大江健三郎给世界文学留下的宝贵经验。由是观之,在把东西方文化的融合"国际化"作为最大理想的今天,大江健三郎的获奖是偶然还是必然?

我这样说,似乎给人以全面肯定大江文学创作"西化"的误解。应该指出,在我们以往的思维中,似乎存在着一种可怕的定势——西化是可怕的,必须保持传统。于是,几十年来,我们一直陷在"西用中体"或"西体中用"的怪圈里不能自拔。我们以十二分的警惕,强化着文化心态上的浮躁。我国文坛走马灯似的把西方的文明剧"演过"一遍……也仅限于演过一遍罢了!

显然,我这样说,足以表现我对我国文学的焦急期待。以诺贝尔文学奖的标准——"能创作出具有理想主义倾向的最出色作品的作家"来看我国的当代文学,我们的焦急与烦躁更会有增无减。

首先,我们无法摆脱历史加给我们的重负。让我们先来看下面一组数字:1994年大江获奖的代表作《万延元年的足球》发表于1967年;1991年戈迪默获奖的代表作《尊贵的客人》发表于1971年;1982年马尔克斯获奖的代表作《百年孤独》发表于1966年……也就是说,我们不得不面对这样一个现实:我们很难一下子推出已经过二三十年时间的考验,充分反映当代中国的"具有理想主义倾向的最出色的作品"。

其次,我们难以摆脱"浮躁"的心态。这与我前面说的有点儿重复,当然有特别强调之意。因为,历史的"空白",我们无法补写,但行为主体意志上的缺点,我们应该有毅力克服。经过一代人的努力,下个世纪初,我们定会让诺贝尔老先生的在天之灵听到一个响亮的声音:"来自中国!"

再次,克服由这种"浮躁"所带来的媚俗心态,是当代中国文学界以及出版界刻不容缓的任务。所谓媚俗,无须过多解释。一个国家一个民族,当然理应有多种不同层次的文化需求。对于普通读者来说,"俗"的消遣和"雅"的享受都是必不可少的,但代表这个国家和这个民族整体文化水平的文学,其标志不是"俗"的量,而是"雅"的质。如果不负责任地把通俗文学和严肃文学混为一谈,势必造成人们正常价值判断的混乱。若作为"制造商"的作家和出版社染上"媚俗"的病毒,出大作家大作品的希望就显得更加渺茫。

最后,中国文学走向世界,有赖于中国经济的极大发展。经济发展不仅会使我国国威大振,国民扬眉吐气,也会使我们的作家在相对稳定的心态下创作出"具有理想主义倾向的最出色的作品"。试想,一个为人类、为中国人的灵魂而绞尽脑汁的作家,却不得不为"柴米油盐"而束手束脚的时候,谁能再去苛责他?在文学园地这个开发区里,软硬件环境的改善不也是十分重要的吗?

这就是由大江健三郎获奖的偶然与必然的问题,所引出的或许不尽如人意的答案,以及我对当代中国文学的思考。

翻译者的语言禁忌
——关于《同时代游戏》的"不译"

大江健三郎的长篇小说《同时代游戏》于1979年出版发行,成为当年的争鸣作品,当时的评价是判然分明的两个极端:赞赏者认为这部小说代表了大江健三郎到当时为止的最高成就,反对者认为这部作品难以卒读。显然,"难读"是进入这个作品世界的障碍。那么,这部小说翻译成汉语,其"难度"是否依然?带着这个问题,笔者对照阅读了原作和中译本(李正伦等译《同时代的游戏》,作家出版社,1996。以下简称为"中译本"),却意外地发现了中译本中大量的并非"误译"或"不译"现象。

一、并非"误译"或"不译"的例子

首先,在小说开头部分有这样的例子:

　　妹よ、きみがジーン・パンツをはいた上に赤シャツの裾を結んで腹をのぞかせ、広い額をむきだして笑っている写真、それにクリップでかさねた、きみの恥毛のカラー・スライド。メキシコ・シティのアパートの眼の前の板張りにそれをピンでとめ、炎のような恥毛の力に励しをもとめな

がら。(『同時代ゲーム』、新潮文庫，p.7。以下只标注页码)/……妹妹，你那下身穿工作裤上身穿红衬衫，衬衫下摆打成结，露出肚子，宽宽的额头也袒露无遗，而且笑容满面的照片，还有那前额头发全用发夹子夹住的彩色幻灯照片，我全看到了。我把它用按钉钉在墨西哥公寓的板墙上，那火红的前发，很能给我以鼓舞力量。(《同时代的游戏》，作家出版社，1996，p.3。以下只标注页码)

显然，这不是由于中译本翻译者语言能力不足的"误译"，而是由于原作的"用发卡夹住了你的耻毛的彩色幻灯片"和"那火焰般的耻毛的力量"等使翻译者感到难以接受，所以特意进行了"净化"处理。同样的问题还出现在最后一章的"结尾"部分：

终わりに、もうひとつだけいうことがある。消防団員四人が死んだ猿でも運ぶように僕の両手、両足をぶらさげ、雨滴をふくんで宙に浮ぶ湖のような森を横切った時、妹よ、僕は樹木と蔓の囲む硝子玉のように明るい空間の、核心をなすひとつを見たのだ。そのなかには、妹よ、娘に成長したきみが入っていた。きみは燃えるように美しい恥毛で下腹部をかざっているほかは、全裸の躯じゅうをバターの色に輝かせて、その傍らには、再生し回復した犬ほどの大きさのものがつきそっていた。(P.586)/最后我要说的是，四个消防队员像抬死猴子一般抬着我，尽管我的两手两脚耷拉着，他们也不管，让我仰面朝天横穿滴着雨滴的湖一般的森林时，妹妹，我看见了树木和藤蔓围着的像玻璃球那样明亮的空间，空间的核心里就是已经长成大姑娘的你，全裸的身体呈奶油色，光彩照人，你身旁有一个复活了的狗那么大的东西。(P.384)

在此，原作"除了你那仿佛燃烧着的美丽耻毛所装饰着的下腹部，还有你那闪着奶油色光泽的赤裸裸的全身"被删"剪"成"全裸的身体呈奶油色,光彩照人"。简(剪)则简矣,但是与原作相比,"缩水"几何?

我把中译本的这种"误译"现象称为"翻译的禁忌"。所谓禁忌,所有词典中都明确写着类似的解释:禁忌是一种观念和习惯的总称,是区别圣与俗、净与不净、正常与异常并回避或禁止两者的接触与接近,如果违反了这一点,则认为会受到超自然的制裁的观念或习惯。所以,禁忌往往指一般情况下禁止接触的东西或者禁止说的话。但是,问题是这些区别"圣与俗、净与不净、正常与异常"的标准不是一成不变的,而是随着时代的发展、科技的进步、文明的进化、思想的解放不断变化的。也就是说,在人类精神文明与物质文明不断发展的历史潮流中,相当一部分"禁忌"往往在外来文化的冲击下或在自身发展的要求下,变为人们的常识,进而丧失其作为"禁忌"的意义。

由是观之,"禁忌"是历史的产物,任何"禁忌"都无法磨灭自身历史性的痕迹。也正因为这种历史性的特征,所以以改变自然意象为己任的文学艺术,不断地对人类的"禁忌"进行突围的尝试。在这一尝试中,处于外来文化前沿的翻译文学,往往起到领头羊的作用。从这一意义上来说,"翻译的禁忌"是翻译者在翻译外国文学作品时,主观判断原作中的某些东西在本国难以接受——违犯"禁忌",所以有意识地对其进行删节。

这里所说的"某些东西",在文学作品中集中表现为意象或意象体系。比如,前边所举原作例句中加点的部分:"クリップでかさねた、きみの恥毛のカラー・スライド"和"きみは燃えるように美しい恥毛で下腹部をかざっているほかは、全裸の躯じゅうをバターの色に輝かせて",就是这样的意象。在中译本中,如此这般被删删"剪剪"的地方还有几处,更有甚者,原作"第一封信"被全部"省略"。

（第一の手紙のうち、投函前に削除された部分。）妹よ、僕はきみから送られてきた、きみの写真ときみの恥毛のカラー・スライドによって、われわれの土地の神話と歴史を書く意図を励された……(P.98)

　　　……妹よ、僕はきみを強姦し、邪悪な肉体関係をむすぶことで、きみともども村＝国家＝小宇宙から真の意味で追放されることを、望んだのだ。すくなくとも意識の表層の理由としては。近親相姦をおかしてしまった双子など、どうしてわれわれの土地の神話と歴史を書く人間として、人びとが許してくれるだろう？　父＝神主の強制によって、子供のころから方向づけられていた運命にさからい、妹よ、僕はきみを**壊す人**の巫女たるさだめから解放し、僕自身をわれわれの土地の神話と歴史を書く進みゆきから解き放とうとしたのだ……(P.108)

中译本全部删除这一部分(8 000 多字符)的原因，或许可以找出几种，但"你那耻毛的彩色幻灯片"和"触犯了近亲相奸的双胞胎"无疑首当其冲犯了翻译者的大忌。可是，这一被作者明确地用黑体字标记为"**投寄前删除的部分**"，在原作中的作用是不可忽视的。正如十重田裕一所说："当然，这里所说的妹妹，现在不在这里——'我'眼前的妹妹，是通过'照片'和'彩色幻灯片'所幻视的妹妹，即通过映像被意象化的妹妹。实际的妹妹没有存在于'我'的眼前，但是通过这两个映像被从记忆中唤起的妹妹，存在于'写信'的'我'的面前。妹妹的存在与不在，'我'置身其间，继续书写'我们山村的神话和历史'。"① 可见，"照片"和"彩色幻灯

---

① 十田重裕一.『同時代ゲーム』第一手紙における書き動機と身体のイメージ[J].国文学—解釈と教材の研究,1997,2.

片"被神格化为两个具有唤起读者想象力功能的基本意象,而这两个意象对于原作的"叙事者"的作用,在于进一步唤起记忆中的那个"失败的日子"——**"第一封信中,投寄前删除的部分"**明确对读者交代了"叙事者"写出村庄=国家=小宇宙的"神话和历史"的根本动机。简而言之,没有这一部分,《同时代游戏》所要书写的村庄=国家=小宇宙的"神话和历史"的进程就会混乱,读者的阅读难度加大当然也是不言而喻的。所以,中译本的读者面对着被翻译者删删减减——或褒奖为"艺术加工",或贬损为"施暴"——后的中译本时,若是不感到茫茫然不知所言,反倒是咄咄怪事了。

二、翻译的禁忌与翻译者的责任

众所周知,大江健三郎写"性"的历史比较"悠久",从创作《同时代游戏》的1979年倒数也有21年。到了《同时代游戏》,"性"的光环已经添加了几层滤光镜,但是,读这部作品的关键显然还是离不开"性"——神话世界独特的近亲相奸的主题。抛开这一主题取向,我们很难解释以下问题:

1. 兄妹何时产生近亲相奸的关系?
2. 父亲和妹妹是在哪里发生的性关系?
3. 妹妹所怀孩子的父亲是哥哥还是父亲?或者另有人在?
4. 妹妹为何要做"破坏者"的女巫?[①]

可以断言,"完全彻底"的中译本的读者根本没办法回答这四个问题,因为翻译者已经把这些给删节了,而且不留任何痕迹。翻

---

① 文艺研究プロジェ.よくわかる大江健三郎[M].東京:ジャパン・ミックス,1995:136.

译《同时代游戏》时，翻译者应该对原作者大江健三郎的创作有总体上的把握，充分理解大江文本"难读"的意义。大江文本中的"性"是作为信息交流中的信息发送者的作者，为了追求新的文体而为信息接受者即读者设置的一道障碍。所以，翻译者一定要尊重信息发送者的意图，因为在信息发送者和接受者之间起着媒介作用的翻译者对双方而言都相当于第二个自我。翻译文本当且仅当传达出原作文本的全部信息时，翻译行为才具有合法性。通俗来说，只有译本传达了原作文本的全部信息，翻译才能成立。对翻译者，原作者和译本接受者即读者都有权提出这一合法要求。这仿佛是一件物品的进出口，出口方有权要求转运者在保持物品原貌的前提下交给进口方——使用者，进口方当然也可以因为物品受损严重甚至附属品不全而追究责任人，进行索赔。文学翻译也应如此。

把翻译者简单对应于转运者，这在学理上也许会受到责难，但从人类各民族精神文明和物质文明的产品相互交流的本质上，亦不难找到这种简单对应的认识论根据。在一个公平、公正、公开的异文化间的文学交流过程中，翻译者＝转运者，原作者＝发送者，读者＝接受者，三方结合成平等互利的关系网络，共同作为这一网络的参与者完成一次生产过程。从现代社会的生产与交流的原则来说，翻译者＝转运者的作用是在接受者＝读者和发送者＝原作者之间充当正常交际的桥梁，他理应服从现代社会生产与消费以及交际与服务的原则，因为没有读者＝接受者的阅读需求和没有适合这种阅读需求的原作，同样都会使翻译者陷入尴尬的境地。作为联结原作者和异国读者的桥梁，翻译者没有超越这两者的特权，因为作为桥梁，你可以不让某一辆车子通过，但不可以让通过了的这辆车子由于被拆下了重要部件，一交到"消费者"手里就不能正常开动。

经过删节后的中译本《同时代游戏》,显然在没有理清以上头绪的情况下,过分夸大翻译者＝第一读者个人的语言禁忌,并把这一禁忌直接强加于译本,使其变成翻译的禁忌,使最后的接受者＝读者接触不到这种禁忌。当然,这种禁忌的根据不仅只是翻译者自身的"圣与俗、净与不净、正常与异常"的主观判断,而且是符合具有一定社会性的社会判断基准的。关于这种社会判断基准,我们只要查一下《现代汉语词典》与"阴、阳、耻"有关的条目,就可以理解回避"禁忌"的苦衷。而这种行为最终落实到具体的言语实践者的言语行为(例如文学作品)上,使与读者相关联的语言禁忌受到社会意识形态的进一步强化。

社会意识形态,即"系统地、自觉地反映社会经济形态和政治制度的思想体系。是社会意识诸形式中构成思想上层建筑的部分,表现在政治、法律、道德、哲学、艺术、宗教等形式中"[《辞海》(第七版)]。关于社会意识形态与禁忌之间的关系,我们可以求证于马克思和恩格斯共同撰写的《德意志意识形态》。因为"不是意识决定生活,而是生活决定意识"①,所以不能正确思考现实生活中各种条件的精神构成物的社会意识形态,是歪曲现实的虚伪的意识,是否定意义的存在。也就是说,随着以科学技术的发达为代表的人类文明的进步,过去的禁忌一个个被打破,个人的思想和意识也在逐渐更新。由此看来,禁忌和社会意识形态都是偶在性的存在。不然,我们很难设想如果人类的语言禁忌和社会意识形态一直以其本来面目成为文学创作的禁忌或者文学翻译的禁忌,再延续到今天,如今人类的物质文明和精神文明会有多么巨大的反差。正是在冲击偶在性的语言禁忌与社会意识形态的尝试中,翻译文学才具有不可替代的、无穷的潜力。

---

① 马克思,恩格斯.马克思恩格斯选集第 1 卷[M].北京:人民出版社,1995:72.

所以，曾被列为德国翻译理论最佳著述的《欧洲文化的危机》的作者鲁道夫·潘维茨(Rudolf Pannwitz)曾经指出，这种潜力的发挥对于一国语言的发展极为重要。他认为，"必须通过外国语言来扩展和深化本国语言"，而"翻译者的基本错误是试图保存本国语言的偶然状态，而不是让自己的语言受到外来语言的有力影响"。[1] 可见中译本《同时代游戏》的翻译者的随意删削，所犯的是"基本错误"，即顺从本国社会性的语言禁忌——"本国语言的偶然状态"，而使原作的外来语言应有的有力影响大打折扣。归根结底，翻译者的责任就是通过外国语言文学的翻译，"扩展和深化本国语言"。

原作《同时代游戏》中"神话世界独特的近亲相奸的主题"的展开，是一个循序渐进的复杂结构。这种复杂性体现在文体上，则是创造出陌生化的文体，在与读者的交流中设置障碍，从而唤起读者的想象力。这也充分表明了大江健三郎对统治现代日本语言的意识形态的一种批判的立场。[2] "近亲相奸"主题本身所依据的当然是日本的历史文化，所意指的也当然是日本文化的未来——作为"近亲相奸"直接后果的"狗那么大的东西"能否使日本自立于世界民族之林？而被中译本删减掉的"照片"和"彩色幻灯片"这两个基本意象，则是支撑这一"近亲相奸"主题的两大支柱。

不难设想，读者面对缺少两根支柱的中译本《同时代游戏》，一定会因为搞不清这个"游戏"的规则而一走了之。这能怪罪读者吗？

---

[1] Rudolf Pannwitz. Die Krisis der europaeischen Kultur[M]. Nuernberg: H. Carl, 1917.

[2] 島村輝.森の谷間における歌橋[M]//日本文学研究集成 45 大江健三郎.東京：若草書房，1998：55.

三、翻译的禁忌与翻译的原则

面对严重受损的中译本《同时代游戏》，我们再一次强调翻译原则，尤其是翻译的忠实原则，可能不算是无的放矢吧。翻译原则，在中国有严复的"信达雅"，在西方有"等值翻译"等。我们在此不必讨论这些原则的优劣是非。但是，可以首先确认的是这些原则中至关重要的"忠实原作"。面对一部外国文学作品，翻译者首先应有的态度是对原作的忠实，舍此，其他一切原则都无从谈起。因为作为语言行为的交流媒介，翻译者的责任就是通过自己的翻译，使再生产的语言符号被受信者所接受，再经过受信者的解释产生新的意义，所以不忠实原作的翻译就失去了翻译的意义。忠实原作，对翻译者而言，既是责任，也是义务。

在严复的翻译标准中，"信达雅"的排列顺序是不可改变的，"信达雅"可以直接对应于"忠实原则、通顺原则、美感原则"或者"直译、意译、美译"等。"信"与"忠实"和"直译"相对应，是翻译的首要原则。台湾辅仁大学翻译研究所把"信达雅"改称为"忠实度、流畅度、语言表现"，用以评价翻译实践，并把三者的比例分别定为50％、30％、20％。他们评价的科目是"提供信息型"演讲的同声传译，当然对起点语言的忠实度要求很高。这与现代翻译理论的目的论旨趣相同。

从现代翻译理论的目的论来说，首先要思考翻译文学的必要性之所在。作为输入品的翻译文学，必定是希望得到本国所没有的文学作品。如果削除外国作品中的"新"，则"输入"的必要性就会受到质疑。说到"新"，中译本《同时代游戏》面世的1996年，在中国谈性色变的时代已经作古，因为早在十几年前，中国文学创作界在新时期文学的大潮中就涌现出了很多"涉性"的作品，比如,张贤亮的《男人的一半是女人》和张炜的《古船》等都为中国文学走出"性"的禁区做出了很大的贡献。这些作品以变革期的中国农村为背景,致力于把"性"还原到日常生活、人的身体以及人与人之间的关系中去。就是说,如果说在《同时代游戏》出版的1979年,中国不具备参与这个游戏的条件的话,17年后的1996年,中国的社会意识领域已经发生了今非昔比的变化,从某种角度来说,我们至少已经可以"玩玩"《同时代游戏》了。但是,此中译本翻译者把自己个人的语言禁忌强加于译本,使读者不得不面对没办法"玩得转"的《同时代游戏》。以翻译目的论的视角来看,中译本翻译者没能遵守翻译的忠实原则,也就更无法保证翻译的连续性原则和翻译语言间的连续。

从功能主义和现代交流理论来看,翻译语言可以分为以下三个层次:一是基础层次,即信息和最低限度的交流功能;二是中间层次,即意义、社会地位、文体;三是最高层次,即美感(修辞学)、意义、风格、韵律和其他形式美。一般情况下,达到基础层次是最低限度的要求,达到中间层次的也不在少数,达到最高层次的实属凤毛麟角。尤其是优秀的文学作品都有一些非他莫属的东西,很难在两种语言间进行转换。德国著名的文学理论家瓦尔特·本雅明认为:"在一切语言的创造性作品中都有一种无法交流的东西,它与可以言传的东西并存。"翻译者的任务就是要通过自己的再创造,将这种"无法交流的东西"从原作语言的魔咒中解放出来,要做到这一点就不能不同时突破自己语言的种种障碍,迫使其发展。[①] 由此再来看中译本《同时代游戏》的"误译"或"不译",其问题的严重性是不言自明的。比如:

妹よ、ついにはアメリカ大統領との関係という極限ま

---

① 乐黛云.中国比较文学发展透视[J].东方丛刊,1998.2.

で拡大される。きみの性的な生涯は、谷間でもっとも低い場所にあるためにしばしば濁水の底に沈み、それゆえに肥沃となって、山桜や李やなつめの木が盛んに茂ったわれわれの屋敷内で、早くも始まったものであった。きみは天井の破れた蝋倉庫の便所における、バターの色に輝く臀部の誇示より半年後には、性的な崇拝者を家のサロンに迎え入れていた……(P.452)/妹妹，你和美国总统的关系已经扩大到了极限。(P.296；以下"不译"728个字符)

我们可以补译出一部分：

> 妹妹啊，最后你和美国总统的关系已经发展到了极限。其实，你很早就开始了你的性的生涯，那是在我家——峡谷最低的地方，不时就会沉入浊水的底层，因此那里也比较肥沃——在我家山樱、李树和枣树郁郁葱葱的院落里。你从在顶棚破损的蜡仓库的便所里向人炫耀闪着奶油色光泽的臀部的那一天起半年后，就把自己性的崇拜者迎入家里的沙龙。……

面对着七百多个字符"不译"的中译本，无论多么"专业"的读者，也很难把握"妹妹"的"性的生涯"，而原作惨遭"不译"的原因，恐怕就是那"バターの色に輝く臀部の誇示/向人炫耀闪着奶油色光泽的臀部"。"臀部"和"耻毛"一样，都是此中译本翻译者的"禁忌"，所以无论如何不能以之示众，只好忍痛割爱……这显然是出于一个"卫道士"翻译者对读者的"关心"和"爱护"，仿佛读者尽是些未成年者——"少儿不宜"。

说到翻译的忠实原则，鲁迅的"硬译"会对我们解决"翻译的禁忌与意识形态"的问题有很多启发。众所周知，鲁迅《"硬译"与文学的阶级性》是对梁实秋《论鲁迅先生的"硬译"》一文的反驳。鲁迅说:"我的译作,本不在博读者的'爽快',却往往给以不舒服,甚至于使人气闷,憎恶,愤恨。""但我自信并无故意曲译,打着我所不佩服的批评家的伤处了的时候我就一笑,打着我自己的伤处了的时候我就忍疼,却决不肯有所增减,这也是我'硬译'的一个原因。自然,世间总会有较好的翻译者,能够译成既不曲,也不'硬'或'死'的文章的,那时我的译本当然就被淘汰,我就只要来填这从'无有'到'较好'的空间罢了。"① 启发之一:"本不在博读者的'爽快'"。因为翻译者选择的原著,理应为本国所未有,所以译作的"有"必然会对本国的"无"造成价值观等层面上的冲击,从而"给以不舒服,甚至于使人气闷,憎恶,愤恨"。启发之二:硬译＝不肯有所增减。有所增减,则既无法"打着我所不佩服的批评家的伤处",也无法"打着我自己的伤处",所以"一笑"和"忍疼"也就无从说起。那么,翻译何用?启发之三:"既不曲,也不'硬'或'死'的"译本会有的,需要假以时日。无论多么糟糕的译本,毕竟填补了"无有"的空白,这当然是今后"较好"译本产生的基础。

因此,我们在此指出中译本《同时代游戏》的"误译"或"不译"问题的同时,亦不可忽视其对于"无有"的积极意义。翻译的忠实原则,作为一种原则,是他律性的存在,这一他律性的原则必须有自律性的职业追求为基础。可见,简单指出中译本《同时代游戏》的"误译"等现象,这只能表现出我们对这种翻译实践中自律与他律难以融合统一的焦虑。

不过,话说回来,从"读者＝接受者＝消费者"的角度来看,在翻译界没有建立起比较完善的他律性与自律性的约束机制之前,作为一名读者,在读译本的时候要根据翻译者的表现来确定打折扣的比例,尤其是只能依靠中译本的读者更不可掉以轻心。作为

---

① 鲁迅."硬译"与文学的阶级性[M]//二心集.北京:人民文学出版社,1973.8.

本文的结论,我想模仿《同时代游戏》原作者大江健三郎本人的说法,为翻译者进谏一言:"翻译文学的根本任务,就是要通过对异域语言结构的借鉴,丰富母语文学的表现;就是要把异域文学的语言结构不加歪曲地放进母语语言结构中,使其产生作为媒介的应有作用。"

"舍此,翻译文学何为?"①

---

① 大江健三郎.小説の方法[M].東京:岩波書店,1994:21.

中日比较文学研究

中日对外文字研究

20世纪日中比较文学
研究的回顾与展望

日本的日中比较文学,是日本学者以日本文学史的发展为出发点,以中日两国文学以及两国文学关系为对象的比较文学研究。显然,无论在出发点和研究视角,还是在方法论上,日中比较文学研究都有一定的特色。在世纪之交,我们对20世纪的日中比较文学研究加以梳理是十分必要的。温故而知新,望借此能对今后日本的日中比较文学研究稍有助益,也使作为对象国的中国的中日比较文学研究得到一些有益的参照。

一、研究概况与时期划分

根据中日文化交流史的史实和日本日中比较文学研究的基本状况,我把日本的日中比较文学研究分为战前和战中期、战后期以及"和汉比较文学"期等三个时期。

(一) 战前和战中期,系指甲午战争至日本侵华战争结束这一段特殊时期。在此期间,日本在军国主义的左右下,对中国进行了惨无人道的侵略,在日中文化交流史上留下了罪恶的阴影。这应是面对21世纪,我们比较学者必须予以重视的一个研究领域。日本的日中比较文学乃至日本的比较文学都是在这一大的历史背景下产生和发展的。

日本的比较文学,肇始于19世纪末叶。1888年,坪内逍遥在东京专门学校开设了"比照文学"讲座,介绍波斯奈特的《比较文学》。此后,比较文学逐渐受到学界的重视。阿部次郎、野上丰一郎和岛田谨二等一批学者都致力于日本的比较文学的建立,出版了一批有影响的比较文学专著。但是,这一时期的比较文学研究,主要是对明治以后的文学与西方文学之间关系的比较研究,而自古以来就业已存在的日中两国文学之间的关系并没有成为比较文学的研究对象。也就是说,明治以前的日本文学与中国文学的关系,被排斥在比较文学研究领域之外。这当然是战前和战中日本军国主义者所鼓吹的日中"同文同种""大东亚共荣圈"等谬论在学术界的反映。

然而,在传统的汉学界,汉学者们秉承古来的传统,对中国文学给予日本文学的影响进行了比较扎实的研究。比如,水野平次的《白乐天与日本文学》(1930)、林古溪的《万叶集外来文学考》(1932)、远藤实夫的《长恨歌研究》(1934)、宇田尚的《儒教对日本文化的影响》(1935)以及麻生矶次的《江户文学与中国文学——近世文学的中国原据与读本的研究》(1946)等都自觉或不自觉地运用比较文学的方法,就中国文学对日本文学的影响关系进行了比较深入的研究。日本近代以来对给日本文学以影响的中国文学进行了比较详细的出典考据的工作,并在此过程中形成了一套比较完善的研究方法。比如,北村秀吟著于延宝元年(1673)的《湖月抄》就是一部探讨《源氏物语》与中国文学关系的名著。它集旧注之长,采用头注、旁注并用的形式,一改《明星抄》和《弄花抄》等书的佛教色彩,而偏重于儒教的解释,充分反映了时代对文学的影响。因此,《湖月抄》成为江户时代通用的《源氏物语》参考书,促进了《源氏物语》的普及与研究的深入。由是观之,起源于法国的比较文学影响学派的研究方法，在日本那种特殊的土壤里早已成了无须师范的田野操作了。今天说明这一点的意义在于以下两个设问：为什么对日本的汉学界已是驾轻就熟的方法却没有在理论和实践中得到进一步的提升？如果没有理论认识方面的障碍，方法论的形成是难乎其难的吗？其实，这两个问题在前述的几本论著中都有比较明确的答案。水野平次所要说明的是白乐天与日本文学的关系，林古溪所要考据的是《万叶集》中"外来文学"的作用，宇田尚所要求证的是源于中国的儒教对日本文化的影响究竟几何，麻生矶次所要研究的是江户文学与中国文学的关系。在这些著述中，有一个基本的认识最为清晰：日本文学是"日本"的文学，迄今为止它的发展受到了中国的白乐天、中国的"外来文学"、中国的儒教等因素的影响。显然，如果没有"我"与"他者"这种最起码的比较概念，这些著述的资质都会大打折扣。也正是在这种意义上，我们可以说此类著述在今天乃至今后的研究中都是不可逾越的。

在战中这一特殊时期，更难能可贵的是一部分有识之士开始将目光投向了中国。青木正儿、盐谷温等名流对中国文学的研究已成大家风范，竹内好主持的中国文学研究会也颇有成效，远藤惠秀的专著《日本文化对中国的影响》(1940)开日中现代比较研究之先河，山东赋夫在《读卖新闻》(1936年10月22—25日)上发表的论文《鲁迅与我国文坛》以及武田泰淳在1943年9月《国际文化》(第27期)上发表的论文《中国人与日本文艺》等都显示了关注中国和日本"当下"的新视角。

（二）所谓战后期，系指从1945年日本宣布无条件投降至20世纪80年代初日本和汉比较文学会成立，确切地说，就是1948年日本比较文学会成立至日本和汉比较文学会成立为止的一段时期。此期的日中比较文学研究的特点是：研究者的学术研究和日本社会状况的不断改善以及日中两国关系正常化的现实息息相关;逐渐摆脱日本比较文学仅以研究日本明治、大正文学与欧美文学的关系为正宗的成见的束缚;比较研究的方法在传统的汉学界和中国文学界得到了普及和发展。1948年日本比较文学会成立,《比较文学》《比较文学研究》《日本比较文学会报》等刊物相继创刊。虽然这些刊物大多以明治时代后日本与西方文学的比较研究为主,但也发表了不少日中比较文学研究方面的论文。1972年,中国和日本恢复正常的外交关系,调动了研究者的热情。日本文学和中国文学的研究者大都自觉地运用比较研究的方法,使相关领域的研究逐步走向深入。

在传统的汉学界,学者们的比较研究方法日臻成熟,出版了一大批日中比较文学研究的著作:金子彦二郎的《平安时代文学与白氏文集——道真文学研究篇》(第一册,1948;第二册,1978),太田青丘的《日本歌学与中国诗学》(1958)和《芭蕉与杜甫》(1978),川口久雄的《平安朝日本汉文学史的研究(二册)》(1959,1961)、《西域之虎——平安朝比较文学论集》(1974)、《花之宴——日本比较文学论集》(1980)和《平安朝的汉文学》(1981),小岛宪之的《上代文学与中国文学——以出典论为中心的比较文学考察》(上册,1962;中册,1964;下册,1965)、《国风黑暗时代的文学》(1968—1998)和《古今集以前——诗与歌的交流》(1976),中西进的《万叶集的比较文学研究》(1963),小泽征夫的《古代歌学的形成》(1963),丸山清子的《源氏物语与白氏文集》(1965),神田喜一郎的《在日本的中国文学——日本填词史话》(第一册,1966;第二册,1968),池田利夫的《中日比较文学的基础研究——翻译说话及其典据》(1974),益田欣的《〈太平记〉的比较文学研究》(1976),金原理的《平安朝的汉诗文研究》(1981),后藤昭雄的《平安朝的汉文学论考》(1982)等,都在各自的论域内展开了深入的研究。

除上述论著,还有一批出色论文纷纷在各种刊物上发表:神田秀夫的《关于白乐天影响的比较文学的一个考察》(1948),玉上琢弥的《〈桐壶〉与〈长恨歌〉与〈伊势御歌〉》(1955),今井源卫的《汉诗文在〈源氏物语〉里的位置》(1959),久松潜一的《六朝诗学与古代歌论——日本文学与外国文学的交流》(1960),吉川幸次郎的《中国文学在日本的接受方法》(1960),吉永登的《忆良的手法与游仙窟》(1962),高田卫的《上田秋成与中国思想——从"发愤"到"放荡"》(1963),大林太郎的《从比较神话学看日本神话——以海幸山幸为中心》(1968),白川静的《古代歌谣的世界——〈诗经〉与〈万叶集〉》(1973),大曾根章介的《〈源氏物语〉与白话小说——近世儒者的源氏物语观》(1973),田中和夫的《六义论——中国诗论与〈古今集〉序》(1977),德田武的《文化初年的马琴读本与中国白话小说》(1978),铃木修次的《中国文学与日本文学》(1978),小峰和明的《〈今昔物语集〉汉文出典的表现手法》(1979),辰巳正明的《歌经标式的理论》(1980),仁平道明的《〈伊势物语〉二十三段与李白的〈长干行〉》(1982),新间一美的《另一个夕颜——帚木三帖与任氏物语》(1982)等,都在拓展传统汉文学研究命题上做出了新的尝试。

而在近现代文学研究界,一批中国文学和日本文学研究者也取得了骄人的成绩。在论著方面有:丸山升的《鲁迅的革命与文学》(1965),米泽正二郎的《鲁迅·藤野先生·仙台》(1966),上垣外宪一的《日本留学与革命运动》(1982),伊藤虎丸的《鲁迅与日本人》(1983)和《鲁迅与终末论》(1983)等;在论文方面有:近藤春雄的《留学日本的中国作家》(1949),武田泰淳的《中国小说与日本小说》(1950),丸山升的《鲁迅与厨川白村》(1957)和《鲁迅与〈宣言一篇〉》(1959),竹内好的《中国的现实与日本的文学者》(1958),尾崎秀树的《〈惜别〉前后——太宰治与鲁迅》(1959),高桥和巳的《竹内好及其鲁迅精神》(1960),大塚繁树的《中国的色情文学及志怪小说与芥川龙之介》(1962),村松定孝的《唐代小说〈杜子春〉和芥川的童话〈杜子春〉构思的不同点》(1965)和《太宰与中国文学——关于〈清贫谭〉和〈竹青〉》(1969),木山英雄的《庄周韩非之毒》(1973),古崎一卫的《漱石和中国文学——关于陶渊明的影响》(1974),山田敬三的《战后日本的鲁迅论》(1975)和《鲁迅与白桦派》(1976),伊藤虎丸的《佐藤春夫与郁达夫》(1978)和《鲁迅初期的尼采观与明治文学》(1979),原田亲贞的《幸田露伴与中国文学》(1982)等,都对鲁迅、夏目漱石、芥川龙之介和太宰治等近现代文学史上著名的作家进行了比较深入的比较文学研究。

(三)"和汉比较文学"期,系指1983年10月日本和汉比较文学会成立后的一段时期。所谓"和",包括日语古典文学和日本人创作的汉诗文;"汉",则指包括文学在内的经书、史书等诸多门类的中国古典。和汉比较文学会"希望对日本古典与汉语文化圈的文学以及文化的比较研究的进展有所贡献"[①]。由此可见,发起者所界定的"和汉"不仅指我们平常所说的"日中",还包括更大的"汉语文化圈"的构想。

和汉比较文学会成立后,就着手组织114名专家学者撰写8卷本《和汉比较文学丛书》,第一卷于1986年出版,第八卷于1988年出版,至此8卷本全部由汲古书院出齐。由于社会反响很好,学会和汲古书院决定出版第二期丛书。他们再次选出150名专家学者,继续进行10卷本《和汉比较文学丛书》的编写,1994年8月出齐。总计18卷本的《和汉比较文学丛书》,前8卷为总论和分论,后10卷为个论。在"开拓和汉比较文学诸分野,确定研究方向,收集各分野始创的论文"[②]的编撰方针的指导下,《和汉比较文学丛书》不仅对此前的"汉文学"研究进行了梳理,亦提出了一些"和汉

---

① 蔵中進.和漢比較文学の必要性[N].朝日新聞,1983-8-17.
② 上野理.和漢比較文学会成立十五年の祝いとして[J].和漢比較文学(総第23号),1999,8.

比较文学"的新课题。1985年10月,同人杂志《和汉比较文学》创刊号发行,每年发行一册。到1991年,会员发展到400名。从1991年第七册《和汉比较文学》起,每年发行两册。至此,"和汉比较文学"有了自己的阵地,逐渐显示出日中比较文学研究主力阵容的风貌。

与此同时,"汉文学"领域的研究者也不断有新著问世:朝仓尚的《禅林的文学》(1985),玉村竹二的《五山文学——作为大陆文化介绍者的五山禅僧的活动》(1985),中野美代子的《孙悟空——猴的民话学与〈西游记〉》(1987),辰巳正明的《〈万叶集〉与中国文学》(1987)和《〈万叶集〉与比较诗学》(1997),菅野礼行的《平安时代的日本汉诗的比较文学研究》(1988),广田二郎的《芭蕉与杜甫——影响的展开和体系》(1990),中西进的《万叶和海的彼岸》(1990)和《〈源氏物语〉与白乐天》(1997),上野理的《平安朝文学与汉文的世界》(1991),德田进的《〈项羽与刘邦〉的研究——看楚汉军谈的接受》(1992),田中隆昭的《源氏物语——历史与虚构》(1993),孙久富的《日本上代的恋爱与中国的传承》(1996)等,都在日中比较文学研究界引出新的"话题",与"和汉比较文学"形成了互为呼应之势。在论文方面有:冈崎郁子的《空海的一生与文学论》(1984),波户冈旭的《〈怀风藻〉吉野诗的山水观——以"智水仁山"的典故为中心》(1984),樱田满的《万叶集的诞生与中国文化》(1985),松下忠的《江户时代的诗风试论一瞥》(1985),林三郎的《风土记·上代歌谣与中国文化》(1987),石原清志的《中世歌论投影的中国诗》(1988),山本真吾的《关于〈平家物语〉接受汉语的一个考察》(1989),柳濑喜代志的《中国文学与平安朝汉文学》(1990),齐藤正昭的《〈桐壶〉卷的结构与方法——超越长恨歌》(1991),岩下武彦的《额田王与中国文学》(1992),池田温的《敦煌文学与日本上代文学》(1993),后藤昭雄的《被创造了的平安朝汉诗人》(1994)，安保博史的《龙草庐与陶渊明》(1995)，岩山泰三的《一休和中国的诗人们》(1996)，仓又幸良的《〈伊势物语〉第一段与〈登徒子好色赋〉》(1997)，中西进的《〈源氏物语〉与〈游仙窟〉》(1998)等，都在各自的论域内提出了新问题。

在中国文学和日本文学研究界，研究者纷纷探索日中比较文学研究的新视角。古田敬一编著的《中国文学的比较文学研究》(1986)，试图用"总体性"和"综合性"的方法，对中国文学做出比较文学的阐释；伊藤虎丸等编著的《近代文学里的日本与中国——共同研究·日中文学交流史》(1968)，从交流史的视角把握日本与中国对近(现)代文学的意义；芦谷信和等编著的《作家的亚洲体验——近代日本文学的阴影》(1992)，揭开了人们不可以忘却的历史的一页，并揭示了它对近(现)代日本文学的"负"的影响；关口安义的《特派员芥川龙之介——在中国看到了什么》(1997)，以大量事实阐述了中国对于芥川龙之介的"意义"；村田秀明的《中岛敦〈李陵〉的创造——与创作有关资料的研究》(1999)，以大量的一手资料揭示了中岛敦文学创作的秘密。在论文方面，阿部谦也的《鲁迅和仙台时代》(1984)和《鲁迅，仙台时代的摸索——未被思想化的"退化"意识的拂拭》(1985)，须田千里的《泉镜花与中国文学》(1986)，平冈敏夫的《鲁迅与太宰治》(1987)，川村凑的《被"上海"了的都市——五个"上海"故事》(1988)，刘立善、小坂晋的《有岛武郎与鲁迅》(1990)，秋山骏的《中国与内向的世代》(1991)，池田功的《石川啄木与中国古典》(1994)，川西政明的《上海——日本文学怎样表现了中国》(1995)，松泽信广的《芥川龙之介——中国旅行后的创作意识》(1997)等，都或多或少地显示出比较新颖的"比较文学"意识。

此期更为突出的特色之一，就是两国研究者之间的交流得到了加强。从20世纪80年代起，两国间不断有各种层次的学者互访和学术交流。日本方面的伊藤虎丸教授等中国文学研究者长期与吉林大学中文系刘柏青教授等学者进行交流合作，使其研究取得了极大的进展，对中国现代文学研究界亦有很大的教益；中国方面的严绍璗教授和王晓平教授等中日比较文学研究者亦曾赴日进行合作研究，取得了一定的学术成果。也是从80年代起，一批又一批中国青年赴日留学，为日本学界注入了新鲜血液。在比较文学和比较文化界，中国留学生成了不可忽视的新生力量。孙久富关于"日本上代文学"与中国文学的比较研究、邱岭关于《太平记》与《史记》的研究、刘立善关于有岛武郎与中国现代文学的研究、林岚关于芥川龙之介与中国古典文学渊源的研究等都在日本比较文学界找到了自己的立足点。同时，大部分留学人员取得博士或硕士学位后回到国内，亦成为活跃在中国中日比较文学研究界的中坚力量。

二、研究方法的创新

绵延近一个世纪的日中比较文学可谓几多波折，却又显现出生生不息的顽强的生命力。支撑研究者继续研究的原因或许很多，但对上千年日中文化交流以及中国文化、中国文学对日本文化和日本文学的影响关系的"探求心"，无疑是其原动力之一。这在日中比较文学方法论的更迭上体现得尤其明显。

（一）**出典论** 作为一种研究方法，典据考证在日本古已有之，但真正为其注入新的生命力的是小岛宪之博士。他认为，当研究甲乙两国（或两国以上）的文学交流关系，即借用和贷与的关系时，必须站在"借用者"的立场，回过头来看"贷与者"的真实情况。也就是说，必须由借用者去探察作为贷与者的"源泉"的文学流派、作家、作品等。这就是以"直接出典论"为核心的比较文学研究方法。小岛宪之的《上代文学与中国文学——以出典论为中心的比较文学考察》和《国风黑暗时代的文学》是出典论的代表性著作。比如，在《上代文学与中国文学(中)》第五篇第六章《山上忆良的述作》(第 1009 页)中，小岛宪之具体考察了"经纪"一词的出典：

> 《万叶集卷五》山上忆良"悲嘆俗道仮合即離，易去難留詩"中有一句：
>
> 俗道變化猶擊目，人事經紀如申臂。
>
> ① 綱紀
>
> ② 商賈 "滕叔蔣兄，自解經紀"(張文成《朝野僉載》)
>
> ③ 通過 "經紀山川，蹈滕崑崙"(《淮南子》原道訓 高誘注"經行也，紀通也") "乃有四經紀人"(《大唐和尚東徵傳》)
>
> ④ 如絲織為縱橫 "經紀天地，錯綜人術"(《文選》卷十二 郭景純《江賦》)

他认为，《文选》的用例与此用例相当。但是，在《国风黑暗时代的文学(上)》第二章第三(2)(第 484 页)中，小岛宪之否定了前论：

> ① 人事進退 "毋失經紀"(《禮記》月令，鄭玄注"經紀謂天文進退度數")
>
> ② 常理 "禮經紀人倫"(禮記述人倫紀律、紀綱，《史記》太史公自序)

他认为，这两例亦与忆良用法相当，后者尤为贴切。他在 1988 年 12 月第 130 号《万叶》发表了《忆良"经纪"再再考》一文，对"经纪"又有了新的认识，山上忆良原诗"序"的"人无定期，所以寿夭不同"和"申臂之顷，千代亦空"得到了应有的重视。他认为，"经纪"作为唐代的俗语用法,有"营生"之意。在1998年的《汉语逍遥》第一部第三章《"经纪之人"——从山上忆良、淡海三船到中村正直》中又深化了"俗语用法"说,并进一步确定《唐大和尚东征传》的"经纪之人"为"商人"之意。这一用法是通过中国俗语小说的媒介传入日本,在近世也常用,直至近代中村正直的《西国立志篇》同样用为"商人"。这足以说明小岛宪之对"直接出典"研究的重视程度,仅"经纪"一词就历数十年。① 正是由于他笔耕不辍的辛勤劳作,才使得"出典论"成为日中比较文学研究的重要方法之一。因此,《上代日本文学与中国文学》1965年5月被授予学士院恩赐奖。

在诸多日中比较文学研究的论著中,属于"出典论"研究的占大多数。明确说来,出典论研究大多微观研究有余而宏观研究匮乏。虽然我们也重视文献考证的意义,但没有宏观视角的理论提升,比较文学必将走进一条死胡同。

(二) 引喻论 引喻论是对出典论的发展。在日中比较文学研究界开引喻论先河的是中西进博士。他认为,出典的指出只是日中比较文学研究的开始,真正的研究还要重视日本古典文学将中国典故作为暗喻的作用。也就是说,日本古典文学的著者引用中国古典,有时并不仅停留在文字的修饰作用上,可能有更深的意图,所以一定要把着眼点放在典故的引用对于作者和作品究竟意味着什么的问题上。中西进在《万叶和海的彼岸》和《〈源氏物语〉与白乐天》的研究中运用了引喻论的方法。在《万叶和海的彼岸》"用作引喻的典故"一章里,他对《日本书纪》中关于大津皇子事件的记述进行了引喻论的研究。关于大津皇子事件的记述,自古以来便有人指出其出典为《汉书·景帝纪》。如果仅止于此,比较研

---

① 新間一美.書評 小島憲之著「国風暗黒時代の文学」(全八冊)[J].和漢比較文学(総第23号),1999,8.

究的意义大可质疑。中西进认为,《日本书纪》的作者在运用中国典故的方法时,是将大津皇子和吴王濞等同视之,反映出应当赦免大津皇子"谋反"罪过的主张;虽然作者埋没于无名之中,但他们在被指派书写《日本书纪》之时,即以汉学教养为武器,明确表达了自己的政治见解。于是这种引用中国古典的行为,便为隐含作者政治意图的文字注入了寓意。这种作为暗喻的引用,是构成日本古典文学文学论的重要组成部分。由于中西进博士在这一系列研究中的开创性贡献,他获得了和辻哲郎奖。①

作为出典论的延伸及发展,引喻论在日中比较文学研究界已经受到极大重视。很多研究者都自觉或不自觉地运用这种方法并取得了很多可喜的成果。田中隆昭教授和新间一美教授等对《源氏物语》与中国文学关系的研究,就属于出典-引喻论的范畴。比如,田中隆昭教授对《源氏物语》接受《史记》影响的研究颇有新意:《杨桐》卷光源氏口诵"文王之子,武王之弟",戏将自己比作周公。这里引用的《史记·鲁周公世家》,绝不是仅止于作品中人物的即兴吟咏,而是对其后的故事情节的发展——退居须磨和复归政界——作出了提示。尤其是光源氏尊重桐壶院的意愿与遗言以及朱雀帝的"孝心"等,都可以看出《鲁周公世家》影响的痕迹。正是由于王朝当政者对儒家伦理"孝"的尊重,为光源氏其后六条院的荣华开了方便之门。然而,光源氏犯下了与父皇的妃子私通这样最大的不孝之罪,对他的惩罚也仅止于他的嫡妻女三宫和柏木私通这一形式上的"报应"……②通过这种出典-引喻论的论考,田中

---

① 中西进.水边的婚恋——万叶集与中国文学[M].王晓平译.成都:四川人民出版社,1995:252.
② 田中隆昭.「源氏物語」における孝と不孝—「史記」との関わりをめぐって[J].後藤祥子(ほか)編.論集平安文学 2 東アジアの中の平安文学[C].東京:勉誠社,1995:166.

教授的《源氏物语》研究打破了自古以来"崇佛非儒"或"尊儒非佛"的一元论的桎梏,给人以别开生面的启发。

此外,在日中比较文学界,还有本质论、复原法、历史学与民俗学相结合的方法和民间传承证据论等比较文学的研究方法,也被一部分研究者所提倡,并在相关领域内进行研究,取得了一定的成果。①

三、21世纪展望

20世纪已成为过去时,但无可置疑的是,我们思考21世纪的问题时必须以20世纪为基点。那么,20世纪日本的日中比较文学研究为我们今后留下些什么课题呢?

首先,应该进一步开拓理论和方法的视野。在研究方法上,小岛宪之的"直接出典论"和中西进的"引喻论"都在方法论的更新上做出了积极的尝试。如前所述,在日本,典据论考以及出典论的研究已有了相当长的历史并取得了丰硕的成果,但是,没有多元的研究方法就很难适应不断发展的时代的要求。即使小岛宪之和中西进两位博士在方法论上的探索,也依然未能摆脱根深蒂固的"日本的""汉文学的"思维定式的束缚。要想在方法论的理论与实践上有大的突破,就必须加强向比较文学的基础理论靠拢的自觉。在日中比较文学研究领域,尤其传统的和汉比较文学界,由于两国间上千年的文化交流中单向"负债关系"的存在,确实需要对中国典籍"被接受"的状况进行清理,但是如果为了"清理"而清理或者为了出典考据而考据,又有多少学理上的必然性呢?显然,到了21世纪初,我们必须对此进行深入的思考,并进一步澄清从事日中比

---

① 王晓平.日本的日中比较文学研究[J].日本学刊,1997(6).

较文学研究的动机以及目的意识。

对于1945年日本战败投降后开始进行中国学以及日中比较文学研究的一代研究者来说,曾经存在过的促使他们研究中国的主观动机之一,就是对于侵略战争的反省和建立民主主义日本的方法与途径的探索。这种动机,在竹内好研究近现代中国文学、中国文化以及同近代日本的关系时变成了一种起决定作用的思考方式和理论框架,并对后继的研究者产生了极大的影响。正如伊藤虎丸所说:"我使用了'日中比较'的方法。(1)'比较'的意义,并非与既有的、普遍性的价值相比,排次其大小、优劣、先进后进(这无须学问),而是通过比较,明确无法序列化的各个'文化(个性)'的不同。(2)从而发现明了差异以后方能搞清楚的人类共同的课题。我讲的'比较',就是为了达到上述目的的'方法'或'概念装置'。具体的就是,当时被称为'竹内好的批评装置',即借鉴鲁迅的日本现代批判的方法。"[①]如果我们把竹内好作为第一代研究者、伊藤虎丸作为第二代研究者,那么今天活跃在研究领域的应该是第三代研究者。问题是,第三代研究者还会有第一代研究者和第二代研究者那么明确的主观动机或者目的意识吗?

这个问题,我们只能等着时间(历史)来回答,因为并不是不回答这一问题就不可以进行我们的日中比较文学研究。当然,在动机和目的不明的前提下,今后的"研究"或许会有些尴尬。不过,伊藤虎丸教授已经对此有所明示:一、"无须学问"的研究可以休矣;二、寻求不同的"文化(个性)"乃至人类共同的课题。这和今天我们所提倡的比较文学与"文化"结合是何其相像。

20世纪末叶,随着世界范围内的"文化冲突"和"文化共存"等

---

① 伊藤虎丸.鲁迅、创造社与日本文学——中日近现代比较文学初探[M].孙猛,徐江,李冬木,译.北京:北京大学出版社,1995:352.

讨论的展开,东西方文化将重新定位,东亚文化特别是中国文化已引起西方的关注。在这一大的文化语境中,比较文学所面临的课题必然越来越多地具有"文化"的意味。从20世纪90年代的几届国际比较文学大会讨论的议题亦不难看出这种转换之必然:1991年第13届东京大会主题"欲望与幻想"(Desire and Vision — East and West),1994年第14届埃德蒙顿大会的主题是"多元文化语境中的文学"(Literature in Pluralistic Cultural Context),1998年第15届荷兰大会的主题是"作为文化记忆的文学"(Literature as Culture Memory)。可见,国际比较文学大会所关注的焦点是"文化研究"(Culture Studies)。是的,如果抛开文化谈文学,这可能吗?如果抛开异文化谈比较文学,这可能吗?答案显然是否定的。文学并不是超越文化的存在,它产生于一定的文化语境中,并在一定的文化语境中被感受,又在一定的文化语境中被传播、被接受。从这一意义上来说,比较文学的任务首先在于对某一特定的"文化语境"的把握。日本的日中比较文学研究的方向也应该如此。当然,在20世纪的日中比较文学研究中,小岛宪之对"国风黑暗时期的文学"的发掘、中西进"引喻"出的"盛装文学"与"便装文学"等都在"文化"乃至"文化语境"方面进行了有益的探索。但是,仅止于此还远远不能适应21世纪比较文学研究的要求。运用多种行之有效的比较文学研究方法,对日本和中国历时性、共时性的"文化语境"中的文学现象进行研究,寻求两国间乃至人类共同的课题,这才是当务之急。

所谓多种行之有效的方法,在20世纪国际比较文学研究界主要有:主题学、形象学、媒介学和比较诗学等。在这些方面,日本学界也有一定的尝试性研究。

在主题学的研究实践中,新间一美的《另一位夕颜——寻木三帖与任氏物语》(1982)和《日中妖狐谭与源氏物语夕颜卷——和任氏行文的关联》(1988)做出了积极的尝试。从而可见，比较文学中的主题学不等于主题研究，主题学偏重母题，主题研究偏重理念和用意。

川村凑的《被"上海"了的都市——五个"上海"故事》(1988)和《惜别论——"大东亚亲和"的幻觉》(1991)等运用形象学等方法，对日本作家笔下的上海以及鲁迅与太宰治"惜别"背后的"民族意识"进行了新的阐释。川村的研究得益于对形象学理论——跨越文化界限，跨越学科界限，以实证研究为主——的基本把握。因为在"大东亚亲和"的幻觉下，原本作为文化输出国的中国在日本人心目中的地位发生了根本的转变，所以当时远东最大的城市上海在日本作家的眼里就成了被"上海"了的大都市。这就自然把比较文学的现象学研究引入了后殖民主义的视野，从而使研究更为深入。

在媒介学研究方面，池田利夫的《日中比较文学基础研究——翻译说话及其典据》堪称代表。文学体裁意义上的"说话"，在现代汉语中已经绝迹。作为其替代的"故事"，在何种语境下才能完全替代"说话"？日本关于"说话"文学的比较研究，对我们会有所裨益。从逻辑上来说，媒介学研究是比较文学研究的第一步，尤其是由于中日两国间源远流长的交往以及汉字和汉文化对日语和日本文化绝无仅有的影响，"媒介-翻译"问题的研究会得到越来越多的关注。

在比较诗学研究方面，松浦友久的《韵律的美学——日中诗歌论》(1991)、辰巳正明的《万叶集与比较诗学》和田中和夫的《六义论——中国诗论与〈古今集〉序》等都为追求进入比较诗学的"可能性"做出了一定的努力。中日两国间的文学交往已非一日，在对中国文论的摄取融合方面，日本文学当然经历了无数抉择的痛苦。不过，时至今日，我们真正把握了两国间的文学规律吗？我们真正拥有共同的美学据点吗？如果我们不把比较文学上升到比较诗学的高度上去加以研究，相信离得出这一答案还是遥遥无期的。因此，我们的日中比较诗学研究也应该本着这样的原则："不是以一种诗学模式去套另一种诗学，也不是用一种诗学模式去'攻克'另一种诗学，而是突破各种界限，作'文心'上的沟通，把握异中之同，了解同中之异，从中概括出更具有总体性和规律性的东西"。①

众所周知，日本的日中比较文学研究界历来对比较文学理论界采取敬而远之或我行我素的态度。我们认为，对于真正纯粹的学术研究而言，根本没有画地为牢和作茧自缚的必要；相反，所谓"他山之石，可以攻玉"，相信这具有一般意义的"学理"，对以"跨文化""跨学科"为基础的日中比较文学研究亦可生效。展望21世纪，日本的日中比较文学研究依然有无限的发展空间。在传统文献考据研究方法的基础之上，运用多种行之有效的比较文学研究方法，关注两国间不同或相同的、历时性或共时性"文化语境"中的文学现象，进而寻求两国间乃至人类的共同课题，是一个任重道远而又义不容辞的责任。

---

① 饶芃子，等.中西比较文艺学[M].北京：中国社会科学出版社，1999：4.

20世纪中日比较文学研究的
回顾与展望

中国的中日比较文学,应该是中国学者以中国文学史的发展为出发点,以中日两国文学以及两国文学关系为对象的比较文学研究。显然,无论在出发点、研究视角以及方法论上,中日比较文学研究都要有中国的特色。在世纪之交,回顾20世纪的中日比较文学研究是十分必要的。前事不忘,后事之师,只有在充分认识上个世纪中日比较文学研究基本状况的前提下,才能使21世纪的中日比较文学研究更上一层楼。

20世纪中国的中日比较文学研究,以1978年为界,大致可以分为漫长的摸索期和快速发展期两个阶段。

一

所谓漫长的摸索期,系指19世纪末叶至1978年这一特殊时期。在这期间,历史悠久的中日文化交流史由于日本军国主义对中国进行了惨无人道的侵略而被重新改写。这是此期中日比较文学产生和发展的社会文化基础。

对中国的中日比较文学,我们可以按照中国比较文学史的线索进行如下分期:发轫期(19世纪末—1919):初涉比较研究;初兴期(1919—1934):开始有意识的比较研究;发展期(1934—1949):比较研究步入深入;滞缓期(1949—1978):停滞中的足迹;复兴期(1978—1985):全面复兴,从理论到实践。① 虽然这种时期划分是以中国比较文学的基本状况和中国社会发展的事实为基础的,但是落实到中国比较文学的一个具体部门——中日比较文学上,则又有一些显著的差异:发轫期(19世纪末—1919),中国学界初涉比较研究,是以黄遵宪(为了行文简洁,省略敬称——笔者)的《日本国志·学术志二·文字》为肇端的,黄氏比较中西语言文字的差异,说明"言文合一"对社会文化发展的重要意义。这一鲜明的主张,显然受到了日本"言文一致"运动的影响。但是从比较文学的角度而言,他所涉及的日本只是借以向国人宣传西方的媒介,而"比较"也仅止于极为粗浅的层面。他的"言文合一"观点,经裘廷梁的发挥,得出了"白话"为"维新之本",必须加以大力倡导的结论。其后严复、梁启超和鲁迅等都对日本有所涉及,但并没有严格意义上的比较研究。尤其是梁启超,他的《论小说与群治之关系》等论文都有接受日本影响的痕迹,可他对于中国与日本之间文学上的异同等问题却鲜有问津。鲁迅留学日本,关注西方,写出了《摩罗诗力说》,却对日本文学及其与中国文学的关系几乎未置一词。初兴期(1919—1934),中国学界开始有意识的比较研究,中日比较文学研究也出现了查士元的《中日神话之比较》(1927)、胡怀琛的《中国古代小说的国际关系》(1931)、张其昀的《浙江文人对日本的影响》(1934)和傅仲涛的《日本文学之比较考察》(1934)等论文,周作人等也在一些文章中涉及了中日比较文学方面的问题。但这些与中国比较文学的初兴——比较文学学科的建立、高等学府开设比较文学课程等基本状况——相比,还是显得比较薄弱。

---

① 徐志啸.中国比较文学简史[M].武汉:湖北教育出版社,1996:4.

发展期(1934—1949),中国的比较研究步入深入,出版了一批优秀的比较文学论著——朱光潜的《诗论》、梁宗岱的《诗与真》和钱钟书的《谈艺录》等。与之相比,中日比较文学研究方面的进展却比较缓慢,只因为有了佳禾的《朱舜水与日本文化》(1944)、陶晶孙的《鲁迅、佐藤、内山》(1944)以及梁盛志编译的《日本文学与中国文学》(1943)等,中日比较文学研究才避免了颗粒无收的局面。滞缓期(1949—1978),虽然中国比较文学的全面研究处于停滞状态,却还依然有季羡林的论著《中印文化关系史论丛》、钱钟书的论文《通感》、宗白华的论文《美学的散步》和戈宝权的论文《普希金和中国》等研究成果问世。可是中日比较文学研究,除了配合鲁迅研究的几篇相关的短文外,几乎没有比较系统的研究成果。此期台湾学者梁容若、林文月和郑清茂等对中国古典文学与日本文学的关系进行了梳理,取得了不小的成绩。

可见,在漫长的摸索期里,中日比较文学研究没有和中国比较文学研究的其他部门同步发展,形成相互呼应之势,甚至在几个重要的历史转折时机,也未能涌现出独辟蹊径的学者。如果再与日本学界相比,我国中日比较文学研究的"荒芜"更是让人触目惊心。相对而言,20世纪日本的日中比较文学研究却从来都没有间断过,即使在日本发动侵华战争以及战后中日邦交不正常的时期里,日本的研究者也没有完全放弃日中比较文学研究:水野平次的《白乐天与日本文学》(1930)、林古溪的《万叶集外来文学考》(1932),远藤实夫的《长恨歌研究》(1934)、宇田尚的《儒教对日本文化的影响》(1935),远藤惠秀的《日本文化对中国的影响》(1940),麻生矶次的《江户文学与中国文学——近世文学的中国原据与读本的研究》(1946),金子彦二郎的《平安时代文学与白氏文集——道真文学研究篇》(第一册,1948;第二册,1978),太田青丘的《日本歌学与中国诗学》(1958)和《芭蕉与杜甫》(1978),川口久雄的《西域之虎——平安朝比较文学论集》(1974)，小岛宪之的《上代文学与中国文学——以出典论为中心的比较文学考察》(上册，1962；中册，1964；下册，1965)、《国风黑暗时代的文学》(1968—1998)和《古今集以前——诗与歌的交流》(1976)，中西进的《万叶集的比较文学研究》(1963)，小泽征夫的《古代歌学的形成》(1963)，丸山清子的《源氏物语与白氏文集》(1965)，丸山升的《鲁迅的革命与文学》(1965)，米泽正二郎的《鲁迅·藤野先生·仙台》(1966)，神田喜一郎的《在日本的中国文学——日本填词史话》(第一册，1966；第二册，1968)，池田利夫的《中日比较文学的基础研究——翻译说话及其典据》(1974)，益田欣的《〈太平记〉的比较文学研究》(1976)和铃木修次的《中国文学与日本文学》(1978)等，时至今日，依然是两国学界必备的重要参考文献。可见日本方面经过数十年的耕耘，已经是瓜果满园；而中国方面则由于撂荒了数十年，寸草无生。所以，在漫长的摸索期内中日比较文学研究状况没有根本转变的基本事实面前，我们最终不得不放弃了对这几十年再加以细分的尝试。

显然，漫长摸索期的中日比较文学研究有两个非常鲜明的对比：一是中国和日本的相互关系有了根本转变，而中日比较文学研究的基本态势未有改变；二是留学日本并通过日语译介西学，而不是研究日本乃至与中国的关系。这种现象——奇怪的反差，应该引起我们的注意，并在更深的比较文化学的层面上进行反省。正如杭州大学日本文化研究中心主编的"日本文化研究丛书"的序言《中国的日本研究：一个简短的回顾》所言：

> 千余年来，日本对中国的研究，已经达到巨细无遗的地步；反观中国，自古以"华夷"色镜视人，一旦到了非摘不可时，恍然犹如隔世，弱邻竟成强虏。甲午一战，"泱泱大国"败给

"蕞尔小国",从此中日反目成仇,更失去了客观研究对方的基盘。黄遵宪在《日本国志序》中发过慨叹:"以余观日本士夫,类能读中国之书,考中国之事。而中国士夫好读古书,足以自封,……即日本与我仅隔一衣带水,……亦视之若海外三神山,可望而不可即。"此种状况至民国更甚,戴季陶有感于"中国"这个题目被日本人无数次解剖、化验,而国人不愿读日本书,不愿听日本话,不愿见日本人,更谈不上什么研究,于是发轫写了部《日本论》,算是填补了空白。清末以降,国人负笈东游者剧增,他们通过日语翻译了大量西学书籍,却很少有专门研究"和学"的。"五四"前后,周作人、钱稻孙等致力于介绍日本文学,因囿于文人士夫圈子,终未产生广泛的社会影响。①

一方面是日本对中国"巨细无遗"、如数家珍般的研究,一方面是戴着"华夷"色镜的国人"不愿读日本书,不愿听日本话,不愿见日本人,更谈不上什么研究"。其结果也显现在战争中,正符合中国古代先哲"知己知彼,百战不殆"的辩证规律:一方面是日本对中国的逐渐渗透乃至全面侵略,一方面是国人受了半个多世纪的残酷蹂躏。历史往往会和我们开无情的玩笑:你越是"不愿读日本书,不愿听日本话,不愿见日本人",日本人越是侵入到你的家里来,让你"见",让你"听",让你"读"……我们应该时时记起惨痛的历史教训:落后了就要挨打! 无知也要挨打! 夜郎自大更要挨打!

中日比较文学研究在漫长的历史时期里摸索了半个多世纪。虽然我们可以举证出造成这漫长摸索的客观因素的若干个必然或偶然,但我们在此要强调指出的"华夷"色镜——中国人的"大中华意识",是不是妨碍中日比较文学研究乃至对日本研究顺利开展的

---

① 严绍璗.日本藏宋人文集善本钩沉[M].杭州:杭州大学出版社,1996:2.

显在或潜在的因素呢？不然,何以中日比较文学研究未能与中国比较文学研究同步发展？时至今日,这一显在或潜在的因素是不是还在干扰着我们日常研究工作的顺利开展呢？

这些设问,是中日比较文学研究在漫长的摸索期留给我们的最大课题。所谓前事不忘,后事之师,只有在对既往的历史有充分认识的前提下,我们才能避免重蹈覆辙,使中日比较文学研究在新的层面上有所超越。

二

快速发展期,是指1978年起至20世纪末的新的历史时期。改革开放的春风唤醒了神州大地,中国的社会科学研究全面复苏,中日比较文学研究也出现了前所未有的"井喷"势头。以1988年3月20日中日比较文学研究会成立为界,我们可以把20多年的快速发展期分为发展准备期和蓬勃发展期。

(一)发展准备期(1978—1988)。随着日本战后经济奇迹般的高速成长以及中日邦交正常化的实现,长期困扰中国日本研究的"大中华意识"渐次衰竭。出于经贸往来和文化交流等现实交往的需要,有能力的大学纷纷开设日语专业,各种日本研究机构纷纷设立,中日比较文学也以其特有的魅力吸引了一大批研究者,从而为日后更大的发展奠定了坚实的基础。

此期的中日比较文学研究,从研究者所关注的研究课题来看,有以下一些特点:

首先,中日文化交流史的译介与研究对中日比较文学的研究有推动之功。在译著、论著方面,有木宫泰彦著、胡锡年译《日中文化交流史》(1980),中村新太郎著、张柏霞译《日中两千年》(1980),实藤惠秀著、谭汝谦和林启彦译《中国人留学日本史》(1983),梁容若著《中日文化交流史论》(1985)和王晓秋著《近代中日启示录》(1987)等;在论文方面亦有一些极富启发的新作。国门初开,日本这个一衣带水的近邻对于中国人来说还是一个比较陌生的存在。所以,这些文化交流史的著译对国人了解日本、日本文化以及中国文化对日本文化的影响是十分必要的。我们认为,正是在大的中日文化交流史的层面上,这些著述间接或直接地推动了中日比较文学研究的开展。

其次,对鲁迅与日本关系的研究得到了进一步深入。此前的鲁迅研究以及鲁迅与日本文学关系的研究,由于受极"左"思潮的影响,未能突破"概念化"和"公式化"的束缚。所以,学术研究上的拨乱反正在这一研究领域内显得尤为必要。一批研究者以客观史实为依据,对日本之于鲁迅这一课题进行了多种新的尝试。在论文方面,老一辈学者蒋锡金的《鲁迅的四去日本》(1979)和林焕平的《鲁迅与夏目漱石》(1983)等,暗示了学界从"史"的角度接近鲁迅和他所生活的时代的方法论;温儒敏的《鲁迅前期美学思想与厨川白村》(1981)、刘柏青的《早期鲁迅与日本文学》(1981)和《鲁迅与日本新感觉派作家》(1983)以及《鲁迅与厨川白村》(1984)等,都对学界重新全面认识鲁迅做出了积极的努力。在论著方面,刘献彪和林广治的《鲁迅与中日文化交流》(1981)、李连庆的《鲁迅与日本》(1984)、刘中树的《鲁迅的文学观》(1985)、刘柏青的《鲁迅与日本文学》(1985)和程麻的《鲁迅留学日本史》(1985)等,也都为我们加深对鲁迅乃至鲁迅文学的理解提供了有力的参考。在译著和译文方面,北冈正子著、何乃英译的《〈摩罗诗力说〉材源考》(1983),丸山升著、严绍璗译的《革命文学论战中的鲁迅》(1981),伊藤虎丸著、任可译的《明治三十年代文学与鲁迅》(1982)等,都为学界展示了日本研究界的新鲜视角。

再次,一批有识之士努力开拓新的研究领域。在论著方面,严绍璗的《中日古代文学关系史稿》(1987)，以大量中日古代文学交流史的史实为基础，探讨了在中日古代文学会合过程中，文学相互影响的主要特点、文学融合的基本轨迹，以及造成这种联系的民族心态和文学内在的动力；王晓平的《近代中日文学交流史稿》(1989)，对近代以及前近代（日本史学界通称为近世——笔者注）中日文学交流史进行了详细的梳理，探讨了文学影响以及互动关系形成的内在规律。这两部《史稿》堪称中日文学交流史研究的双璧，是今天乃至今后研究必备的参考。在论文方面，许子东的《巴金在日本》(1981)、刘柏青的《三十年代左翼作家所受日本无产阶级文艺思想的影响》(1981)、王德禄的《五四新文学与日本近代文学——两个文学发展过程的比较研究》(1986)、赵乐甡的《和歌理论的形成与我国诗学》(1987)、《日本中世"和歌"理论与我国儒、道、佛》(1987)和艾晓明的《后期创造社与日本福本主义》(1988)等，都分别在各自的研究领域内提出了新的论题。在译著和译文方面，丸山清子著、申非译《源氏物语与白氏文集》(1985)，铃木修次著、吉林大学日本研究所文学研究室译《中国文学与日本文学》(1989)以及斋藤敏雄著、刘平译《福本主义对李初梨的影响——创造社"革命文学"理论的发展》(1983)等，也都对中国的学界产生了积极的影响。

（二）蓬勃发展期(1988—1999)。1988年3月20日中日比较文学研究会在长春成立，同年9月在长春召开了第一届年会，年会所收论文以《中日比较文学论文专集》的形式在《外国问题研究(1988年)增刊》上发表。这标志着中日比较文学研究进入了一个新的蓬勃发展阶段。

蓬勃发展期的中日比较文学研究的成绩，主要体现在以下几个方面：

首先，以中日比较文学研究会为核心的研究工作取得了极大的进展。在研究会筹建期间,赵乐甡领导的课题组就利用"1985年国家教委(现教育部)哲学社会科学博士基金点"的基金组织撰写了《中日比较文学研究》(1988年完成,1990年出版)。参加该书编写的17人,分别来自国内外的吉林大学日本研究所文学研究室、吉林大学外文系日本文学室、吉林大学中文系现代文学室、天津师范大学中文系古典文学室和日本京都大学文学研究科5个科研教学单位,共收入论文30篇。该书是中日比较文学研究会创始人们辛勤耕耘的结晶。在定稿期间组织的鉴定会、讨论会上,国内同行一致对《中日比较文学研究》一书的突破性成就和填补空白的意义作了充分的肯定。几年后,中国比较文学学会会长乐黛云亦对该书褒奖有加:

> ……正是由于这种辛勤耕耘的学风,近年来中日比较文学方面已出现了一批很有学术水平的成果。特别值得一提的是赵乐甡教授主编的《中日比较文学研究》一书。这本书从上古神话到当代伤痕文学,纵览历史数千年;旁及诗歌、戏剧、小说、散文、文学理论各个领域,并向纵深发展,往往触及深层文化内容。中日文化交流本就源远流长,正如赵乐甡教授所说,中日文学交流的长期性、全面性、双向性、深刻性在世界文化交流史中亦属罕见。这部《中日比较文学研究》无疑将在世界双边文学关系研究中,留下自己的足迹。①

诚如斯言。中日文学交流源远流长,如果比较研究没有"史的"纵深感,没有对各种"文类"间影响乃至互动关系的清理,所谓"突破性"和"填补空白"等都会流于虚妄。正是在古代、中古、近代和现代的历史分期的规制下,在尽力兼顾相关"文类"的影响的尝试中,

---

① 赵乐甡,等.中日比较文学论集[C].长春:时代文艺出版社,1992:2.

《中日比较文学研究》才可以使"中日比较文学概论"和"中日比较文学史论"二者融为一体。也正是在这一意义上,这部著作才具有不可逾越的资质。

中日比较文学研究会在其后的工作中亦发扬了这种辛勤耕耘的学风。比如,1990年的第二届年会和1992年的第三届年会就继承了研究会奋进求实的工作作风。第二届年会由于经费不足,采取通讯笔会的形式,理事会选举和年会的论文征集同时进行,收到了包括日本、俄国和中国港澳地区在内的国内外学者的论文数十篇,从中选出25篇,出版了《中日比较文学论集》(1991)。第三届年会暨国际学术研讨会与吉林大学共同举办,8名日本学者专程与会,和国内数十名研究者共同交流,热烈讨论。会议选出24篇论文,汇编为《中日比较文学论集(续集)》(1993)。从这两本《论集》我们可以看出,中日比较文学研究正在向国际化的大趋势靠拢:《中日比较文学论集》收入日本学者论文7篇、俄罗斯学者论文1篇;《中日比较文学论集(续集)》收入日本学者论文6篇。

从《外国问题研究(1988年)增刊》的《中日比较文学论文专集》到《中日比较文学论集(续集)》,在中日比较文学研究会的主持下,共集中发表了国内外学术论文逾百篇,几乎占整个快速发展期发表论文总数的五分之一,占蓬勃发展期发表论文总数的约三分之一。这充分显示了在学术研究中打集团阵地攻坚战的威力。

蓬勃发展期的中日比较文学研究硕果累累。在论著方面,严绍璗和王晓平的《中国文学在日本》(1990年)可视为二人的《中日古代文学关系史稿》和《近代中日文学交流史稿》的普及本,王晓平的《佛典·志怪·物语》(1990)对"物语"这一日本叙事文学模式的渊源进行了深入的探讨,肖瑞峰的《日本汉诗发生史(第一卷)》(1992)从文学发生史的角度对"日本汉诗"这一日本古典文学的独特样式进行了研究,孟庆枢的《日本近代文艺思潮与中国现代文学》(1992)系统研究了日本近代文艺思潮对中国现代文学的深刻影响,靳明全的《中国现代作家和日本》(1993)和刘立善的《日本白桦派作家与中国作家》(1995)探讨了中国现代作家接受日本文化以及日本文学影响的重要课题,何德功的《中日启蒙文学论》(1995)从启蒙论的视角探讨了中日文学的影响关系,中西进和王晓平的《智水仁山——中日诗歌自然意象对谈录》(1995)从自然意象这一美学范畴入手探讨了中日诗歌之间的渊源关系,李树果的《日本读本小说与明清小说》(1998)探讨了明清俗语文学样式——小说对日本近世读本小说的影响,王向远的《中日现代文学比较论》(1998)从思潮、流派、文论和创作等多重视角研究了日本近现代文学对中国现代文学的影响,张福贵和靳丛林的《中日近现代文学关系比较研究》(1999)按照"史的"线索在文化交流史的背景下研究了中日近现代文学的影响与互动关系的演变规律。在论文方面,贾植芳的《中国留日学生与中国现代文学》(1991),马兴国的《唐代传奇与日本近代文学》(1991),曹旭的《〈诗品〉东渐及对日本和歌的影响》(1991),邱贵芬的《"发现台湾":建构台湾的后殖民论述》(1992),张福贵的《白桦派的"新村理想"与周作人的人学理论》(1992),陈泓的《中国文学的现实主义情结:中日近现代文学主潮比较》(1993),秦弓的《寻觅与失落:20世纪初中日文学的性爱主题》(1994),马歌东的《试论日本汉诗对王维五言绝句幽玄风格的受容》(1995),王向远的《后现代主义文化语境中的中国文学和日本文学》(1996)和《中日现代文学比较研究的宏观思考》(1997),王晓平的《日本的中日比较文学研究》(1997),肖瑞峰的《中国文化的东渐与日本汉诗的发轫》(1998),谷学谦的《川端康成与佛教》(1999)等,都给学界留下了深刻的印象。在译著方面,伊藤虎丸著、孙猛译的《鲁迅、创造社与日本文学——中日近现代比较文学初探》(1995)和中西进著、王晓平译的《水边的婚恋:万叶集与中国文学》(1995)等,也向国内学界展示了日本同行的优秀研究成果。

从研究者的知识结构来看,此期的中日比较文学研究呈现出研究视角多元化的趋势,其中包括来自外国文学·日本文学方向的王长新、赵乐甡、李树果、马兴国、于长敏、刘立善、邱岭、林岚等,来自中国文学·古典文学方向的严绍璗、王晓平、曹旭、马东歌、肖瑞峰等,来自中国文学·现代文学方向的贾植芳、刘柏青、孟庆枢、王向远、张福贵、靳丛林、靳明全、何德功等。当然,有些研究者的学术背景还要更复杂。比如,王向远就具有东方文学·日本文学、中国现代文学·中日比较文学的双重学术身份。并且,此期与日本的学界交流有了极大的进展。前述大部分研究者都以访问研究或留学等方式赴日,从而加深了对研究对象日本的感性认识;其中亦有获得硕士、博士学位的留学生学成回国,充实了国内的研究队伍。正是由于来自不同学科的研究者从各自的视野透视共同的目标——中日比较文学,才使得研究的方法论在跨学科取长补短、互相促进的基础上得到了一定的提高,从而使整体研究呈现出缤纷多彩的新局面。

蓬勃发展期的一个重要标志是中日比较文学学科从无到有,逐渐在相关专业的本科、硕士研究生和博士研究生等层面上开设了相关课程。时至今日,国内已经有数所院校的中文系和外文系招收中日比较文学方向的硕士研究生;北京大学比较文学与比较文化研究所、北京外国语大学日本学研究中心和东北师范大学比较文学研究所都可招收中日比较文学方向的博士研究生。一些相关专业的学位毕业论文中,中日比较文学方向的选题也在逐年增多。比如,何德功的博士学位论文《中日启蒙文学论》和王向远的博士学位论文《中日现代文学比较论》等都因为选题角度独到、资料积累厚重和考证论析深邃与精确等而备受学界的关注。

学科建设的一个重要环节就是专业教材的编写。只有真正把教学与科研结合起来，才能为学科提供合格的教材。在这一方面，吉林大学中文系中国现代文学教研室的研究生学位课教材《中日近现代文学关系比较研究》的编写，为我们提供了可借鉴的经验：在1987年夏季"中日文学关系学术研讨会"上，吉林大学中文系提交了5万字的《中日近现代文学关系》的部分提要，其后经过刘柏青、靳丛林和张福贵三人长达12年的讲授和修改，终于在20世纪末的1999年底以《中日近现代文学关系比较研究》为题面世。由此可见，一门学科的建设，一支教学科研梯队的形成，一部教材的成熟等，不是哪一位智者灵机一动便一挥而就的，必须有一代人乃至几代人经年累月的不懈努力。

今天乃至21世纪相当长的一段时期内，中日比较文学研究还要在蓬勃发展期的轨道上运行。这也是我们所期待的。

三

回顾20世纪的中日比较文学研究，我们悲喜交加。悲的是：在我们称之为"漫长的摸索期"的那段时间里，留给我们的学术基础太薄弱了；喜的是：在快速发展期，中日比较文学研究凌空出世，取得了一个又一个骄人的成绩。但是，在这少与多、悲与喜的强烈反差对比中，我们却不能不时时警醒。因为无论20世纪的得与失、经验与教训，都是我们展望21世纪的基点。于是，我们进一步探究了中日比较文学研究在"漫长的摸索期"里学术研究成果稀少的根本原因，就在于国人根深蒂固的"大中华意识"。这一结论虽然有些武断，但旨在为学界以及国人提出警策的赤子情怀，当可鉴谅。而在论述快速发展期的中日比较文学研究时，我们用"硕果累累"来形容此期的研究。应该指出，这只是对近乎零起点的学术成果的"量的"统计数字的描述,再继续追问快速发展期研究成果的"质"时,我们却不能不注意到"质""量"背离的现象。

早在20世纪80年代末90年代初,学界就注意到了中日比较文学研究中存在的若干问题:

> 我们的中日比较文学研究工作,这些年取得了很大的进展,但存在的问题也比较突出。我觉得,一是古今问题。从研究的整体上看,古的、过去的多;相对地说,研究眼前的、现实的少。至于论动态、看发展的则更少。二是角度问题。从取材和论证问题的视野看,不仅局限于一作家、一作品的多,局限于一时一地的多,而且,往往也止于中日两国(作为中日比较文学这无可厚非,但从中日文学关系的历史看,也总是要涉及朝鲜、印度和苏联等),缺少多角度、多作家作品的比较研究,缺少不受时空限制、广袤地摄取题材的做法。多角度地论证问题,可以使结论更鲜明、扎实。我想,只要不悖于方法论的原则,又有助于事理的彰明,何尝不可以插入第三、四国呢?甚至可以多多益善的吧!在理论性、规律性问题的探讨上,就应该尽量扩大自己研究对象的参照系。因此说是应该如此,也不算过分。三是空白区的问题。目前的研究题目,大约受教学重点的影响,倾向于一些重要的作家、作品和文学史问题,而一些对比较文学来说紧密相关的领域反被冷落了。留下的空白区不见得就是不毛之地,像审美领域的某些问题、民间歌谣、戏剧、变文等,我们就很少接触。这些都是进行全面比较研究不可或缺的。四是翻译问题。也还是集中在近现代的一些作家作品。这当然也是无可厚非的事。但是,从比较文学研究的角度看,古典的、当代的作家作品似乎嫌少了些。这些问题的出现,原因是多方面的,像人力的有限、资料的不

足、组织安排的计划性差、内外交流的缺乏等都是,在这里就略而不谈了。①

及时提出问题,是及时解决问题的前提。应该说,在发展准备期里,上述四大问题——厚古薄今、视角狭窄、空白领域和翻译失衡等,确实是比较突出的。不过,我们高兴地看到,经过蓬勃发展期近十年的努力,上述四个问题都不同程度地得到了解决。当然,真正完善一个学科,是需要不断解决学科发展中的问题的。从这一意义上来说,这些趋近于无限大的问题,永远是对学人的挑战。所以,我们在此基础上还要提出我们的问题。这就是在学术研究有了一定的"量"的积累后,如何提高"质",也就是如何解决我们所说的"质""量"背离的问题。

首先,应加强比较文学基础理论的修养。综合考察快速发展期的研究成果,我们不难发现,相当一部分研究的质量还有待提高。究其原因,在于研究者基本功不扎实——缺少对比较文学的基本认识。比较文学在中国还是一门新兴的学科,中日比较研究的基础尤其薄弱,许多人在没有弄清比较文学的基本原理之前,就开始了研究,其结果是不言而喻的——仿佛久病初愈之人参加百米竞赛一样,我们只能承认其精神上的余勇可嘉。于是,我们经常能看到"00与00"或"000和000的比较研究"之类的研究题目。这也就是我们经常提及的所谓"X+Y"模式。正如季羡林在批评"无限可比性"和肤浅的"X+Y"模式时所说:"就我读到的文章,肤浅者居多。往往读了等于没读,毫无所获。作者勉强得出的结论,也多是八股腔,说了等于没说。"②因为肤浅——对比较文学缺少最基本的认识,所以对本学科乃至学科内读者而言,"读了等于没读"

---

① 赵乐甡.中日文学比较研究[C].长春:吉林大学出版社,1990:3-4.
② 季羡林.比较:必要、可能和限度[J].读书,1991(2).

与"说了等于没说",也就在情理之中了。我们并不是说"X+Y"模式本身因如何低微而为学界所不屑,而是强调要在"X+Y"中融入研究者更深层的理论思考,进而使研究课题在更高层次上得到提高。不然,比较文学研究势必会流于简单、肤浅的"类比"或"比附",与严格意义上的比较文学相去愈远。在比较文学研究中,无论是实证考据性的影响研究(influence study),还是阐明文学实质的平行研究(parallel study),作为学科基本的研究方法,都是需要认真学习和熟练掌握的。任何浅尝辄止或蜻蜓点水似的"研究",最终于己于人(或于学科)都只能是"毫无所获"的。

其次,应加强中日文学交流史的基础研究。经过快速发展期二十余年的积累,这方面的研究已经取得了极大的进展,有《中日古代文学关系史稿》《近代中日文学交流史稿》《日本汉诗发生史(第一卷)》《中日近现代文学关系比较研究》等一批成果问世。但是,相对于中日文学源远流长的交流关系而言,相对于日本学界"巨细无遗"的研究,我们的研究还只能算是刚刚起步。我们一定要在今后的文学交流关系研究中加强理论深度:"我们对关系和影响可以作更全面、更深入的研究。这里有三个问题值得注意:一是什么?二是怎样?三是为什么?譬如谈关系,不光是谈什么关系,也要谈关系是怎样发生的,以及为什么有这样或那样的关系。只有这样,才能把所研究的东西讲得深些透些。"①在这一方面,日本的日中比较文学研究界为我们树立了很多榜样。如中西进对《万叶集》与中国文学关系的研究、小岛宪之对日本上代文学与中国文学关系的出典论研究、丸山升和伊藤虎丸对鲁迅与日本文学关系的研究、池田利夫对"翻译说话"与日本近世小说的影响的研究、田中隆昭对《源氏物语》与《史记》的关系的研究和新间一美对

---

① 范存忠.比较文学和民族自豪感[N].人民日报,1982-10-5.

《源氏物语》与《白氏文集》的关系的研究等,都是依靠常年不懈(甚至毕生才华)、乐此不疲的刻苦努力,才使得相关课题的研究更加深入。与这种心如止水的治学心态相比,我国学界"研究"中所暴露出的浮躁心态,无疑会对正常的学术研究和学科发展产生负面影响。

再次,应运用多种行之有效的研究方法。关于日中比较文学的方法论,严绍璗曾提倡"原典性的实证研究"。也就是说,在熟练掌握比较文学研究的基本方法的基础上,运用各种行之有效的研究方法,使中日比较文学研究走向深入,是比较文学的历史使命。比较文学是一门边缘学科,在长期研究实践中,一般意义上的法国学派——影响研究、美国学派——平行研究,正有逐渐被以下几个方面的系统研究所取代的趋势:在文学范围内,有文类学、主题学、译介学、形象学、思潮流派、类型学和比较诗学等研究;在跨学科的范围内,有文学与一般艺术、文学与心理学、文学与宗教、文学与历史、文学与哲学和文学与科学等的比较研究;在接受当代文化理论影响的范围内,有后现代、文化人类学、阐释学、接受理论、符号学、女性主义和文化相对主义等对比较文学的渗透。可见比较研究方法的细化,正在使当代比较文学研究朝着多元化的方向发展。在二十几年的中日比较文学研究中,上述的一些研究方法也有一定的运用。比如,在文类学研究方面,严绍璗的《日本古小说的产生与中国文学的关联》通过对六朝小说、唐代传奇等文类与日本古代小说"物语"的交流关系的研究,指出了日本古汉文小说在日本小说形成过程中的特殊意义;王晓平的《佛典·志怪·物语》也探讨了在"物语"这一日本独特的文类的形成过程中"志怪"和"佛典"的作用。在主题学研究方面,秦弓的《寻觅与失落:20世纪初中日文学的性爱主题》描绘了20世纪初中日文学中的性爱主题嬗变的轨迹。在思潮流派的比较研究方面,孟庆枢的《日本近代文艺思潮与中国现代文学》和刘立善的《日本白桦派作家与中国作家》都比较系统地研究了日本近代文艺思潮对中国现代文学的深刻影响。在比较诗学研究方面，赵乐甡的《和歌理论的形成与我国诗学》和曹旭的《〈诗品〉东渐及对日本和歌的影响》都探讨了中国文学理论对日本诗学产生的影响。在文学与其他艺术的研究方面，齐隆壬的《台湾电影中的日本殖民记忆》(1994)给人以别开生面的印象。在文学与宗教的研究方面，谷学谦的《川端康成与佛教》为深入认识川端康成找到了新的视角。在文学与历史的研究方面，林岚的《日本女作家樋口一叶与甲午战争》(1999)论述了一位日本女作家在甲午战争这一大的历史时空里的创作倾向。在文学与哲学的研究方面，张福贵的《周作人早期人生哲学与日本白桦派》(1992)探讨了在周作人早期价值观形成过程中接受日本白桦派影响的课题。在接受当代文化理论影响的研究方面，邱贵芬的《"发现台湾"：建构台湾的后殖民论述》和王向远的《后现代主义文化语境中的中国文学和日本文学》都有效地运用了后现代和后殖民理论，王润华的《从周树人仙台学医经验解读鲁迅的小说》(1996)则是运用阐释学理论进行比较文学研究的力作。当然，在上述研究中，有一些还没有完全明确的相应的方法论意识，但毕竟都或多或少地显示出摆脱传统的以考据学为基础的影响研究的束缚的尝试。我们无意小视影响研究在中日比较文学中的作用，但是应该进一步明确的是，以文献出典考据为核心的影响研究，其研究指向是趋近于无限小的。也就是说，显在的或有据可考的"影响"研究是可以穷尽的，而真正的影响则是趋近于无限大的，这仿佛摄取食物之于人体。所以，如果仅仅把中日比较文学研究局限在引用、出典——影响的有无，势必会使研究的路子越走越窄。并且，对文化、文学上有千丝万缕联系的中日比较文学而言，完完全全的平行研究也往往会因其"查无实据"而被学界所拒斥。在这种两难的处境中，初涉中日比较文学的研究者更会感到无所适从，便往往屈从于比较保守的影响研究，走上皓首穷经的窄路。我们虽然钦佩这种知难而上的精神，但更希望有一条在影响研究与平行研究之间游刃有余的路。这就是，应该加强在文学范围内的文类学、主题学、译介学、形象学、思潮流派、类型学和比较诗学等研究；应该开展在跨学科范围内的文学与一般艺术、文学与心理学、文学与宗教、文学与历史、文学与哲学和文学与科学等的比较研究；应该在接受当代文化理论影响的范围内，把后现代、文化人类学、阐释学、接受理论、符号学、女性主义和文化相对主义等理论融入中日比较文学的研究中。

工欲善其事，必先利其器。方法论之于研究，是"善其事"与"利其器"的关系。但我们切不可忘记"欲"。这就是我们在具体研究中的"立意"——如果没有比较高的立意，任何研究都可能流于平庸。对于比较文学研究来说，立意的关键在于对文化的把握。比较文学成立的基础之一，就是"跨文化"的。如果对研究中所"跨"的文化没有透彻的了解，比较文学研究就只能是"勉强得出的结论"。加大"文化研究"的力度，这与国际比较文学界所关注的焦点是吻合的。近十年几届国际比较文学大会讨论的议题亦不难看出这种趋势：1991年第13届东京大会的主题是"欲望与幻想"（Desire and Vision — East and West），1994年第14届埃德蒙顿大会的主题是"多元文化语境中的文学"（Literature in Pluralistic Cultural Context），1998年第15届荷兰大会的主题是"作为文化记忆的文学"（Literature as Culture Memory）。在冲破"西方中心主义"束缚的大的学术背景下，学界在广泛讨论世界范围内的"文化冲突"和"文化共存"等问题，东西方文化将重新定位，东亚文化特别是中国文化已引起西方的关注……所以，我们要运用各种行之有效的比较文学研究方法，对中国、日本、东亚乃至世界的历时性、共时性的"文化语境"中的文学现象进行研究,寻求人类共同的课题,这才是比较文学研究的要意之所在。在这一方面,国内学界亦有一些有益的尝试。比如,王向远的《"笔部队"和侵华战争——对日本侵华文学的研究与批判》(1999),就给人以诸多启示。

回顾20世纪,中日比较文学研究经历了漫长的摸索期和快速发展期这两个阶段,时至今日,已经取得了不小的成就。展望21世纪,中日比较文学研究还要在蓬勃发展的轨道上继续前进。加强比较文学基础理论的修养,加强中日两国文学交流关系的研究,运用多种行之有效的比较文学研究方法,关注中国、日本、东亚乃至世界不同或相同的、历时性或共时性的"文化语境"中的文学现象,寻求中国、日本、东亚乃至人类的共同课题,这些是21世纪中日比较文学研究界的必修课。

《源氏物语》与《白氏文集》

《源氏物语》创作于11世纪初日本的宽弘年间,相当于我国的北宋景德年间。当时的日本经历了与隋唐两代的频繁交往,汉学成为日本宫廷文化的核心。《源氏物语》的作者紫式部在父亲藤原为时的熏陶下,对中国文学产生了浓厚的兴趣,并有较深的造诣,这在长篇小说《源氏物语》中得到了充分的体现。她不仅创造性地引用了大量中国典籍,加强了故事情节的凝练和人物的力度,提高了作品的艺术魅力,而且在文学观和人生观上也接受了中国文学的影响,其中《白氏文集》对其影响最大。经过历代专家学者的研究,很多精彩独到的引用和借鉴已成为中日文化交流史上有口皆碑的佳话。这里拟从《源氏物语》的结构入手,概略地描述白诗影响的轨迹,旨在使比较文学的研究成为我们加深对作品本身理解的钥匙。

一、紫姬系与感伤诗

《源氏物语》由三部分构成:第一部(一—三十三卷),叙述了光源氏的身世及大半生盛衰荣辱;第二部(三十四—四十四卷),叙述了光源氏的晚年境遇;第三部(四十五—五十四卷),记述了薰大将的寂寞与惆怅。20世纪50年代初,武田宗俊提出了著名的两个系列说①,即紫姬系完成于作者的孀居时期,玉鬘系完成于入宫若干年后。这一观点在当时引起了很大争议。武田所推测的结论使我们注意到紫姬系形成于作者孀居时期的基本心理特征。由此可以看到紫姬系和白居易感伤诗的特殊关系。

紫姬系包括《桐壶》《紫儿》《红叶贺》《花宴》《葵姬》《杨桐》《花散里》《须磨》《明石》《航标》《赛画》《松风》《薄云》《槿姬》《少女》《梅枝》《藤花末叶》等十七卷。与白诗有关的情况如下:

感伤卷十《夜闻歌者(宿鄂州)》——《红叶贺》

感伤卷十二《长恨歌》——《桐壶》(六次)、《葵姬》(二处)

《琵琶行并序》——《明石》

律诗卷十四《八月十五夜禁中独直对月忆元九》——《须磨》

律诗卷十七《十年三月三十日别微之于沣上,十四年三月十一日遇微之于峡中》——《须磨》

律诗卷五十八《予与微之老而无子》——《杨桐》

其他表现相似的还有很多。除《杨桐》卷有两处分别与《上阳白发人》和《两朱阁》类似外,紫姬系所摄取白诗全部集中在感伤诗和抒发感伤情绪的律诗上,这绝非巧合。

白居易的感伤诗,虽然社会价值没有讽喻诗高,但同样具有很高的文学价值。特别是其中的《长恨歌》和《琵琶行》,在我国文学史上占有重要地位。《白氏文集》于白居易在世时即传入日本,并广为流传。② 紫式部对这两首故事性极强的诗作不仅理解得很深,而且作了出神入化的摄取。

---

① 武田宗俊.源氏物語の最初の形態[M]//日本文学研究資料叢書 源氏物語Ⅰ.東京:有精堂,1978.

② 丸山清子.源氏物語与白氏文集[M].申非,译.北京:国际文化出版公司,1985.

首先,《长恨歌》对《桐壶》卷的影响体现在以下几个方面：

(一) 创造性模仿《长恨歌》的故事情节。李杨的爱情故事是在民间广为流传的宫廷闺秘。《长恨歌》以其特有的"风情"进入人们的审美体验中,对孀居的紫式部来说,《长恨歌》不仅发挥了情感需求的代偿作用,而且唤醒了她的审美想象力。我们更要注意中国唐代后宫生活和日本平安时代后宫生活的统一模式化。而且,李杨爱情故事和桐壶帝桐壶更衣的爱情故事可以互为参照,紫式部的创造性模仿才得以成功。

(二) 主人公的替代与调整。在《长恨歌》里,杨玉环与李隆基身上所着的墨色趋于均衡,而《桐壶》卷里桐壶帝和桐壶更衣却浓淡不一。这不仅受故事本身的制约,而且也反映了当时日本妇女社会地位低下的客观事实。桐壶更衣虽然受到专宠,却始终没有如杨玉环那样以媚邀宠、姿意淫糜,她从始至终都是以一个受压迫、受凌辱的女人的身份出现在读者面前。唐明皇李隆基和桐壶帝所涵盖的生活面则是大抵相同的,他们都以爱的施主的身份出现,其实是在发泄统治者的淫威。所以无论杨玉环得宠而惊喜交集,还是桐壶更衣得宠而积郁成疾,都只能反映出她们对帝王的人身依附关系,绝不是"坚贞不渝"的爱情。并且,通过对比杨玉环和桐壶更衣的异同,我们还可以看出当时日本摄关政治的投影。这是作者对日本平安宫廷政治的清晰认识。如果不是经过调整"配方"后的人物替换,《桐壶》卷前半的审美价值是很难逆料的。

(三) 讽喻主题的继承与深化。关于《长恨歌》的主题,历来说法不一,执爱情说者有之,持讽喻说者有之,本文则认为这首诗的主题是模糊的。首先,李杨风流轶事的传说是广布民间的模糊信息；其次,作者创作时的心理体验也是同情与憎恨兼而有之的。但作为一个读者,紫式部首先从《长恨歌》中读出的是讽喻主题："这般专宠,真叫人吃惊！唐朝就因为有这种事儿,才弄得天下大乱。""如今更衣已逝,(桐壶帝)又是每日哀叹不已,不理朝政。这真是太荒唐了!"(《桐壶》)通过比较李隆基和桐壶帝(如果紫式部不缺乏这种比较意识),她更加深入地发现了桐壶帝对以弘徽殿女御及其父右大臣为代表的皇室外戚一派政治势力忍气吞声的软弱。并且,通过对桐壶帝饱受刻骨相思之苦,把酷似桐壶更衣的藤壶女御迎入宫中,重新过起"重色"生活的描述,进一步揭露了平安时代宫廷生活的淫靡,从而加深了讽喻主题的阐发。《桐壶》卷前半部分着意叙述的重心是更衣死后桐壶帝的"长恨",这与《长恨歌》后半部分的主题是一致的。《桐壶》卷后半部继之而来的源氏公子的世界也秉承了这一基本主题。如果说《桐壶》卷首对桐壶帝宫廷生活的态度是刻薄的,那么,到卷末,紫式部的态度又变成了同情与怜悯。这样一来,《桐壶》卷乃至整部《源氏物语》的基调又变成了暧昧、模糊的了。《葵姬》卷借用《长恨歌》的例子也足以说明这一点。

其次,《琵琶行》以及同一时期创作的律诗对《须磨》卷和《明石》卷的影响。

(一)以《琵琶行》为媒介形成一个有审美价值的创作核心。对紫式部来说,谪居江州的白居易和琵琶女的邂逅是带有新质的认识对象。对生活的这一艺术发现促使紫姬系中光源氏主动退隐这条主线的铺设。《琵琶行》激发了她对自身所属的那个"受领阶级"的不满和对爱情生活的坎坷遭遇的哀怜。所以她不能不让她笔下的主人公光源氏去谪居须磨,遍历人生辛酸苦痛,与身陷窘境的明石姬相会,以求得到创作过程中的情感补偿。虽然《须磨》《明石》两卷内只有一处"商人妇"字样,读者却不难从《明石》卷里故事情节的主线以及人物命运的光环看出《琵琶行》的影子。并且《红叶贺》卷中对《夜闻歌者》的引用、借鉴,《须磨》卷中光源氏与五节小姐的感情交流,都昭示了紫式部向《琵琶行》靠拢的审美取向。

（二）人物形象的塑造。关于白居易左迁江州司马期间诗作中的抒情主人公和贬谪须磨时的光源氏之间的源流关系，丸山清子先生已有详细的考证。① 而我更关注"商人妇"和明石姬的命运以及由此所涵盖的人生真谛。白居易笔下的商人妇是个能唤起人们同情心的艺术形象，她的人生际遇是悲壮的，是与命运抗争的，而明石姬在紫式部笔下一出现就充满了悲剧的氛围，在她身上倾注着以其父明石道人为代表的那个破落贵族阶级的企盼。如果说白居易塑造的琵琶女是在与命运抗争后才终于失望，在无尽的失落中开始了商人妇的生活的话，紫式部以及她笔下的明石姬眼里所流露出的失落感却是与生俱来、发自灵魂深处带有本阶级印痕的沉重失落。所以，商人妇和明石姬的心理结构是有本质差异的。正是由于对这些差异的准确把握，紫式部才能在商人妇的比照下塑造出形象鲜明、意义深刻的明石姬。

（三）对左迁过程的把握。也许是由于文化交往的频繁导致古代中日两国宫廷贵族生活模式的相似，左迁谪居也体现了这种相似的一个方面。在平安时代，有固执于不同政见而被罢官削职的人物，如菅原道真等。详细考察一下《须磨》前后几卷与白居易江州时期诗作的关系，我们可以看出，光源氏主动退隐前后的情节展开是脱胎于白诗的：辞别帝都时的顾影自怜与《对镜吟》、叩拜先帝陵墓与《李白墓》、初到须磨与《初到江州》、闲居作画与《题海图屏风》，等等。把白居易创作于这一时期的诗篇当作一个整体来看，是不难体验出诗人面对生活厄运的心态的。紫式部把这种心态潜移默化地倾注到主人公的身上，创造出一个活生生的没有被放逐意识的被放逐者。通过对白诗抒情主人公左迁心态变化的探

---

① 丸山清子.源氏物语与白氏文集[M].申非，译.北京：国际文化出版公司，1985.

究,紫式部才发现了"同是天涯沦落人,相逢何必曾相识"这一有审美价值的创作核心。

再次,白氏《秋槿》与《槿姬》卷的比较。

如果说《秋槿》与《槿姬》有同可求的话,首先在于立意。作为草本植物的槿花,它的每个属性都被赋予相对独立的情感价值,各个具有审美意义的单位相互联系,有机融合,既构成秋槿完整的客观景物形象,同时也构成作者(白居易、紫式部)完整的自我形象。形象鲜明、寓意深刻的立意,是二者的共同特点。《槿姬》卷描写的重点与其说是光源氏,莫如说是衰落贵族后裔槿姬的失意与迷茫。其中有这么一个情节:源氏趁夜色访槿姬,受到冷遇,心中烦闷,夜不成寐,晨起端坐窗前观雾,"但见枯草之中,槿花枝枝蔓蔓四处攀援,花朵若有若无地开着,颜色已褪尽了。他命人折一支送与槿姬,并附言赠诗"。这与《秋槿》作者白居易的创作动机是吻合的:"风露飒已冷,天色亦黄昏,中庭有槿花,荣落同一晨……"再看他们赠答的和歌:"难忘昔赠槿,今晨可衰枯,感此因念彼,花容减色无?""秋深落篱畔,晨雾降若初,枝蔓虽攀援,花容有若无。"槿姬在和歌后又缀一言:"将我比作此花,实甚肖似……"源氏对槿姬的追求只是他漫长渔色生活的一支小插曲。但在紫式部的眼里,这正是她笔下主人公源氏所具有的"感物宗情(もののあはれ)",这在紫式部的时代——没有被演绎成固定的文学理念之前,是赞扬平安朝贵族在恋爱时对懦弱女性的怜悯。紫式部所推崇的这种怜悯和白居易始于同情的感伤——"正怜少颜色,复叹不逡巡,感此因念彼,怀哉聊一陈"是一脉相承的。

第二个相同点在于由具象性向象征性的过渡。面对能够激发起不可抑制的创作欲望的审美对象,紫式部几乎和白居易一样严格选取与人的情感具有相似联系的事物之间的本质,而将其他事物的其他性质最大限度地舍去。秋风飒飒,槿藤寂寂,青春已逝的丽人为青春的不再归还而哀叹。紫式部则通过与光源氏不即不离的槿姬来反映没落的宫廷贵族的历史悲剧。作为一个有血有肉的人，槿姬并不是没有附庸源氏风雅的心情，但她认为，自己已到了这般年纪，如对他表现出眷恋之情势必被他轻视。这是她对自己命运的认同，也显示了她与自己人性的情愫进行搏斗的悲壮。在白居易的《秋槿》里，槿花是抽象化的客体，由于它本身所具有的自然属性而进入作者的审美经验，并进而被赋予了人的某些特征。这是以具象性为主要特征的比喻，它的美感指向是浅显的，过多地依赖了直觉的帮助。而《槿姬》卷里的槿花，显然与《秋槿》中的槿花有了质与量的差别：它已经超越了自然物与人的直观比照，由具象性向象征性过渡。紫式部笔下的象征，虽没有19世纪欧洲象征主义文艺的悲观与绝望的情绪，但潜流其中的沉重失落和惴惴不安却是可以体味的。

总之，在紫姬系的一系列引用、借用里，紫式部基本是沿着白居易感伤诗的轨迹进行取舍的。无论《长恨歌》对《桐壶》卷的影响，《琵琶行》等对《须磨》《明石》两卷的规定，还是《秋槿》对《槿姬》卷的提示，都足以说明白诗的美学价值之高和紫式部艺术感受力之强。这在我们接下去要探讨的玉鬘系里表现得更为充分。

二、玉鬘系与讽喻诗

玉鬘系是紫式部出任女官若干年后补写的，它包括《寻木》《空蝉》《夕颜》《末摘花》《蓬生》《关屋》以及《玉鬘》以下十卷，共计十六卷。①"从紫姬系脱稿，到开始创作玉鬘系的几年内，正是物语文学

---

① 武田宗俊．源氏物語の最初の形態[M]//日本文学研究資料叢書　源氏物語Ⅰ．東京：有精堂，1978．

发展的鼎盛时期。在此期间，作者的艺术观、人生观都有了很大的发展。她虽然完成了《源氏物语》的紫姬系的创作，却为主人公光源氏的魅力所感动，所以她要写他的日后谈或续篇。然而，当她以臻于成熟的人生观、艺术观来重新评价紫姬系的故事时，却感到过于单调、趣味平庸，人生观与现实相距甚远，按原来的基调续写就太粗俗了。但已经流布世间的紫姬系又不能舍弃，所以，她就不得不在紫姬系的基础上插入若干短篇，使单调的变复杂，使平凡的变警辟，给乐观的人生观以严谨。"[1]可见在《源氏物语》第一部里存在着两种判然分明的"质"，这就是区别紫姬系和玉鬘系的意义之所在。

　　入宫做女官，这是紫式部少女时代的最大理想，也是她在紫姬系里经常流露的主体意识。但是，一旦她真正接触了宫廷生活，特别是后宫生活，却不能不为宫廷贵族们的糜烂所震惊。她不再羡慕自己笔下的主人公，因为她已经看破了红尘；她不再为光源氏唱赞歌，因为她已经认清了他的本质；她不再迷恋白居易的感伤诗的世界，因为她已经意识到自己的社会责任。她与白居易的讽喻诗相逢也许是偶然的——"从前年夏天起，趁着侍女们不在身边时，我就似懂非懂地给她(指彰子)读了两卷《乐府》"(《紫式部日记》)，但也是必然的，因为她的价值观和思想意识都发生了变化，这些从她接受讽喻诗影响的痕迹上可略见一斑。

　　《源氏物语》与讽喻诗有联系的情况如下：
　　　讽喻卷一《凶宅》——《夕颜》《蓬生》
　　　讽喻卷二《议婚》——《帚木》
　　　　　　《重赋》——《末摘花》
　　　　　　《伤宅》——《蝴蝶》
　　　　　　《不致仕》——《夕颜》《行幸》

---

① 武田宗俊.源氏物语の宗旨[J].文学,1950,12.

讽喻卷三《海漫漫》——《蝴蝶》
《上阳白发人》——《帚木》《贤木》《魔法使》《竹河》（二处）
《缚戎人》——《玉鬘》
讽喻卷四《骊宫高》——《若菜（下）》
《李夫人》——《夕颜》《总角》《宿木》《东亭》《蜉蝣》
《牡丹芳》——《魔法使》
《陵园妾》——《习字》（二处）
《古冢狐》——《习字》
《采诗官》——《若菜（下）》

玉鬘系对讽喻诗的摄取主要集中在卷一、卷二和卷三;《源氏物语》第二部、第三部则转到了卷四。虽然对这些诗作摄取的程度有所不同，但都可以看出讽喻诗对紫式部创作的重大意义。

《议婚》对《帚木》卷的影响主要体现在以下三个方面：

（一）《议婚》里"主人会良媒"以下几句被演化成式部丞求婚经验谈的一个完满的场景，而这时文章博士情不自禁地吟咏"听我歌两途"，这不仅体现了紫式部对白诗谙熟的程度，也证明了她对《议婚》主题的认同。

（二）紫式部进而把白居易"贫家女"与"富家女"的阶级观敷衍成"女性三阶级三层次"的平安时代女性观，这在当时是"破天荒的妙想"（武田宗俊语）。

（三）白居易创作《议婚》的动机是"闻君欲娶妇，娶妇意如何"。从而揭露了"天下无正声，悦耳即为娱""富家女易嫁""贫家女难嫁"的不平等的社会现实。紫式部则旨在控诉以光源氏为代表的宫廷贵族骄奢淫逸的腐败生活给妇女们所带来的痛苦。通过《议婚》的启示，紫式部把光源氏追逐的女性扩大到了三个阶级，并认为有一定教养、有良好的判断力、温柔谦逊的女性最合适做妻子。这正是对"娶妇意如何"的回答,也是由紫姬系理想主义地把握生活向现实的切近。

在白居易的笔下,阶级的对立昭然若揭。他始终关注着阶级差异对人的命运的规定,写下了很多锋芒毕露、针砭时弊的讽喻诗。紫式部对这类诗的接受是有选择的,这主要取决于业已完成的紫姬系的自足性要求。由此看来,《夕颜》卷对《凶宅》的引用是有典型意义的。表面上看来,此卷只有一处引用了"枭鸣松桂枝,狐藏兰菊丛",但是整个一卷的氛围都酷似《凶宅》。在《凶宅》这首诗里,白居易所要揭示的主题是封建官吏盛衰荣辱、朝不保夕的可悲命运。他没有直接描写他们遭到厄运的具体经过,只用精练的笔墨刻画了"长安多大宅"三易其主后的凄凉景象,使读者浮想联翩,与诗人产生感情上的共鸣。紫式部准确地理解了白居易的讽喻意蕴,在《夕颜》卷里适当地体现了这一点。首先,紫式部为了从另一个角度再现光源氏的渔色生活,匠心独运地设计了一个不亚于"凶宅"的"夕颜宅"(夕颜の宿);其次,夕颜与头中将的恋爱结局也有《凶宅》"前主为将相,得罪窜巴庸"的影子;再次,对"贱民"的描述也直接脱胎于"人疑不敢买……不思祸所从"。这些借鉴,是《夕颜》卷取得成功的重要保证。《凶宅》和《夕颜》卷一样,都是用阴森恐怖的环境烘托寓意深刻的主题。玉鬘系《蓬生》卷又进一步发展了"人凶非宅凶"的主题。

对封建统治者腐败生活的揭露是那个时代有正义感的作家义不容辞的社会责任。在这一点上,白居易和紫式部的价值判断是一致的。但由于二人受自身客观条件的限制,又表现出很大的差异。首先,白居易在被贬江州、忠州之前是谏官,可以直接接触社会的各个阶层,所以他对生活的感受以及诗歌的覆盖面都很广。而紫式部入宫后只是一位皇妃的女官,能够接触到的仅是后宫的各个角落,无力旁及社会生活的底层。其次,白居易左纳言的身份决定了他的笔必须为封建皇权歌功颂德或是讽谏图治,而紫式部在完成紫姬系后被迎入后宫的主要任务是做东宫彰子的侍读,其次才是继续按照一条天皇或者藤原道长的旨意编写后宫故事。再次,诗歌和小说体裁的差异也决定了二人创作上的不同。诗歌所要抒发的是诗人对现实生活的感情状态,而小说所要描述的却是作者对现实生活的感情过程;诗歌的题材和主题具有很大的灵活性和随意性,小说的题材和主题一经确立就有很大的稳固性。因此,我们没有道理指责紫式部对白居易那些具有强烈社会意义的作品,如《卖炭翁》等,没有给予适当的注意。相反,紫式部在她的作品里也曾试图借用这类讽喻诗,但最终没能收到良好的效果。这也充分说明,文学本身的客观规律是不容悖逆的。宫怨诗在白居易的讽喻诗里占有重要地位。紫式部对这部分诗歌的引用大多是恰到好处的。这主要是因为她补写玉鬘系时,审美经验已经构成一个体系。紫姬系里的光源氏是个风流倜傥的落魄公子,围绕在他身边的女性也都是温文典丽、俯首听命的。此时在紫式部的生活积累里既有源高明、菅原道真的流放,又有李隆基的"长恨"和白居易的"左迁",以及生活在他们身边的异性。这些间接的审美对象不能唤起人们等值的审美享受。因为当时能引起创作冲动的客观感受是缺乏活力的,所以她只能将无法孤立完成的冲动就近倾向于已成的经验体系。紫姬系故事情节平庸雷同的原因就在于此。到了玉鬘系,紫式部以对后宫生活的实际经验修正了以往天真浪漫的思想,把对入宫生活的憧憬变成了厌恶。这是她和白居易的讽喻诗产生共鸣的基础。也就是说,以入宫为界,紫式部对后宫生活有两种完全不同的成见。前者是植根于她的文化心理结构的希望,后者是源于她的自我顿悟的失望。成见是理解的前提。由于前者,紫式部能够以忘我的激情投身到感伤诗的世界里;由于后者,她能以冷静的判断取舍讽喻诗,并在更高的层次上和白居易会合。

玉鬘系对讽喻诗的摄取是一个完整的系统。在这个系统里，《议婚》对《帚木》卷女性观的启示有承前启后的作用；《夕颜》卷对《凶宅》情景氛围的借鉴完成了紫姬系向玉鬘系的主题过渡；对《上阳白发人》的理解决定了怨而不怒的主调。比较一下《真木柱》卷和《太行路》的异同，我们又能看到紫式部和她那个时代的女性身上的另一个侧面。

　　《真木柱》卷是玉鬘系的一个高潮。述罢《竹取物语》似的求婚谈，玉鬘终于找到了归宿。髭黑大将对她的宠爱是以损害其正妻的感情为代价的。于是，一桩以政治联姻为目的的婚配，又辅以负心郎与弃妇的故事。通过对后者的考察，我们发现了《太行路》的潜在作用。首先，形似又神似的细节模仿。《真木柱》卷前半以散文新语言完整再现了《太行路》前半负心郎与弃妇的故事，从而重申了"人生莫作妇人身，百年苦乐由他人"的愤世嫉俗的价值观。在一夫多妻制的封建社会里，妇女备受蹂躏，生活在社会的最底层，成为那个时代悲剧的主要角色。正是由于这些悲怨的故事时而启发起的创作冲动，此类妇人苦、宫人怨的文学母题才能作为历史的见证流传下来。可见白居易和紫式部的审美取向是有其历史必然性的。作为艺术技巧，虽然《源氏物语》的所有注释里都没有指出髭黑大将的正妻"为君熏衣裳"的出典，但它与《太行路》的神似却不能不引起我们的注意。

　　（一）不追求字面词句上的引用。白居易《太行路》的主题是"借夫妇以讽君臣之不终"，可见是以比兴的手法见长的。白居易这种叙事性少于哲理性的诗篇，无论在中国还是在日本都没有得到广泛的传播，但在平安朝时代，吟咏白居易的诗歌却是时尚。所以，在《真木柱》卷里，虽然很难找到字句上的引用，却能清楚地看到《太行路》的投影。

　　（二）为我所用，变抽象为具体。《太行路》的负心郎故事，是用来比附封建制度下君臣关系的，所以它具有一定的抽象意义。紫式部把"君臣夫妇"互为表里的《太行路》具体化为"夫妇"的故事，从而使斑斓多彩的光源氏的爱情故事又增添了一个有深刻社会意义的插曲。髭黑大将与其正妻的离异不仅仅是"夫妇"的"不终"，在它的背后也隐藏着政治联姻的动机。也就是说，髭黑大将对玉鬘的追求，不仅是由于她的人本身，也是与她作为光源氏义女的社会地位有直接关系的。这种对隐藏在人物情节深层意蕴的艺术追求是紫式部艺术造诣的高明之所在。但无论是白居易的揭露还是紫式部的隐蔽，文学形象的树立都必须有一个特定的情节氛围。没有冲突，叙事文学的形象是无法塑造的。"为君熏衣裳"就是这样的情节氛围。紫式部补充了《太行路》跳跃的诗句空间，更加形象地突出了弃妇忍辱的凄楚和负心郎薄情的内疚。

（三）反抗意识的觉醒。白居易是在进谏这种"兼济"思想的指导下针砭时弊的，所以对封建制度的不满是他情绪表现的主要基调。《太行路》也不例外。而《太行路》的读者紫式部则表现出反抗意识的觉醒。尽管受到丈夫的冷遇而到了精神分裂的地步，髭黑大将的正妻还是在丈夫将去与新情人幽会之前"为君熏衣裳"。但她的忍耐也是有限度的——于是，"妒火中烧"，她把香炉里的灰烬倒在为他刚刚熏过的衣服上……次日，她被接回娘家。紫式部把妇女在爱情生活中的地位和她们在社会政治经济生活中的地位结合在一起了。这一主题虽然在紫姬系里已经有所表现，但从《寻木》卷起才得到了淋漓尽致的发挥。通过白居易讽喻诗的媒介，紫式部对封建专制统治对妇女的摧残有了很强的反抗意识。我想，这样说是不过分的。

总的说来，玉鬘系既是对紫姬系的补充，也是对紫姬系的超越。在这一质变发生的过程中，白居易的讽喻诗起到了激发创作灵感、指引创作冲动的作用。紫式部对入宫后得到的刺激（包括对白居易讽喻诗的通读)的反应是修正了已经趋于僵化的理想主义审美情趣,把以"物哀"(物の哀れ)为主调的《源氏物语》扩充成带有"谐趣"(をかし——"幽默、风趣"的美学意蕴)成分的《源氏物语》。也就是说,从情感特征的嬗变来看,经过补写的《源氏物语》用恐怖取代了恐惧和向往;用含有轻蔑意味的怜惜取代了含有同情意味的怜悯。于是,此时的紫式部和创作"惟歌生民病"的讽喻诗时的白居易的审美经验趋于吻合。

另外,玉鬘系对讽喻诗的摄取是一个开放的系统。它不仅充实了小说的第一部,也为第二部、第三部的展开铺平了道路,规定了大致方向。玉鬘系对讽喻诗的借鉴说明,紫式部的趣向是寻求面对残酷现实的警世之言。

三、文学论与审美情感模式的影响

从武田宗俊的两个系列说和丸山清子的影响研究,我们可以清楚地看到,紫姬系大多与白氏感伤诗及左迁时代的律诗有关,玉鬘系则大多与讽喻诗有关。虽然丸山清子没能从两个系列的角度探讨白诗的影响,但她却系统地考察了《长恨歌》、讽喻诗对《源氏物语》全卷,以及《琵琶引并序》和同一时期律诗对《须磨》等卷的影响关系,尤其是深入研究了讽喻诗在小说中的重要意义,并强调白居易诗论对紫式部文学观的重大影响。这对二者的比较文学研究具有突出的贡献。从某种意义上说,丸山清子的这一研究,修正了神田秀夫等人关于讽喻诗在日本只能补充断章取义地加以消化吸收的观点的偏颇。[①] 因为如果比较文学的影响研究单单是个别词

---

① 神田秀夫.白楽天が源氏物語に対する影響の一考察[M]//日本文学研究資料叢書 源氏物語Ⅰ.東京:有精堂,1978.

句的出典考证,那无异于作茧自缚。我们更应重视原作从媒体中"保存下来的是些什么？去掉的是些什么？原始材料为什么和怎样被吸收和同化？结果又如何？"。① 丸山清子推测紫式部是读过白居易的诗论的。我认为这很有见地。我们试比较一下《秦中吟序》和《夕颜》卷的结尾。关于源氏公子的渔色行为,紫式部写道："公子本人曾竭力隐匿,用心良苦。故作者本欲皆略过不表,然恐为人所误：'诚因其为皇子,故见者亦常以褒代贬'；并以为此小说乃虚构之物……""本欲"说明作者最终违背了初衷,如实写下了源氏的生活。这与"贞元、元和之际,予在长安,闻见之间,有足悲者。因直歌其事,命为秦中吟"中的"直歌其事"如出一辙。所谓作者的初衷当然是紫姬系里对光源氏的歌颂。在创作紫姬系的日子里,紫式部的女性意识提醒她："作者乃一女流,不宜高谈国事。"而入宫之后,由于处境的变化、社会地位的提高、自我价值的实现,她的思想发生了深刻的变化,从而导致了人生观、文学观的嬗变。这就是玉鬘系不同于紫姬系的根本之所在。

相对《萤》卷提出的小说虚构论而言,我们可以说,在创作紫姬系的那个阶段,紫式部没有一个成熟的文学观,这和白居易的感伤诗、律诗的创作大致相同。"又有事物牵于外,情理动于内,随感遇而形于叹咏者一百首,谓之感伤诗","其余杂律诗,或诱于一时一物,发于一笑一吟,率然成章"(《与元九书》)。当然,对一位作家而言,文学观是在创作的实践中不断完善和发展的。在这一过程中,对传统文学观的吸收扬弃、对外来文学思想的理解效仿都理所当然地规定了其完善发展的程度。

白居易的诗论和讽喻诗的创作实际,反映了杜甫及《诗经》以

---

① 雷马克.比较文学的定义和功用[M]//北京师范大学中文系比较文学研究组.比较文学研究资料.北京：北京师范大学出版社,1986.

来传统诗论的巨大影响。中国传统诗论的主流是以儒家思想为理论依据的,始终把文学如何反映和记录现实,如何以政治、伦理道德为尺度,使文学成为控制和调节的手段等作为核心问题。汉儒以来的教化论就是这种思想的具体体现。遂兼济之志的讽喻诗及诗论,不外乎中国传统文学思想延长线上的一个点。

应该说,以儒家思想为核心的中国文学思想对日本文学的影响是根深蒂固的。且不说《萤》卷物语论与白诗的源流关系的有无,单是江户时期的本居宣长对它的解释,就足以说明这一点:"或问曰:然则物语,究极之处,在于示人以善恶,即所谓劝善惩恶也,汉文典籍亦同此义。若此,其与儒经佛典殊异其趣者,何也?答曰:如上述,物语所言之善恶,与儒经佛典所言之善恶是非殊异者,在于抵达其趣之途也。"(《源氏物语玉小栉》)无论在中国还是日本,传统的小说(文学)观和儒家遗训、佛教经典的主导思想都是劝善惩恶的教化。尽管紫式部在"真"与"伪"(即真实与虚构)上不时自相矛盾,但她潜意识里的善恶标准却始终或隐或显地左右着她的文思。由第一部劝善惩恶的道德伦理昭示,到第二部、第三部因果报应的追踪索骥,这可以说是《源氏物语》本身主旋律的变奏。假如没有讽喻诗的影响,没有白居易诗论的比照,玉鬘系的主题取向是不难预料的。主题思想的深化,使得既成的紫姬系在第一部的整体内变成了波谷。

紫式部为何接受异国 150 多年前的白居易的影响,这是中日比较文学史上的谜团,所有的答案都是模糊不定的。但是我们认为,从作家创作心智发展的角度考察他们审美情感的异同,或许不失为一条捷径。在感伤诗里,白居易据以表现情感的素材是流传于民间的李杨故事、浔阳江畔盐商妇的琵琶声、秋风萧萧中槿花的凋零……而在讽喻诗里,贫富差别给女子婚嫁带来的命数、几易其主盛势已衰的老宅、朱颜已改忍气吞声的弃妇等,却只是他表现情感的观照对象。这就是两种有量差质别的审美情感活动方式。这种差别在紫姬系和玉鬘系里有不同程度的体现,使我们能够在他们的审美情感模式上进行比较。

首先,感觉系统的发展变化为他们构筑相应的两个不同的艺术世界的审美情感提供了先决条件。感觉在他们的审美活动中直观地从"感人生"的,或"难闭于一心"的形象中得出种种印象、感受和体验。白居易左迁江州后创作的感伤诗,紫式部孀居时创作的紫姬系,白居易供职朝廷时上奏"补察时政""泄导民情"的讽喻诗,紫式部入宫奉职时补作玉鬘系,都说明现实生活的变化不仅成为触发审美情感活动的感觉的先决条件,而且感觉的能力、趋向与深度也无形中规定了审美情感活动的方向与范围。只是由于二人的处境不同,使得白居易的感觉系统带有更多的社会化因素,"为时为事为君为民",既是他感觉唐代社会的趋向,也规定了他的审美情感活动的方向和范围。紫式部的感觉系统则带有更多个体化的因素,"作者乃一女流,不宜高谈国事",既是她逃避宫廷政治的借口,也体现了她的审美情感活动的方向和范围所受到的限制。感觉系统的社会化和个体化,在具体的创作实践中各有利弊。前者容易导致公式化,后者容易导致自由化。这在白居易的讽喻诗和紫式部的紫姬系里表现得都很明显。紫式部入宫前的生活限定了她的感觉系统。此时她所接触的宫廷社会还只是间接的,其感觉趋向不能不把喜怒哀乐的情感表现引向罗织落难英雄、凄婉佳丽的爱情故事里。与白居易感伤诗的契合点就在于此。紫式部入宫后,感觉系统发生了巨大的变化。随着焦距的调整,取景框内平安朝宫廷生活的虚像变得越来越清晰。虽然此时她对后宫生活的感受和体验的深广度还与白居易有一定的差距,但毕竟由此巩固了与讽喻诗产生共鸣的情感基础。越来越趋近于劝善惩恶这一公式化了的儒家教化论的审美情感模式,起到了破冰引渡的先导作用。

其次,好奇心构成了他们审美情感中具有独特性的因素。《长恨歌》和《长恨歌传》都取材于李杨故事,白居易与陈鸿的好奇显然有所差异。白居易的"长于情",使这个故事成为泣鬼神的叙事长诗;陈鸿的长于治史,使这个故事增添了许多镜鉴的光芒。如果说在好奇的指向所溶解的人们的思想、经验、社会心理和潜意识等诸多层面上,陈鸿的《长恨歌传》所透露的是思想与经验的阐发,白居易的《长恨歌》则在思想、经验的映衬下巧妙地表现了社会心理和集体潜意识。就是说,歌伎竞吟《长恨歌》绝不是单单为了附庸风雅,更不只为了讽喻李隆基贪淫误国,人们的好奇指向是在一个更深的层面上。同样,紫姬系向玉鬘系的审美情感过渡,也经历了好奇心的变化。始于《桐壶》卷的紫姬系所表现的好奇是对弱者的同情。作者以好奇心为动力,对桐壶更衣、光源氏等审美对象给予了极大的注意。而作为审美主题的人物形象一旦成立,又反过来制约着她的感觉趋向和好奇心的指归。当桐壶更衣成了令人怜悯的对象时,紫式部的好奇即转入对人物事件进行因果报应的分析,作为背景的宫廷派系之争就成为表层的东西而得到了表现。在紫姬系里,这种源于同情的好奇比比皆是,这标志着作者的好奇指向中过多渗透着社会心理和潜意识,而很少有思想与经验的积淀。当然,这是相对玉鬘系而言。在玉鬘系里,紫式部的好奇已从对善的讴歌转向了对恶的嘲讽。那些被侮辱、被损害的女性已不仅是作为唤起人们同情的对象,而是被当作一种凸现社会罪恶的陪衬来处理的。这样说丝毫没有贬低她们作为文学人物形象的艺术价值。恰恰相反,只有站在这个高度上,才能更加充分地认识到她们不可替代的存在价值。白居易的讽喻诗的好奇指向与其说是卖炭翁等人物形象,毋宁说是那个高高在上、需要有人进一忠言的皇帝。也就是说,溶解在白居易和紫式部好奇心里的社会心理和潜意识,在思想与经验的统领下,引导着审美注意的方向和范围,向社会的深度和广度扩展，情感模式于是得到了更新。

再次，审美经验的不断积累是构成紫式部审美情感模式的一个因素。创作紫姬系时，在她的审美经验中，感伤诗所提供的形象系列占有不可忽视的地位。对这一部分诗歌的引章撷句只是其外在的表象之一，而作为潜在影响存在的则是白居易感伤诗所提供的审美情感的反应方式、线路、范围和程度。它们在不同的程度上作为一种预定的约束力左右着彼时彼地的紫式部的审美情感模式的构成。李杨故事在桐壶帝、桐壶更衣身上的投影，江州司马、琵琶女的邂逅与光源氏、明石姬的相见的异同等，这些影响的有无之考察都不是至关重要的。关键是我们可以借此深入考察她的审美经验的构成要素。

在从紫姬系向玉鬘系过渡的过程中，紫式部的理智越发趋于深化。《帚木》卷的女性论、《玉鬘》卷的和歌论和物语论、《常夏》卷的器乐论和教育论等，都证明了这一点。思想是在理智的疏导下形成的。理智决定着审美情感模式中思想成分的多寡。当情与理在某个特定的审美形象上争长论短之时，以逻辑演绎为前提的理智一旦占了上风，思想的锋芒也就夺人眼目了。白居易的讽喻诗和紫式部的玉鬘系的接合点就在于此。在一位作家的审美情感模式里，理智型的思想成分直接影响着作品的质量。在一般情况下，文学作品中的思想成分往往导致故事情节的呆板滞涩，但在《源氏物语》第一部里，由于时时闪现思想火花的玉鬘系的渗入，致使紫姬系平铺直叙的串珠式故事增添了几多起伏跌宕。这就是情与理重新"配平化合价"后产生的艺术效果。白诗中这样的例子也屡见不鲜。

日本现当代文学研究

日本当代文学述评

1994年10月,日本当代著名作家大江健三郎获得诺贝尔文学奖后说:"我之所以获奖是因为日本现代文学的完美。与安部公房等人相比,我之所以能够获奖是因为我是这些现代作家中活着的也是最年轻的作家。"他同时还提到了大冈升平和井伏鳟二等日本当代著名作家。日本当代文学已经两次问鼎诺贝尔文学奖,这无疑是日本当代文学"完美"的一个有力证明,同时也促使我们加大对日本当代文学的研究力度,使我们的文学从中受益。

一、"战后"的开始/战后文学的崛起

1945年8月15日,日本当局接受《波茨坦公告》,日本天皇向全体国民宣布无条件投降。从此,日本结束了军国主义的法西斯统治,开始了战后民主主义政治经济文化建设。日本当代文学是与此同时开始的。

"战后"或者"战败",对大多数日本国民来说,恐怕都不是愉快的词汇。因为在此之前,他们受到的都是无条件效忠天皇的军国主义教育,一些有良知的作家也只能暂时搁笔,保持沉默。而"战败"留给日本国民的只有一片废墟,并且,美军的军事占领,是有史以来第一次外来民族对日本列岛的"涉足",这对日本民族无疑是

一个巨大的阴影。当然,"战后"或者"战败",也使长期受到军国主义锁国政策压制的对新文化新思想的渴望有了实现的可能。美国占领军出于自身政治军事策略的考虑,竭力扶持日本,在政治、军事、经济和文化等方面进行了一系列改革,清除了封建主义、军国主义和法西斯主义的残余,使日本从封建法西斯军国主义国家迅速转变为资产阶级民主主义国家。这是一次具有里程碑意义的变革。然而,由于国际形势发生了很大的变化,美国不得不把它在亚太地区的战略重点转向日本列岛。于是,美国与日本单方面签订了一系列条约,建立了所谓旧金山体制,使日本的资产阶级民主主义革命变得虎头蛇尾。这就是日本当代文学赖以发生发展的社会环境。

所以,日本当代文学是以战后文学为开端的。战后文学最初以三足鼎立的形式展开:首先是一些战前已经确立了文坛地位的老作家的重新出场;其次是战前左翼作家的复出;再次是战后派的崛起。

战后最先发表作品的是一批战前已经成名的作家。比如,永井荷风的《舞女》(1946)、志贺直哉的《灰色的月亮》(1946)、正宗白鸟的《逃离日本》(1949)、谷崎润一郎的《细雪》(1949)、川端康成的《千只鹤》(1949)、井伏鳟二的《本日休诊》(1949)和《遥拜队长》(1950)等都是此期的优秀作品。由于他们在战争期间没有积极参与其中,没有充当罪恶战争的吹鼓手,所以没有良心上的负债。他们的作品虽然间或有些对战争的不满,但基本上是一种恬淡心境的流露,缺少新意。当时,被称为新戏作派或无赖派的一些作家也应属此列:织田作之助的《可能性的文学》(1946)和《世相》(1946)、坂口安吾的《白痴》(1946)、太宰治的《斜阳》(1947)和《人间失格》(1948)、伊藤整的《鸣海仙吉》(1946—1948)、石川淳的《黄金传说》(1946)和《废墟上的耶稣》(1946)等,都直接反映了日本战败后的"虚脱"与混乱,贯穿着曲折的批判精神。

新日本文学会是战后最引人注目的文学团体之一。该会由战前左翼作家发起,成立于1945年底,基本继承了战前无产阶级文学的传统,以《新日本文学》为主要阵地,以创作普及民主主义文学、发挥人民大众创造性的具有文学能量的作品为纲领,开展了有声有色的文学运动。他们的重要文学作品有:宫本百合子的《播州平原》(1946)、《两个院子》(1947)和《路标》(1947—1950),德永直的《妻呀,你安息吧》(1946),中野重治的《五勺酒》(1947),林芙美子的《晚菊》(1948),以及佐多稻子的《我的东京地图》(1946)等。

以《近代文学》杂志为理论阵地的战后派文学的出场,使战后文学迅速走向了顶峰。这批新锐作家主张艺术至上,尊重人权,反对政治干预文学。战后派作家的创作以新作家、新作品层出不穷而蜚声文坛内外。有影响的作品有:野间宏的《阴暗的图画》(1946)和《脸上的红月亮》(1947)、梅崎春生的《樱岛》(1946)、中村真一郎的《在死亡的阴影下》(1946)、椎名麟三的《深夜的酒宴》(1947)和《永远的序章》(1948)、武田泰淳的《蝮蛇的后代》(1947)等。他们大多对日本军国主义侵略战争有切身的体验,属于战争的受害者;他们在反映战后社会混乱和苦恼的同时构筑了自己的文学。在文学表现手法上,大胆的实验性也是他们的主要特色之一。其中,中村真一郎具有法国现代主义文学的追求,椎名麟三则带有存在主义的倾向。在这块新开垦的土地上,新人新作不断涌现:大冈升平的《俘虏记》(1948)和《武藏野夫人》(1950)、三岛由纪夫的《假面的告白》(1949)和《爱的饥渴》(1950)。还有往往被称为第二战后派的一批新作家及其作品:岛尾敏雄的《出孤岛记》(1949)、堀田善卫的《广场的孤独》(1951)、安部公房的《墙——S·卡尔玛先生的罪行》(1951)等,具有与战前文学显著不同的风格。在思想内容方面,他们重视文学表现社会生活,对侵略战争以及战后的混乱进行了比较深刻的反省和批判;在艺术表现方法上,他们重视内在自我的表现,突破传统的局限,广泛吸收西方现代文学的手法。战后派的文学运动大致于20世纪50年代初结束。至此,一批中坚作家的创作日臻成熟,此后亦不断有优秀作品问世。

几乎与战后派同时出现在文坛上的是以风俗性见长的中间小说。这批作家也大多是战前即已成名,战后则致力于文学的社会化和世俗化的尝试,终于确立了流行作家的地位。比如,丹羽文雄的《讨人嫌的年龄》(1947)、石坂洋次郎的《绿色的山脉》(1947)、舟桥圣一的《雪夫人图画》(1948—1950)、田村泰次郎的《肉体之门》(1947)、桑原武夫的《神圣家族》(1947)、石川达三的《并非无望》(1947)等在日本当代文学史上都占有重要的一席之地。其中,《绿色的山脉》在《朝日新闻》上连载后,又被搬上银幕,受到了广泛的欢迎;《肉体之门》除了被拍成电影,还被搬上舞台,连续几个月令无名剧团的演出场场爆满。这充分体现了战后的日本读者与观众渴望在文化废墟上重建日常世俗文化的精神需求。井上靖也以《猎枪》(1949)开始创作,为历史小说开辟了新的局面。

此外,传统的私小说作家也开始了文学创作。上林晓的《在圣约翰医院》(1946)、尾崎一雄的《小虫种种》(1948)、外村繁的《梦幻泡影》(1949)、川崎长太郎的《抹香街》(1950)、檀一雄的《律子之死》(1950)和《律子之爱》(1950)等,都是此期私小说的代表作。私小说系列新出现的作家及其作品有:田宫虎彦《雾中》(1947)和《异母兄弟》(1949)、原民喜《夏天的花》(1947)和阿川弘之《春城》(1949)等。

战后的文学批评出现了前所未有的新高潮,是战后文学的又一道风景线。继承了无产阶级文学传统的《新日本文学》和战后派文学的理论阵地《近代文学》是两个针锋相对的主要阵营。《近代文学》的评论家主张排除功利主义对艺术的干扰,凝视自己的内心世界,在对无产阶级文学的评价问题上,与新日本文学会产生了极大的冲突。并且,围绕着政治与文学的关系等问题,以中野重治与宫本显治为核心的《新日本文学》和以平野谦与荒正人等为主帅的《近代文学》展开了激烈的争鸣,成为日本战后派形成的重要契机。此期的重要评论作品有:中野重治的《日本文学诸问题》(1946)、小田切秀雄的《追究文学方面的战争责任》(1946)、本多秋五的《艺术·历史·人》(1946)、平野谦的《现代作家论》(1947)和《战后文艺评论》(1948)、花田清辉的《复兴期的精神》(1946)、加藤周一的《文学与现实》(1948)、中村光夫的《风俗小说论》(1950)、桑原武夫的《文学入门》(1950)和福田恒存的《何谓艺术》(1950)等。战后的文学评论,尤其是以《近代文学》为中心的评论,对百废待兴的日本当代文学起到了不可或缺的理论指导作用,为日本当代文学的健康发展找到了切实可行的理论指导文学创作实践的模式。

二、"第三新人"与"战后世代"的文学天地

20世纪50年代初至60年代初,日美间的国际关系发生了显著的变化。1952年所谓旧金山体制形成,日本在法律上取得了相对的形式上的独立。再加上朝鲜战争的直接刺激,日本在经济和政治方面都有了长足发展的机遇。在经济上,1955年就已经恢复到了战前的水平,随后就开始了大规模的经济起飞;在政治上,1955年自民党的建立与社会党的统一奠定了保守与革新两大政党互相抗衡的政治基础。1954年鸠山一郎内阁组阁,天皇真正成为日本国的象征,表明新兴的资产阶级势力已经具备了独立执政的能力。在这种背景下,日美于1960年签订了新的条约,使日本实现了独立,结束了美国半军事占领的状态。

在这种大的社会背景下,文坛也发生了一定的变化,以适应新

形势的要求。首先是"第三新人"取代了战后派的文坛地位；其次是一大批老作家，包括战后派和新日本文学会等作家群体继续有新作问世；再次是被称为"战后世代"的新作家的登场。

"第三新人"得名于著名文学评论家山本健吉发表于1953年的同一标题的文学评论。第三新人的作家大多对战后文学的观念性与实验性有所反感，主张文学应该更加靠近日常现实生活的感觉和意识；在创作方法上，更加有意识地向私小说的表现手法靠拢。第三新人的重要作品有：安冈章太郎的《坏伙伴》(1953)和《海边的光景》(1959)、吉行淳之介的《骤雨》(1954)和《娼妇的房间》(1958)、小岛信夫的《美国学校》(1954)、庄野润三的《游泳池边小景》(1954)和《静物》(1960)、远藤周作的《白种人》(1955)、《黄种人》(1955)和《海与毒药》(1957)等。

到了20世纪50年代中后期，一批被称为战后世代的新作家登上文坛。他们继承战后文学的思想性与方法论，对纯粹战后世代的精神面貌进行文学的把握。大江健三郎是最具代表性的战后世代的作家。他深受存在主义的影响，《死者的奢侈》(1957)和《饲育》(1958)等充分表现了当代青年对压抑个性发展的社会现状的不满；进而则从《我们的时代》(1959)开始，集中表现了当代青年"性"的主题。此外，开高健[《恐慌》(1958)和《裸体的国王》(1958)]、北杜夫[《在夜雾弥漫的角落》(1960)]、小田实[《什么都要看》(1961)]以及一批女性作家——曾野绫子[《远方的来客》(1954)]、幸田文[《流逝》(1955)]、圆地文子[《女人的坡道》(1957)]、有吉佐和子[《纪川》(1959)]、芝木好子[《汤叶》(1960)]、森茉莉[《恋人们的森林》(1961)]、仓桥由美子[《蛇》(1960)]和河野多惠子[《蟹》(1963)]等——都应属于战后世代之列。

当然，已经成名的作家还在继续创作。老一辈作家中，伊藤整的《年轻诗人的肖像》(1954)、佐藤春夫的《永井荷风传》(1960)、川端康成的《睡美人》(1960)和《古都》(1961)、谷崎润一郎的《疯癫老人日记》(1961)、野上弥生子《秀吉与利休》(1962)、井伏鳟二的《黑雨》(1965)等都是不可多得的力作。"新日本文学"系的作家中,德永直的《静静的群山》(1953)、中野重治的《梨花》(1957)、佐多稻子的《绿色的林荫路》(1951)和《齿轮》(1958)等也都从不同的侧面揭示了现实社会的矛盾。战后派作家中,野间宏的《真空地带》(1952)、大冈升平的《野火》(1951)和《花影》(1958)、椎名麟三的《在自由的远方》(1953)、武田泰淳的《风媒花》(1952)、堀田善卫的《纪念碑》(1955)、中村真一郎的《夜半乐》(1954)、梅崎春生的《沙计时器》(1954)、三岛由纪夫的《金阁寺》(1956)和《忧国》(1961)、安部公房的《第四间冰期》(1958)和《砂女》(1962)等,在思想上更加成熟,在技巧上更趋完善。这些成名作家的创作是当代文学得以健康发展的中坚力量。

此外,石川达三的《四十八岁的抵抗》(1955)和《人墙》(1958)更加向社会批判的方向靠拢,松本清张的《点与线》(1957)增加了社会批判的力度,井上靖的《天平之甍》(1957)和《楼兰》(1958)则使历史小说走向了新的高度。在私小说方面,老作家川崎长太郎的《凤仙花》(1952)和外村繁的《开白梅的庭院》(1959)、新作家三浦哲郎的《忍川》(1960)以清新的风格为私小说注入了新的活力。另外,深泽七郎的《楢山节考》(1957)超越了日本现代小说固有的主题和形式,被认为是与众不同的作品;他的《风流梦谭》(1960)一发表就受到了右翼势力的攻击,从而引起了战后关于言论自由的广泛争鸣。

在诗歌领域,以杂志《荒原》为阵地和诗集《荒原》(1952)为标志的"荒原派"对战后诗歌的发展起到了一定的推动作用。鲇川信夫的《鲇川信夫诗集》(1955)和田村隆一的《四千个日日夜夜》(1956)等都是具有代表性的作品。其他风格各异的作品如谷川俊太郎的《二十亿光年的孤独》(1952)、金子光晴的《人的悲剧》(1952)、高村光太郎的《典型》(1950)、山本太郎的《步行者祈祷歌》(1961)、吉冈实的《僧侣》(1958)、大冈信的《记忆与现在》(1956)和西胁顺三郎的《失去的时光》(1960)等也是此期的诗坛佳作。

在文学评论领域,此期针对国民文学、文学上层建筑论、战争责任论、政治小说和纯文学等问题进行了争鸣,为战后文学的进一步发展奠定了理论基础。在具体的研究上,评论家们则更倾向于广泛占有研究材料,实事求是地提出问题。本多秋五的《白桦派文学》(1951)和《文学是上层建筑吗》(1956)、濑沼茂树的《近代日本文学的形成》(1951),伊藤整的《日本文坛史》(1952)和《文学入门》(1954),中村光夫的《占领下的文学》(1952)和《二叶亭四迷传》(1957),佐佐木基一的《现实主义的探求》(1953),小林秀雄的《近代绘画》(1954),吉田健一的《东西文学论》(1954),福田恒存的《人是富有戏剧性的》(1955),荒正人的《市民文学论》(1955),奥野健男的《太宰治论》(1955),江藤淳的《夏目漱石论》(1956),山本健吉的《古典与现代文学》(1955),加藤周一的《日本文化的杂种性》(1955),吉本隆明与武井昭夫的《文学者的战争责任》(1956),平野谦的《私小说的二律背反》(1951)、《在政治与文学之间》(1956)和《艺术与现实生活》(1958),花田清辉的《战后文学大批判》(1959)和吉本隆明的《艺术的抵抗与挫折》(1959)等著述,都是这一时期文学评论方面的力作。江藤淳和奥野健男等年轻的评论家是战后世代作家的知音;吉本隆明以思想性见长的评论也对年轻一代产生了较大的影响。

三、高速增长期向内转的文学

20世纪60年代初至70年代初,日本迎来了经济高速增长期。

从60年代起，日本经济出现了前所未有的繁荣，经济增长率连续三年超过10％，被称为"岩户景气"。经过"1965萧条"后，日本继续推行经济高速增长政策，1966年经济增长率超过17％，大大高于其他资本主义国家，1968年即成为仅次于美国的第二经济大国。经济高速增长使国民个人收入不断提高，人们的消费观念也发生了巨大的变化。这对日本的社会生活、风俗文化等都产生了深刻的影响。从外在的（物质）生活条件来说，一是电视机等家用电器的普及使人们改变了对世界的感官认识；二是公共住宅和家用车的普及改变了人们的生活方式；三是劳动时间缩短，休闲时间加长，改变了人们的作息生活习惯。从内在的（精神）生活需求来说，一是既成的"性"的观念发生变化，即所谓性解放的意识增强；二是传统的家庭观念受到严重的冲击；三是人与人之间的冷淡关系造成了孤独与不安。全民化的经济活动几乎完全取代了政治活动，人们回归"日常"。而对于"日常"这个巨大的沙漠而言，人这个存在的主体就仿佛一滴水，一不留神就会被迅速蒸发得无影无踪。这就是这一时期无论是作为创作者的文学家还是作为消费者的读者都必须面对的社会现实。

对于文学所要表现的"日常性"，第三新人的作家并不感到很陌生。他们或回忆战争以前的时光，描写自己的青春时代；或以"现在时"记叙今天的日常生活，努力适应飞速发展的社会现实。前者有安冈章太郎的《花祭》（1962）和《谢幕之后》（1967），后者有吉行淳之介的《黑暗中的节日》（1961）和小岛信夫的《拥抱家族》（1965）等。

首先，一批新作家先后登场：高桥和巳[《悲器》（1962）和《忧虑的党派》（1965）]、柴田翔[《那么我们的日子》（1964）]、田边圣子[《感伤旅行》（1964）]、三浦绫子[《冰点》（1964）]、津村节子[《玩具》（1965）]、高井有一[《北方的河》（1965）]、丸谷才一[《露宿》

(1966)]、丸山健二[《夏天流逝》(1966)]、柏原兵三[《德山道助还乡记》(1967)]、大庭皆子[《三只蟹》(1968)]、村司薰[《小红帽,当心呀》(1969)]、清冈卓行[《洋槐树林立的大连》(1969)]、黑井千次[《时间》(1969)]和古井由吉[《杳子》(1970)]等,都是20世纪60年代崭露头角的新进作家。

已经成名的作家依然不断有新作品问世。川端康成的《古都》(1961)、丹羽文雄的《一路》(1962)、谷崎润一郎的《厨房太平记》(1962)、广津和郎的《岁月的脚步声》(1961—1963)、野上弥生子的《秀吉与利休》(1962)、井伏鳟二的《黑雨》(1965)和舟桥圣一的《让人喜欢的女人胸饰》(1967)等,虽然风格各异,却都对当代文学的稳步发展起到了一定的作用。在左翼作家中,中野重治的《甲乙丙丁》(1965)和佐多稻子的《溪流》(1963)等,继续坚持无产阶级文学的创作方向;石川达三的《事先约定了的世界》(1967)和山崎丰子的《白色巨塔》(1963—1965)依然不减社会批判的力度。在战后派作家中,野间宏的《青年之环》(1966—1971)、三岛由纪夫的《丰饶的海》(1965—1970)、武田泰淳的《囚徒告状》(1969)、堀田善卫的《桥上幻像》(1970)、埴谷雄高的《黑暗中的黑马》(1970)、安部公房的《砂女》(1962)和《燃烧的地图》(1967),第三新人中的庄野润三的《漂浮的灯塔》(1961)、远藤周作的《沉默》(1965)、安冈章太郎的《月亮在东》(1970)以及战后世代的大江健三郎的《个人的体验》(1964)和《万延元年的足球》(1967)都不断深化自己的主题。在女性作家中,芝木好子的《丸内八号馆》(1962)、濑户内晴美的《夏末》(1962)、仓桥由美子的《蝎子》(1963)和《圣少女》(1965)、圆地文子的《鹿岛奇谈》(1963)、有吉佐和子的《非色》(1963)和《华冈青洲之妻》(1966)、河野多惠子的《背誓》(1966)和《旋转门》(1970)、曾野绫子的《为谁而爱》(1970)等都坚持从女性作家的独特视角审视社会人生。在私小说作家中,尾崎一雄的《梦蝶》(1962)、外村繁的

《航标》(1961)、檀一雄的《火宅》(1963)、上林晓的《白篷船》(1963)、藤枝静男的《一家团圆》(1966)和《空气脑袋》(1967)、三浦哲郎的《初夜》(1961)和《海之路》(1967)等都为私小说的生存权而不懈努力。还有水上勉的《雁寺》(1961)、深泽七郎的《甲州摇篮曲》(1964)、井上靖的《风涛》(1963)、北杜夫的《榆树人家》(1964)等，都是这一时期有一定影响的作品。

随着"性解放"思潮的兴起，在美国当代文学的直接影响下，"性主题"也开始正式登上文坛，吸引着各个流派作家的注意。川端康成的《睡美人》和谷崎润一郎的《疯癫老人日记》，重新吸引了人们的注意；大江健三郎继《我们的时代》后又发表了《性的人》(1963)，直接提出了"性"的主题。此外，吉行淳之介的《沙上植物群》(1962)和《暗室》(1969)、中村光夫的《我的性的自白》(1963)、河野多惠子的《蟹》(1963)和野坂昭如的《淫棍》(1963)等也都对这一主题进行了各自的探索。

散文、随笔创作的活跃也是这一时期的一大特色。比如，大江健三郎的《广岛札记》(1964)、《严肃的走钢丝》(1965)、《冲绳札记》(1969)和《核时代的想象力》(1970)，安部公房的《沙漠的思想》(1965)，安冈章太郎的《美国感情旅行》(1962)等，都是这方面的出色作品。

在文学评论方面，重新开始对政治与文学理论的争鸣，并进而对战后文学的成败展开讨论。此期重要的评论著述有：吉本隆明的《战后文学的转换》(1962)和《共同幻想论》(1966)、佐佐木基一的《"战后文学"是个幻影》(1962)、奥野健男的《"政治与文学"的破产》(1963)、平野谦的《昭和文学史》(1963)、尾崎秀树的《大众文学》(1964)、矶田光一的《殉教的美学》(1964)、本多秋五的《战后文学史论》(1964)、秋山骏的《内在的人生》(1967)、松原新一的《大江健三郎的世界》(1967)和江藤淳的《漱石和他的时代》(1970)等。

四、"无限透明"的日常生活

到了 20 世纪 70 年代，日本经济步入了稳定增长时期。这是因为 1973 年爆发的中东战争和此后的世界性石油危机，使日本不得不调整了经济政策和产业结构。日本的经济发展速度适当放慢，开始了稳定增长。由此，日本才能长期保持总体比西方高得多的经济发展速度。

由高速增长向稳定增长的转变，对社会生活、思想意识和文学艺术等都产生了比较大的影响。这首先体现在新出现的作家的文学作品里所表现出的对社会日常生活的新的理解。比如，森万纪子的《黄色的娼妇》(1971)、后藤明生的《用疑问号结束的故事》(1971)、东峰夫的《冲绳少年》(1971)、丸谷才一的《只有一个人造反》(1972)、山本道子的《贝蒂的院子》(1972)、井上厦的《带锈殉情》(1972)、古山高丽雄的《小小的市区图》(1972)、加贺乙彦的《异乡》(1973)和《宣告》(1975—1979)、中上健次的《岬》(1975)和《千年愉乐》(1980—1982)、日野启三的《看那夕阳》(1974)、林京子的《祭奠的地方》(1975)、冈松和夫的《志贺岛》(1975)、高桥三千纲的《祖父的年龄》(1976)、村上龙的《近乎无限透明的蓝色》(1976)、三田广诚《我是什么东西》(1977)、高桥一郎的《伸予》(1978)、村上春树的《且听风吟》(1979)和田中康夫的《这就是科里斯达尔》(1980)等，都从不同的侧面反映了当代日本人的生活以及对于现实生活的思考。尤其是两位村上的出现，更被当代文学评论家津津乐道，称之为"村上时代的到来"或"战后文学的终结"。

20 世纪 70 年代初，日本文坛上出现了两个针锋相对的文学流派"作为人派"和"内向世代派"。前者以杂志《作为人》为阵地，主张"作为人"，在社会和国家秩序面临崩溃、生存意识陷于分裂的时候，一定要从正面去对待当代的现实问题，努力使受到压抑的人性和受到伤害的人格得到康复；后者则主张摒弃社会的概念，把现实抽象化，把人的精神和意识看作生活的真实，进而强调人的主观本能、直觉和意志的绝对性。可见在如何看取生活的问题上，他们之间有着不可调和的矛盾。"作为人派"的主要作家作品有：高桥和巳的《自杀的形而上学》(1971)、开高健的《夏天的黑暗》(1971)、柴田翔的《始终站着的明天》(1971)、真继伸彦的《败局的先兆》(1971)、小田实的《瓜岛》(1973)和《茫》(1976)等；"内向世代"派的主要作家作品有：古井由吉的《梳子之火》(1973—1974)、后藤明生的《夹击》(1973)、小川国夫的《他的故乡》(1974)、阿部昭的《千年》(1972)和《无缘的生活》(1974)、黑井千次的《五月的游历》(1977)和《往日的战争》(1978)等。

已经成名的作家也不断有新作问世。新日本文学会方面的佐多稻子的《树影》(1970—1972)和《时光流逝》(1975)，继续调整批判现实主义捕捉生活的视角；战后派的安部公房的《箱男》(1973)、大冈升平的《中原中也》(1974)、中村真一郎的《四季》(1975)、岛尾敏雄的《直到住院》(1976)和堀田善卫的《在橄榄树荫下》(1980)等，都坚持他们一贯主张的实验性和社会性；第三新人的吉行淳之介的《藏青色的美》(1971)和《夜色降临》(1978)、远藤周作的《死海之滨》(1973)、庄野润三郎的《割芦苇》(1974)、小岛信夫的《哭述》(1975)和安冈章太郎的《流离谭》(1976)等，继续开拓着他们所钟情的"日常性"；私小说方面的上林晓的《四万十川幻想》(1971)、檀一雄的《火宅之人》(1975)、藤枝静男的《圣约翰教堂》(1974)和《只有悲伤》(1979)、三浦哲郎的《手枪和十五个短篇》(1975)和《村姑》(1976)、川崎长太郎的《一个女人的独白》(1976)等，都坚持着这一领域的创作。此外，丸山健二的《黑海访问者》(1972)，有吉佐和子的《恍惚的人》(1972)，深泽七郎的《盆栽老人和他的周围》(1973)，大江健三郎的《洪水漫上我的灵魂》(1973)、《替补队员手记》(1976)和《同时代游戏》(1979)，野坂昭如的《人称代词》(1976)，森瑶子的《情事》(1978)等，也都是这一时期的上乘之作。

在诗歌创作方面的收获主要有中村正夫的《词汇集》(1971)、田村隆一的《新年的信》(1972)和《水半球》(1980)、吉增刚造的《王国》(1973)、饭田耕一的《戈雅的教名》(1974)和《宫中》(1979)、中村稔的《毛虱飞舞的情景》(1976)、吉冈实的《摘番红花》(1976)等诗作。

在评论方面，围绕着"内向世代"的评价和内向性倾向的得失问题、历史小说的创作问题等展开争鸣，一批新的评论家迅速成长，给文坛带来了新的生机。比如，筱田一士的《日本的现代小说》(1973)、高桥英夫的《作为元素的"我"》(1976)和《昭和批评史》(1979)、川村二郎的《内部季节的丰饶》(1978)、佐伯彰一的《物语艺术论》(1979)、山崎正和的《不愉快的时代》(1976)、矶田光一的《作为思想的东京》(1978)、松原新一等的《战后文学史·年表》(1978)、柄谷行人的《反文学论》(1979)和《日本现代文学起源》(1980)、莲实重彦的《表层评论宣言》(1979)、秋山骏的《内在的理由》(1979)、川本三郎的《同时代的文学》(1979)等，分别从各自的研究视角丰富了文学批评的内容。另外，江藤淳的《漱石与亚瑟王的传说》(1975)、山本健吉的《诗的自觉的历史》(1977)、小林秀雄的《本居宣长》(1977)、中村光夫的《小林秀雄论考》(1977)、桑原武夫的《文学序说》(1977)、吉本隆明的《悲剧的解读》(1979)和川西政明的《大江健三郎论》(1979)等，都坚持现代文学批评的传统立场和方法，为日本当代文坛的稳定发展做出了不懈的努力。

五、走向国际化的文学

从20世纪80年代初到90年代初,日本经济继续稳步增长,国民生活水平又有了大幅度提高,绝大多数人认为自己属于中产阶级,社会生产力和社会购买力同步发展,高层次的消费文化已经形成。这就为日本文化的变革创造了良好的外部条件,也是后现代文化艺术产生发展所必需的物质条件。并且,随着战后美国后现代文化的大量输入,日本文学发生质变的条件也就基本具备了。我们还应注意到,这一时期国际政治风云突变:苏联解体前的改革、东西冷战的结束和德国的统一等,都对人们已成定势的思维造成了一定的冲击。这是日本当代文学走国际化道路或真正走向世界的良好的外部条件,也是后现代主义文学发展壮大的基础。

日本后现代主义文学在"内向世代"的创作中已经初见端倪。丸山健二的《正响午》(1968)和《我们的假日》(1970)都具备了后现代主义的文体要素,是日本后现代主义文学的先驱作品。到了20世纪70年代末,"村上文学"的出现标志着后现代主义文学的正式登场。继1979年发表《且听风吟》后,村上春树又先后发表了《1973年的弹子游戏》(1980)、《寻羊冒险记》(1982)、《世界尽头与冷酷仙境》(1985)、《挪威的森林》(1987)和《舞!舞!舞!》(1988)等一系列作品,村上龙也发表了《爱与幻想的法西斯》(1984—1987)。此外,中上健次[《千年愉乐》(1980—1982)和《奇迹》(1989)]、冈松和夫[《异乡之歌》(1983)]、小林恭二[《小说传》(1985)]、山田咏美[《杰西的脊椎骨》(1986)]和桐山袭[《亚热带的眼泪》(1987)]等新进作家和两位村上一起被称为"都市文学派"。稍后开始创作的一批后现代主义新进作家往往被称为"儿童派"。比如,高桥源一郎的《优雅感伤的日本棒球》(1985—1987),岛田雅彦的《献给温柔左翼的嬉游曲》(1983)和《梦境》(1989)，吉本芭娜娜的《厨房》(1987)、《悲哀的预感》(1988)和《黑夜和黑夜的行路人》(1989)等，都是20世纪80年代日本文坛上有一定影响的作品。"都市文学派"和"儿童派"的共同特征就是"脱日本"的"国际化"的主题取向。

在私小说创作方面，新人笙野赖子的《极乐》(1981)获得"群像新人奖"，藤枝静男在评审意见中称赞道："这样形神兼备的纯观念小说现在极罕见，在这个意义上作者恐怕吃了很多苦头，这也是一部严肃认真的纯正的私小说。"可是，尽管她的小说具有独特的魅力，当时却没有得到评论界和广大读者的认可。

已经成名的作家的创作对文坛有着很大的影响。比如，大江健三郎的《啼听"雨树"的女人们》(1981)、《醒来哟，新人！》(1983)、《致令人怀念的岁月》(1987)、《人生的亲戚》(1989)和《静谧的生活》(1990)，津岛佑子的《梦的记录》(1986)，丸山健二的《行星泉水》(1986)，色川武大的《狂人日记》(1987)等，都是这一时期的上乘之作。他们的作品也大多转向"国际"舞台或具有国际化的倾向。

但是，20世纪80年代也是70年代末"纯文学危机"进一步深化的时代，也就是出现了文坛上所说的纯文学"断流"现象。被称为登龙门奖的芥川奖1981年下半年和1982年上半年连续两届空缺，1986年第95、96届又再次连续空缺，从而导致评委会改组。这一方面表现出新旧文学的"代沟"加深，同时也暴露出日本文坛盲目追求"国际化"的弊端。例如，获得1990年第103届芥川奖的《村名》就存在着这方面的问题。小说作者辻原登是日本一家商社的职员，由于工作关系曾去过中国湖南省的桃源县桃花源村，即陶渊明笔下世外桃源的原型地。在这一大的文化背景下，两名商社职员自认为虽然找到了桃花依旧，却找不到憧憬中的善良、诚实和热情……如果小说创作中确实没有掺杂任何偏见的话，那么，作者对中国的理解就显得太浮浅了。正如该奖评委、著名作家黑井千次所批评的一样："在这部小说里我所感受到的，只是商社职员迟钝的神经。……如果确是出于文学描写的需要而适当暴露其他国家的阴暗面，倒也未尝不可，但要是怀有不好的用心，则又另当别论了。"

在文学评论方面，成名评论家和新进评论家的工作都引人注目。成名评论家或坚持自己研究的主题，或重新开辟研究分野。比较有影响的著述有：中村光夫的《小说是什么》(1982)，吉本隆明的《"反核"异论》(1983)和《知的彼岸》(1987)，江藤淳的《自由与禁忌》(1984)，佐伯彰一《近代日本的自传》(1981)和《日美关系中的文学》(1984)，秋山骏《心灵的诡计》(1983)，矶田光一《战后史的空间》(1982)，莲实重彦《物语批判序说》(1982)、《远离小说》(1989)和《平庸艺术家的肖像》(1989)，柄谷行人《作为隐喻的建筑》(1981)等。处于小说与评论两栖位置的著作也别有天地，比如大冈升平的《成城通信》(1983)、《通奸的符号学》(1984)和《小说家夏目漱石》(1989)，大江健三郎的《大江健三郎同时代论集》(1980—1981)和《最后的小说》(1988)等。新进评论家将人类文化学、现象学、符号学、都市论等新的思想理念和学术视野带到当代文学批评领域里来，预示着当代文学批评的新趋势。重要著作有：川本三郎的《都市的感受性》(1984)，三浦雅士《主体的蜕变》(1982)，川村凑《异样的领域》(1983)，竹田青嗣《所谓"在日本"的根据》(1983)，加藤典一《"美利坚"的影子》(1985)、《趋向评论》(1987)和《日本风景论》(1990)，小林广一《原始之声》(1986)和《中野重治论》(1986)，铃木贞美《人的零度，或曰表现的脱现代》(1987)，黑古一夫《大江健三郎论森林的思想和生存的原理》(1989)和《村上春树与同时代的文学》(1990)等。其实，20世纪80

年代的文学评论也和文学创作一样,"日本"和"美国"等主题所设定的问题意识取向占据主导地位。这当然是对日本文学国际化、让日本文学走向世界的有力推动。

综观近半个世纪的日本当代文学,我们可以用以下几点来加以概括:

首先,就文学流派的发展变化而言,可以用"长江后浪推前浪"来形容:流派形成较快,交替迅速;新旧流派之间,往往以否定之否定的形式,对文坛造成冲击。比如,战后派文学自觉"断绝"与日本文学以私小说为代表的旧的传统的联系,使日本文学增加了"社会性"和"实验性",从而摆脱了"日常性"的桎梏;继之而来的"第三新人"对战后派的"社会性"与"实验性"不屑一顾,更倾向于私小说对日常生活的艺术再现;被称为"战后世代"的作家则反对"第三新人"的"日常性",尤其是大江健三郎,自称为"战后派文学"的传人,更加突出了作品中的"社会性"和"实验性";其后的文坛上,"内向世代"与"作为人派"分庭抗礼,针锋相对,前者倾向于"第三新人"的日常性,后者倾向于"战后世代"以及"战后派"的文学主张。可见,日本当代文学的发展是与"社会性"的多寡消长密不可分的。所以,我们认为,日本当代文学取得的成就,与战后派的文学理论和实践的先导作用是分不开的。

其次,就作家的创作方法而言,自觉接受欧美现代主义乃至后现代主义的影响,使当代日本文学达到了一个新的境界。在当代日本文学里,我们很难找出没有受过欧美文学影响的作家。我们可以重点关注在这个方面成绩比较突出的作家,如大冈升平、安部公房、远藤周作、大江健三郎和村上春树等人的创作。他们接受欧美文学的影响是有其必然性的。主要表现在:一、战后日本社会是以美国的民主主义为重建基础的,所以很少有意识形态上的分歧;二、战后日本经济呈不断增长趋势,最终成为仅次于美国的经济强国,渐渐磨灭了或"东"或"西"的二者择一的狭隘意识;三、当代日本作家以"知识型"为主,更易于接受异质文化的影响,或具备了接受外来影响的可能。

再次,从文学批评与文学创作的关系来看,日本当代文学的批评与创作是相辅相成的对立统一体。可以说,没有当代日本文学批评就没有日本当代文学。在日本当代文学史中,我们不难发现这样一个事实:每一个成形的流派都有与之相呼应的批评家群体的存在。比如,荒正人、平野谦和本多秋五与战后派,奥野健男和服部达与第三新人,江藤淳与战后世代等,都充分说明了文学与批评的这种相互提高、相互促进的关系。并且,文学批评与文学创作,往往都以同人刊物《战后派》与《近代文学》为阵地。这样,我们泛指的文坛就有了可以依靠的实体。也只有这样,一种新的文学现象才能得到有力的推动,进而向"定型化"的方向发展。

由此,日本当代文学才能在"战败"的起点上不断发展壮大,取得了举世瞩目的成就。川端康成获得 1968 年度诺贝尔文学奖,大江健三郎获得 1994 年度诺贝尔文学奖就是有力的证明。

当然,日本当代文学在取得了极大成绩的同时,也还存在着这样那样的问题,以至于人们用"纯文学的危机"来加以警策。尤其近十几年来的创作,确实使很多读者感到了"读不懂"的茫然,这无疑是创作者必须加以深思的。加强日本当代文学的思想精神(个体)与社会文化(整体)的内涵,应该是日本当代文学者共同的追求和责任。并且,近半个世纪的日本当代文学,对于我们中国当代文学当然也会有一定的借鉴作用。

主要参考文献:

松原新一,磯田光一,秋山駿.現代の文学 戦後日本文学・年表[M].東京:講談社,1978.

小田切秀雄.現代日本文学史(下)[M].東京：集英社,1976.

伊藤整.新潮日本文学小辞典[M].東京：新潮社,1979.

川村湊.戦後文学を問う―戦後文学の体験と理念[M].東京：岩波書店,1995.

李均祥.日本 70、80 年代文学思潮评介[J].西北大学学报,1990(4).

何乃英.日本当代文学的发展轨迹及其特点[J].河北大学学报,1996(2).

日本当代小说述评(1980—2000)*

从20世纪80年代起,日本人有了一次从泡沫经济的繁荣到崩溃的"过山车"般的体验,经济上的高消费与文化上的高消费同步增长,使日本社会进入了"高度资本主义"阶段。随着欧美后现代文化的大量输入,日本文化和日本文学发生质变的条件也就基本具备了。我们还应注意到,20世纪末叶国际政治风云突变:苏联的解体、德国的统一和东西冷战的结束等,都对人们已成定势的思维造成了一定的冲击。这是日本当代文学走国际化、多元化道路,或真正走向世界的良好的外部条件,也是后现代主义文学发展壮大的基础。

一、知名作家的小说创作

1980年以降,成名作家的创作依然占据着文坛一隅。以1994年大江健三郎获得诺贝尔文学奖为契机,这一群体的创作可谓登峰造极。

战后派以及其后的继承者们,依然坚持着社会性操守。中村

---

* 本文为国家社科基金重点项目《外国当代文学纪事丛书 1980—2000》(06AWW001)的阶段性成果,与罗晓红合作完成。

真一郎的《冬》(1984)、岛尾敏雄的《湾内入海口》(1982)、安部公房的《方舟樱丸》(1984)和《袋鼠日记》(1991)、堀田善卫的《人在旅途》(1985)、石川淳的《六道游行》(1981)、小岛信夫的《各务原》(2000)、庄野润三的《早春》(1980)、远藤周作的《武士》(1980)和《深深的河》(1993)、开高健的《耳朵物语》(1983)、丸山健二的《泣月》(1986)、仓桥由美子的《交欢》(1988)、津岛佑子的《在夜光的追逐下》(1987)和《火山——山猿记》(1998)、黑井千次的《群栖》(1981)和《黄金树》(1989)、吉井由吉的《牵牛花》(1980)和《比影》(1989)等,都是这20年里的小说力作。

安部公房的《方舟樱丸》意味深长。一般说来,"方舟"这个形象连接着"诺亚方舟"、世界崩溃后向着"新世界"出发等意蕴。但是在安部公房的笔下,这个被命名为"樱丸"="日本"的方舟,即小说的舞台,只是一座废弃了的采石场,是个"非法投弃物的最终承包场"——收集被社会废弃了的东西的场所。由老年人构成的"扫帚队"的入驻,意味着这座"方舟"是"苟延残喘"的"死"的场所。最具象征意义的莫过于主人公被便器夹住了脚,还在探讨"鲸鱼集体自杀"——"大概是怕淹死而从水里逃出来的吧!"

安部公房的最后一部长篇小说《袋鼠日记》,是从他自己的作品中提炼出各种各样的形象汇集成的劣性的群像。"袋鼠"是在文具公司任职的"我"所倡议开发的新产品的名称。有袋类的"袋鼠"相对于真兽类(有胎盘类)的动物,往往被当作劣等动物,而这种把有袋类当作劣等动物的"视线"平移,则是把居住在"新世界"澳大利亚的土著当作劣等人种,进而认为对其进行殖民统治是正当的。可见,"袋鼠"的表象不仅仅是有袋类动物的代表,也是"看"澳大利亚"劣等人种"的指标。"我"看袋鼠的眼神不是"优"对"劣"的高高在上,而是在分析了袋鼠之所以人气旺的原因就在于其另类的"不完全性"后,认识到了"我自身"也有这种"不完全"

的劣性时所产生的同病相怜的共感。袋鼠和"我"腿上长出的"萝卜苗"命运相同。萝卜和萝卜苗在生物学的意义上没有优劣之差,可是后者是定苗前的"准"萝卜,被"间苗"是其必然的命运,所以"它仿佛就是植物中的有袋类一样"。而为了治疗"怪病"躺在医院病床上打点滴、挂尿袋时联想到的当然是袋鼠的形象——"我"和袋鼠就是用"劣等"这根绳子拴在一起的。但是,如果仅止于此,《袋鼠日记》势必会变得索然无味,安部公房进一步为"我"编织了对少女 B 至死不变的"欲情",正是这被压抑在无意识领域的欲望的发生过程,才使得《袋鼠日记》和殖民主义的日本结合起来,发人深省。①

远藤周作此期著述甚丰,其中《武士》和《深深的河》堪称代表。小说《武士》以 1613 至 1620 年支仓遣欧使节团访欧为题材,以武士支仓常长为原型。但是,这部作品却不是这名武士的传记,而是作者深入思考他那悲剧的大旅行后"重新构成"的小说。显然,阅读《武士》时的关键词是"史实"与"虚构"。在尊重基本史实的基础上,虚构出一名日本武士的悲剧人生,这是《武士》取得成功的关键之所在。并且,在主题取向上,《武士》依然继续着《沉默》(1966)以来的日本宗教"泥沼论":"日本是这个世界上最不适合我们的信仰(基督教)的。日本人本质上对超人的绝对的东西、对超自然的存在、对被我们称为超自然的东西没有感觉",所以,"日本是使基督教枯烂的泥沼"。

远藤晚年的代表作《深深的河》是由几个没有内在关系的故事组成的。参加印度旅行团的几个人分别拥有的故事,对于每个人物来说都是"秘密":矶边的妻子因癌症而去世,美津子每每感到

---

① 石崎等.『カンガルー・ノート』ノート[J].国文学—解釈と教材の研究,1997(8):80-85.

空虚,童话作家沼田大病不死,木口难忘战争中留下的残酷记忆……每个人物都有不可告人的"秘密"。把小说舞台设置为印度,意义深刻。这与其说是小说叙事的选择,莫如说是作为基督徒的作者长期探寻的宗教主题的一次升华。在"印度"的印度教的比照下,远藤的基督教与日本人的灵魂的主题变成了"深深的河"。正如远藤本人所言:"我认为我们一般都是在文化传统和文化环境中选择自己的宗教。印度人选择印度教,欧洲人选择基督教就是如此。""如果同样思考其他宗教的话,我们根本不可能,也不可以全面否定它。我们应该积极地在他们好的东西、好的部分中发现耶稣的基督教的上帝的另一张面孔。"①

进入20世纪80年代后,大江健三郎进行"短篇连作"的尝试,标志着他的创作进入了第三个阶段。以《谛听"雨树"的女人们》为开端,大江第三阶段的系列短篇小说描绘了具有相当的思想性和美学价值的人类精神发展历程中灵与肉的既和谐又对抗的轨迹。《醒来哟,新人!》(1983,获同年度大佛次郎奖)中的残疾儿,不外乎是对生与死麻木不仁的群体获得"再生"的祈愿;《如何杀死树》(1984)中的女人和性,也是对"生死"这一文学母题进行铺陈,其中的"树"显然比"雨树"更切近现实;《被河马咬了》(1985,获同年度川端康成奖)中的河马作为恶势力的意象,体现了作者对社会革命的沉思……这些都是同时包含着形象本身的自然性质和第二项象征涵义的象征性的意象。

1994年,大江健三郎"凭着诗的想象力,创造了使现实与神话紧密地凝缩在一起的想象的世界,夸张地描写了现代人的形象"获得了诺贝尔文学奖。其实,在20世纪80年代,大江健三郎就具备

---

① 遠藤周作,加賀乙彦.対談・最新作『深い河』—魂の問題[J].国文学—解釈と教材の研究,1993(9):6-21.

了获诺贝尔文学奖的资格。我们看一下评选委员会主席歇尔·耶思普玛基在颁奖词中提到的几部作品：《个人的体验》(1964)、《万延元年的足球》(1967)、《M/T与森林神奇故事》(1986)和《致令人怀念的岁月》(1987)等，这些早已发表了的作品充分说明了这一点。

在此时期的作品中，我们应该十分重视大江健三郎对拉伯雷、但丁和叶芝等人的引用和阐扬以及对自己作品的引用。由此这般，大江不仅找到了与这些文学巨匠沟通的途径，也发现了超越既成文学传统的方法。被大江健三郎称为"最后的小说"的三部曲《燃烧的绿树》就是这样的尝试。从大江文学创作的流脉视之，此三部曲还是在从《万延元年的足球》到《致令人怀念的岁月》的延长线上；从大江本人的创作追求而言，则可以称之为大江作品的集大成之作。接受性转换手术的男性叙述者所讲述的故事，超越了性的障碍，从而在"无垢"的心境里，试图实现拯救人-人类的灵魂的理想。所以，称其为"最后的小说"，显然充分体现了作者超越既成文学乃至自己的文学创作的信念与决心。这三部曲是：第一部《待到"救世主"挨揍的时候》(1993)、第二部《震颤的大地》(1994)和第三部《大大的太阳》(1995)。"教会"这个符号所喻指的显然是西方的"宗教信仰"，从20世纪80年代开始，大江健三郎就主张"一个没有信仰的人的宗教意识和'祈祷'"。这种文学思想上的预设，是此期乃至《空翻》(1999)和《换孩子》(2000)以后创作的主题。

二、"都市文学派"与"儿童派"的小说创作

20世纪70年代末，村上春树和村上龙相继作为"高度资本主义时代的作家"而走红，被称为"村上文学"，他们的出现标志着后

现代主义文学的正式登场。继 1979 年发表《且听风吟》后,村上春树又先后发表了《1973 年的弹子游戏》(1980)、《寻羊冒险记》(1982)、《世界尽头与冷酷仙境》(1985)、《挪威的森林》(1987)、《舞!舞!舞!》(1988)、《奇鸟行状录》(1992)、《地下铁道》(1997)、《在地震的废墟上》(1999)等一系列作品;村上龙也发表了《投币保险箱里的孩子》(1980)、《爱与幻想的法西斯》(1984—1987)、《共生虫》(1998)、《五分钟后的世界》(1997)。此外,中上健次[《千年愉乐》(1980—1982)和《奇迹》(1989)]、冈松和夫[《异乡之歌》(1983)]、小林恭二[《小说传》(1985)]、山田咏美[《杰西的脊椎骨》(1986)]和桐山袭[《亚热带的眼泪》(1987)]等新进作家和两位村上一起被称为"都市文学派"。

村上春树是"都市文学派"的代表作家。他以独特的视角描写现代都市人的孤独,赢得了广泛的读者。以《挪威的森林》为例,在这部当代爱情悲剧的经典之作中,主人公们饱受爱情与性爱相互分裂的煎熬。直子爱木月,但是二人之间存在着无法克服的生理、心理的性爱障碍;直子不爱渡边,却对他有着性的渴望,并且能够克服自身的生理障碍,实现性爱;渡边对直子有性爱和爱情的追求,却得不到直子的爱情,他的性爱只能在直子、绿子、玲子甚至初美之间漂移;直子自杀后,他的爱情追求便都变成了痛苦中存在着欢乐性爱的回忆……在古典文学作品中,性爱往往被当作善恶的评判对象来描写。劳伦斯之后,虽然对性爱不乏赞美,却也只是爱情的副产品。在村上春树笔下,性爱与爱情一样被作为人类生活的普遍现象等同视之,这就为 20 世纪乃至 21 世纪的爱情文学找到了一条新的出路。① 长篇小说《舞!舞!舞!》再三强调"我们生活在高度发达的资本主义社会",但是企业间的并购行为却不亚于

---

① 酒井英行.村上春樹『ノルウェイの森』論(I)[J].人文論集,2001,7:370.

原始资本积累时期的"羊吃人运动"。这部小说和其后的《国境以南，太阳以西》都可以称为"高度发达的资本主义社会"的现实主义小说。37岁的主人公"我"是高档酒吧的老板，和妻子及两个女儿过着舒适的生活……作者试图通过这个"中产"的"我"，来探讨"高度发达的资本主义社会"中个体的心路历程。《地下铁道》和《在地震的废墟上》都表现出村上春树对社会现实的关注。前者以村上独特的方式记录了奥姆真理教在地铁车站施放沙林毒气事件的一个侧面——60位受害者的个别体验；后者则描述了阪神大地震对于一个普通人的心灵的震撼。与这些关注现实社会人生的作品相比，《奇鸟行状录》却有些令人费解：主人公"我"由于失去了"奇鸟"，这个世界就变得不可理喻，而拧动小小的发条"便可以转动世界"。显然，"奇鸟"这一寓意颇深的符号（形象），使得小说的结构变得扑朔迷离："我"的妻子为何失踪？郁闷至极的16岁少女有何选择？志向远大的表兄和"我"为何不能言归于好？在现实与梦境的交错中，被"奇鸟"所抛弃或现实世界所隔绝的"我"的内心世界紧密地联系着世界的"混沌"与难以交流的"他人"。这与发表在1982年的《寻羊冒险记》采用多种叙事方法的尝试是遥相呼应的。

村上龙这一时期的创作依然是刺激的题目下隐藏着的暴力，体现了当代人"与厌倦斗争"的冲动，其指向性一般认为是"依靠恶来否定现状"，暗喻的矛头则径直指向"天皇制"。比如，在《投币保险箱里的孩子》中有银莲花去病房看望幸子的一幕。幸子喋喋不休地说着"晚会和男人、宝石"时，银莲花却凝望着窗外新宿的高楼大厦。她把普通人所追求的东西比作"水"："我讨厌水，讨厌得要死，即使让我嚼沙子划破喉咙口吐鲜血也比喝水好。"[①]村上龙的

---

① 村上龍.コインロッカー・ベイビーズ[M].東京：講談社，1984：258.

主人公在对日常生活的这种近乎白日梦般的厌倦中,渴望着冲击和刺激。他们不喜欢"等电车",而喜欢"高科技武器的枪战"。《5分钟后的世界》的主人公小田桐被从现在的东京运到了日本还在继续进行战争的"并行的世界",成了日军的俘虏,他在被处刑前的一段话充分体现了这种对"冲击"的渴望。《5分钟后的世界》和我们"现在的东京"的现实世界只隔着"5分钟",却相去甚远:一个充满了未知的"冲击",一个是令人窒息的"厌倦"。所以,我们可以说,村上龙的主人公小田桐们所"厌倦"的是"高度资本主义"状况下千篇一律的日常生活,他们所憧憬的是充满暴力性的"革命"的"冲击"。正是在这种"暴力性"上,《5分钟后的世界》才得以和前作《爱与幻想的法西斯》相连接。

被称为"政治经济小说"的《爱与幻想的法西斯》的背景是世界性的经济危机使日本陷入了前所未有的政治(经济)危机。在阿拉斯加靠狩猎为生的主人公铃原冬二回国组建"狩猎社",意欲成为日本的独裁者。"狩猎"这个关键词首先意指了"弱肉强食"的自然界生存(狩猎)的基本原理,其次则意指着"游戏"。铃原始终贯彻这种"狩猎"的原理,最终成了日本实质的独裁者;狩猎社的武装部队头领山岸良治从小就精通以强凌弱的"战斗术",所以才能在结识铃原之前、不满20岁时就和同伙犯下了8次命案……而与以色列缔结秘密协定,制造战略核武器,用药物把实业家和社会新党委员长变成废人等,都是"狩猎游戏"的一个环节。在这里,狩猎=暴力=游戏。高参相田剑介是个多义性的人物:他对电影导演的"日常"感到绝望,与铃原相遇,劝说他回国去做日本的独裁者。这表明了他对"狩猎"的认同,也表明了他对日本"现状"的"厌倦"。作为高参异常活跃了一段时间后,他渐失热情,但又在和铃原一起"狩猎"后重新振作起来……最后,还是精神崩溃,自绝其命!可见,相对于真正的狩猎者铃原冬二以及小混混山岸良治,相田剑介等被"高度资本主义化"了的人,最终也很难调动起"革命"的热情,因为使他们近乎于绝望的对"日常"的"厌倦",已经超越了某一个体,变成了一种"时代综合征"。这也就是《爱与幻想的法西斯》"深化反动性的破坏愿望"①的意义之所在。

稍后开始创作的一批后现代主义新进作家往往被称为"儿童派"。比如,高桥源一郎的《优雅感伤的日本棒球》(1985—1987),岛田雅彦的《献给温柔左翼的嬉游曲》(1983)和《彼岸先生》(1990),吉本芭娜娜的《厨房》(1987)、《悲哀的预感》(1988)和《黑夜和黑夜的行路人》(1989)等,都是20世纪80年代以降日本文坛上有一定影响的作品。和"都市文学派"一样,"儿童派"的特征也是"脱日本"的"国际化"的主题取向。

其中,最受瞩目的当首推吉本芭娜娜,她于1987年发表的小说《厨房》分别获得泉镜花文学奖和第6届海燕新人文学奖,并被改编成电影,一举成名。1988年,《泡沫》和《圣域》分别获第99、100届芥川文学奖提名,使吉本芭娜娜的名字继续升温。1989年,她出版的6部作品均高居发行榜前20之中,这是日本文学界前所未闻的,被《每日新闻》称为"芭娜娜现象"②。到了1993年,她的作品被翻译成多国语言,在34个国家、地区发行,特别是在意大利、美国、德国极受欢迎。长篇小说《N·P》获1993年意大利SCANO外国文学奖;1995年8月,《甘露》获第5届紫式部文学奖;2000年9月,《不伦与南美》获第10届多玛戈文学奖。吉本芭娜娜代表了当代日本文学中一种崭新的倾向,她并不刻意地思考所谓主流的

---

① 乙部宗德.破壞願望の反動的深化——村上龍「愛と幻想のファシズム」の到達(再び天皇制と文学をめぐって〈特集〉)[J].民主文学,1988,4:109-117.
② 新船海三郎.吉本ばななと「ばなな現象」(現代の「流行作家」たち〈特集〉)[J].民主文学,1990,2:112-119.

东西,而是反复琢磨如何通过展现人的普遍性来触发读者心灵的共鸣。这种文学观导致了她作品的"通俗性"。为了实现这一目的,她采取的主要手段是渲染情绪以及实现叙述语言的简洁化和口语化。与通俗性紧密相连的是商业性,二者都是大众文化的标志性特点。吉本芭娜娜的创作以及读者对她的接受反映了这样一个现实:文学创作与经济活动之间的界限正日渐模糊,艺术作品和精神消费品之间的距离也在逐步缩小,文学兼容了文化与经济的双重职能。

岛田雅彦在读大学期间因发表《献给温柔左翼的嬉游曲》一炮走红,旋即成为处身"边缘"的主流作家。他是一位哲学意识极强的"方法论"式的小说家,每一部作品中都不乏非同凡响的方法论的探求。比如,《彼岸先生》中"彼岸"的虚构,就会引发读者的多种联想。"人类已不复存在,存在的只是人类的影子;现实也不复存在,剩下的只有虚构。"这种对"虚构"的认识,归根结底来源于对"现实"的执着。因为如果对人类身处其中的现实已经完全绝望的话,那么只要随波逐流地堕落下去就万事大吉了;唯有对无可奈何的"现实"还抱有某种希望,才会为这种希望找到出口而进行"虚构"。于是,作为人类"已不复存在"的我们——"高度资本主义化"了的存在——作为"人类的影子",才在被虚构了的"彼岸先生"那里寻找"存在的价值"。

三、新锐作家的小说创作

所谓新锐作家,本文规定为20世纪80年代末到90年代在文坛上脱颖而出的新生代作家。他们共同的特点就是与欧美文化有千丝万缕的联系,在他们的创作中,国际化、多元化、脱中心等后现代主义的基本元素,已经变成了无需意识形态的他律约束的自律性行为。

　　大冈玲 1989 年凭《黄昏的暴风雨》获得第 2 届三岛文学奖,又凭《表层生活》获得第 102 届芥川文学奖,由此登上文坛。芥川文学奖评审委员河野多惠子认为,《表层生活》挑战了前人未踏足的分野;大冈玲的登场,无论在文学的意义上,还是在社会的意义上,都是对 20 世纪 80 年代的旗帜鲜明的反设想。田久保英夫认为,计算机的智能犯罪意识,确实是潜藏在现代生活中的主题。黑井千次则希望作者抓住这一主题,继续进行更危险的赌博……① 可见,具有前瞻性的主题意识,是《表层生活》得以在 7 部候选作品中脱颖而出,最后和泷泽美惠子分享第 102 届芥川文学奖的关键。

　　小川洋子被称为"主妇作家",1988 年凭《凤蝶破损时》获得海燕新人文学奖,1990 年凭《妊娠日历》获得第 104 届芥川文学奖。《妊娠日历》这部小说是和姐姐夫妇住在一起的一个女大学生记录姐姐从妊娠到生产过程的"观察日记"。有趣的是"观察"的视点与视线。一般而言,"日记"往往是写给"我"自己看的,将其公示给读者则有些"异常"。但是,唯其如此,日记所必然具有的排他的私密性,才可以加入近似于"犯罪感"的心理描写。也正是为了深刻地揭示妹妹——"我"——内心世界"无目的的纯粹的恶意",作者才采用了"日记"的形式。不过,采用了传统的日记形式的《妊娠日历》并不是私小说的变种,而是活用了日记形式的虚构的小说。小川洋子的文体特征是在"静谧"中引人思考无垢与残酷、生与死等具有普遍性意义的母题。评审委员三浦哲郎认为,优秀的作品必有好的文体,反而言之,好的文体往往会产生优秀的作品;小川洋子的文体,在简洁、正确的基础上,给人一种虽然不是那么干燥,却

---

① 第 102 回平成元年度下半期芥川赏决定発表[J].文芸春秋,1990,3: 400-483.

很少湿气的冷森森的感觉。① 其后,她不断推出有分量的作品如《空白的爱》(1991)、《私密的结晶》(1994)、《无名指的标本》(1994)、《寡默的死骸 猥亵的吊唁》(1998)和《沉默博物馆》(2000)等,逐渐确立了21世纪日本文学旗手的地位。

1992年,多和田叶子的《犬婿入赘》获得第108届芥川文学奖。评审委员丸谷才一、大江健三郎、大庭美奈子和黑井千次等都力荐多和田叶子。大江认为,多和田叶子的《犬婿入赘》,以猴婿、蛇婿等令人亲近的异类婚姻谈的形式展开,奠定了小说创作的基础,这引出了两大成果:一是文体上的;二是对家庭和人物的重新定位。黑井千次认为,在新旧两种文化的接点上埋入一粒民间寓言的种子,然后守望着它的成长,使这部小说获得了成功。②《犬婿入赘》的故事情节并不复杂:一个外乡的女性来到人生地不熟的地方开办私塾,在课堂上讲到了"犬婿"的故事。后来有一天,突然有个名叫"犬男"的人来到这里,和她过起了日子……多和田叶子是用日语和德语写作的两栖作家,其创作的领域有小说、诗歌、戏剧和随笔等。可见,在"母语"和"外语"之间游移,在多种文学体裁之间游移,使她的文体和"入思"方式都处在"异文化"的冲击波之中。这种异质性的特征在其后的《圣女传说》(1996)、《飞魂》(1998)、《雏菊茶》(2000)等小说中越来越明显。

1997年,目取真俊的代表作《水滴》获得第117届芥川文学奖。9位评委中有8人推荐这部作品,这种高度一致的评价在历年评选中都是罕见的。河野多惠子在评语中强调:"在我参与评选这个奖项的11年中,给我留下印象的获奖作品有10余种,此届目

---

① 第104回平成2年度下半期芥川赏决定発表[J].文芸春秋,1991,3:418-452.

② 第108回平成4年度下半期芥川赏决定発表[J].文芸春秋,1993,3:417-450.

取真俊的《水滴》是最令我感动、佩服的。"其他评委则有"这是一篇优秀的冲绳现代小说"(日野启三)、"出色的结构和精神令人叹服"(宫本辉)等评语。目取真俊作为"二战"后出生的新一代冲绳作家,通过《水滴》等小说,开拓出描写战争记忆的新空间。《水滴》采用超现实主义的构思和细节描写,表现了战争给冲绳以及人类留下的创伤难以磨灭这样的主题。① 小说《水滴》像一则寓言,又像一个民间传说:主人公德正的腿肿得像冬瓜,并且从大脚趾滴下含有石灰质的水,夜深人静的时候,50年前受伤的战友列队从房间的墙壁中走出来,喝他脚趾上的水解渴;表弟清裕发现这水有回春壮阳之效,命名为"奇迹之水"出售,引来人们的抢购;后来,"奇迹之水"失效,清裕惨遭群殴……阅读《水滴》的关键在于50年前"冲绳战"的那段插话:负责传令和找水的铁血勤皇队员德正不但没有给伤员们找到救命的水,还偷偷地喝光了别人送给身负重伤的战友石岭的水;撤退时,他抛弃了石岭,只顾自己逃命。到了战后的"今天",他却到处去演讲自己编造的"战争体验",被老婆阿丑指责——"靠讲战场上的伤心事赚钱会遭惩罚的"。在以往的冲绳文学中,参加50年前"冲绳战"的铁血勤皇队员以及普通百姓往往被描述为受害者,但是抛弃了战友的德正也是一名加害者。这正是《水滴》所致力于开掘的主题。2000年获得了第26届川端康成文学奖的《叫魂》是《水滴》的姐妹篇,继续探讨"加害"与"被害"的主题,受到了文坛的高度评价;创作出《水滴》《叫魂》的目取真俊代表着冲绳文学史上新的转折点,是21世纪日本文学的旗手。②

町田康是摇滚乐歌手、艺人、诗人和小说家,1996年发表小说

---

① 王成.用文学传递冲绳的声音——目取真俊的短篇小说《水滴》[J].外国文学,2002,5:38-43.
② 井上ひさし(他).座談会 昭和文学史(22)原爆文学と沖縄文学—「沈黙」を語る言葉[J].すばる.2002,4.206-246。

处女作《楠木大黑》,2000年凭小说《七零八落》获得第123届芥川奖。《楠木大黑》一发表,就受到了文坛的普遍关注,作者因而获得第9届野间文艺新人奖,并成为芥川奖和三岛文学奖的候补。他的小说,从处女作起就确立了独特的文体和别具一格的"饶舌话法"。比如《楠木大黑》的开场白:"我已经3天没喝酒了,真想干点什么事呀。真的。我真的没喝酒嘛。威士忌和烧酒都可以。没有吗?没有吗?真没有?就一杯。没有吗?算啦。我不喝了。不许喝。不许喝呀。"自暴自弃的主人公的"自言自语"具有独特的节奏。其实这篇小说的故事情节极其简单:整天游手好闲的主人公突然觉得那个只有5寸长的金属制的大黑(雕像)碍手碍脚,想要丢掉它,可是无论如何就是丢不成……用关西方言写作,积极摄取以关西方言为主体的"落语"的营养,自觉接受时代剧的影响,使其作品独树一帜,非同凡响。而且,在小说风格上,他继承了第二次世界大战前业已破灭了的私小说的传统,使私小说的感性得以复苏。正是在这一意义上,他甚至被评论界盛赞为"日本文学的救世主"和"21世纪的旗手"。他认为:"全世界都不景气的时候,我才能找到节奏。"①于是,在町田康的笔下,自甘堕落、自暴自弃的主人公,尤其发人深省。

概而言之,这20年的小说创作,有以下几个特征:

首先,国际化倾向日益普遍。这主要是因为,作家们无论新老,受教育的背景如何,都自觉接受欧美文化,尤其是美国文化的影响,使得"纯粹的日本的"等话题变成了恍如隔世的"笑谈"。比如,村上春树一登上文坛,其作品就给人以"不是用日语写作的日

---

① 林真理子.対談 マリコの言わせてゴメン!(156)[J].週刊朝日,1998-10-30:44-48.

语小说"的印象；而多和田叶子则干脆分别用日语或德语创作，与里比英雄的创作一起被评论界称为"越境的文学"；具有很深美国教育背景的水村美苗则以老到的笔调续写夏目漱石的遗作《明暗》——《续明暗》……他们自觉接受欧美的影响是有其必然性的。这主要表现在：一、战后日本社会是以美国的民主主义为重建基础的，所以很少有意识形态上的分歧；二、战后日本经济呈不断增长趋势，最终成为仅次于美国的经济强国，渐渐磨灭了或"东洋"或"西洋"的二者择一的狭隘意识；三、当代日本作家以"知识型"为主，更便于接受异质文化的影响，或具备了接受外来影响的可能。1994年获得诺贝尔文学奖的大江健三郎就是坚持走"国际化"道路的一个范例。

其次，多元化的主题取向。综观20年的小说作品，我们很难发现作家之间在作品主题上"撞车"的现象。因为在日本没有"重大题材"等表述习惯，所以，作家往往可以在自己的"自留地"里慢慢地劳作。当然，面对一些敏感的社会问题时，作家也会做出及时的反应。比如，面对奥姆真理教的"地铁毒气事件"，村上春树、村上龙都有自己的作品问世，大江健三郎则直截了当地关注起"新兴宗教"的可能性问题。后现代主义的多元化，是以"脱中心"为前提的。"脱中心"的多元化主题取向，使得曾经长期困扰着文坛的"政治与文学"和文学的"他律"与"自律"的问题不攻自灭。而在这种多元化的文学格局中，"都市文学派"和"儿童派"等称谓，只能是文学评论界的一厢情愿，因为他们并没有固定的文学目标等使得流派可以成立的标识。

再次，女性小说家的创作引人注目。除了本文前述的几位女性小说家，值得关注的还有：吉行理惠[《小小贵妇人》(1981)]、加藤幸子[《梦中墙壁》(1982)]、李良枝[《由熙》(1988)]、藤原智美[《司机》(1992)]、笙野赖子[《居无定所》(1992)]、川上弘美[《踩蛇》(1996)］、柳美里［《家族电影》(1996)］和藤野千夜［《夏天的约会》(1999)］等。

　　当然,20世纪末叶日本当代文学在取得了极大成绩的同时,也还存在着这样那样的问题,以至于人们用"纯文学的危机"来加以警策。被称为登龙门奖的芥川奖在20年共计40届中有11届空缺,就是这一危机的真实写照。在追求文化多元化发展的今天,我们决不可忽视其中出现的某些不利于文学发展的弊端。比如,盲目追求国际化的倾向、文学的庸长倾向、颓废倾向和商品化倾向等,都是困扰日本当代文学健康发展的樊篱。也就是说,如果完全淡化了文学作品的社会性,文学就会流于浮浅,而不是走向深邃,就会将自身流放到思想的不毛之地……因此,应将加强文学的思想精神与社会文化的内涵作为当代从事文学者共同的追求和责任。

日本"战后派"文学的实验性与社会性[*]

——兼论"战后派"的形成及其意义

1945年8月15日,日本政府接受《波茨坦公告》,天皇向全体国民宣布无条件投降,日本军国主义法西斯统治的、使亚洲数千万人民惨遭杀戮的漫长而黑暗的时代终于结束了。日本开始了战后民主主义政治经济文化建设,日本民族也开始了漫长的人性恢复期。"战后"或者"战败",对大多数日本国民来说,都不是让人愉快的词汇,因为自从明治维新以来,他们受到的都是无条件效忠天皇的军国主义教育。在侵略战争期间,一部分有良知的作家也只能暂时搁笔,保持沉默。"战败"留给日本国民的只有一片废墟,并且,美军的军事占领是有史以来第一次外来民族对日本列岛的"涉足",这对日本民族来说无疑是一个巨大的阴影。但是,"战后"或者"战败",首先使长期受到军国主义锁国政策压制的对新文化、新思想的渴望有了实现的可能;其次,美国占领军出于其政治军事策略,竭力扶持日本,在政治、军事、经济和文化等方面进行了一系列改革,使日本从封建法西斯军国主义国家迅速变为资产阶级民主主义国家。日本当代文学正是在这一大的社会政治经济文化背景

---

[*] 本文与卢丽合作完成。

下发生发展的,战后派的文学运动也是在这种形势下开始的。

一、《近代文学》创刊与战后派的崛起

在美国占领军推行一系列民主化法令,尤其是"关于言论及新闻出版自由"的法令的鼓舞下,很多杂志纷纷复刊或创刊,形成了一股文化复兴的热潮。在这种形式下,《近代文学》也于1945年12月应运而生了。《近代文学》主要由平野谦、本多秋五、荒正人、埴谷雄高、山室静、佐佐木基一和小田切秀雄七名评论家发起。他们在军国主义法西斯的淫威下,饱受了文学青春被扼杀,人生青春被摧残的双重痛苦。战后的民主主义改革,为他们提供了得以释放久受压抑的能量的大好时机。他们对《近代文学》提出了以下八个目标:1.艺术至上主义,精神贵族主义;2.历史展望主义;3.尊重人权;4.确保政治性党派的自由;5.不受意识形态观念的束缚,追求文学的真实性;6.反对文学功利主义;7.不为时局的表面现象所局限,要以百年大计为目标;8.完成昭和三十年(1955)的使命。① 可以说,这比较充分地体现了他们追求文学的社会性(包括人性)、实验性的历史使命感。

《近代文学》同人几乎都与无产阶级文学或无产阶级革命运动有过一定的联系,但他们的文学主张却与同期的新日本文学会产生了极大的分歧。在短短的几年里,《近代文学》与新日本文学会之间针对"政治与文学""文学者的战争责任论""主体性""转向论"等问题展开了激烈的论争。他们基于对社会、人生、文学的长期思考,不满足于以私小说和无产阶级文学为主流的日本现代文学,要求创造出具有广泛的社会性、强烈的思想性和西方

---

① 埴谷雄高.『近代文学』創刊のころ[J].近代文学,1945,12.

现代主义风格的新文学。他们要求新的文学，要真实地揭露侵略战争的社会根源；要揭示罪恶的战争给人的心灵深处留下的创伤；要暴露侵略战争中所表现出的人的最深层的、最丑恶的本质。

在《近代文学》旗帜鲜明的理论指引下，一批被称为"战后派"的作家以崭新的面貌出场，使战后文学迅速走向了顶峰。这批新锐作家主张艺术至上、尊重人权、反对政治干预文学等。战后派文学以新作家、新作品层出不穷而蜚声文坛内外。他们都有着几乎相同的人生体验：在人生起步的时候，接触过马克思主义或参加过无产阶级革命运动；亲身经历或目睹了进步青年惨遭迫害或被迫"转向"的黑暗历史；在罪恶的战争中，他们或从军或做工或被当作"罪犯"通缉，都有过人性被扭曲的阴暗体验。他们大多对日本军国主义侵略战争有切身的体验，属于战争的被害者；他们在反映战后混乱的社会现实和苦闷的精神状态的同时构筑了自己的文学。在文学表现手法上，大胆的实验性也是他们的主要特色之一。

战后派文学，从时间先后的承接关系上看，往往被分为第一战后派和第二战后派。第一战后派有影响的作家作品有：野间宏的《阴暗的图画》(1946)、梅崎春生的《樱岛》(1946)、中村真一郎的《在死亡的阴影下》(1946)、椎名麟三的《深夜的酒宴》(1947)和《永远的序章》(1948)、武田泰淳的《审判》(1947)等。其中，野间宏和中村真一郎具有法国现代主义文学的追求，椎名麟三带有存在主义的倾向，武田泰淳则有中国文学的背景。第二战后派新人新作有大冈升平的《俘虏记》(1948)和《武藏野夫人》(1950)、三岛由纪夫的《假面的告白》(1949)和《爱的饥渴》(1950)、堀田善卫的《广场的孤独》(1951)、安部公房的《墙——S·卡尔玛先生的罪行》(1951)和岛尾敏雄的《梦中的日常生活》(1948)等，与战前文学具有显著不同的特征。在思想内容方面,他们重视文学表现社会生活,对侵略战争以及战后的混乱进行了比较深入的反省和批判;在艺术表现方法上,他们重视内在自我的表现,突破传统的局限,广泛吸收西方现代文学的方法。作为一个文学流派,战后派的文学运动大致于20世纪50年代初结束。至此,一批中坚作家的创作日臻成熟,此后亦不断有优秀作品问世。

二、对"战后"与"战争"的反思
——战后派文学的社会性

对罪恶战争的反思,对战后人文精神的重建,是战后派文学家从事文学创作的立足点,也是战后派文学重要特征之一的社会性的具体体现。这种社会性主要体现在以下几个方面:

1. 战后的自我完成与社会变革。野间宏的创作,突出地体现了战后派文学的社会性的特点。在战后极短的时期内,他以旺盛的创作热情,写下了《阴暗的图画》和《脸上的红月亮》(1947)、《崩溃感觉》(1948)等小说。《阴暗的图画》被誉为战后派文学最重要的代表作。小说提出了战后日本社会如何实现自我完成和社会变革的关系问题,在文学界引起了强烈的反响。通过主人公深见进介"现在"的生活和对"过去"的回忆,我们可以发现,野间宏所要追求的是对利己主义的揭露。当然,无论是执着于青年知识分子人生命运的利己主义(过去)、围绕着金钱的利己主义(过去),还是对"性"的利己主义(现在),都是以"日本"这个过去的或现在的社会为深厚基础的。所以对这一自我完成和社会变革的过程的探讨,无疑会引起广泛的关注。"所谓战后文学,实际上就是要分析这一过程,铺设一条开辟政治和文学新方向的道路,并且必须在这条路上寻找起点。《阴暗的图画》就包含着这种唯一的可能性。"①《脸上的红月亮》和《崩溃感觉》都以从战场上九死一生、返回日本的复员兵为主人公,探讨罪恶的战争对人性的摧残以及重新建立人性的可能。《脸上的红月亮》的主人公北山年夫从战场上回到日本,与堀川仓子相识。仓子在战争中失去了丈夫,一个人过着艰苦的生活。主人公对她有些倾心,但面对这个战争寡妇,他发现自己已经没有了往日的热情。他从仓子"白净净的脸上的一个小斑点",马上联想到"一轮又红又大又圆的月亮""军人们发着高烧的黄脸""乱了队形的队伍"和二等兵中川那"我再也走不动了"的绝望的声音。就这样,"战争"与"战后"、"过去"与"现在"有机地结合起来了。

2. 战争与"我"的死亡。梅崎春生的《樱岛》被称为战争文学的代表作。小说描写了一名士兵对于死亡的恐惧:

> 一言以蔽之,我绝不相信我自己的命运。因为,我虽然在小学学过地理,却从来没想过会来到这个南方的小岛上,哪怕是有事出差。更何况又不得不死在这里!这事儿跟我不挨边儿。我想,与其说是不挨边儿,莫如说我想不通。我没法儿想通。

对于普普通通的人而言,旷日持久的战争仿佛被一股神秘的力量推动着,他们之中的觉悟者,对无辜生命的白白送死"想不通"。这一疑惑,对长期接受无条件效忠天皇的军国主义教育的大多数日本人来说,无异于振聋发聩的惊雷。因为直到此时,虽然事过境迁,天皇已成为民主主义国家日本的象征了,可是人们还没有彻底认清日本军国主义之所以能够操纵"日本"这台神秘的战争机器的

---

① 武井昭夫.戦後文学と超現実派[J].美術批評,1956,8-9.
作者认为:"由于《阴暗的图画》的出现,文学范畴里的'战后'开始向前迈出了划时代的一步。"

根源。以天皇制为中心的"国粹主义"教育对人们的毒害已经深入骨髓：

   妻子说："要是天皇陛下现在说,和朕一起去死,大家就会死的。我也有这种情绪。"①

这就是所谓日本精神大和魂,是明治维新以来,军国主义分子向人们灌输的绝对"天皇制"。所以在文学创作中提出这一问题,与理论界对战争责任和天皇制问题的讨论互为表里,起到了让人们迅速觉醒的巨大作用。

  野间宏的《真空地带》(1952)也是战争文学的代表作。长篇小说《真空地带》以军队的一个内务班为舞台,塑造了木谷一等兵等"小人物"的形象,并通过他们,描写战争阶段的日本社会和作为社会主体的日本人。"兵营系用条条框框和栅栏围起来的一块四方形的空间,是用强大压力制造出来的抽象的社会。人在其中被抽取人性之要素而成为士兵。""确实,兵营里没有空气,它已被强大的力量抽光了。与其说它是真空管,不如说它是制造真空管的地方,是真空地带。"可以说,不仅是某个兵营,侵略战争中的整个日本不也都是这种非人性的"真空地带"吗？《真空地带》成功的关键之一,就是野间宏对战争旗帜鲜明的批判立场：

   为了把战争真正作为战争来加以把握,就应该站在消灭战争(对帝国主义来说,战争是不可避免的)的立场上,站在可以彻底批判战争的立场上。这是人民的立场,是由于战争而失去了父母、子女、丈夫,房屋被烧毁,早已认清了战争的真面目,并决心把这所有的罪恶都亲自摧毁,创造一个新世界的人

---

① 高見順.敗戦日記[M].東京：文芸春秋新社,1959.

民的立场。如果尚未站到这一立场上来,就无法写战争。①

正是由于对灭绝人性的军国主义进行了猛烈的批判,小说一发表就受到了社会各界的充分肯定,并获得了当年的每日出版文化奖。

3. 战争与"他人"的死亡。大冈升平的《俘虏记》是这方面的代表作品。一名生命垂危、被迫潜伏下来的日本兵,直接面对毫无防备出现在眼前的美国兵时,在开不开枪的问题上产生了激烈的思想斗争,"我不想用别人的鲜血玷污自己一生中的最后时刻"。这究竟是出于为了得到某一位美国母亲的感激,以慰藉当了父亲的"我"的父爱之心,而不忍去毁掉那张俊秀的脸,还是在"不想杀死他人"的背后隐藏着"不想被他人杀死"的潜意识?这种认识虽然与"反战"还有一定的距离,但毕竟是对战争与死亡所作的人道主义的形而上的思考,是希望唤醒人类良知的努力。大冈在此延长线上,创作了一系列"俘虏兵文学",对这一主题的思考也不断深化。

武田泰淳的短篇小说《审判》(1947)也揭示了这一主题。主人公"我"在中国的农村亲手杀害过手无寸铁的老人;当战俘被遣送回国的时候,他要独自一人留在中国,准备随时接受审判。"我甚至开始想:犯罪感,只有永远不离开产生这种感觉的地方才是我的救星。我有一种强烈的不安:要是连这个地方都没有的话,我会变成什么样儿呢?如果不自杀也不被判刑地活下去的话,除了这个地方,我还有什么可依靠呢?"发表于 1952 年的长篇小说《风媒花》继续挖掘这种"犯罪感",对加害者和被害者的关系的考察也更加深刻:

---

① 野間宏.戦争小説について[J].新日本文学,1949,3.

一边被别人杀一边再去杀别人,杀一杀。由于有那么多媒介物存在着,在不知不觉中,谁都在某一个地方与杀人的勾当有些干系。而且,现在最让人不安的是:时过境迁,杀人者不仅忘光了自己所犯的罪行,有时甚至不知道自己是个杀人犯。既然大家都可以不知道,那么也就没有了罪与罚的问题。不知自己犯了罪的人,直到死之将至,还能相信自己只是一介平凡善良的市民。然而,尽管他们有这么良好的愿望,尽管他们的脸上带着温和谦恭的微笑,但他们今天的日常生活,或许早就被编织到间接的、复杂的杀人行动的罗网上了。

前事不忘,后事之师!如果对使数千万亚洲人民惨遭屠杀的侵略战争很快就"忘光了"或"不知道"了的话,那么,人类不久就会重新面临又一场灾难。这种清醒的认识,是战后派文学对日本乃至人类文明史的卓越贡献。

岛尾敏雄的《出孤岛记》(1949)等一系列作品也都属于战争小说的范畴。他在任海军"特攻队"队长、待命出击的状态下迎来了8月15日。他作为180名士兵的指挥官,不仅自己做好了"以身殉国"的准备,还对自己的战士下达了准备出击的命令。这一特殊的生命体验,是他在"战后"思考"战争"的源泉。

4. 如何面对"战后"的生活。椎名麟三用存在主义方法描写日本下层社会人们的生活和感情,小说《深夜的酒宴》和《永远的序章》是这方面有影响的作品。《深夜的酒宴》在描写贫困与无知的同时,对这个世界为什么存在、人为什么值得活着、思想有什么意义等主题进行了比较深入的思考。这与刚刚经历了战败、处于精神虚脱状态的读者大众的阅读需求是一致的,因此受到了广泛的欢迎。《永远的序章》的主人公砂川安太是安了一条假腿的复员兵,在私营铁路上当检车员。当他听到自己得了肺结核和心脏病而将不久于人世的诊断后,却突然觉得活着有让人感到战栗的欢喜。这就是"活着的激情"。从此,他体会到了一种自由,知道了应该怎样真心爱人,明白了革命的真正意义。他以让人难以置信的力量,奔走在东京的大街小巷。第六天,在与所属的工会上街游行时,他心脏病发作身亡。他所奉行的"对丑恶的意志",也就是与最贫困阶层的连带感相结合的决心。这种乍一看有些荒唐却又耐人寻味的理论,无疑是作者对社会革命的基本理解。

大冈升平在《武藏野夫人》里,把主人公勉从"败战"的战场上带回战后堕落的日本社会。可是,"勉这个人,对他人已感到绝望,却爱着自然"。所以,当与道子的关系有待进一步发展成"通奸"时,他却期待着"比道德更重要,在道德之上"的东西。在战后混乱的世风之下,这种期望或许有些稚嫩,但只有这么和道子的纯洁交往,才能抚平战争留在他心灵里的创伤。然而,道子自杀了,这象征着堕落的战后社会与自然的纯洁是水火难容的。并且,《俘虏记》等战争文学系列发展到了《野火》(1951)阶段,战俘的集中营和日本战后被占领的社会已经重叠起来了。这也就是把战后美军占领下的日本与当年的"俘虏集中营"等同化的手法。在《野火》中,复员兵被当成"疯子"而被社会所排斥的同时,战后社会的存在方式也是这个"疯子"所拒之不受的。

在战后派文学中,三岛由纪夫和安部公房是比较特殊的存在。三岛往往被称为"不是战后派的战后派"。因为三岛追求的是自己的"行恶之心"等变态心理,所以与战后派整体的社会性是有很大差别的。但是,我们认为,三岛描写的毕竟是战后的、属于日本社会一个侧面的生活,反映了一部分日本人面对"败战"的真实心理状态和情绪,所以他的创作对我们理解当代日本是很好的教材。他的代表作《假面的告白》、《金阁寺》(1956)和《忧国》(1961)等,都不同程度地表现了这种独特的审丑自虐的社会性,对我们理解日本文化的另一个侧面有很大的裨益。

安部公房的《墙——S·卡尔玛先生的罪行》所要处理的也是战后日本的现实生活。主人公所面对的墙壁,无疑是当时战败后美军占领下的日本;而"遗失"了姓名,虽然有些荒诞,却也是战后日本的形象写照。发表于1962年的《砂女》的社会性则有让读者作出多种解释的可能:有人认为它是暗喻战后日本社会的异化现象;有人觉得是对僵化的社会体制的讽刺;有人认为是对日本社会非现代化本质的批判;有人则坚信它是对人类生存整体状态的抽象概括……

三、摒弃传统——战后派文学的实验性

战后派文学实验性的特点,是《近代文学》提出的艺术至上主义、精神贵族主义和历史展望主义在文学创作上的必然表现。

战后派文学步入文坛伊始就旗帜鲜明地提出了与传统"断绝"、摒弃传统的口号。这应该是日本文学发展的必然结果。因为,从人类文化发展史上来说,每一次大的社会变革的发生往往伴随着对既成文化传统和话语体系的否定。日本当代文学是建立在明治维新以后的现代文学的基础之上的,可以称为文学传统的有私小说、心境小说、新感觉派和无产阶级文学等。在"败战"之前,尤其是十年"战中"期间,由于军国主义分子对文化的强制政策,活跃在文坛上的作家或参加"文学报国会",在体制内为帝国主义侵略战争摇旗呐喊;或辍笔隐居,在体制外静观其变;或坚持正义,宁死不屈。到了战后,文坛已是满目凄凉,能够让人们有所依靠的"传统"也所剩无几了。这就是战后派发展的基础。

战后派文学的实验性直接来自于外国文学的影响。战后派的

作家绝大多数都有很深的外国文学功底。比如，野间宏中学时代即对波德莱尔的《恶之花》产生兴趣，被法国的象征诗吸引到文学门内；埴谷雄高战前参加共产党，后被捕入狱，在狱中接受康德思想，出狱后受陀斯妥耶夫斯基影响开始创作；椎名麟三也是战前加入共产党，因此入狱，缓刑期间研读尼采等人的"生命哲学"和《圣经》，受陀斯妥耶夫斯基的影响开始创作；武田泰淳从小受中国文学的熏陶，对《红楼梦》和鲁迅、胡适等中国作家作品尤其精通，战前和竹内好等同人创立"中国文学研究会"；中村真一郎毕业于东京大学法文系，战后曾任东京大学法文系讲师，对法国文学尤其是19世纪诗歌有很深造诣，首先提出了"与世界文学同步"的口号；大冈升平师从小林秀雄学习法语，结识中原中也等法国象征主义诗歌的崇拜者，与小林秀雄共同编辑七卷本《司汤达选集》，翻译出版《司汤达传》等译著，是日本首屈一指的司汤达研究专家；安部公房对超现实主义有深刻的理解，自觉确立了前卫派的目标……他们所具有的这些外国文学素养，是战后派文学取得新突破的必要条件，也是他们向本国文学传统提出挑战的自信心的基础。

在战后派主要作家的作品中，都程度不同地反映出外国文学的影响：

1. 野间宏与象征诗。在创作理论方面，野间宏提出了必须把人物心理的、生理的和社会的三个条件统一起来加以把握的"综合小说"理论。《阴暗的图画》一开始就有象征诗的意境：

> 没有草，没有树，也没有果实！暴风雪荒凉地刮过。太阳被云遮着，暗淡无光，远方起伏的山峦现出一抹抹焦土色。地平线昏沉沉的，到处都零星分布着一个个漏斗状的黑洞。洞口旁闪闪的光泽仿佛是充满旺盛生命力的嘴，在一堆堆土馒头中间，将承受着拙劣和淫荡的反复抽动，就像软体动物的肌

体，在大地上裂开几道缝隙。它使人联想到那里埋着几层没
有大腿、只有性器官的奇怪的女人。

勃鲁盖尔画中的黑暗，不仅象征着主人公和他的同伴们暗淡的青春，也暗喻着经过一场惨绝人寰的侵略战争后的日本社会，以及不得不承受着由此带来的一切灾难的日本国民的现实生活。

2. 椎名麟三与陀斯妥耶夫斯基。椎名对本国文学知之甚少，对陀氏却情有独钟。他作品中表现出的深刻的思想性，除得益于尼采的思想和法国的存在主义哲学，更多的则与陀氏的影响有关。

　　如果有那种能使我死于孤独的东西存在，那么那种东西不会是思想而会是其他别的什么。思想只能使我在人们面前是死的。这是我思想本身的局限。我非常渴望得到一种不仅让我死于人前，而且对我的孤独而言也是死的东西。可是我不知道这东西究竟是什么。

对于《深尾正治的日记》的这种陀氏思辨式的叙述，当时的日本读者或许有些不习惯，但它对抒情多于思辨的日本文学却起到了极大的促进作用。

3. 中村真一郎与意识流。中村真一郎既是小说家，又是功力深厚的文艺理论家。不仅"战后派"是他命名的，追求"与世界文学同步"的口号也是他提出的。他以革新者的热情，大胆提出了改革日本文学的方案，并身体力行，运用普鲁斯特的意识流手法，创作了《在死亡的阴影下》等五部系列长篇小说。小说通过回忆等手法，努力挖掘人物的内部潜意识活动，全方位、多层次地塑造了一系列栩栩如生的形象。

4. 大冈升平与心理分析。《俘虏记》发表之时，遭到了来自批判现实主义文学阵营的批判：围绕"开不开枪"所进行的心理分析，作为研究论文或许可行，但是作为"小说的创作方法"却让人难

以认同。尽管如此,《俘虏记》却以这种心理分析的独特方法,从主人公"我"的视角把罪恶的战争撕开了一角,完全超越了日本传统的私小说,为人类战争文学留下了不可多得的精品。这也就是此后的《野火》被翻译成英、法、德、意、荷等多种文字的原因之所在。在《野火》中有这样的场景:

> 这一莫名其妙的姿势,我以为又会被谁看到了。我想,在那双眼睛移开之前,我必须保持这个姿势。
> "不要让你的左手觉察到你右手的所作所为。"
> 听到这声音我并不吃惊。既然有人盯着看,听到声音也就不足为奇。
> 这并不是我所杀死的女人和野兽的声音,而是在村庄会堂喊过我的那种既高又尖的声音。
> "起来吧,起来……"那声音歌唱着。
> 我站了起来。被别人左右行动这在我是第一次。

对于这名士兵来说,想要"把日本士兵尸体的肉切下来充饥",右手去拔刀,左手却抓住了右手手腕。左手可以限制右手的行动,但曾经听过的"那种既高又尖的声音"却可以左右我的行动。大冈的"左右手"和"被别人左右行动"的认识,是构成他的心理分析的基础。

5. 安部公房与超现实主义。《墙——S·卡尔玛先生的罪行》获得1951年度芥川文学奖时,评价大相径庭:宇野浩二认为这是一部"不可理解的小说";舟桥圣一则认为是"以否定实证主义精神为特征的抽象主义艺术品","暗示着新小说典型的出现"。其实它的故事情节极简单:一天早晨,"我"一觉醒来就感到"有些异样",原来"我"丧失了名字……这种寓意式的表现方式,在卡夫卡的《变形记》等作品中或许不足为奇,但是在日本现代文学中却没有先例。这部作品利用超现实主义的手法,艺术地再现了战后"人"的现状:"我"面对着"墙壁",不是转身走回头路,而是"凝视"着它,寻找突破的途径。如此既体现了战后派文学的主体风格,也超越了战后派文学具有反思情结的创作,无疑是"新小说典型的出现"。

6. 岛尾敏雄与"梦"。除了《出孤岛记》等战争小说外,岛尾敏雄还创作了《梦中的日常生活》(1948)等梦幻系列和《死的荆棘》(1960)等病妻系列。其中,梦幻系列小说奠定了他创作思维模式的基础。

> 比如说,当我们接触到能够引起节奏上的快感的作品《梦中的日常生活》《一个行路人》的同时,也去接触《孤岛之梦》或《摩天大楼》等一批作品,就会不由地产生如下的感觉:在书桌前废寝忘食地看着一本书的自己的身子会奇妙地动起来,向一边晃动,当它总算能够像糖浆那样拧来拧去时,自己的身子就终于飘浮到空中,几乎要轻轻地擦过房檐,倾斜着顺着屋顶扶摇而上。①

埴谷雄高的阅读体验,高度概括了岛尾作品的超现实主义的创作倾向:这类作品采用超现实主义的梦幻的手法,表现了战后日本普遍存在的暗淡无光、躁动不安的情绪。除了具备一般意义上的战后派的共同特征外,他的这种对现实社会"日常性"的描写,在战后派作家中属于例外,更接近紧跟其后的"第三新人"。

7. 三岛由纪夫与现代主义的话语体系。三岛由纪夫的文学实验性主要体现在"语言腐蚀现实"的理论上:

> 我人生遇到的第一个难题就是美。这绝非夸大其词。父

---

① 埴谷雄高.早期の島尾敏雄[M]//島尾敏雄作品集　月報.東京:晶文社,1961.

亲是穷乡僻壤的一介寒僧。他寡言少语,能教我的只有一句话:"世上要数金阁最美了。"当我知道在我所不知处美已存在时,内心不由得充满了不安和焦躁。如果美确实已经存在,那我的存在自然被排斥在美之外了。(《金阁寺》)

《金阁寺》的金阁之美,通过语言的中介转变为观念,使我产生了是否"被排斥在美之外"的"不安和焦躁"。这就是语言对现实的腐蚀,它是语言观念对现实人生的束缚。当口吃的小和尚经历了几次人生"失败"后,终于发现这是"金阁美"在干扰我的"现实",于是,他粗暴地喊道:"总有一天,我要统治你。为了让你别再干扰我,总有一天我要把你变为我的所有。"三岛独特的语言观和他那无视正常伦理道德的审美意识互为表里,构成了三岛美学现代主义的话语体系。

四、战后派文学的意义

对于战后派文学的创作,当时的评论界是褒贬不一的。比如,中村光夫就是对战后派乃至战后文学持否定态度的。他认为,这些新的文学家团体,都是搔首弄姿,装出战争受害者的模样,并摆出一副我与战前文学毫无关系的面孔……对此,平田次三郎发表了《"战后文学"宣言》予以反驳:"战后文学"期望飞向世界文学,并要为此进行一切必要的文学革命。要打破"闭塞的社会"通用的"闭塞的文学方法"的陈规。它直接表现在对产生于明治末期的自然主义文学及其末流私小说的文学方法的否定,要发现能够表现生活在战后革命时期的人们完整统一面貌的方法……半个世纪后的今天,历史已对战后文学和战后派的文学运动下了一个公正的结论:他们的创作实绩,是当代日本文学摆脱既成文学的束缚,真正走向世界的一块牢固的基石。

虽然战后派作为一场文学运动,到 1950 年就已经基本结束了,但是战后派主力作家的创作还在继续,他们其后发表的作品依然对后来的文学有着举足轻重的影响。从 1955 年《群像》第九期发表的"读者推选的战后优秀作品"的投票结果来看,小说方面,属于战后派的野间宏的《真空地带》高居榜首,157 票;椎名麟三的《在自由的远方》第六位,72 票;大冈升平的《武藏野夫人》第七位,70 票;《野火》第九位,59 票;《俘虏记》第十位,59 票;武田泰淳的《风媒花》第八位,62 票。"读者推选的优秀作家"的投票结果,大冈升平第一位,194 票;野间宏第二位,191 票;三岛由纪夫第三位,172 票。五年后,《群像》又组织作家、评论家推选"战后最优秀作品五部",结果是:一、大冈升平的《野火》;二、野间宏的《真空地带》;三、大冈升平的《俘虏记》;四、川端康成的《山音》;五、三岛由纪夫的《金阁寺》。①

可见,战后派的文学创作,绝不是 1945 至 1950 年之间的昙花一现。我们认为,这种持久的生命力主要取决于他们对战后日本社会的清醒认识,并且体现在作品中的社会性的问题意识上。这一方面对既成的日本文坛无视社会现实进行了无情的否定,同时也对战后民主主义文学和文化的建立做出了不可磨灭的贡献。而在创作方法上,大胆进行各种新的尝试,追求文学表现方法的"实验性",使得战后派文学在废墟上的日本当代文坛异彩纷呈,使日本当代文学在起步阶段就找到了"与世界文学同步"的目标。

---

① 松原新一,等.战后文学史・年表[M].上海:上海译文出版社,1983.

川端康成在日本当代
文学史上的意义

　　川端康成(1899—1972)的文学创作活动始于20世纪20年代初,终于70年代初,历时约50年,他是日本现当代文学史上最重要的作家之一。

　　川端康成生于大阪市一个开业医生家庭。幼时,父母、姐姐和祖母相继亡故;16岁时,相依为命的祖父也溘然长逝,继而由伯父收养。川端康成从小酷爱读书,对古典文学名著《源氏物语》和《枕草子》等更是爱不释手。他上中学时就立志当文学家。1920年考入东京帝国大学英文系,翌年转入国文系,和同学筹办第六次复刊的《新思潮》杂志,发表小说《招魂节一景》(1921),开始走上文坛。1924年大学毕业后同横光利一等青年作家创办了《文艺时代》杂志,发起新感觉派运动。新感觉派运动夭折后,他开始探索把西方现代主义文学和日本古典文学传统相结合的创作道路,1926年发表成名作《伊豆的舞女》。1933年,同武田麟太郎等人创办《文学界》杂志,先后发表了中篇小说《禽兽》和短篇小说《花的圆舞曲》等,尤其是长篇小说《雪国》的问世,标志着他的文学创作进入了鼎盛时期。在日本军国主义发动侵略战争期间,川端康成大部分时间隐居镰仓,只发表了《母亲的初恋》等几篇作品。战后,他积极从事文学创作活动,除续写《雪国》的后两章外,还先后创作了短篇小说《重逢》《水月》,中长篇小说《山之音》《千只鹤》《睡美人》《古都》等。作为知名作家,川端康成积极参加文学交流活动,1947 至 1965 年任日本笔会会长,1953 年当选为日本艺术院会员,1961 年获日本政府颁发的文化勋章,1963 年出任艺术院文学部部长。川端康成在国际上的知名度也越来越高:1957 年获得德国政府颁发的"歌德金牌",1958 年任国际笔会副会长,1960 年获得法国政府颁发的艺术文化勋章,1968 年以《雪国》《古都》《千只鹤》等代表作获得诺贝尔文学奖,成为继泰戈尔之后第二位获此殊荣的亚洲作家。

在现代与当代不同的历史时空里,川端康成的意义都非同凡响。代表作《雪国》在川端的文学世界里起到了承上启下的作用。因此,当我们探讨这位跨时代的优秀作家在当代日本文学史上的意义时,是不能越过创作于现代而成书于当代的《雪国》的。

一、《雪国》:幻想的乌托邦

对川端康成而言,《雪国》具有跨时代的意义。《雪国》于 1935 年开始创作,陆续分章发表在《文艺春秋》等杂志上,1937 年结集成册。小说几经删削,直到第二次世界大战结束后的 1947 年才续写最后两章定稿,是川端康成着力最多的一部小说。这部作品在日本文坛上享有极高的声誉,"堪称绝唱","是"精纯的珠玉之作","日本文学中不可多得的神品"。虽然《雪国》"是与战后的现实无关的作品,但是人们总算从中接触到了正统文学飘来的清香,感到很满足"。它在川端康成的所有作品中拥有广泛的阅读量和赞誉,被誉为"日本近代文学史上抒情文学的一座高峰"[①]。

---

① 長谷川泉.近代文学史における川端康成[M]//川端文学研究会.川端康成の人間と芸術.東京:教育出版センター,1971:29.

其实,《雪国》的情节极为简单。舞蹈艺术研究家岛村,被雪国——一个多雪的温泉小镇——的艺妓驹子所吸引,几年内数次去相会。但是,他不认为这种"恋情"会有什么结果。相反,驹子对他的爱情越是狂热,他越是感到这只是一种美丽的徒劳。与他萍水相逢的少女叶子在意中人病逝后,也在一场大火中死去。这使岛村愈发体会到"徒劳"的心情,从而更加为以纯粹的形式显现的女性生命的美丽所倾倒。

《雪国》的小说世界是经过了"实"与"虚"的艺术处理的。首先,作为"实"的部分,是男主人公岛村的雪国之行,以及对雪国这个理想之乡的描绘:

> 穿过县境长长的隧道,便是雪国。夜空下,大地一片莹白。

经过日译汉的翻译,这段被评论家不断引用的《雪国》开头已很难表达得完美,但是我们仍然能够感觉到"实"得很美:火车从漫长漆黑的隧道驶出,虽然夜色蒙蒙,但那满目瑞雪的"明"与"暗"的反差,会使人感到一种起死回生般的战栗。这就是岛村所面对的"实"的境地。1935年,正是日本军国主义发动全面侵华战争的前夜,此后日本文坛进入了以"国策文学"为主流的"战中"时期。对于文学家来说,或者参加"文学报国会",为帝国主义的侵略战争摇旗呐喊;或者加入无产阶级文学阵营,声讨帝国主义的侵略罪行;或者走进"艺术的抵抗"的阵营。川端康成无疑选择了第三条道路。《雪国》没有具体的属于"时代背景"的时间,但这并不意味着这部作品具有超越时间的必然要求。面对非常时期,"时间"作为十分确定的因素,是极为残酷的一个表征,只有淡化"时间"的限定,才能使艺术家躲进无奈的"象牙之塔"里去。这很容易让人们联想到被川端尊崇为"日本美的源泉"的《源氏物语》开头的名句——"话说从前某一天皇时代……"。并且,作为背景的"隧道"的"黑暗"与作为前景的"雪国"的"莹白"这一具有象征意味的诗一般的意境,就是他艺术追求的结晶。

  车窗玻璃的衬底,是流动着的暮色。就是说,镜面的映象和镜底的背景,恰似电影中的叠影,不断变换。出场人物与背景之间毫无关连。人物是透明的阴影,背景则是飞驰而过的日暮野景,两者融合在一起,构成一个不似人间的象征世界。尤其是姑娘的脸上叠现出寒山灯火的那一瞬间,真是美得无法形容,岛村的心都为之震颤。

窗玻璃的表面与衬底,一静一动,一实一虚,互相重叠,在岛村的眼里,构成一幅"实"与"虚"的艺术长卷,是"一个不似人间的象征世界"。这恰恰是作者所钟情的"新感觉"的艺术境界:远方扑面而来的灯火"模模糊糊地照亮她眼睛的周围,也就是姑娘的眼睛和灯火重叠的瞬间,她的眼睛就是飞舞在傍晚余晖里的妖艳而美丽的萤火虫"。"眼睛"是"萤火虫",这是川端康成所强调的新感觉派的艺术手法"我是红蔷薇"在《雪国》中的具体体现。

  关于新感觉,川端康成认为,天地万物存在于人的主观之内,因为有我,天地万物才存在着。天地万物之内渗透了主观,这是主观世界的扩大。只有主观世界的自由流动,才能赋予天地万物以生命和个性。客观万物和主观一己的认识相互渗透,浑然一体,和谐统一,形成一个"自他如一""主客如一""万物如一"的一元世界。① 就感觉生成的过程而言,作为感觉主体的主观和作为感觉客体的客观万物,既对立又统一。只有通过人的内心感受,才能沟通物(万物)与我(主观)、外界与心灵。

---

① 川端康成.川端康成全集 30 卷[M].東京:新潮社,1980:117.

啊,银河!岛村仰望夜空,猛然间仿佛自己飘然飞身银河中去。银河仿佛近在咫尺,明净得能将他轻轻托起……洁净的银河,低垂得几乎伸手可及,明亮照人,似乎要以她赤裸的身躯,把黑夜中的大地席卷而上。银河妖艳得让人惊诧,岛村甚至以为自己渺小的身影,会从地上倒映进银河里……

仰望长空,觉得银河仿佛要拥抱大地,垂降下来。……当他挺身站定脚跟,抬眼望去,银河好像"哗啦"一声,向岛村的心头飞泻而来。

是银河拥抱大地、拥抱岛村,还是岛村飞身银河?银河、大地、人物融为一体,虚实难辨。这种对表现主义的艺术追求,与卡夫卡"瞬间的直觉"有诸多相似之处,表现出艺术家对现实的一种感受、感觉、幻想和激情,反对现实主义对自然事物的模拟与再现,主张通过人的主观意志便可创造一切艺术,反映所谓普遍的社会生活原则。所以,在川端的作品中,人物所赖以生存的现实社会的时间与空间就必然被"虚"化处理,从而使其符合带有普遍性的社会生活原则。于是,岛村的感觉、窗外流动的暮色、姑娘宁静的脸……才能在虚实的流动中,不断地定格成一幅幅"不似人间的象征世界"的图画。在银河与大地之间,人物既是客观的存在,又是主观感知客观的存在,当主客融为一体时,就找到了所谓新感觉。也就是说,现实生活中的客观万物都是"虚"的,是流动的,难以把握,只有更加遥远的银河,才能是"我"可以以身相许的地方。"我"所说的"幻想的乌托邦",就是超越这一切时空的"银河"。在日本军国主义甚嚣尘上的非常年代,就是无产阶级作家,也都面临着二者择一的选择:要么继续坚持信仰而身陷囹圄;要么"转向",为军国主义的侵略战争摇鼓助威。所以,川端康成这种曲折反映对现实之逃避的艺术表现,也是需要几分勇气的。对于骚动不安的战争年代的读者而言,《雪国》宁静的艺术世界,使人们在体制外找到了一块美学精神的净土;对彷徨徘徊的战后读者而言,《雪国》幻想的乌托邦世界,使人们发现了超越现实人生的日本传统的美学精神。

在《雪国》的艺术世界里,表面看来,岛村的雪国之行是"实",相当于现实世界里"流动"的背景;实际上,驹子乃至叶子对真实的爱的执着追求,却由岛村眼里的"虚"逐渐变得越来越"实",最终在读者的心目中占据了至高无上的地位。因此,我们可以说,《雪国》的真正主角是驹子和叶子,岛村只是一个配角。这是主要经过由"实"入"虚",又由"虚"返"实"的艺术折射的最终成像。

在川端康成创作《雪国》时,新感觉派作为一场文学运动已经结束了8年。但是,以表现主义和达达主义为理论基础的新感觉创作方法,却是这部作品成功的关键。岛村对现实如梦的喟叹,驹子执着于爱而又无望被爱的哀怨,叶子对意中人生死相依的眷恋,再加上山村雪国清冽洁净的景色,构成了《雪国》悲凉哀婉的主旋律。

二、战后"官能世界"的意义

第二次世界大战结束后,川端康成是最早发表作品的知名作家之一。这在日本当代文学史上,往往被尊称为"老大家的复活"。

"复活"的川端康成决心从日本民族的历史和文化中寻找自己的归宿,他要立足于日本的传统美学,成为真正的日本作家。他在一篇题为《哀愁》(1947)的短文中说:"战败后的我,只能回到日本自古以来的悲哀中去。"对于战败这一事实的无奈,使他走上了更加明确的逃避现实之路。《山音》和《千只鹤》、《睡美人》和《古都》等小说,都从不同的侧面反映了他的这种美学追求。

《山音》于1949年1月至1954年4月在杂志上连载,小说通过主人公 62 岁的实业家尾形信吾的 8 个梦,表现了无意识中受到压抑的欲望。题目《山音》出自第一章,主人公听到了"山音",这仿佛宣告了他死期将至,使他陷入了恐惧之中。尾形信吾年轻时的意中人另嫁他人,不久病故;信吾娶她的妹妹为妻,寄托着对其姐姐无尽的思恋。他们的一儿一女已成家立业,却都过得不尽如人意:女儿被丈夫抛弃,带着两个小女儿回到娘家;儿子娶了纯真美丽的菊子为妻,却在外另有新欢。公公信吾同情菊子的处境,把对"永远是圣少女"的无尽思念之情寄托在菊子身上。但是,这种同情仅止于信吾的潜意识之中,并没有付诸反伦理道德的行动。日有所思,夜有所梦,信吾只有在梦中才能满足被压抑的欲望。比如,第一个梦:梦见死去的老友辰巳,抚摸他六个姑娘中的一个;再梦见死去的老友相田:

> 辰巳和相田的身姿,记得这般清楚,而同一梦中抚摸过的姑娘却记不清了,又不知道是谁。这是怎么回事呢?
> 信吾怀疑是因为惊恐不安忘记了,这也说不定。他没觉得应该做道德反省,就又睡着了。只留下了失望的感觉。
> (《蝉之翼 三》)

第三个梦:梦游松岛,拥抱年轻姑娘:

> 早晨起床后,那女人是谁,不知道。既没有容貌和身影,也没留下触觉。只有松岛的景色很鲜明。为什么做松岛的梦?信吾也不清楚。(《岛之梦 二》)

第六个梦:美国人的胡须;抚摸空中飘浮的乳房:

> 梦中的姑娘不正是菊子的化身吗?梦中到底还是道德起了作用,替代菊子的不正是修一朋友的妹妹的身子吗?而且,为掩饰这不合人伦的事实,为蒙混道德的苛责,不是又把修一

朋友的妹妹这个替身变成了不够姑娘的资格、毫无情感的怪女人了吗？

如果允许信吾的希求和欲望变成凭信吾的想象那样去做的话，恐怕信吾就会爱上处女的菊子，也就是和修一结婚前的菊子。(《伤之后　三》)

第八个梦：驼鸟蛋和蛇蛋：

最近梦很多，天亮以后还做长梦。

路上不记得了。醒来时，还见到梦中的两个蛋。一个是驼鸟蛋，相当大，一个是蛇蛋，很小。蛋壳稍微破了一点儿，可爱的小蛇伸出头转动着。信吾看着觉得非常可爱。

一定是想到了菊子和绢子的事儿，才做了这个梦。可是，哪个胎儿是驼鸟的蛋，哪个是蛇蛋？当然不知道。(《蛇之卵　二》)

这些或浅显或深奥的梦，都不难看出弗洛伊德学说的影响。早在20世纪20年代提倡新感觉派的文艺主张时，川端康成就提到过释梦和自由联想。他在一生的创作中写过不少梦境。因为他无意于描写现实，所以就"只能神游于虚幻的梦境"[①]了。主人公信吾在白日里是现实中伦理道德社会的一家之长，而他那潜意识中不道德的欲念却经过变形进入了梦境。这里值得注意的是，信吾对菊子的同情以至潜意识中的感情，有时也不自觉地表现出来。菊子对此有所察觉，修一也让爸爸去"对菊子说，菊子自由了"。这在正常的人伦关系中确实是相当危险的，还是梦境中的欲望宣泄更安全。但梦中反常、"不伦"的举动，既缺少真正的爱情，也没有生命力的冲动，也就是"毫不动心，说来可怜。这比什么奸情都丑

---

① 川端康成.川端康成全集 33 卷[M].東京：新潮社，1980：87.

陋。真是衰老之丑"。"可怜"的和"丑陋"的，是因为身心的"衰老"。所以，归根结底，川端康成还是执着地追求"生命即官能"这一命题。创作于十年后的《睡美人》，让老年人把性欲望付诸了行动。实业家江口退休赋闲在家，他家有发妻，三个女儿都已出嫁。退休生活使他觉得自己"因衰老而绝望不已"，经人介绍，他前后五次去专门为"已非男人的老人"开设的俱乐部"睡美人之家"过夜。在服药嗜睡的美少女身畔，江口老人感到了身心衰老的无奈、性欲枯竭的绝望和死之将至的悲哀。

"老人是死亡的邻居"：在"睡美人之家"这个封闭的世界里，人物的全部活动都围绕着性，老人的性实际上是生与死的象征。人生的生老病死，在严格意义上来说，是不以人的意志为转移的。垂暮将至，对性爱的最后一搏虽然有悖于日常社会的道德，但也表现了生命力的顽强。所谓人老心不老，只有在年轻姑娘的怀抱里，他们"才能感到生气勃勃"，因为她们"就是生命本身"。把"昏睡得如同死去一般"的"睡美人"看作"生命本身"，这充分反映了老人性变态的心理。因为，正常的性爱是双向的，即使是"强暴"，也往往伴随着被动一方的反抗。在丧失了所有行为意志能力的"睡美人"身边，老人的任何努力都只能以最后的失败而告终，因为她不把他当作性爱的对手，他的存在等于零。尽管一夜相伴而眠，但"睡美人"仍能保持处女之身，这是老人日暮途穷、生命力衰竭的标志。川端认为，这就是衰老的丑恶。更可悲的是那作为"非人的物化"的存在的"睡美人"，因为她的生命"虽然没有终止，生命的时间却已丧失"了；她是没有精神人格的"活尸"。因此，无论是行将就木的老朽，还是宛如"活尸"的睡美人，他们共同演奏的是一曲生命的挽歌。"生命即官能"的美学基调是颓废。颓废，一方面意味着创作者在道德追求上的孤立，这种孤立与他反常的神秘主义结合在一起，与单调乏味的日常生活进行抗争。也许在这个意义上，对《睡美人》的评价才褒贬不一，毁誉参半。

《千只鹤》的情节，只有主人公菊治和他身边几个女人错综复杂的感情纠葛，其"目的在于写不道德的男女关系"。菊治与父亲生前的情妇太田夫人及其女儿文子有染。在激烈的道德冲突中，小说中的人物都为自己的深重罪孽苦恼不已。对于与太田夫人的关系，菊治也曾有过"道德上的不安"，也曾觉得自己"被裹进了黑暗而丑恶的帷幕里"，但是他却"沉浸在柔情蜜意里"，"常常为之情思缠绵"。对此，他"既不后悔，也不嫌恶"，"可以说道德观念根本就没有发生作用"。当太田夫人为自己不道德的爱而苦恼、自杀之后，菊治又在文子身上看到了太田夫人的影子……太田夫人也"一旦堕入那另一个天地"，就忘却了亡夫、情夫和情夫的儿子，而只有自己本能情欲的宣泄，并由此变成了"史前或人类最后一个女人"。女儿文子明知母亲生前和菊治的关系，却还依然委身于他……

川端康成用一对"健全、富于生命力，甚至还带点官能刺激"的稀世名窑茶碗，喻指小说里男人和女人"灵魂之优美""精神之纯洁"：太田夫人是"白璧无瑕的最高贵的妇女"，文子是"无可比拟、至高无上的存在"。

对于女性美的歌颂，由成名作《伊豆舞女》起，一直是川端康成不懈追求的主题；到了后期，则进一步演变成对性爱与官能的突出——"生命即官能"。相对于人类传统的性道德而言，川端确如他自己所说的"表面上看不明显，实际上颇有些背德的味道"①。应该指出的是，从20世纪40年代末起，日本在言论自由的文化背景下，就开始了性解放的运动；在文学创作方面，一批批文学主张各异的作家先后推出了表现这方面主题的作品。这既是对战前乃

---

① 川端康成.川端康成全集33卷[M].東京：新潮社，1980：94.

至战中军国主义法西斯思想桎梏的反动,也是探索人类自身奥秘的必然。因为,从科学的角度而言,文学是人学;性,是人类存在的第一个必要前提,是各民族文化结构中一个最基本的部分,它当然可以成为人类探索的对象。无论是对老人与性欲的探讨,还是对"不道德的男女关系"的追究,根本上还是穷尽人生奥秘的渴求。在这类作品里,人和伦理争辩,人和道德抗争:人要求超越这一切,使人的肉体的、生命的自我,在人的本体意义上得到真正的尊重。读者在阅读中首先被激起的,应该是探究自身奥秘(包括性在内)的极大好奇,应该是对人的生命得到尊重的热切渴盼。从文学的审美意义角度而言,具有三维结构属性的文学创作,必然要超越属于二维结构的认识和道德,达到对美的追求。读者在阅读过程中提高自身的审美能力,进而加强社会审美自觉性。站在这一高度上审视川端康成《山音》《睡美人》《千只鹤》等作品中的"生命即官能"的艺术世界,才能超越仅仅止步于"劝善惩恶"的二维批评空间。用川端康成自己的话说,就是"我的小说《千只鹤》,如果人们以为是描写日本茶道的'心灵'与'形式'的美,那就错了,毋宁说这部作品是对当今社会低级趣味的茶道发出怀疑和警觉,并予以否定的"①。这种清醒的创作思路,同样也在《山音》和《睡美人》中有所体现。

三、《古都》和《我在美丽的日本》

《古都》描写了一对孪生姐妹的悲欢离合,故事情节极其简单,作者的笔墨主要用在古都的风物人情上,"借以探访日本的故乡"。

---

① 川端康成.美しい日本の私[M]//川端康成全集 28 卷.東京:新潮社,1980:347.

读者循着主人公千重子姑娘的足迹,饱览京都的名胜古迹:平安神宫的樱花,嵯峨的竹林,北山的巨杉,青莲院的楠木……领略京都一年一度盛大的人文景观:祇园祭、时代祭、伐竹祭和鞍马的大字篝火……小说仿佛京都的风景风俗画卷,充分调动起读者的审美情趣和对日本传统美的审美关注。《古都》的风物和人情已经超越了一般意义上的小说的场景或背景,构成了不亚于人物的独立的艺术形象:

> 千重子发现老枫树干上的紫花地丁开花了。
> "啊,今年又开花了。"千重子感受到了春光的明媚。
> 在城市狭窄的院落里,这棵枫树可算是大树了。树干比千重子的腰围还粗。当然,它那粗老的树皮,长满青苔的树干,怎能比得上千重子娇嫩的身躯……

以人感"物",或以物喻人,这是古今很多文学家常用的创作技巧。但在川端康成的《古都》里,"物"的作用却往往脱离"人"而独立存在,从而充分表现了日本的自然美和传统美。

一般认为,真诚、物哀和幽玄是贯穿日本文学传统的三大美学理念。真诚,是日本上古时代的美学理念,也就是"修辞立诚",以《万叶集》的美学风格为代表,在创作上强调以艺术的手法,表现自然与人生朴实雄壮的形象;物哀,是日本中古时代的美学理念,以《源氏物语》为代表,表现人的"同情共感、优美纤细的怜惜之情";幽玄,反映了日本中世文学艺术的美学特点,往往指和歌等作品中所表现出的象征和暗喻等美学旨趣。

1968年12月12日,川端康成在斯德哥尔摩诺贝尔文学奖颁奖仪式上,发表了题为《我在美丽的日本》的演说,比较具体地阐述了他的美学观。正如他自己所说,这篇演说"谈的虽然是日本的事,其实也是我自己的事"。演说开篇便引用了道元禅师"春花秋月夏杜鹃,冬雪寂寥溢清寒"和明惠上人"冬月出云暂相伴,北风劲厉雪亦寒"的和歌,认为这是对大自然,也是对人间的一种温暖、深情和慰藉的赞颂,是对日本人慈善友爱的内心世界的赞美。他还转引了美术史家矢代幸雄对日本美术特色的概括:白居易的"雪月花时最忆君"。

当自己看到雪的美,看到月的美,也就是对四季时节的美有所省悟时,当自己由于那种美而获得幸福时,就会热切思念自己的知心朋友,但愿他们共同分享这份快乐。这就是说,由于美者感人至深,强烈地诱发出对人的怀念之情。这里的"君",也可以看作广泛的"人"。另外,以"雪、月、花"三个字来表现四季时令变化之美,这在日本是包含着山川草木、宇宙万物、大自然的一切,以至人的情感之美,是有其传统的。①

自然美,是日本文学情有独钟的主题。日本作为一个岛国,一年四季分明,山清水秀,千百年来哺育了日本民族热爱大自然的审美取向。在日本人眼里,春天的樱花,能引发出人世无常、生命壮烈之感;秋日的黄昏,可生发出人生有时、寂寞无奈之情……一片枯叶,一声蝉鸣,或让人感时,或使人伤事……日本文学诗歌类体裁的和歌与俳句,以及散文小说等,大都体现了日本民族这种独特的审美情趣"物哀"。

川端康成认为,中古的平安朝文化形成了日本的美,产生了一批优秀的古典文学作品。他尤其对《源氏物语》推崇备至,认为《源氏物语》集王朝时代美的大成,是日本美的源泉:"《源氏物语》,从古至今,始终是日本小说的顶峰,即使到了现代,还没有一部作品可以与之比肩……几百年来,日本小说无不在憧憬、模仿和改编这

---

① 川端康成.美しい日本の私[M]//川端康成全集 28 卷.東京:新潮社,1980:347.

部名作。"川端康成从创作伊始,就以继承和仿效《源氏物语》为己任。可见,《源氏物语》那种优雅闲适的贵族生活、缠绵悱恻的男女恋情、生死轮回的无常观等,对川端康成产生了极大的影响。换言之,川端康成所继承的传统美,是以《源氏物语》为代表的优美纤细、多愁善感的贵族美学。

川端康成在演说词中说:"有的评论家说我的作品是虚无的,但这不等于西方所说的虚无主义。我觉得在根本精神上是完全不同的。"川端小说中的虚无,与西方式的虚无主义是完全不同的概念,他体现了禅宗"无念为宗"、世界"本来无一物"的东方精神。以这种虚静无为的审美态度去观照外部世界,就构成了川端康成式的"虚无":他以禅宗的顿悟的心态,捕捉外部世界的意象和感觉。所以,他创造的美,往往给人一种超凡脱俗的空灵感。这是川端小说艺术上的一大特征。

虚无,与日本传统美学的无常观是一脉相承的。樱花因为容易凋落,所以才更能唤起日本人的无常感。无常为美,美即无常。对春花秋叶的赞赏,实际上是对生命无常的喟叹。花开花落,花的生命也许只在一刹那完成,但那恰恰是美妙的瞬间。美好的生命,只有面临着死之将至,才能闪烁出生的光辉。对生命的这种谛视,是构成川端康成后期作品虚无颓废、冷寂荒凉之美的根源。

川端文学在日本和世界范围都得到了肯定的评价。小林秀雄认为:"川端氏年轻时受过西方影响,但以后逐渐写出自己风格的东西,产生了不是日本人就写不出的作品。因此,对于西方人来说,川端文学是难以理解的。可是,非单纯模仿的作品之长处,却是可以感觉到的。"[1]在川端获得诺贝尔文学奖时的授奖词里,评

---

[1] 小林秀雄.小林秀雄全集(第12卷)[M].東京:新潮社,1968.

选者一方面肯定川端接受西方影响的事实,一方面又强调指出:"不过,川端也深入到日本古典文学中,明显地表现出希望维护日本传统模式的倾向。"

其实,我们应更加明确指出的是,川端康成笔下幻想的乌托邦、颓废的官能世界、对自然美的追求,以及作为其思想根源的虚无,归根结底都是与日本文学传统中"脱政治"的特点相契合的。众所周知,"在世界上,日本文学具有极其罕见、极其明显的脱政治的倾向,这一点一直给外国人带来难解和不协调的感觉。'脱政治'绝不是文学本身所应具有的本质特征,从外国人的感觉来说,其实恰恰相反。"[①]艺术与政治的关系,历来是文艺理论界争论的焦点。"脱政治"的倾向显然走到了一个极端。大多数中国读者对很多日本文学作品有难以卒读之感的根本原因,恐怕就在于此。所以我们认为,"脱政治"的倾向,是我们理解日本"正统"文学乃至川端康成在当代文学史上的意义的一把钥匙,也是我们反观中国"载道"文学传统的一个极好的参照。

---

① 铃木修次.中国文学と日本文学[M].東京:東京書籍,1978.

日本美学(感性论)研究

比较美学:"本质主义"崩溃后的路向

——岩城见一教授访谈-对谈录

王琢(以下简称王):岩城教授,非常感谢您在百忙中接受我的访谈。21世纪伊始的2001年3至4月,您在暨南大学中文系以"比较美学"为题进行了系列讲座,这是一件极有意义的事。因为暨南大学中文系是中国迄今为止唯一的"比较文艺学"博士学位授予单位,所以我相信您的讲学一定会对这个学术基地的发展产生深远的影响——比如,加强国际学界间的交流,进一步开拓学术视野——您的"比较美学"似乎也有这方面的期待吧?

岩城见一(以下简称**岩城**):是的,我期待着通过这次游学中国,加强相互了解,促进今后的交流合作。其实,"比较美学"的重要性就在于世界上的文化是多样的,世界上艺术的生成方式以及人们的意识构造和知觉构造也是多样的,所以我们无法使其还原成一个固定的标准,而必须在此基础上理解人类经验的多样性和开放性。我认为,"美学"不仅仅是讨论艺术和美的学问,也是一种阐明人类经验开放性的理论。从这一意义上来说,它必然是一种"感性论"。时至今日,人们越来越清醒地认识到,超越历史的"真理"和唯我独尊的"本质"已经对世界上层出不穷的问题束手无策。在"人和计算机组合成的网络"里,我们每一个"参与者"的身份,都是技术决定论和社会构成主义无法确定的。面对世界这一大网络和无以计数的小网络,我们每个"参与者"的使命就是通过参与,组成一个个小的共同体,再对大的网络产生影响。由此看来,我更应该感谢暨南大学给了我"参与"的机会。(笑)

王: 您太客气啦。当然,这话不应该由我这个小小的参与者来说。(笑)首先,让我们从您最近在《常规之病》(《文艺研究》2000年第4期　李心峰译)一文中所批判的"本质主义"说起。我觉得,后现代主义所要消解的"中心",正是频繁出现在人类各种文化语境中的形形色色的"本质主义"。技术决定论和社会构成主义在当今世界所处的尴尬境地,应该是我们理解"本质主义"崩溃的前提。也就是说,曾几何时,技术决定论和社会构成主义都以"本质主义"的面目君临世界,并对人们的意识构造和知觉构造产生过绝对的影响。

岩城: 关于技术决定论和社会构成主义,村田纯一从"技术解释学"的角度进行了批判研究。技术决定论的产生,无疑是以20世纪科学技术的迅猛发展为基础的。从某种角度来说,人作为社会的一个个体,与生俱来都有被技术所决定的一面。而认为人类社会生活的各个方面都是由技术决定的,就走向了"本质主义"。在这一点上,海德格尔对现代技术的批判也是不彻底的。当某一项技术发展到了一定程度,势必在意识形态层面上出现这样那样的问题,从而为技术决定论这种"本质主义"的崩溃埋下伏笔。社会构成主义则认为,技术本身无法决定其自身的成立与否,是"社会因素"决定技术的成立并限定其功能。人的行为方式是由社会所决定的,所以研究的重点不是个体的行为方式以及由此产生的现象,而是决定其本质的社会结构。也就是说,在争夺"本质主义"的话语权的角逐中,技术决定论和社会构成主义都各执一端,互不相让,最终为自身作为"本质主义"的崩溃创造了前提条件。认识到这一点,对我们理解现实生活中的一些问题极有意义。比如,女权主义者 J.维克曼对人工生育技术的批判就很有启发性。现代生育技术可以使不孕的女性拥有孩子,但是有两个不可避免的后遗症:一是不孕者被打上了"病"的烙印,二是不能解决孩子与母体的"血缘关系"问题。而后者作为意识形态上的问题,又被发达的生育技术进一步强化了。

王:现代科学技术的发展确实不断为我们人类提出很多新的问题。比如,近年来基因技术成绩骄人,但是如果把"基因人"造出来,这世界会变成什么样子?我想,无论是谁,只要不乏最起码的想象力,就不难想象出"克隆人"技术普及后的世界会多么可怕!

其实,无论技术决定论还是社会构成主义,似乎都忽视了人作为审美主体的先决条件,前者过分强调了技术作为"物质"的重要性,后者又过分突出了社会作为"构成"的重要作用。显然,"技术决定-本质主义"和"社会构成-本质主义"都试图以自己的价值判断为"常规",它们在进入后现代社会生活的今天,成为人们批判的对象也在情理之中。那么,作为"本质主义"的技术决定论和社会构成主义,在美学和艺术学领域又是如何表现的呢?

岩城:在美学与艺术学史上,从 19 世纪中叶起,"纯粹艺术(为艺术而艺术)"与"社会的艺术"之间的争论便不绝于耳。从某种角度而言,艺术也是一种技术。但是,一般认为,艺术并不需要诸如某些科学技术那样的专门技术知识,而对于艺术,人们自始至终关注的是其审美价值和社会功能等"软件"方面。显然,如果把与人类的生存息息相关的科学技术看成"硬件"的话,艺术当然属于"软件"。技术决定论一般倾向于主张"为艺术而艺术",社会构成主义往往坚持"社会的艺术"的主张,二者之间的论争此消彼长,构成了文学艺术史上一个个不同的艺术流派。在今天看来,一旦某一流派形成并进而要对其他流派做统而化之的尝试之时,也就是这一流派的艺术主张变成"本质主义"之日。比如,文艺复兴时期绘画界的"透视法",其最初风靡世界显然是技术决定论先拔头筹,而最终"透视法"得以成为衡量所有美术作品的"常规",亦有社会构成主义参与其中。所以,"透视法"作为美术史上的"本质主义",不仅只是"技术决定论"或"社会构成主义"某一方使然,而是二者共同作用的结果。

王:当然,这也充分说明"本质主义"形成过程的复杂性。与美术史上的"透视法"相仿佛,世界文艺思潮史上的"现实主义"和"浪漫主义"等也都曾经作为"本质主义"的标准而对文学史的编写产生过不小的影响。比如,中国文学史上著名的唐代诗人李白和杜甫就曾经分别被授以浪漫主义诗人和现实主义诗人的桂冠。以"透视法"为"常规"去考察古代艺术作品时,会不会也出现类似的现象?

岩城:在暨南大学的讲座中,我曾经举埃及第十八王朝时代的一幅绘画作品《庭园》为例,分析了以"透视法"的"常规"为尺度解释这一作品时产生的误读:索尔索在《认知与视觉艺术》(1994)中认为这幅画视点的"不一致"是人类"初期的标准表现"。这与现代图象学创始人帕诺夫斯基在《作为"象征形式"的透视法》(1924/1925)中把《庭园》视为"立面图与平面图的组合",认为这幅画没有体现出"近代的、物体与空间的高度统一"的观点如出一辙,都是把"统一的绘画空间"作为"常规绘画"的前提。帕诺夫斯基的传人冈布里奇也认为儿童的绘画是"概念图"。显然,以这种"先入观"来观赏古埃及的绘画作品以及儿童的绘画作品,势必产生"概念图"和"解说图"等错误的结论。这就是被"透视法"所构成的"本质主义"在美术史研究中的体现。

同样的情况在音乐美学史上也不乏其例。达尔豪斯在《古典主义与浪漫主义的音乐美学》(1988)一书中批判了由社会所构成的"纯粹音乐"等"常规意识"。他认为,在音乐方面,人们所标榜的

"纯粹音乐"是以19世纪欧洲的奏鸣曲为代表的器乐,这种观念不仅在作曲家的意识中根深蒂固,对普通听众来说也是如此。而此前18、19世纪之交逐渐普及了的交响曲也是标准的音乐。这一时期,人们即使对"没有文本的音乐"也会"发挥想象力,使其转换成文本"。也就是说,历史上的作曲家所面对的是纯粹的音的艺术,而受容者(听众)则反其道而行之。作曲家要"把文本转换成音",听众却要"把音还原成文本"。到了20世纪,听众的接受方式又发生了变化:人们普遍"无视声乐与标题音乐的文本",往往把"有文本的音乐"变成"脱文本的音乐"。可见"纯粹音乐"作为"常规意识"也是在社会历史中被不断地构成着。

王:似乎应该这样理解美学/艺术学上的"本质主义"的"常规意识":某一种艺术表现形式在特定的文化语境中取得强势——霸权,进而在规定了同时代的艺术发展方向的同时,对此前乃至此后的艺术表现形式产生绝对的影响。"本质主义"对此前的影响,归根结底是对历史文本的"误读",这不利于更加行之有效地总结人类的感性经验;对此后的影响,则是作为公式化的传统阻碍新艺术表现形式的产生和发展。我们今天强调"本质主义"崩溃的意义,是不是应该以这种认识为前提?

岩城:是的。对历史文本的"误读",除了《庭园》,我们还可以举出很多例证。关键是这些形式各异的"误读",最终往往都以不屑一顾的态度将其研究对象纳入"他者(the other)"行列。这对我们总结人类的开放经验是有百害而无一利的。因为世界之所以成为大千世界,宇宙之所以无边无际,关键就在于其开放性。而如果以某种堪称霸权的"本质主义"的"常规意识"为标准,势必使这种生机勃勃的开放性受到压抑,从而阻碍人类感性经验的拓展。在现代艺术领域,有很多这样的例子:新兴的艺术家为了突破传统的禁锢,不得不使自己进入一种非常的状态下进行创作。从西方美术发展史来看,20世纪初的先锋派艺术对"常规绘画"提出了挑战,为人们留下一个新的课题——绘画不再是表现什么,而是如何表现。这当然导致了人们对艺术表现形式的不断探索,而每一次探索都伴随着对绘画本质的追问。从印象派到野兽派,从立体主义到超现实主义,从画框内静态的表现艺术到画框外动态的行为艺术,从毕加索所描绘的形象中,从杜尚搬进艺术馆里的工业制品上,人们都不难发现对"绘画何为?"或"何为绘画?"的不断质疑。正是在这种不断求新的努力下,作为"本质主义"的一系列"常规意识",才一个个不攻自破,土崩瓦解。

王: 20世纪的西方文学也走过一条大抵相同的道路。从印象派诗歌到意识流小说,从艾略特的《荒原》到乔伊斯的《尤利西斯》,19世纪以来形成的一些文学观念一再受到冲击……这应该是文学艺术必然追求创新的历史使命。不过,我们更应该注意到每一次创新,或每一次对传统的"常规意识"造成冲击时,方法论方面所具有的威力。

岩城: 是的,我们应该看到,人类的每一步发展都离不开认识论乃至方法论上的突破。20世纪二三十年代,日本文艺理论界曾经进行过"形式主义论争"和"艺术价值论争"。这两场论争的出发点都是为了修正或克服"纳普"在马克思主义文学观念上的激进倾向。尤其是艺术价值论争,平林初之辅的《政治的价值与艺术的价值》(1929)率先提出问题,他不是以或政治或艺术的简单的二元论观点来研究问题,而是从艺术原理上探讨在为政治服务的前提下的马克思主义艺术论的艺术评价的可能性。但是此后的论争渐渐偏离了平林的方向,只是把"政治他律论"和"文学自律论"摆在了非此即彼的敌对立场上。当然,我今天老话重提的目的不是为了做出孰优孰劣的价值判断,而是提醒大家不要忽视当时来自于"纳普"之外的哲学家三木清(1897—1945)的声音。三木清留学德国,师从海德格尔和伽达默尔,对马克思主义也有相当的理解。他学成回国后,致力于新解释学的日本化建设。在"艺术价值论争"中,他抛弃"政治"与"艺术"的二元论立场,提出了"新人本主义文学"的主张。三木认为,古典人本主义是"个人的发现",而新人本主义的主题应该是"社会的人"(《新人本主义问题与文学》,1933)。在《历史哲学》(1932)中,三木明确指出,人的身体不仅是自然的存在,也是在历史中变化改造了的"社会的身体"。所以,他主张,如果说人不仅仅是自然性的存在,那么他/她也不是被历史性和社会性所决定的存在;通常情况下,人是既被社会所规定,又不断地反作用于社会的"表现的存在"。也就是说,早在20世纪30年代初,三木清就找到了克服"政治他律论"和"艺术自律论"这两种"本质主义"的方法。

王:这场关于艺术的"政治价值与艺术价值"的争论几乎在当时就传到了中国,胡秋原就直接受到了平林初之辅的影响。他们一方面承认文艺应该具有的政治价值,一方面又强调这种政治价值不等于艺术价值。他们都试图分解马克思主义艺术论并在此基础上建立真正意义上的马克思主义文艺理论。显然,这种艺术自主论倾向与马克思主义艺术论的政治目标是根本冲突的。马克思主义文艺理论作为无产阶级革命理论的一个组成部分,必然要求艺术成为为政治革命服务的工具。其后相当长时期内,中国文艺政策上的"政治标准第一,艺术标准第二"即可以看作"政治他律论"和"艺术工具论"的基本准则。可见,平林初之辅和胡秋原等艺术自主论者都没有找到克服"政治他律论"这一"本质主义"的方法。从这一角度来看,三木清的"社会的人""社会的身体"和"表现的存在"确实是一组极有意义的概念。"艺术自律论""自律美学"或"纯粹艺术"受到批判的根本原因,就在于他们过分强调了艺术自身作为一种特殊技术的作用,忽视了艺术是在更大的文化语境中生成的基本事实；而"政治他律论"显然过分突出了社会构成的力量，忽视了艺术以及艺术创作主体在技术方面对社会的反作用。这是三木清对我们的最大启示。

实际上，为了摆脱各种各样的"本质主义"的束缚，许许多多的艺术家和哲学家都进行了很多努力，为我们今天在后现代生活状态下探讨"本质主义"崩溃的问题做了大量的思想积累。但是我们必须清楚地认识到，我们所接触的后现代对现代的解构都是一定社会历史状态下的产物。所以，我们在当下的文化语境中重新阅读现代经典时，一定要有所警惕。

岩城： 首先，我们必须清醒地意识到后现代思想家对现代的非难都或多或少地受到当时的文化语境的左右。后现代对现代的"本质主义"的质疑、批判、解构，无疑是因为这种"本质主义"的"常规意识"给艺术的进一步发展造成了严重的阻碍。三木清参与的"艺术价值"论争就有这方面的初衷。也就是说，大正（1912—1926）末期至第二次世界大战爆发，日本在享受西方现代化所带来的恩惠的同时，也开始陷入经济危机所带来的"昭和恐慌"（1930—1931）。日本自明治维新以来始终以西方为模范，在国家政治、经济、文化等方面的现代性转型上取得了成功；日本一直以亚洲最强自居，并进而向周围国家强行推行帝国主义侵略政策。也就是说，军国主义者为了摆脱"昭和恐慌"的危机，在国内、国际政治上强行推行"国家主义"和"民族主义"的国策，为日后的对外侵略做舆论准备。在这种大的文化语境下，有识之士——一部分哲学家和艺术理论家——纷纷尝试在哲学乃至艺术理论领域内探讨解决危机的方法。"艺术价值"论争就发生在这一特定的历史时期。

三木清作为一位哲学家，在一系列著述中十分关注"意识形态与情感逻辑"问题。因为只有当某种意识形态渗透进"社会的人"的身体之中，它才能成为被彻底"构成"了的"本质"，所以必须探究这种"本质"在"情感逻辑"层面上的特征。情感逻辑,是指情感(pathos)作用于人的意识之中,规定人的情感方向的逻辑。只有这样,我们才能理解一种意识形态是如何作为"常规"被"制度化"的。"常规"是植根于意识所无法控制的情感层面上的意识形态。在情感逻辑支配下的"常规"是科学所无法控制的;与其相反,科学却由于得到情感的支持而大行其道。只有达到一种"病"的状态,"常规"才能确立。正是因为"常规"具有这种"病理学"的症候,我们才必须时刻保持反省的自觉。

王:可以说,从"病理学"的角度看取"本质主义"的"常规意识",这对我们当今社会具有很强的预警功能。因为我们作为个体的"人的身体",是在社会历史中被"构成"了的"社会的身体",所以我们更应该十分关注我们的"社会的身体"是被如何构成的。在此基础上,我们才有可能真正成为"可以不断地反作用于社会的'表现的存在'"。社会构成主义的终极目的,无疑是要把某种意识形态渗透进个体意识所无法控制的情感层面里来。比如,当今国际政治生活中不时被新闻媒体提起的日本教科书事件、公职人员参拜靖国神社事件以及美国国会人权委员会关于中国人权问题的提案等,都可以被看作一部分"社会构成主义者"所玩弄的小伎俩。问题是,生活在后现代社会的知识分子是不是应该以批判和解构的态度,对当代新闻媒体的"社会构成主义"策略予以极大的关注?

岩城:当代新闻媒体在贯彻"社会构成主义"的战略上起着举足轻重的作用,所以对其持批判乃至解构的态度是十分必要的。由于"本质主义"的"常规意识"是根植于人的情感层面上的,所以在"突发事件"发生时往往是难以控制的。这从当今世界某些地区的局部紧张局势中也是可以一目了然的。其实,作为后现代社会的知识分子,就应该在各自的知识领域内对这些问题予以关注。从比较美学的学理上来看,所有"本质主义"的"常规意识",都是某一特定时期的人类感性经验的具体表现，而这种经验对进一步开放人类的感性经验起到了阻碍作用。因此，把这些"病态"的"常规意识"还原成感性论，指出其作为"本质主义"的根源之所在，进而寻找对其进行超越的方法，这才是我们比较美学所面临的任务。

从认知心理学的角度而言，被社会"构成"的"常规"变成"本质"，继续顽强地生存在"知觉"的世界里。知觉比起概念性思考，更加接近于情感，而在外界看来，由于人们普遍认为这种"本质"直接与感觉相关，所以就连知觉亦无法自觉到其本身"被构成"了的事实。这当然是一个虽然在道理上说得清楚，但在感觉上却难以接受的事实。所以，从这一意义上来说，达尔豪斯认为，"纯粹的音乐"的规范，不是"认知心理学上的现实"，而是"被构成的听觉"。知觉心理学必须自觉地意识到，自己想要作为研究对象的知觉以及自己的知觉本身都不可避免地打上了历史的印记。当然，这种清醒的自觉是难乎其难的。在与美学艺术学的关系上，标榜自身具有自然科学客观性的知觉心理学发挥了巨大的作用，很多艺术理论都以其为理论支柱。尽管如此，我们也不能无视这样的事实：心理学把致命的先入观带给了美学艺术学。

王：先入观，是决定论和目的论作为"本质主义""常规意识"的基本表现。我们虽然对此恨之弥深，却不能简单化地"一言以蔽之"。也就是说，为了揭示某种先入观作为"本质主义"的危害，我们必须做更多"证伪"的工作。您在暨南大学讲学时，举出德国艺术理论家 G.布理秋对《庭园》的研究，似乎就有这样的考虑。

岩城：这应该说是一种策略。无论是谁，你都不可以说"本质主义"必然崩溃，而一定要实实在在地指出"本质主义"为什么必然崩溃。正所谓"知其然，知其所以然"。我提起德国的布理秋的目的在于：他是与帕诺夫斯基生活在同一个时代的美术理论家，但是他生前却没有著作问世，只留下研究笔记，由他的朋友整理成一本一百多页的小册子，这与著述等身的帕诺夫斯基适成对比；然而，他却在自己有限的艺术理论实践中找到了使"透视法"这一"本质主义"土崩瓦解的方法。这是最让我钦佩的。

埃及十八王朝的《庭园》也是布理秋关注的焦点。他的结论与索尔索的"视点不一致"和帕诺夫斯基的"平面图与立体图的组合"完全相反。为了论证这一点，他对古埃及绘画以及儿童绘画的表现生成过程进行了深入的研究。他认为，儿童乃至幼儿的涂抹绝不是单纯的手臂运动的痕迹，作为一种表现，其在实现的过程中已经受到了特有的表象实现逻辑的左右。比如，儿童绘画时，为了绘画，首先要把画纸与周围其他物体——桌子（前景）区分开来：画纸放在桌子上，则桌子就退到背景中。布理秋认为，前景（A）与背景（U）是不可分割的关系。由于画纸和桌子之间的这种 A—U 关系成立，绘画才可能在画纸"中"实现。反之，涂抹就有可能延伸到画纸之外。因此，手臂的偶然动作和作为表现的涂抹之间已经产生了不容忽视的"飞跃"。正是这种最初的表现，才有可能把表现区分为有意的或无意的。也就是说，作为艺术创作行为的 A—U 关系，以不断重叠的方式向"表现"的实现而努力。从《庭园》来看，整个画面为 U，则池塘为 A；池塘再为 U1，则树木为 A1；树木为 U2，则……为 A2……儿童绘画也是按照这一逻辑进行的。所以，我们可以看出，索尔索的"视点不一致"、帕诺夫斯基的"平面图与立体图的组合"以及冈布里奇的"概念图"等价值判断，都是在"透视法"与"知觉理论"互为表里的"本质主义"的"常规意识"的支配下做出的，遮蔽了古埃及绘画艺术以及儿童绘画艺术的丰富蕴涵。

其实，布理秋的理论对理解西方中世纪的艺术是很重要的。可以说，他为我们提供了"艺术多样性标准"，有极为重要的参考价值。关于这方面的问题，我们以后还要找时间谈得更详细些。

王：好的，希望岩城先生今后多与中国学界交流。

1998年10月,日本美学会第49届全国大会在京都大学召开。我们注意到,您所主持的"主题研究会"有两个主题:一是"日本美学艺术学的历史进程与课题",二是"'病'的感性论"。从言语表述来看,前者比较传统,后者比较前卫。而"'病'的感性论"似乎可以看作是21世纪日本美学的发展方向。也就是说,从总的价值取向来看,前者有清理"现代性的""本质主义"之功,后者则有"后现代性的""本质主义"崩溃后的探求。

岩城:第49届日本美学大会"日本美学艺术学的历史进程与课题",旨在于反省日本美学艺术学的发展史,探讨美学艺术学在21世纪的发展方向。关于这方面的课题有:日本近代美学艺术学的发展,西方思想的受容方式,近代日本美学艺术学制度化的历史及其问题,日本近代美学艺术学的历史发展和其他学科的关系,日本美学艺术学与美术史、艺术批评、展览会、美术教育的关系,日本近代美学艺术学在亚洲的影响。

"'病'的感性论",则是对21世纪美学发展方向的展望。这一方面的课题比较广泛:作为艺术理论的近代自律美学的病根,艺术理论与批评中的作家崇拜,独创性神话的病理学,精神分析学与美学的相互作用及其问题,艺术类型等级制的病理学,"美术馆"制度之病,体现在女性主义美学和美术史上的文化之病,文化史上生老病死的表象与艺术表现的变迁,东西方哲学的直观主义艺术理解的暴力性,东西方艺术论中有关艺术之病的言说,现代艺术及哲学中病态趣味与审美意识批判,现代艺术的"尚新"之病,"病"的表象与"丑"的美学,文化之病与原始主义礼赞,失语症的感性论,等等。

在这次大会上,与会者就上述两个主题提交了近20篇论文,会后由日本美学会编成论文集《美学艺术学今日的课题》(1999)出版。其实,正如您刚才所说的那样,第一个主题比较正统,第二个主题比较激进。正统的,不言而喻;激进的,大家难免心存疑虑。关于"'病'的感性论",我们确实论证了很长时间,从20世纪80年代末筹划编写的《感性论》(1990)算起,几乎近十年。感性论时至今日已经得到了更多的理解。实际上,强调"感性论"的真正目的是还原其本来面目。这看我最近出版的《感性论——为了被开放的经验理论》(2001)的标题和副标题就可以一目了然。"病",显然是直接借用病理学术语,试图在生理和精神等层面上探讨人类,尤其是现代人的审美意识以及一般经验中的病态现象,进而使重新思量人类感性经验的路向得以拓展。这与20世纪比较受欢迎的文化研究等的取向是比较接近的。

王: 我相信,这次大会的两个主题,尤其是"'病'的感性论",也会对中国学界有所启发。其实,我们不难看出,岩城教授您和您的同事们致力于在后现代文化语境中建构非本质主义、非决定论和非目的论的人类感性论——开放的经验理论,这当然是要以对"现代性"本质主义、决定论和目的论的理性神话进行质疑、批判和解构为前提的。这自然牵涉对现代和后现代的认识问题。我认为,哈桑对后现代的评价比较全面:"后现代主义的学说锤炼了我们的感性,使之善于感受事物的差别,使我们更能包容诸多无常规、无标准的宇宙事物"(《革新/更新:人文科学研究的新视角》,1983)。也就是说,后现代主义不仅是一面旗帜或一个口号,也是一种精神,是一种基于人类被开放的感性经验的思维方式。

岩城: 在后现代批判现代性的文化语境中,"本质主义"的崩溃昭然若揭。后现代论者往往从笛卡尔、康德甚至黑格尔、尼采入手,对"近代主体论"和"理性"精神等加以批判;与此同时,现代科学技术也受到了无情的批判。海德格尔就认为,现代技术决定论的确立,使得艺术沦为技术的奴隶,成为一种文化工业。而更多的批判者,比如盖尔诺特·拜迈,就对康德理性哲学的片面性进行了尖锐的批判。他们认为,康德哲学的理性被当作"人的尺度",而非理性则被认为是"非常规""病态"和"疯狂",这是我们必须予以排除的;作为男性原理的理性的胜利,最终也变成了由"女性的自然,以及自然的女性"所支配的历史。(《理性的他者》,1983)这一观点里显然融入了福柯的从反面看待历史,以及拉康派所继承了的弗洛伊德精神分析学的理论。这样考察近代理性历史的深层心理,就可以发现,强行压抑自然的理性正是一种"病";所谓"理性的主体",可以说"是理想,同时也是疯狂"。康德以及同样受到批判的德国观念论哲学家黑格尔的问题就在于,产生于近代启蒙运动的"理性"这一历史构成物,被人们当作非历史的人的"本质""本性的自然",人的其他方面则被作为"理性的他者"所排斥。拜迈试图重新认识受到排斥和压抑的人类内外统一的自然的历史,以便唤醒"新的自然哲学"所带来的"新的文化",使"理性的他者"不再受到支配和排斥。可以说,这种观点简明易懂地揭示了后现代对现代的批判的特征。欧美后现代的现代批判,也给我们日本学界带来了勇气,批判美学和生态美学方兴未艾,从欧洲引进的对现代美术史和美学体制及其理论的批判、性别论等也都生机盎然。

诚然,在此我无意涉足对后现代之现代批判等大的题目,一是因为我对接受拜迈所倡导的宏伟的自然哲学感到力不从心,二是因为我认为,学过一些西方哲学的人都不难看出,后现代对康德和黑格尔等人的批判显得过于简单化了。所以,我只是想对海德格尔和拜迈提出一点质疑:康德所要从事的不是建立本质主义的理性,而是正如他著作的标题所示,是"理性的批判"。人,就其本性而言,毫无疑问都具有在超越经验时反省经验并且为其规定方向的能力,即理性,因此当生命有限的人把理性适用于经验时,常常会暴露出犯错误的可能性。在明确这一点的基础上,就要不断对人所具有的这种超越论的可谬性(谬误推理)加以反省。这才是康德"理性的批判"的主旨。正是在此意义上,康德才把他的批判哲学比喻为治愈被谬误所困扰的病(疯狂)的"泻药"。黑格尔也不像海德格尔和拜迈所批判的那样,是一个继承康德、用高不可攀的"绝对精神"来处理一切的哲学家。黑格尔是剔除一个个意识活动中无意识地犯下谬误的构造(病根)的思想家。所以,如果说康德是温文尔雅的内科医生,那么黑格尔则可以说是对患者毫不手软地挥舞手术刀的外科医生。

总之,我们现在所要从事的不是对现代性简单化的批判,而是要有针对性地解决一个个实际问题,从而深刻理解"本质主义的崩溃"的必然性。也就是说,我们仅站在后现代的旗帜下为"本质主义的崩溃"唱挽歌是远远不够的;我们一定要身体力行,以自己的工作实绩,把"本质主义"送上后现代的祭坛。

王: 岩城先生对布理秋"A—U关系"理论的研究,正体现了这样一种脚踏实地的探究精神。这无疑为我们今后的研究提供了一个可资借鉴的"模特"。用岩城先生的话说,我们不可以简单地断言,欧洲中心主义就是本质主义,就一定必然走向崩溃。我们必须有根有据地指出文艺复兴后的"透视法"在不知不觉的历史中被社会构成为"本质的标准",以此为唯一的"本质的标准",就会遮蔽对艺术多样化理解的可能性;以此为"本质的标准",我们也无法理解西方中世纪的美术作品。这可以说是岩城先生为我们在方法论问题上提出的一个忠告。

岩城: 忠告倒谈不上,这只能说是我在研究中的教训。把"东方"和"西方"对立起来的想法本身也是一种"本质主义"。因为时至今日,"东""西"也是在互为关联、互为影响的变化之中,所以我不赞成泛泛而谈的"欧洲中心主义"的提法。如果批判"欧洲中心主义"的话,这一批判本身就是"本质主义"的,因为其学理上的立论基点是与之针锋相对的"东方中心主义"。

坦率地说,我把布理秋的艺术论这一"西方"思想引进来,就是要尝试着使人们从西方艺术理论,或建立在这一基础上的东方人理解东方艺术的先入观中解放出来。我的基本观点是,不可以在本质上把"西方"和"东方"割裂开来,我们要一步一步脚踏实地地学习各种理论,并将其应用于艺术理解的实践中。这种实践性的思考本身即可以孕育出超越"本质主义"的可能性。从一般意义上来说,相对于"欧洲中心主义",我们提倡"东方的独特性",这或许容易被人理解,但是应该清醒地认识到,这也是一种"本质主义"。日本学界曾经犯过这样的错误,而今天我们依然有重蹈覆辙的危险。所以,我认为,对这种危险倾向要时刻保持警惕,并进行坚决的批判。

王: 在时下中国学界一边倒地批判"欧洲中心主义"的潮流中,能够听到岩城先生的反对意见,是难能可贵的。这应该引起我们的警醒。其实,中国学界批判"欧洲中心主义"的根源在于对"东方"乃至"中国"走向"世界"的焦虑。在后现代的文化语境下,克服或超越形形色色的"本质主义"将是一个任重道远的学习过程。这是岩城先生在暨南大学讲学时给我们的最大启发,也为我们今后长期对话留下了话题。

岩城先生,2001年8月,第15届国际美学大会将在日本东京召开。21世纪的第一次国际美学大会在亚洲的日本召开,这之中的美好祈望是意味深长的。您作为大会筹委会副委员长,能否谈谈大会的有关情况?

岩城: 按照国际美学会的惯例,每一届国际大会都要确定下下一届主办国等事项,也就是说,第15届大会由日本主办是第13届(1995)大会决定的。20世纪后半叶,随着各个人文科学学术分野对"欧洲中心主义"的批判,人们越来越多地把研究视野投向欧洲以外的其他国家和地区。这就是国际美学会把21世纪的首次大会放在亚洲召开的文化背景。可以说,今年8月日本第15届国际美学大会将是一个不再有"他者"的"同学会"。

为了实现这一美好目标,我们日本美学会组织了规模庞大的"东京国际美学大会筹备委员会",分为几个部门在紧张地工作着。这次大会至少有两个特点,一是与会代表人数尤其是亚洲代表人数"空前"多,一是会议论题"空前"广。这两点应该是这次大会成功的必然保证。这次国际美学大会总的主题,就是要让每一名与会者都能为新世纪21世纪的美学写下新的篇章;并且,为了突出21世纪伊始在亚洲国家召开国际美学会议的特色并扩大对话交往的机会,我们尝试着把这次大会开成一个"亚洲美学研讨会",为此,我们分别开设了日本美学、中国美学、印度美学、韩国美学、东南亚美学和其他地区美学等分组会。

这次大会将是"比较美学"的一次盛会。来自世界不同国家或地区的"同学们"操着相同或不同的"语言",谈论着相同或不同的"21世纪的美学"的话题……这才是真正意义上的"比较""美学"。所以,我们衷心期待着更多的来自中国"同学们"的声音。

从美学向感性论的转向

——访岩城见一教授

岩城见一教授,前任日本美学会会长,京都大学名誉教授,现任日本京都国立近代美术馆馆长;专攻德国哲学、美学,对黑格尔、康德、尼采和费德勒的研究着力尤多;主要著作有《感性论——为了被开放的经验的理论》(2001)和《"误谬"论——对康德〈纯粹理性批判〉的感性论式的解读》(2006)等。由笔者翻译的中译本《感性论——为了被开放的经验的理论》,已由商务印书馆出版。在翻译过程中遇到的一些问题虽然得到了解决,但是为了使我们更好地进入"感性论"的问题,笔者对岩城见一教授进行了专访。

王琢:岩城先生,我注意到《感性论》最初由京都造形艺术大学作为教材出版的时候书名是《美学概论》,而2001年由昭和堂出版的时候却变成了现在的《感性论——为了被开放的经验的理论》。这是为什么?

岩城:这本是为京都造形艺术大学函授教育所撰写的教科书,所以最初名为《美学概论》。本书所讨论的内容在以论文的形式发表前后都几次在不同的大学中讲过,也就是说,它们都是以经过听课学生的反驳和提问后不断改写的讲义为基础的。概言之,康德的《纯粹理性批判》研究,是几年前京都大学文学部"美学·美术史学特殊讲义"（本科生、研究生共同讲座）、2000年同校"美学·美术史学讲义"（本科二年级以上）以及关西大学文学部"美学特论讲义"（研究生）；尼采研究，是京都大学文学研究科"特殊讲义"；费德勒研究，是我在此前任教的京都市立艺术大学的普通教养"艺术学概论讲义"（两次），在京都大学给本科生讲了两次，在我10年来每年都去做集中授课的静冈大学给本科生和研究生讲了两次，2000年第二学期又在关西学院大学给研究生精讲了一次；黑格尔《精神现象学》的"知觉"理论研究，是1999年京都大学文学研究科的"美学·美术史学特殊讲义"；福岛研究，是在静冈大学的讲义；福岛、野村的艺术论，是次年在京都大学文学部给二年级以上本科生授课的讲义，同年在京都造形艺术大学也给研究生讲了"美术特论"，在和学生充分讨论的基础上完成了本论；2000年第一学期在关西学院大学再次讲野村的艺术，试图把康德《纯粹理性批判》的"空间、时间论"和野村的艺术结合起来，探讨具体的艺术理论；康德的《判断力批判》研究，在京都市立艺术大学作为美学概论讲了两次，在京都大学也讲了两次；滑稽论研究，在京都大学作为概论和"研讨"各讲了一次；布理秋"艺术论"研究，是在常年聘我为非常勤讲师的帝塚山学院大学文学部的美学讲读，在京都市立艺术大学中级德语班和学生充分讨论并进行翻译练习，接着又在京都大学作为特殊讲义。我把儿童绘画当作"艺术"的想法，对于接触过很多优秀作品并积累了广博的美术史知识的研究生具有不小的冲击，他们似乎认为我是在痴人说梦，因此进行了火力集中的反驳和批判，讲座到了一半左右的时候就不来听讲的那些学生显然是在进行无声的抗议。我扮演了一年堂吉诃德的角色，但是唯其如此，我更加深刻地感觉到以从既成的艺术观解放出来的形式重新认识"艺术"的必要性。当论述艺术的时候，我们必须关注它的"技术"，这一在本书中反复强调的主张就是当时和学生们激烈辩论后的结果。可见,《感性论》的内容已超出历来的"美学概论"甚远。

王琢：在"艺术"乃至"技术"的层面上进入"美学"不正是传统的或正统的"概论"吗？为什么一定是"感性论"呢？

岩城：这本书的书名就是历来被称为"美学"的 aesthetic。这个词的原义是"感性（aisthesis）"的理论。我采用其原义,定名为《感性论》。众所周知,德国哲学家鲍姆加登首先用这个概念来指称关于美的鉴赏和评判的学问。日本明治时期在译介这个概念的时候,先后有西周的"美妙之学"、中江兆民的"美学"和森鸥外的"审美学"等,最后"美学"进入了流通领域。不久,"美学"这个汉字词汇又由王国维等中国学者带回了汉字的故乡中国。当然,这是你王先生的"班门",我就不多说了。（笑）其实,问题在于,康德认为鲍氏的用法是错误的。因为在康德看来,作为"美学"的"感性论"学说,归根结底是关于人的"快"与"不快"的情感问题,而与对于对象的认识即科学知识无关,因而一定要把它提升到科学认识的高度上来加以研究。也正是在这一意义上,康德才提出了"直观""现象"等概念,对"先验的感性"进行了研究。这也是我们今天继续探讨"感性论"的理论基础。

王琢：在《感性论》的第三章中,岩城先生提出了"现代'超越论的感性论'"的概念。西方哲学界对这一方面的研究进展如何？

岩城：1990 年,H. 佩茨尔特出版了 *Ästhetik der neueren Moderne. Sinnlichkeit und Reflexion in der konzeptionellen Kunst der Gegenwart*。如果按照美学传统来看,这部著作应该是《现代美学——现代概念艺术的感性和反省》。但是这部著作在内容上又没有单纯限定在美和艺术方面,反倒是论述了现代的"感性经验"。如此可见,它应该被翻译成《现代感性论》。佩茨尔特参照 C. S. 帕斯和 K.O. 阿佩尔——尤其是阿佩尔的《哲学的转变》,指出了超越论哲学从康德以来的德国观念论所代表的超越论的"意识哲学"（佩茨尔特称之为"古典"哲学）向现代"语言哲学"转向的必然性，进而提倡与其相对应的超越论美学从"古典美学"向"现代美学（感性论）"的转向。

王琢：那么"超越论哲学"与"意识哲学""语言哲学"之间的递进关系……

岩城："超越论哲学"就是以经验为主题，试图搞清楚先行于经验的思考条件。佩茨尔特也持这种观点。在此基础上，他主张在现代，"语言哲学"是取代康德"意识哲学"的更加正当的"超越论哲学"。康德的理论确实是要明确意识被遮蔽了的过程，在这一点上，康德哲学可以说是"意识哲学"。相反，在现代"超越论哲学"那里，"意识"不是被自然发生所定型并成长起来的，而恰恰总是预先有"语言"介入的。意识被语言构造化，这是哲学考察意识和经验的前提。可以说正是因为注意到了这一点，才导致了"语言论转向"。对今天的思想来说，语言对意识的渗透已经是不言自明的前提了。想要找到没有被语言污染的意识，那也只能是十分朴素的理论。

王琢：岩城先生《感性论》的副标题是"为了被开放的经验的理论"，这里的"经验"就是作为超越论哲学的主题的"经验"？

岩城：是的。现代感性论首先要解决的问题就是要搞清楚人类经验的特殊构造和它的有限但又开放的方式，而在我看来，这一经验是"被开放的"。我不是故意无视人类意识的主观能动性，而是要使其处于"被搁置"的状态。

因此，我们要涉及一些先行的理论。但是我们要把出现在这些理论中的概念和我们的经验紧密结合起来，即以能够不断返回我们的经验的方式来解释这些概念。这就是我们的课题。优秀的理论能够促使我们反省那些比我们的经验陈腐的观念；优秀的理论还具有把我们引向更加开放的世界的力量。为了深刻理解这一点，我们解读文本，使其变换成能够抵达我们经验的语言。我尝试着尽可能以通俗易懂的语言接近文本。这是因为用身体来理解优秀的理论或者在品味理论是否优秀的时候，首先要把自己和他者的理论同化，或者尝试着进行模仿。《感性论》的第一章《形象的力量》、第二章《美的世界》的基本内容就是"经验是不断根据和他者之间的关系而被更新着的"；而第三章《表现的世界》、第四章《表现的过程》之所以专论"表现"，就是因为我们要具体考察经验是如何根据表现及表现媒体和表现技术的变化而发生变化的。

王琢：能否请岩城先生简单归纳一下佩茨尔特"感性论"的思想渊源？

岩城：佩茨尔特尝试着把"超越论哲学"的这种"转向"运用到"感性论"上。他把这称为"第二次转向"。在佩茨尔特看来，对感性论来说，与哲学的语言相对应的，正是"感性的（美的）经验（ästhetische Erfahrung）"。对我们人类而言，心-身关系中已经掺入了语言，所以感性的经验也包含着感觉作用和对它的"反省"。没有语言做媒介的感性经验一般来说是没有的。对佩茨尔特来说，现代美学不是围绕着形而上学的"美的理念（观念）"之学，美学通过把感性经验的固有性反馈到经验的形式，朝向自己所要探求的目标。他所要追求的，不是拿着预先被给定的尺度（概念和精神）来衡量感性经验，而是根据心-身不可分离的过程来阐明感性经验的理论，所以这个时候的"美学"（Ästhetik）也就变成了忠实于其语源词义的学问——"感性论（感性的理论）"。佩茨尔特作为现代感性论的先驱，重视H.普雷斯纳的现象学人学和E.修特雷卡的现象学身体理论，尤其重视M.梅洛-庞蒂的《知觉现象学》，因为他们的理论主题都是超越美和艺术问题，探讨人的认识形成以及在这一过程中感性的能动性。

也就是说,佩茨尔特所提出的美学向感性论转向,不是现象学,而是通过梅洛-庞蒂,在 20 世纪才产生的思想。实际上,早在 19 世纪末,两位德国思想家几乎同时对这个问题进行过极其激进的理论探索。他们就是后期的尼采和费德勒。在他们的思想中,已经同时准备好了现象学的方法和"语言论的转向"。后期的尼采曾经在自己献给瓦格纳的《悲剧的诞生》之《自我批判的尝试》(1886)中提倡"艺术家的形而上学";费德勒在 1887 年的《论艺术活动的根源》中倡导"与近代思考方式截然另类的实证主义"。他们二人的共通之处在于重视相对于"存在"的"生成",重视相对于"精神"的"身体",并在这一背景下进行激进的文明批判。在这些问题上,他们都是佩茨尔特所提倡的新美学(感性论)的先驱。

王琢:那么,是否可以说您的"感性论"的思想理论来源于近代德国哲学或美学?

岩城:在《感性论》中,我主要考察康德、黑格尔、黑格尔学派、尼采和费德勒等所谓德国近代思想家的理论。从这一点上来看,我的论点或许失之偏颇。其一,法国和英美的思想、古代中世纪还有东方思想不是都被遗漏了吗?其二,现代思想——所谓结构、解构的思想,现代精神分析学,还有实用主义、分析哲学,以及在美学和美术史学中流行着的文化研究不也是都被忽视了吗?造成这一结果的主要原因就是我的主要研究对象是康德之后的近代德国美学和哲学。

然而,我在讲授《感性论》时念念不忘那些近代德国之外的思想和在现代日本也被广为关注的现代思想。譬如,法国的柏格森、伽达默尔,日本的西田几多郎、三木清等。在这样的思想状况中重读上述思想家的理论,那些哲人会以什么样的姿态出现在我的面前? 我时刻都意识到这一点。我憧憬着,让近代优质的(我认为的)思考和现代思想去碰撞,由此构筑一种理论。让近代思想家和现代思想家同台竞技,这是我所要尝试的。

王琢:岩城先生的《感性论》是属于传统的现代主义,还是与其相对的后现代主义?或者有没有贴上诸如此类的标签的必要?

岩城:我认为不能把现代和后现代非此即彼地区分开来。后现代的思考继承了现代的优质的思考,并进一步使其发扬光大了。这样理解是不是更具有生产性?我当下就有这种信念。可是,我并不是主张,现代思想所言说的在古典思想里早已有之。做这种事情徒劳无益。不是,我所要尝试的是从现代思想的角度来重新审视古典,即我们应该如何重读古典。换言之,古典能够复苏吗?已经成为古典的近代思想文本能不能重新解读?作为一种实验,我尽可能结合我们的经验对此加以解释。从这一近代与现代的对话中构筑一种理论,这就是我的目标。如此看来,《感性论》没必要贴上什么主义的标签,因为在此我们所憧憬并实践着的只有"美学向感性论的转向"。唯其如此,我们才能更加接近康德等近代思想家所"假说"的目标。

王琢:在哲学史上,近代哲学的变革被称为"认识论转向",现代哲学的变革被称为"语言论转向",由此看来,对于当代这场仍在进行中的哲学变革,我们能不能称之为"技术论转向"?

岩城:在哲学史的意义上,这样说也未尝不可。正是基于这样的思考,在《感性论》中,我才一再强调"技术"之于"艺术"的重要性。而在美学史的意义上,我们强调的是"从美学向感性论的转向",因为学院派的"美学"把"美"和"艺术"特权化为"艺术家"或"艺术批评家"的"专业",从而失去了康德"感性学"的意义。也就是说,让"美学"从"圣"还"俗",是人类哲学思想发展史的必然。

王琢:那么,可以预见一下"从美学向感性论的转向"可能遭遇到的阻碍吗?

岩城:哲学史上的任何一次变革都不是一蹴而就的,而是一个螺旋上升的过程。正像从"认识论转向"发展到"语言论转向"一样,"从美学向感性论的转向"也将是个此消彼长的过程。关键在于我们如何认识人类的经验构造,并努力使其保持在"被开放"的状态。这既是"感性论"对我们提出的"邀请",也是我们面对诸多可以预见的阻碍时的"遁词"。

王琢：我记得,在 2004 年 10 月 13 日召开的日本全国美学大会上,您当选为会长。在晚餐会上,您幽默的祝酒词是："……女士们、先生们,大家放心,在这三年里,我一定要把日本美学会搞垮!干杯!"(笑)您 2007 年卸任时,这话兑现了吗?

岩城：谈何容易!面对根深蒂固的"传统",我只不过当了三年和"风车"大战的堂吉诃德。(笑)不过,我相信只要我们不断地开放我们的"网络",使越来越多的个体从传统的"美"和"美学"的禁锢中挣脱出来,使自己的经验得到开放……,"美学向感性论的转向"便会水到渠成。

从"美术"到"艺术"

——中日艺术概念的形成*

一、对"美的艺术"的批判

艺术作为一门学科的定义,早已在学界流通,成为业内不言自明的基本概念。但是,在有识之士不断倡导重读古典的呼声中,我们也看见了对"艺术"这一来自西欧哲学思想术语的译词的质疑:"对'艺术'(schöne Kunst)这一概念的翻译也有问题。这个概念在翻译时始终摇摆不定,有时觉得应该译为'艺术',实际上却被译为'美的艺术'。'美的'这一译词,在德语里有 ästhetisch 和 schön 两个对应词。而没有 schön 这一形容词的 kunst 有时可以译为'艺术',有时可以译为'技术'。读这种可'艺术'又可'技术'的译词,你该当如何?事实上,我们也是不得不这样读着。人们不禁要问,为什么会是这样?康德是不是时不时把概念的意义加以改变呢?至少只依靠翻译来理解康德的人是要这么想的。但是实际上康德使用概念相当严密。那么,我们自然应该相信,康德在使用'艺术'一词时,是会和'技术'区别开来的。实际上,在我阅读的范围内,

---

* 本文为广东省哲学社会科学"十一五"规划 2006 年度学科共建项目(06GK-02)的阶段性成果。

康德的 Kunst 是'技术',schöne Kunst 是'艺术'。'美的艺术'是最不恰当的译词。"①"美的艺术"是迄今为止在日本哲学界广为流通的译词,中国学界也不例外。如岩城见一所示,德语 kunst 或英语 art 都是以"技术"之义开始流通的,和 craft 的词义有所重叠。而英语的 fine arts,对应于德语的 schöne Kunst 和法语的 beaux-arts,本意是指"美的(漂亮的或者出色的)技术"的意思,"美术"是与其对应的汉字词汇。"在日本,'美术'是其译词。明治时期,这个译词用得相当混乱。然而,'美术'一词,首先是指'造形艺术',渐渐才包含了其他艺术。显然,特意给'技术'加上形容词"美的(漂亮的)",是因为有必要把这一技术和其他技术区别开来。正是因为如此,'美术'才需要特殊待遇。文艺复兴以来,曾经仅为'匠人的机械性技术'服务的'造形艺术',逐渐被人们尊称为'知的技术'之时,才开始前缀形容词'美的'。接下来,'艺术'就变成了指称文艺、音乐、戏剧等无所不包的概念。所以,'美的(出色的)技术'就是今天的'艺术'。不久,'艺术'更被广泛接受,不再使用形容词'美的';kunst 与 art 等,已经不是'技术',而是作为'艺术'流通起来。所以今天我们说起 art 和 kunst 等,就会想起'艺术'来。"②

这段文字,是对"技术"与"美术""艺术"概念之演变史的很好的描述。在西方,文艺复兴以后才有意识地把 art 作为表现个性与美的概念来使用。我们今天意义上的"艺术",是其后逐渐形成的。作为一门学科的基本概念,其形成过程中的"混乱"是不可避免的,尤其作为东方国家的日本和中国,在接受这一概念时的迷惘和彷徨也都是可以理解的。但是,我们认为,概念的历史就是学科

---

① 岩城見一.感性論—エステティックス 開かれた経験の理論のために[M].京都:昭和堂,2001.
② 同①

的发展史。所以,本文试图对"艺术"和"美术"这一对概念的形成过程进行简单的梳理,以期明确"艺术"的来龙去脉。

二、"技术"与"艺术"的混乱

明治时期,西方哲学思想涌入日本,日本翻译界在这一过程中起到了很好的"架桥"作用。王国维早在1905年就对此有极高的评价:"夫普通之文字中,固无事于新奇之语也,至于讲一学,治一艺,则非增新语不可。而日本之学者,既先我而定之矣,则沿而用之,何可不可之有?故非甚不妥者,吾人固无以创造为也……且日人之定名,亦非苟焉而已,经专门数十家之考究,数十年之改正,以有今日者也。"[①] 王氏所言极当。作为一门新兴起的学问,没有"新语"是不可想象的。而引进西学,日本学界比我国多了几十年的积累,其中对于哲学思想基本概念的对译更是花费了大量的心血——"经专门数十家之考究,数十年之改正!"我们从"艺术"一词亦可见一斑。

明治时期各种辞书对 art 一词的翻译相当混乱。在《英日对译袖珍辞书》(1862)中,art 被译作"技術、欺謀、計策",master of arts 则被译作"七藝ノ師匠"。可见此时的 art,一是指"技术",其中含有"欺诈""计策"等令普通人"难以置信"的成分,二是泛指"学问"。《浅解英日辞林》(1871)则为"術""技"。《英日字汇》(1873)则有"術、手藝、技、計策、詐偽、職業、機工";artisan 为"工匠、良工、手工人",artist 则为"画工、彫工、良工"等。《英日对译新辞林》(1884)与《英日对译袖珍辞书》(1862年)相同。《哲学字

---

① 王国维.王国维文集:第三卷[M].姚淦铭,王燕,编校.北京:中国文史出版社,1997:41-42.

汇》(1884)则有"術技、藝、伎倆"等译词,没有"美术"一项;1912年增订版则为"技術、藝術、伎倆",fine arts 则为"美術"。《日译英辞林》(1885)有"技術、詐謀、計策",master of arts 则被译作"七藝ノ匠師"。《英日対译新辞林》(1887)为"技術、詐謀、計策",master of arts 被译作"七藝ノ師匠"。可见,直到1912年《哲学字汇》为止,作为汉字词汇的"艺术"和"美术"才定型,其间经历了40多年。

《日本大辞林》(1894)的"艺术"释义为"学到的技术";"美术"释义为"指凝思制作出的东西,诗歌、管弦等类皆为美术"。《辞林》(1907)的"艺术"释义为"[名]一、巧技、技、技术。二、把美表现为形象及其手段、美术"。"艺术美"释义为"[名][哲]依靠艺术表现出的美;脱离模仿的实体,使美成为唯一的目的";"美术"释义为"[名]以表现美为目的的技术或制作,即诗歌、音乐、绘画、雕刻、建筑等。一般尤指绘画、雕刻"。"美术家"释义为"[名]以美术为业的人,或巧于美术的人"。"美术界"释义为"[名]美术家的社会"。"美术心"释义为"[名]能够理解美术趣味之心"。值得注意的是,《辞林》与十几年前的《日本大辞林》相比,不仅释义更为准确,还增加了"艺术美""美术家"等相关的派生词。

在其他类著译中,"艺术"也时有所见。室田充美译《经济新说》(1873)第二篇探讨了"人类奇巧艺术":一、农术;二、工匠术;三、通商术。并分设三章,在科学技术的层面上论述了"艺术"作为生产——创造财富的生产力——的意义。这里的艺术是 technology 的译词,被称为"治国平天下之术"。中村正直在《改造人民的本质》(1875)中认为,改造人民的本质的方法是"艺术和教法",这二者"就像车之两轮和鸟之双翼"。同年的《赏罚毁誉论》指出:"告勉世人子弟及少年立大志,各从其才之近处专心学习一学科一艺术,不顾时俗之毁誉,砥砺自己之品行。"这里的"艺术"也就是他在接下来的一篇演讲《造就善良的母亲》中所强调的 art science"技艺及其学术的教育"①。

《文明东渐史》(1884)设专章探讨"关于诸般艺术的实学势力",其中的"艺术"指的也是"有形的技术"。② 福泽谕吉在《帝室论》(1882)中强调帝室要立足于政治社会之外,成为高尚的学问的中心,同时还要保存各种艺术,使其免于衰颓。他明确指出:"日本的技艺有书画、雕刻、剑枪术、马术、弓术、柔术、相扑、游泳、各种礼仪、音乐、能乐、围棋、将棋、插花、茶汤、熏香等,其他木工左宫之术、盆栽植木之术、料理烹饪之术、莳绘涂物之术、织物染绢之术、陶器铜器之术、刀剑锻冶之术等,名目甚多,虽我等不能尽述,但这些艺术为日本固有之文明。"③可见作为"日本固有之文明"的"技艺","艺术"种类繁多。松井广吉的《战国时代》(1894)"武术"一节指出,武士的第一要务就是"武艺的教育"④,而在目录中,这一节则被冠之以"艺术",前后抵牾明示了时人视"武艺"为"艺术"的事实。

比较罕见的有《各国刑法类纂》(1880)"第七十 关于制造艺术之罪及妨害公业之罪"⑤。第三百十四条的埃及法典中有"伪造歌谣书",第三百十五条则有"伪造的技术物品"及"损害作者权利,公开演奏音乐,公开演剧"等;奥地利1852年颁布的法典中则有"第四百六十七条 妄自翻刻、拟造、伪制他人有关文学或艺术调制物者……乐府、净瑠理(即净琉璃——引用者)等著述者"等表述。这里的"艺术"与"歌谣""音乐""演剧""文学""乐府""净瑠理"产生了联系。

---

① 中村正直述,木平譲编.敬宇中村先生演説集[M].東京:松井忠兵衛,1888:30-31.
② 藤田茂吉.文明東渐史[M].東京:報知社,1884:91.
③ 福沢諭吉立案,中上川彦次郎記.帝室論[M].東京:丸善,1882:55.
④ 松井広吉.戦国時代[M].東京:博文館,1894:272.
⑤ 各国刑法類纂[M].東京:司法省,1880:1067.

三、"美术"与"艺术"的范畴意识

明治初期,著名翻译家西周在《美妙学说》(1872)中明确提出了"美术"概念:"恰如多用洋食肉类者,其饮料要苦的啤酒或酸的葡萄酒,日本食品淡薄,要饮醇烈的日本酒一样,亦要浓淡相和,异中求同,同中求异,出于同一原理。而以此原理征之于美术之上的图画、雕刻、音乐、诗歌,尚需许多解说。"①西周的"美术"就是今天的"艺术",而在同一个"美术"范畴里,西周亦要对"图画、雕刻、音乐、诗歌"进行"异中求同,同中求异"的研究。

费诺罗萨在《美术真说》(1882)中明确把"音乐、诗歌、书画、雕刻和舞蹈"纳入美术范畴,并在美学的层面上进行了系统的探讨:"世界的开化不外乎人力的效绩。而人力的效绩有两种:甲谓须用,乙谓装饰。须用者偏于以给与人生必需器用为目的,装饰者以娱乐心目使气(质)格(调)高尚为目的。因此装饰者名称为美术,所以美术虽专以装饰为主脑,而也不能不是须用。娱乐心目使气格高尚,岂非人类社会一大紧要之事乎?总之,二者皆为社会所不可缺。而观其所异,须用者因其真正适于实用,故为善美;美术者因其善美,故有至于适于实用之差。譬如这小刀因其既善美又须用,故为善美;他的书画既须用又善美,可使人气格高尚,故为须用。由是观之,在美术上为善美者,须明确所以为美术之本旨,即先要讲究论证之。故所谓美术之善美,是我的第一个问题。"②费氏在物质和精神层面上阐述了美术"善美"的本质。这里的"善美"就是康德哲学中的"真善美"的"善美"。可以说,《美术真说》系统

---

① 西周.美妙学说[M]//明治藝術・文学論集.東京:筑摩書房,1975:6.
② フェノロサ述,大森惟中记.美術真説[M].東京:竜池会,1882:3-4.

地论述了"美术"的基本原理,对美术概念的定型——美术范畴意识的形成,起到了一定的推动作用。

1878年,中江兆民受文部省委托翻译欧仁·维龙的《美学》,该书日译版于1884年出版。在这部译著中,"艺术"取代了"美术":"怡人目者,即为雕刻、绘画、建筑之类,直接模写物之形态,以呈人们观之。怡人耳者,即为诗歌、音乐之类,假借声调、节奏、韵础之具,发挥其声音。二者虽类异,但皆只为作者模写人事,发自己感慨之气,从而使人亦有所感慨。艺术旨趣大概如此。"①《美学》以"怡人目""怡人耳"为科学根据,把研究前者的学问称为"视学",把后者称为"听学",称前者为"止齐艺术"(即空间艺术),后者为"序进艺术"(即时间艺术)。《美学》第一部设专章,探讨"艺术家"的"艺术之才";在第二部《艺术的类别》中,又分建筑术、雕刻、画学、舞蹈、音乐、诗学等六章加以详述。这些无疑都对日本明治时期"艺术"范畴意识的形成起到了推动作用。

在大西祝和高山樗牛的著述中,"美术"和"艺术"也经历了由混沌变清晰的过程。大西祝《美术与宗教》(1888)中的"美术"用的是广义,而在《西洋哲学史》(1895)中则有如下的表述:"康德把自然美和艺术美区别开来。他说,前者是美的物,后者是把一物想定为美的物。(此语在后来的美术论上含有深意。)他最为崇尚自然美,并在这一点上发现了美术的价值。"②"艺术美"的"艺术"与"美术的价值"的"美术"是无法区分的。高山的《日本民族的特性与文学美术》(1895)中的"文学美术"大致相当于今天的"文学艺术";在《文学与美术》(1897)中则"文学""美术""美学"并举,在"绘画"和

---

① ウエロン.美学(维氏)[M].中江兆民(篤介),訳.東京:文部省編輯局,1884:3-4.
② 大西祝.西洋哲学史(下)[M]//大西博士全集 第3卷.東京:警醒社,1904:581.

"小说"等概念上,"美术"用的还是广义。而在《论艺术的鉴查》(1899)中,则分别论述了"艺术批评家及其资格"和"艺术家对艺术批评家的态度"等问题,"艺术"显然等同于此前的"美术"。① 在同年发表的《诗歌的所缘与诗歌的对象》中,高山批驳了莱辛在《拉奥孔》中提出的"诗为有声之画,画为无声之诗"的"诗画同缘论"。他认为,作为"艺术"的不同门类,诗歌并非源自"声调",也并非源自"言语",而是源自"观念"。② 显然,这种深入的研究,有力地推动了日本学界"艺术范畴意识"的自觉。

森鸥外《审美新说》(1900)论述了"艺术与道德""艺术与自然"等,"艺术"概念已然形成,但是在两年后的《审美极致论》中,"艺术"又变成了"美术":"人的眼睛和耳朵中有自然美及艺术美,有可视之美和可听之美,所以才有造术(雕塑、图画)及语术(音乐、诗歌)。眼睛为认识空间的器官,耳朵为认识时间的器官。故美术分类应为空间美术和时间美术两种。彼即造术,此即语术。此说乃莱辛所倡导。"③

吉川秀雄在《美术概论》(1907)中详述了"美术"和"艺术"的异同:"艺术又谓美术,几近同义。我国始用此语为明治以后。当然,在明治以前,有'技'或'技术'等词汇,几乎与'美术'同解,而今天所谓艺术,并不是纯粹确切的。严密说来,艺术是英语的 art,美术是 fine art 的译词。Art 源于拉丁语的 ars 或 artis,与德语 kunst 相同,有广狭二义。若解为广义,则为创造我们所需要的东西的知识的应用;解为狭义,则为在绘画、音乐等美术方面的熟练技巧。"④以这一范畴为基准,著者在美术各论编中论述了建筑、雕

---

① 樗牛全集 第3卷[M]//文艺及史传 下卷.東京:博文館,1895:688—700.
② 同①,第 611—623 页.
③ 森鸥外(林太郎).審美極致論[M].東京:春陽堂,1902:10.
④ 吉川秀雄.美術概論[M].東京:博文館,1907:49.

刻、绘画和音乐。

这与30年前美国学界的定义基本吻合。1882至1885年,日本文部省编译局出版了美国纽约州公学学监亨利·基德尔、副学监亚历山大·雅各布·舍姆编著的21卷本《教育辞林》(1877)。编者分别设立了"艺术教育(Art Education)""优艺(Art Liberal)""艺能(Accomplishments)""美术(Fine Arts)""图画(Drawing)""舞蹈及舞蹈学校(Dancing and Dancing Schools)""雅文学(Belles Lettres)""英国文学(English Literature)""小说之书(Fiction, Works of)""审美炼修(Esthetic Culture)"等词条。其中的"艺术"和"美术"概念已经有了很大的变化:"'美术'一词近年意义变化很大。过去说到美术,系指譬如诗学及音乐等所有活用其创思及模仿能力,使人心中觉得快乐的艺术的总称,其意义颇为广阔。至晚近,其意稍受限定,只把经过眼睛器官的图画、雕像、雕刻和建筑学等泛称为美术。"①

可见,无论在欧美还是在日本,站在"艺术教育"和"审美炼修(教育)"的高度,对教育所要培养的技能进行分类,才使得"艺术"和"美术"以及它们的分支学科的分类成为可能。

四、王国维的"艺术"与"美术"

在中国,王国维较早地从日本引进了"艺术"和"美术"的概念。最初接触"美术"概念,应从译著《教育学》起。1901年夏,罗振玉创办杂志《教育世界》,专门发表翻译文章,王国维任主编。10月,王国维翻译立花铣太郎《教育学》(1900),在《教育世界》第9、第

---

① ヘンレ・キッドル,アレキサンドル・ジェー・スケーム.教育辞林 第十册[M].小林小太郎,木村一步,訳.東京:文部省編輯局,1885:54.

10、第 11 期连载,后收入《教育丛书初集》,由教育世界杂志社出版。其中出现了"美术"和"文学"概念:"……第三期之想象为至大至要之物,或现而为美术、为信仰,又使智力与感情结合,亦在此时期之想象力也。然则如何可养成第三期之想象乎?无他,使读文学上之著作而已。"①少年期的想象力培养至关重要,必须使其广泛阅读文学著作,才能使想象表现为美术,成为信仰,还可以使智力与情感结合起来。这里的"美术"用为广义,与"文学"还没有清晰的范畴界限。

1902 年桑木严翼《哲学概论》(1900)译本中同时出现了"美术""艺术"概念:"抑哲学者承认美学为独立之学科,此实近代之事也。古代柏拉图屡述关此学之意见,然希腊时代,尚不能明说美与善之区别。雅里大德勒应用美之学理于特别之艺术上,其所著诗学,虽传于今,不免断片……及汗德著判断力批评,此等议论始得确固之基础。汗德美学分为二部:一优美及壮美之论,一美术之论也。"②虽然美学、艺术、诗学和美术等几个重要的概念同时出现,但是其间的范畴意识还不明朗。这既表现出康德哲学初创之时的艰辛,也反映出日本学界引进这些概念时的迷茫。

1902 年,王国维翻译牧濑五一郎《教育学教科书》(1900),书中出现了"艺术":"即合修身、国语、历史、地理,谓之文科;合博物、理化、数学,谓之理科;合习字、图画、唱歌,谓之技艺科(或艺术科)。又文科、理科之教育,谓之知育;图画、唱歌,谓之美育;或以关文理艺三科之教育为知育,关修身科之教育为德育,关体操科之教育为体育,称知育、德育、体育之三者。"③译文中的"(或艺术

---

① 立花铣太郎.教育学[M].王国维,译.上海:教育世界杂志社,1901:32.
② 桑木严翼.哲学概论[M].王国维,译.上海:教育世界杂志社,1902:84.
③ 牧濑五一郎.教育学教科书[M].王国维,译.上海:教育世界杂志社,1902:13.

科)"为笔者补译,此句正确的译文应为"习字、图画、唱歌分立为技艺科或艺术科"①。王国维缘何"漏译"或"不译",在附录其后的《哲学小辞典》中露出端倪。原文:術,藝術(Art) 術は學に對する語にして、作為の方法を教ふるものなり。② 王国维译文:术或艺 Art 术者,对学而言,教作为之方法者也。③ 原著者列出"術,藝術"词条,却只解释"術",对"藝術"不置可否,这或许会使王国维产生疑惑:"艺术"为何物?"艺"中国古已有之,不言自明,所以只需说"术"即可。可见"艺术"在当时的境地。

翻译实践对王国维的影响是显而易见的。在著名的《红楼梦评论》(1904)中,第一章即为"人生及美术之概观","故美术之为物,欲者不观,观者不欲。而艺术之美所以优于自然之美者,全存于使人易忘物我之关系也"④。这里的"美术"当然是包括"文学"的广义的概念,而"艺术之美"与"自然之美"至少受到了《哲学概论》中"康德哲学"的影响。其中对叔本华的大段引用,也出现了广义的"美术"和"美术家"等概念。在《论哲学家与美术家之天职》(1905)中,王国维认为:"夫哲学与美术之所志者,真理也。真理者,天下万世之真理,而非一时之真理也。其有发明此真理(哲学家),或以记号表之(美术)者,天下万世之功绩,而非一时之功绩也。"⑤哲学家发现真理,美术家以符号表现真理,可谓殊途同归。

1907年,王国维著述中同时出现了"美术"和"艺术"。发表在《教育世界》第144期的《古雅之在美学上之位置》,开宗明义,援引

---

① 牧瀬五一郎.最新教育学教科書[M].大阪:三木書店,1900:55.
② 牧瀬五一郎.最新教育学教科書 付録[M].大阪:三木書店,1900:2.
③ 牧瀬五一郎.教育学教科书 附录[M].王国维,译.上海:教育世界杂志社,1902:2.
④⑤ 王国维.王国维文集:第一卷[M]姚淦铭,王燕,编校.北京:中国文史出版社,1997.

康德"美术者,天才之制作也"。文中"艺术"与"美术"混用:"夫然,故古雅之致存于艺术而不存于自然。以自然但经过第一形式,而艺术则必就自然中固有之某形式,或所自创之新形式,而以第二形式表出之。即同一形式也,其表之也各不同。同一曲也,而奏之者各异;同一雕刻绘画也,而真本与摹本大殊;诗歌亦然。"①在该文中,"艺术"一词出现16次,"美术"一词出现7次。然而,发表在《教育世界》第146期的《人间嗜好之研究》(1907)又变回了"美术":"故自文学言之,创作与赏鉴之二方面,亦皆以此势力之欲为之根柢也。文学既然,他美术何独不然?岂独美术而已,哲学与科学亦然。"②这种反复与森鸥外十分相似。到了1911年,《国学丛刊序》中出现的"艺术"则更和"技术"相近:"余谓凡学皆无用也,皆有用也……则一切艺术,悉由一切学问出。古人所谓不学无术,非虚语也。"③王国维移植"美术""艺术"等西方哲学思想术语十余年,对这两个学科基础概念还是混而用之。这种情况在同一时期的蔡元培处也不例外。

一门学科的建立,有赖于学校教育的发展。1874年,美国共有艺术学校26所。日本于1876年设立工部美术学校,聘用外籍教师教授西洋美术。为了实施艺术教育,1879年文部省设立音乐调查组,1885年设立图画调查组,1887年分别改称东京音乐学校、东京美术学校;战后学制改革后的1946年,两校合并为东京艺术大学。在中国,1910年吕凤子在上海创办神州美术社;1911年周湘创办中华美术学校;1912年刘海粟等创办上海美术专科学校;1914年郑锦受教育部之命创立北京美术学校,1918年正式成立,

---

①② 王国维.王国维文集:第一卷[M]姚淦铭,王燕,编校.北京:中国文史出版社,1997.
③ 王国维.王国维文集:第四卷[M]姚淦铭,王燕,编校.北京:中国文史出版社,1997.

为中国第一所国立艺术院校。

可见,世界的艺术教育在"美术"与"艺术"间摇摆着,不断发展到了今天。而对"艺术"学科基本概念的范畴意识的不断更新,才是促进该学科发展的极大动力。时至今日,"读一下谢林的《艺术哲学》和黑格尔在柏林大学的《美学讲义》就可以明白这一点。在这些著述里,Kunst 几乎全都是'艺术'之意,很少'技术'的意思。黑格尔讲义的题目就是这样表示的,他在《美学讲义》的绪论中开宗明义:'我们这门学科的名称是 Kunst 的,或者更确切地说是美的技术(=艺术)的哲学。'谢林的'艺术哲学'也是 Kunst 的哲学。这里已经没有了形容词'美的',然而学生听讲时所接受的不是'技术哲学',而是'艺术哲学'。18世纪末叶之后,建成了以卢浮宫为代表的'美术馆',在这一过程中,就像学生们没有任何抵抗地把'Kunst 的哲学'作为'艺术哲学'甚至'美学'来理解一样,'艺术'取得了公民权。"①这就是"艺术(art)"概念形成的历史。在日本和中国,接受这个概念时又受到了汉字词汇本身的困扰,历经了从"技术"到"艺术"、从"美术"到"艺术"的探索过程,最终才形成了现代意义上的"艺术"概念,其间被忽略的正是原初意义上的"技术"。所以,我们在使用这个概念时应该不断反省:我们是在什么层面上言说"艺术"?伴随对中日"艺术"概念形成历史的考察,我们更加清楚了这个问题的重要性。

---

① 岩城見一.感性論―エステティックス　開かれた経験の理論のために[M].京都:昭和堂,2001.

日本明治时期文艺批评与
美学的关系[*]

日本明治时期文艺批评的发生、发展与美学思想的传播密不可分,尤其在整合批评理论的形态方面,更多受益于美学理论。一批哲学、美学造诣颇深的文人、学者有意识地把美学理论与文艺批评结合起来,促进了文艺批评理论的进步。本文旨在梳理这一时期文艺批评与美学的关系,并进一步阐明美学理论的传播对文艺批评进步的促进作用。

一、西方美学思想的输入与
近代文艺批评的雏形

西方美学与其他诸多学术思想的输入都肇始于西周,1867年,他在私塾讲授哲学时即涉及"善美学(Aesthetics)"。西周认为,美学与道德和法律等学科相关,"是形成社会文明的根本",美学既有"异中有同、同中有异"的外部感觉的元素,又有"感情"和"想象力"等内部主观性的元素,这就是美学的基本原理。[①] 概言

---

[*] 本文为国家社科基金项目(批准号:11BWW016)的阶段性成果。
[①] 西周.美妙学説[M]//明治藝術·文学論集.東京:筑摩書房,1975:6.

之,西周对 Aesthetics 的翻译几经变化：1867 年"善美学"（讲义，后以《百一新论》为名出版）、1870 年"诗乐画""佳趣论""卓美之学"（《百学连环》）、1872 年"美妙学"（天皇进讲手记）、1874 年"善美学"（《百一新论》）、1877 年"美妙学说"（执笔时期不详）、1880 年"美妙论""美妙之学"[译著《奚般氏心理学》（J. Haven, *Mental Philosophy*, 1869)]。西周与当时混沌未开的文艺界没有交往,传播美学思想只不过反映了他启蒙性学术思想的一端。

1880 年,日本文部省出版了菊池大麓译《修辞及华文》(W. & R. Chamber, *Information for the People*),把英国的修辞学译介到了日本。1881 年,东京大学文学部哲学科开设"审美学"课程,这是美学第一次登上日本官学的殿堂。最初,东大外山正一和费诺罗萨为本科生讲授美学。费诺罗萨秉承黑格尔的哲学思想,又兼及斯宾塞的进化论思想,这从他 1882 年在龙池会的讲演《美术真说》中可窥一斑。他认为,艺术的本质要以"妙想"——"各分子互相保持内面的关系,始终相依,常常会产生出完全唯一的感觉"①——为基础。从这一观点出发,他通过油画与日本画的对比,充分肯定了日本美术的价值："……如若不消灭日本固有的美术,反而使其得到振兴,则日本人此后不需数年即可在世界万国得美术之冠冕。"②在日本列岛"西风"至盛的特殊语境下,费氏的"东洋发现"意义非凡,影响深远。

1885 年,文部省出版了中江兆民译《维氏美学》,维氏从经验主义的立场出发,对全体艺术进行了比较系统的阐述,虽然当时被有德国"血统"的森鸥外讥讽为"与其说是非形而上学派的,莫不如说是非学问派的"③,但作为第一部比较系统地引进西方美学思想

---

①② フェノロサ述,大森惟中記.美術真説[M].東京：竜池会,1882.
③ 森鴎外.月草[M].東京：春陽堂,1896.

的译著,亦值得关注。不过,当时日本充分接受这种美学思想的时机还不成熟,坪内逍遥直到《小说神髓》完稿后才知道这本书的存在。

　　坪内逍遥的《小说神髓》(1885)是日本近代文艺理论史上的第一座里程碑。无可否认的是,在他立足于美术(艺术)普遍原理的小说理论中,贯穿着一种美学思想的萌芽。然而,他主要参考的是英国文学史和英国文艺杂志上的评论文章等,对美学理论本身知之甚少。他主张的"模仿说"以及强调小说所应该遵循"心理学的道理",亦不外乎在东大师从外山正一时学到的斯宾塞学派的心理学;他虽然听了费诺罗萨的西方哲学史讲座,却难以亲近;他对《美术真说》的"美术(艺术)"的目的是"娱乐人心目,使人气格高尚"提出了质疑,却未能触及费氏的思想核心。① 但是,《小说神髓》否定了江户时代公式化、概念化的劝善惩恶创作基调,主张小说首先要描写人情,其次要描写世俗。从本质上来说,坪内逍遥的《小说神髓》篇幅虽小,却自成体系,堪称开日本近代文艺批评理论的先河之作。

　　二叶亭四迷的《小说总论》(1886)起到了继往开来的作用。二叶亭四迷也倡导"模仿说",但是他认为这是以"在偶然的形之中明确地反映出自然之意"为目的的。② 这与坪内逍遥的"模仿"——以人的心理性的自然的性情为主眼的"模仿"——是大异其趣的。《小说总论》自觉接受别林斯基的美学思想的影响,弥补了《小说神髓》在理论构架上的欠缺。

---

　　① 坪内逍遥.小説神髄[M].東京:松月堂,1885.
　　② 二葉亭四迷.小説総論.http://www.aozora.gr.jp/cards/000006/files/1868_22437.html

二、文艺批评的勃兴与
哈特曼美学的移植

到了明治二十年左右,石桥忍月、森鸥外、北村透谷等评论家登上文坛,使近代日本文艺批评获得了前所未有的生机。其中森鸥外极力主张文艺批评应该以美学思想为理论基础,这为方兴未艾的文艺批评界注入了新的活力。他认为:"西欧文学者以建立在审美学基础上的诗学为准绳是不可偏废的。"1889 年 10 月,森鸥外创刊文学评论杂志《栅草纸》,希望以"栅"来规范泥沙俱下的日本文坛。这是日本近代第一本旗帜鲜明的"批评的批评"的杂志。当时,比森鸥外稍早开始文学评论活动的石桥忍月赞同森鸥外规范文坛的想法。石桥虔信莱辛的美学思想,他盛赞戏曲是审美学中最有力且最高雅的,努力使历来从属于俳优演技的戏曲地位得以提高。他认为日本和歌理论和中国的诗话中也有可取之处,并对这些东方的"精神"概念加以哲学的阐释,提出要重视内容"不朽幽玄"的文学精神,而不是文章、结构等外在的形式。石桥的这种观点受到了森鸥外的批判。他认为:"狭义所谓诗中的幽玄,广义所谓美术中的幽玄,都是在具象的美中,理路存在于极暗处的。在诗中,在美术中,把理解这种幽玄称为悟。在美术的天地里,为了结像,除了使理路变暗而不能有幽玄;除了知此幽玄而不应有悟。"[①]在森鸥外看来,无视外在形式的具象性,而只在内在精神中寻求不朽幽玄,会使文艺陷入为"作善""求真"而求"方便"的宗教说教的泥沼,文艺批评家也会变成"哲儒"和"禅客"。

森鸥外如此这般强调美的具象性,是与哈特曼美学思想的影

---

① 森鴎外.答忍月論幽玄書[M]//月草.東京:春陽堂,1896.

响密不可分的。哈特曼试图把叔本华和黑格尔的哲学思想综合起来,创建无意识哲学,在美学上提倡以美的假象概念为核心的具象理想主义。森鸥外在德国留学时,醉心于在学界风靡一时的哈特曼哲学,回国后的文艺批评活动亦以其为理论依据。所以他主张:批评眼亦为哲学眼。他援引清代刘海峰"居高以临下,不至于争,为其不足与我角也"①之语占据哲学之地,居高临下,可谓咄咄逼人。他认为,艺术的美是理想在具象世界里的反映。在这一意义上,他旗帜鲜明地否定了极端写实主义和以抽象的善为理想的劝善惩恶主义。他强调艺术美的自律性,在文艺批评理论上具有理想主义的倾向。

哈特曼的美学理论是森鸥外与坪内逍遥进行"没理想"论争的攻坚利器。森鸥外认为文艺批评本来应该是从"审美观念"中演绎出来的价值判断,这显然有别于坪内逍遥所运用的归纳批评的方法。他把坪内逍遥所说的小说三派"固有派""折中派"和"人间派"对应于哈特曼"美的具象化"的三个阶段"类想""个想"和"小天地想",表现了美的价值的等级。森鸥外借用哈特曼的美学理论,对坪内逍遥提出的"没理想"提出了深刻的批判:逍遥的固有派,有泛然漠然如一,有平等之理,无差别之实,有死的概念,无活的观念,类似于哈特曼的类想;折中派,有活的观念,与哈特曼的个想相对应;人间派,于人事之间因果现然,写个人而不为个人,而写个人不朽之象,与哈特曼的个物能成一天地,与大千世界相呼应的小天地想相对应。② 所谓"想"即理想,是心灵的世界,是审美的观念。森鸥外指出,坪内逍遥认为日本文学中没有"小天地想"与日本文学史的事实不符。其实森鸥外借乌有先生=哈特曼之口指责坪内

---

① 森鸥外.逍遥子の諸評語[M]//月草.東京:春陽堂,1896.
② 同①;森鸥外.早稲田文学の没理想[M]//月草.東京:春陽堂,1896.

逍遥所主持的《早稻田文学》的"没理想",一是只强调归纳法,二是"没理想",三是没标准。对此,坪内逍遥予以回应:"逍遥子虽不敏,然岂能轻易断实与理之优劣?我的没理想即有大理想之谓,提倡没理想,就是难以追求这一大理想的绝体绝命的方便。迷失于有无之境,可视有即为无,无即为有……没理想只是方便,并非目的。"①你投西洋之"桃",我报东洋之"李"。坪内以中国传统的"有无"之论针锋相向:"如何达到这无限无底之绝对?曰去我、立我,弃一理想、以没理想为理想;去欲固执一理想有限之我,立欲达无限绝对之无限之我。其方便如何?答曰:没理想。"②当西洋美学遇到了东洋禅学的时候,各执一端是必然的结局。学界一般认为,由于"没理想论争"没有值得论争的主题,所以当然也没有因论争而使文艺批评得到本质上的提高。③但是,作为森鸥外普及哈特曼美学理论并使之应用于"批评的批评"的一次尝试,其意义亦不容小觑。

实际上,森鸥外虽然借助哈特曼的美学思想构筑自己的文艺批评理论,却没有安于祖述哈氏的理论。他在晚年的回忆文章中说,他只是对哈特曼这个一时性的权威脱帽致敬而已。他在《月草叙》中明确指出,他既没有打算以无意识哲学的整个系统为城廓而安居其中,也没有想把其美学的形而上之门悉数取而分销之。他将注意力转向弗尔克特和利普曼,编译出版了《审美新说》(1895年 Aesthische Zeitfragen 的梗概)和《审美极致论》(1900 年 Zur Analysis det Wirklichkeit 有关美学的部分)。他以批评的标准介绍了这些新的美学理论,希望自己能够从哈特曼形而上学的美学立场上抽身而出,充分掌握脱胎于生理学经验派的温特理论,进而

---

① 坪内逍遥.烏有先生に謝す[M]//文学その折々.東京:春陽堂,1896.
② 坪内逍遥.没理想の語義を弁ず[M]//文学その折々.東京:春陽堂,1896.
③ 谷沢永一.近代評論の構造[M].東京:和泉書院,1995.

使新的美学得以成立。也就是说,在森鸥外看来,当时西方的美学以哈特曼为转折点,正在从理想主义转向心理学、经验主义的方向。他认为:"要说从今往后的美学进步从哪个方面而来,总之需要艺术史上的事实积累起来,促进学问上的解释,即来自经验的方面。就像为了包容根植于19世纪的艺术,而觉得此前的抽象理想的审美学有所不足一样,如果为了包容以后的艺术,而觉得现在的具象理想的审美学也有所不足的话,我会很高兴地把自己的艺术观扩展到这个方向去,并且我也想不断改变自己的立足点。我在这个意义上是希望前途进步的。"①

与坪内逍遥的"没理想"论争一结束,森鸥外就在《栅草纸》上发表了哈特曼的 *Aesthetik: Philosophie des Schönen*(1887)最初部分的译文,题名为《审美论》,其后又与大村西崖共同编译了全书的梗概,题名为《审美纲领》(1899)。如此则哈特曼与森鸥外的名字传遍东瀛列岛,美学对文艺批评的影响力愈发加强。比如,北村透谷虽然没有接受过系统的美学训练,却认为他自己的《美文的衰微》和《无视卑野小说文学的倾向》等主要得益于美学研究而扬扬自得;他对文艺上的理想派的解释——在观察内部生命的途中,发现"把极致变成事实上的具体的形"——可被认为与具象的理想主义有相通之处。

通过译介哈特曼美学,森鸥外的文艺批评理论不断完善,也促进了欧洲大陆美学思想在日本的传播。正如森鸥外本人所说,大学以及各地学校或把审美学讲义置于迄今为止未有之重视的位置,或开始设置审美学讲座,现在甚至出现了专业的审美学者。他认为,必须注意到译介哈特曼美学这一有力的"动因"。②1887年东京大学使审美学讲座独立出来,1894年再创设美学讲座,教授哲

---

①② 森鸥外.月草叙[M]//月草.東京:春陽堂,1896.

学课程的科贝尔亦主讲美学。在庆应义塾，森鸥外本人从1893年开始亲自主讲审美学，同时他亦在东京美术学校兼授审美学。所谓专业的审美学者系指大塚保治，他从1900年起任东大教授，专讲美学，在他门下不乏日后成名的美学学者兼评论家岛村抱月等文坛骁将。

比森鸥外稍晚登上批评论坛的是综合杂志《太阳》的主笔高山樗牛。他专攻德国哲学、伦理学和逻辑学，著有《近世美学》(1899)和《论理学(逻辑学)》(1899)，与井上哲次郎合著《伦理学教科书(全5卷)》(1897)。他主张"精致且确实的审美学知识是艺术批判的规准"。他认为，森鸥外选择译介哈特曼没有经过认真的比较研究，对德国美学界有失公正：哈特曼美学论美的种类有长处，但是他的假象论和具象理想说却偏见甚多。① 高山樗牛在《论戏曲中悲哀的快感》(1893)中指出："关于美的本质，我和叔本华一样取柏拉图的理想说——所谓'美'，只是相对于世界万物的模型。"在当时的森鸥外看来，他的这种观点只能是导致观念小说的抽象理想主义。他认为，单纯偏执于具象理想，与单纯固守抽象理想一样弊害相同。高山樗牛与森鸥外针锋相对，他认为，理想就是"平等"与"歧视"、"普遍"与"特殊""这二者内部融合的妙体"。可见，二元对立是他的立论依据。在演讲《关于美学上的理想说》(1901)中，他认为，柏拉图的抽象理想说和黑格尔、哈特曼的具象理想说——大凡美学上的理想说，都是从"纯理哲学上的世界观"演绎来的"主理说"，相对于"审美意识上的直接经验"都是不适当的，事实上，"我们的审美意识既有崇尚具象美的一面，又有崇尚抽象美的一面"，二者不是哈特曼所说的变成价值的阶段，而是表现"种类的异同"。

---

① 高山樗牛．「審美綱領」を評す[M]//樗牛全集第1卷　美学及美術史．東京：博文館，1906．

高山樗牛在原理上对两种美等同视之,但强调"在当今之世,尤其要正当认识抽象美的价值和意义"。与森鸥外在逻辑上的明晰性相比,高山樗牛的立论缺乏学理上的精确性和一贯性。关于心理实验美学的兴起,他认为其方法"与纯理方法不可分离",他亦注意到了哈特曼"在历来的纯理哲学的理想派美学中摄取了心理派和感情派的思想"①。值得注意的是,高山樗牛意欲呼应审美意识的经验性的事实,与森鸥外摆脱哈氏束缚、倾向于心理学美学是不谋而合的。然而,高山樗牛重视抽象美的想法与森鸥外是不相容的。他认为,善与美在理想上应该是一致的,又是和道德上的强调理想相伴而生的。对森鸥外所极力主张的唯一的独立性,他也颇有异议,甚至以"日本主义"之名,要求在小说中要有他所倡导的国民性的道义观念。② 他这种道德的理想主义又转变为对以满足本能为目的的"美的生活"的赞美,进而转变为对日莲的崇拜,呼吁"无一定规准"的激烈的"主观主义",彻底践踏了美学理论的逻辑性。

三、美学思想的转变与自然主义文艺批评的勃兴

1898 年前后,学界大有以心理学、经验论的美学取代哈特曼形而上学、理想主义美学的趋势。大西祝主攻伦理学、论理学和西方哲学,在东京专门学校主讲与哲学相关的课程。他先后发表了《批评论》(1889)、《诗歌论一斑》(1891)、《悲哀的快感》(1892)、《论审美的感官》(1897)和《近世美学思想一斑》(1899)等论文,其一系

---

① 高山樗牛.「審美綱領」を評す[M]//樗牛全集第 1 卷 美学及美術史.東京:博文館,1906.
② 高山樗牛.日本主義と大文学[M]//人は文なり 樗牛文篇.東京:博文館,1912.

列哲学理论功底扎实的论著对当时的文艺批评界产生了极大的影响。大西祝首先在学理上阐释了"批评"的普遍意义,希冀有良知的批评对文化和社会问题产生积极的影响。他认为日本近代文艺批评需要三种思想:一、日本已有的中国、印度思想以及融合在一起的日本文学等;二、西洋思想;三、西洋思想与历来的思想的融合。① 显然,第三种思想是批评的理想状态。他身体力行地把美学理论应用到批评实践中来,先后撰写了《我国美术的问题》《日本文学史上的问题》《近时的和歌论》《日本人富于美术心》《诗歌论一斑》《诗歌论》《香川景树翁的歌论》《国诗的形式》等,在阐述艺术的普遍原理的基础上,对诗歌理论提出了自己的见解,对日本人是精通艺术的国民的观点提出了质疑。大西祝认为,理想派美学具有完善的思想体系,已经发展到了极致,鲜有进一步阐释的空间;而心理派美学虽然还没有形成固定的体系,但是其基于进化论等的研究方法却会给人们带来值得期待的新的解释。②

　　大塚保治就是森鸥外所说的"专业的审美学者",他从欧洲留学回国后,于1901年开始在东京大学担任美学讲座专职教授。在东京专门学校的美学讲义中,他详细论述了哈特曼的学说。他认为,哈特曼美学应该以经验的方法为基础,再为之添加哲学的方法,使二者很好地调和到一起。在同年度的哲学年会上,大塚保治发表了题为《美学的性质及其研究方法》的论文,在指出哲学美学和心理学美学的缺点的同时,亦强调指出,要在社会学美学中加大不充分的历史研究的力度,使其具有整体完备的体系,进而适应今日艺术的实际。他认为,记述性的研究比规范的美学更有意义。可见,大塚保治已经把重心转移到了心理学美学和社会学美学上。

---

① 　大西祝.批評論[M]//大西博士全集　第6卷　思潮評論.東京:警醒社,1904.
② 　大西祝.近世美学思想一斑[M]//大西博士全集　第7卷　論文及歌集.東京:警醒社,1904.

这种美学发展的一般趋势与文艺批评界理想主义的退潮和自然主义的勃兴的趋势是遥相呼应的。大塚保治本人虽然与当时的文坛没有直接的交涉,却提出了《审美批评的标准》:第一,应用主观的标准;第二,应用客观的标准;第三,并用主观的标准和客观的标准;第四,应用混合标准(混用主观的标准和客观的标准);第五,应用便宜的标准(混合标准的变形)。他进一步指出:"理论上最完全的是第四种,适于实用;第五种理论上精确,实际中非常便利;第一、二种都不完全;第三种繁杂支离。"①可以说,这是进一步完善文艺批评的积极尝试。

对于西方的自然主义文学,日本学界最初是持否定态度的。比如,森鸥外在《出自医家之说的小说论》(1890)和《埃米尔·左拉没理想》(1893)等文论中对左拉的小说理论提出了严厉的批判。但是到了1903年前后,左拉的自然主义被小杉天外和永井荷风等人所倡导,到1908年前后,日本文坛迎来了自然主义文学的全盛时期。高举"科学主义"旗帜的自然主义更倾向于对既成的美学理论的逆反,这在日本文坛也不例外。比如,在主要的自然主义论者中,岩野泡鸣辱骂美学堪称狮子身上的虫子②;长谷川天溪则质疑:"美学究竟有何等之用?应当判定何物为美、为真的文艺的场合,是否有标准的美学?美学只是学者的所见,只是他一个人的学说罢了。"③

但是,值得注意的是,在这种近乎一边倒的倾向中,岛村抱月却试图以其深湛的美学造诣,在理论上为自然主义奠定基础。岛

---

① 大塚保治.審美の批評の標準[M]//明治芸術·文学論集.東京:筑摩書房,1975.
② 岩野泡鳴.日本古代思想より近代の表象主義を論ず[M]//新自然主義.東京:日高有倫堂,1908.
③ 長谷川天溪.藝術界の懷疑時代[M]//自然主義.東京:博文館,1908.

村抱月在东京专门学校求学时即师从坪内逍遥、大西祝和大塚保治等,专攻美学。在1903年公开发表的《新美辞学》中,他试图把美辞学作为应当立足于"心理根据"和"哲理根据"的"美学的一部分"来加以组织,使得此前高田早苗(《美辞学》,1890)和坪内逍遥(《美辞论稿》,1894)所开拓的修辞学有了新的转机。1906年留学回国后,岛村抱月在早稻田大学主讲美学、文学概论和西方文学史等课程,同时还积极从事文学批评的实践。在《被囚禁的文艺》(1907)中,他指出,自然主义被科学知识所囚禁,文艺的新动向应在于神秘主义和象征主义。他主张:"现今的文艺应该完全从知识的羁绊中解放出来,其放浪之处应该是自由的大海。"① 这一认识显然有悖于当时自然主义方兴未艾的日本文坛。鉴于自然主义势不可挡,岛村抱月不久即改弦易辙,加入了自然主义的阵营。他先后发表了《文艺上的自然主义》(1909)和《自然主义的价值》(1909)等论文,深入探讨了在美学理论上加强自然主义理论基础的课题。

在岛村抱月看来,自然主义可以分为"纯粹客观纯粹写实"的"元自然主义"和"主观插入"的"印象派自然主义"两种,自然主义的极致是二者的调和,其统一的目的在于"写真(Truth)"。② 自然主义与自然科学相关联,取材于社会问题,描写人赤裸裸的兽性。然而,自然主义的这种方式,亦可使文艺不得不遵从既成道德或现实目的。岛村抱月认为,可以导入美的概念,来确保文艺的自律性。自然主义之所以求真,就在于要给予历来流于游戏和娱乐的文艺以严肃的意义:"所谓真,不外乎是完成美的一种材料。在使美产生最大价值的范围内,真才具有文艺上的价值。"无论产生于什么动机的文艺,只要有艺术的态度,"最终将被包括在美的一义

---

① 島村抱月.囚われた文藝[M]//人生と藝術.東京:進文館,1919.
② 島村抱月.文藝上の自然主義[M]//近代文藝之研究.東京:早稻田大学出版部,1909.

之内,而无有二致"。归根结底,他的根本见解就是:文艺归附于美。① 这与以真蔽美的自然主义普遍立场是大相径庭的。也就是说,岛村抱月作为一位自然主义批评家,当然要重视现实之真,但是他的美的概念也不能像理想主义者那样是形而上的。他认为:"美就是能够包容人类一切现象的文艺的终极点。"他强调美与人生的相互关联,在以"美是知情全体合一的经验"为基础的前提下,"现实性才能成为美的重要条件"。他进而批判哈特曼的美学假象说在"想从现实中抽取某种东西,并在此发现美"的方面,"与把现实本身当作美的近代艺术是格格不入的"②。但是,一般认为,岛村抱月的不足之处就在于把美学止步于"说明学",虽然他也认为"作为研究顺序,必须运用科学方面的知识"。我们应该追问"美存在于人生的理由是什么?"这只能是一种"哲学之理"。他认为,文艺批评最终要到达作为"文艺哲学"的美学,这当然要与人生批评结合在一起。③ 可见,岛村抱月的美学带有在森鸥外等人那里看不见的人生论的色彩。这正是他文学批评理论和美学思想的不容忽视的基本特征。

一般认为,1908年前后的日本文艺批评界完全被自然主义的声音所遮蔽了,夏目漱石等人批判的声音也显得十分微弱。夏目漱石在东京大学的讲义《文学论》(1904—1906)中运用斯宾塞的理论,对文学进行心理学的考察;在《文艺的哲学基础》(1908)和《创作家的态度》(1909)等文论中,都表示了对文艺批评的期待:"纯文学的批评家就应该检阅有关纯文学方面的所有创作,并为其打

---

① 島村抱月.自然主義の価値[M]//近代文藝之研究.東京:早稲田大学出版部,1909.
② 島村抱月.美学と人生の興味[M]//近代文藝之研究.東京:早稲田大学出版部,1909.
③ 島村抱月.批評について[M]//島村全集.東京:天佑社,1919.

分。"① 他对当时独步文坛的自然主义文学颇为不屑:"文学与火车和电车不同,即使模仿现今的西洋,也没有那么痛快的事。"② 但是,由于在他的英国文学教养中没有美学理论的支持,所以"批评"有些力不从心也是在所难免的。

  总之,从西周讲授"善美学"的 1867 年算起,到 1908 年自然主义文学进入鼎盛时期,40 余年的日本文艺批评从无到有,每向前迈进一步,都离不开从欧陆输入的美学理论的支撑。其中,坪内逍遥《小说神髓》对积重难返的"劝善惩恶"的文艺观发起了挑战;森鸥外致力于引进哈德曼美学理论,并身体力行地进行"批评的批评",与坪内逍遥的"没理想论争"正是这种文艺批评的实践;岛村抱月一系列美学功力深厚的文艺批评论著,为自然主义文学奠定了坚实的理论基础。可以说,正是这一时期美学理论对文艺批评实践的指引,才使得日本近代文艺批评取得了"公民权"。

---

 ① 夏目漱石.作物の批評[M]//漱石全集第 9 卷.東京:岩波書店,1966.
 ② 夏目漱石.創作家の態度[M]//漱石全集第 9 卷.東京:岩波書店,1966.

后 记

编这本文集,确实没有费太多时间,因为在电脑上作一些功夫就"OK"了。但是这二十几篇文章着实花掉了我一些时光,以至于编完之后,还觉得有一些非说不可的话。

这本文集由四部分构成。如果把第一部分的"大江健三郎研究"算作本分的话,那么,其他则要算作"杂务"了。

所谓"本分",其实是来源于一段缘分。1986年,在吉林大学日本研究所读硕士的时候,我有幸聆听了当时任名古屋大学文学部部长的山下宏明教授的讲座。先生的研究方向是《平家物语》,所以,刚一上课,先生就非常"本分"地给我们"唱""平曲"——是那种怀抱琵琶、合辙押韵的弹唱……但是,几节课下来,老师累,我们听得也不轻松。于是有胆大的同窗就问先生:能不能免了弹唱,来点别的什么?结果,下一次课,先生开始讲授日本近代文学史上著名的伊藤整,然后又讲大江健三郎。具体讲了些什么,回忆已经很淡薄了(或许都变成了今天治学的血脉),只有一句话,至今还记忆犹新:"日本作家中,如果再有一个人能够获得诺贝尔文学奖的话,那就非大江健三郎莫属……"就这一句话,勾起了我的好奇心。因为当时在中国译介大江健三郎的人还不多,只能找来原作,按照发表的顺序读下去,结果一发而不可收,直到最后为这样优秀的作家、优秀的作品竟然不为国人所知而愤愤不平。于是,我找来最喜欢的《个人的体验》翻译起来,一边翻译,一边再写关于大江的评论。时过一年,翻译临近结尾的时候,论文《人·存在·历史·文学——大江健三郎小说论纲》也完成,拿给导师赵乐甡教授审阅。先生谦逊地说他对大江健三郎也不懂,于是又找来时任《社会科学战线》编辑的王林先生一起研究。王先生带回去研究的结果是把我叫去编辑部说决定采用,并说了很多鼓励的话,还说这是继东北师范大学吕元明教授之作后第二篇被采用的日本文学方面的论文。1988年第2期《社会科学战线》发表了这篇论文,同年又被人大复印资料转载,这对于第一次有铅字出版物面世的我来说,无异于过量的兴奋剂!

但是,乐极生悲!我在毕业后奔赴海南大学报到,途径北京,当我背着译稿《个人的体验》奔波于几家出版社的时候,得到的几乎都是同样的回答:这是一个中国人不熟悉的日本作家,恐怕……那是1988年7月末或者8月初,因为我到海南大学报到的准确日期是这一年的8月13日,所以记得清楚。今天想来,这件事对我有多大打击也不好说,但是,直到1994年的某一天,我都没有产生过重操旧业的念头。那一天,我正坐在仙台东北大学留学生会馆的某个房间里,对着打字机屏幕上的《源氏物语》与《白氏文集》"的论文题目发呆时,我的指导教师原田贞义教授打来电话:"你看电视了吗?大江健三郎获得诺贝尔文学奖啦……"打开电视,大江健三郎正面带羞涩地对着采访记者的话筒说:"我真的感到很吃惊……"我当时的心情肯定很复杂。没过几天,时任《作家》主编的好友宗仁发把电话打到仙台,问那部译稿还在不在?经他牵线,中国文联出版社决定出版。于是,在临近回国的前夕,我一边忙着联系版权,一边尽可能买回一些与大江健三郎有关的书籍,为重操旧业做些准备。这就是1995年以后,关于大江健三郎研究的几篇论文的写作背景。

这就是我的"本分"的由来。或许会令山下宏明教授、赵乐甡教授、王林先生和原田贞义教授感到欣慰的是,我于1999年至2002年在暨南大学师从饶芃子教授攻读博士学位的时候,最后的博士论文也是大江健三郎——《想象力论:大江健三郎的小说方法》。抚今追昔,除了必须表达的敬意与谢意,还有那么多感叹:我毕竟也年轻过……正是为了弥补遗憾于万一,我把博士论文的结尾一章"余论:大江健三郎与想象力论"收入了本文集。《翻译者的语言禁忌——关于〈同时代游戏〉的"不译"》是参加"北京日本学中心2001年国际研讨会——日本文学的翻译与研究"的一篇发表论文。文中指出的大江小说中译本的不是"误译"的"不译"现象,是不可忽视的。

年轻,真好。那时,一边翻译《个人的体验》,一边写大江的论文,还要完成赵乐甡教授的课题"源氏物语与白氏文集"。那是先生主持的国家博士基金课题"中日文学比较研究"的一个子课题。先生说,让我写的理由是我的日语古语法比较好。不过,今天再看这篇论文,幼稚的地方很多。比如,用阶级分析的观点批判源氏的"渔色"生活,等等。这是我们那个时代的印痕,所以收入本文集时我也没加修改。人,不能因为今天长大了,就把昨天光着屁股爬的照片付之一炬。因为至少从这篇论文起,我开始关注日中比较文学这一研究领域。1994年至1995年,我在日本东北大学做客研的题目也是《为君熏衣裳——源氏物语对〈太行路〉的吸收及其变形》。

外国文学就是比较文学。对于一名异文化、异文学的译介者和研究者而言,越早认识到这一点,就能够越早减少工作中的盲目性。这在鲁迅那里,被称为拿来主义。所以,甚至在评论大江健三郎的时候,我也要比附当代中国文学的走向。这就是《大江健三郎与诺贝尔文学奖——兼及对中国当代文学的思考》。由于有川端康成和大江健三郎两人获得了诺贝尔文学奖,日本文学在世界文坛得到了一定的认可,但对于中国文学而言,如何冲出亚洲走向世界还是一项未竟的事业。在完成这一事业的漫漫旅途上,通过日本文学研究和中日比较文学研究,得到一种文学经验上的镜鉴,得到一种人文精神上的互证,无疑具有一石二鸟之用、他山之石之功。正是基于这种基本认识,在攻读博士学位的三年里,我受导师饶芃子教授之命,利用近一年时间,完成了编写《中日比较文学研究资料汇编》(中国美术学院出版社,2002)的任务。收入本文集的两篇《回顾与展望》就是《汇编》中对20世纪中国和日本学界的综合性研究。其实,我本人更偏爱《汇编》中的《研究资料目录》,因为它对学生和研究者们更有帮助。

除了大江健三郎研究和中日比较文学研究,本文集还收录了四篇日本现当代文学研究的论文。《日本当代文学述评》和《川端康成在日本当代文学史上的意义》都是为了在海南大学给本科生开设"日本当代作家研究"所编写的讲义。1995年,正赶上我给本科生讲授"日本当代作家研究",于是就以10年为单位,对日本当代文学进行了一番梳理。也许是由于大江健三郎自称他是战后派文学的接力者的缘故,我对日本战后派的文学精神极为敬佩。在那种百废待兴的焦土上,如果没有战后派对罪恶战争的反思,如果没有战后派发起的那么多论争,如果没有战后派"与世界文学同步"的雄壮口号等,很难设想日本当代文学会是什么模样。这几乎就是我后来撰写《日本"战后派"文学的实验性和社会性》时的那种冲动的写照。《川端康成在日本当代文学史上的意义》一文,是学生们逼出来的。试想,日本就只有两位获得诺贝尔文学奖的作家,当然没有一定厚此薄彼的充足理由,更何况在中国,川端康成比大江健三郎的知名度还要高……《日本当代小说述评(1980—2000)》,是金莉教授主持的国家社科基金重点项目《外国当代文学纪事(1980—2000)》的子课题《日本当代文学纪事(1980—2000)》的一个题目。子课题主持人赵晓柏教授找到我的时候，已经距离结题时间不远了，于是我们就在原来《日本当代文学述评》的基础上，把研究视角专注到"小说"上，就有了这个阶段性的成果。

1999年考入暨南大学攻读博士学位后，我的专业方向变为文艺学中的比较文艺学，所以不得不搁置原来对大江健三郎的作家作品论研究，转而在文艺理论的层面上思考日本文学与中国文学的关系。2001年3月至4月，京都大学大学院美学美术史研究室的主任教授岩城见一先生在暨南大学的讲学促使了我的"转向"。先生在暨南大学以"比较美学"为题，作了十次讲座，又在惠州学院讲了一次，在广西师范大学讲了两次。作为先生的讲座翻译，我不知道经过我"口译"的先生的理论，听讲者理解了多少，但是我自己的收获可不是用一句"受益匪浅"所能表述的。和先生朝夕相处了一个多月，我似乎觉得对先生的理论有了一些皮毛的认识。于是，结合讲座以及日常交流，我撰写了《比较美学："本质主义"崩溃后的路向》，试图以访谈录的形式传达先生的一部分思考。虽然，这在岩城先生以美术史为基础的美学理论研究中只是一部分，但对于我则有极大的"后启蒙"的意义。基于这样一种学术意义上的冲动，我又翻译了岩城先生《感性论——为了被开放的经验的理论》，2008年由商务印书馆出版。《从美学向感性论的转向》也可以看作《感性论》中译本的导读。收录在本文集中的两篇论文，都可以冠之为"感性论"的路数。

可见，这本文集，对于我来说，确实记录了很多"事件"，也确实是极其晚熟的一点点收获。仅以这么一点点"文字"，就教于朋友、同好。

2022年9月吉日

附 录

论文初次发表时间与刊物一览

大江健三郎研究

人·存在·历史·文学
——大江健三郎小说论纲

       《社会科学战线》1988 年第 2 期
     人大复印资料《外国文学研究》1988 年第 8 期

"被监禁状态"下的苦闷与不安
——论大江健三郎第一阶段初期小说

     《海南大学学报（社科版）》1995 年第 4 期

"反英雄"人物与"性"冒险的意义
——大江作品中的创新意识/探险者的误区

     《海南大学学报（社科版）》1996 年第 1 期

大江作品中的客观关联物/凝视自我的机遇
——《个人的体验》的体验及两极特色

     《海南大学学报（社科版）》1996 年第 4 期

现代森林神话与救济的可能性
——论大江健三郎《万延元年的足球》

       《东北亚论坛》1997 年第 1 期

试论大江健三郎《同时代游戏》的意义

《日本学论坛》1998 年第 3 期

想象力与形象的分节化

——大江健三郎的语言-形象观

《外国文学研究》2003 年第 3 期

人大复印资料《外国文学研究》2003 年第 9 期

边缘化：民众共同的想象力

——大江健三郎的政治想象力论

《国外文学》2003 年第 4 期

语言的文体化与活性化

——大江健三郎的语言-文体观

《海南大学学报(社科版)》2009 年第 2 期

全体化：核时代的想象力

——论大江健三郎《核时代的想象力》

《海南大学学报(社科版)》2010 年第 6 期

大江健三郎与诺贝尔文学奖

——兼及对中国当代文学的思考

《海南大学学报(社科版)》1997 年第 3 期

翻译者的语言禁忌

——关于《同时代游戏》的"不译"

饶芃子主编《比较文艺学论集》，学林出版社，2003 年

中日比较文学研究

20 世纪日中比较文学的研究回顾与展望

《海南大学学报(社科版)》2003 年第 1 期

20世纪中日比较文学研究的回顾与展望
《暨南学报(哲学社会科学版)》2009年4期
《新华文摘》2009年第20期
《源氏物语》与《白氏文集》
赵乐甡主编《中日文学比较研究》,吉林大学出版社,1990

日本现当代文学研究

日本当代文学述评
《海南大学学报(社科版)》1998年第4期
日本当代小说述评(1980—2000)
《暨南学报(哲学社会科学版)》2010年第5期
日本"战后派"文学的实验性与社会性
——兼论"战后派"的形成及其意义
《海南大学学报(社科版)》1999年第4期
川端康成在日本当代文学史上的意义
《海南大学学报(社科版)》2001年第5期

日本美学(感性论)研究

比较美学:"本质主义"崩溃后的路向
——岩城见一教授访谈-对谈录
《暨南学报(哲学社会科学版)》2001年第5期
人大复印资料《文艺理论》2002年第2期
从美学向感性论的转向
——访岩城见一教授
《哲学动态》2008年第8期

从"美术"到"艺术"
——中日艺术概念的形成
《文艺研究》2008 年第 7 期

日本明治时期文艺批评与美学的关系
《外语论丛》2017 年第 1 期

图书在版编目(CIP)数据

人・存在・历史・文学:王琢自选集/王琢著.—上海:复旦大学出版社,2022.10
ISBN 978-7-309-16118-2

Ⅰ.①人… Ⅱ.①王… Ⅲ.①日本文学-现代文学-文学研究-文集 Ⅳ.①I313.065-53

中国版本图书馆 CIP 数据核字(2022)第 013531 号

人・存在・历史・文学:王琢自选集
王　琢　著
责任编辑/任　战

复旦大学出版社有限公司出版发行
上海市国权路 579 号　邮编:200433
网址:fupnet@fudanpress.com　http://www.fudanpress.com
门市零售:86-21-65102580　团体订购:86-21-65104505
出版部电话:86-21-65642845
上海四维数字图文有限公司

开本 890×1240　1/32　印张 11.5　字数 278 千
2022 年 10 月第 1 版
2022 年 10 月第 1 版第 1 次印刷

ISBN 978-7-309-16118-2/I・1308
定价:88.00 元

如有印装质量问题,请向复旦大学出版社有限公司出版部调换。
版权所有　侵权必究